Lo Jakob

# Ganz großes Kino

Lo Jakob

# Ganz großes Kino

Roman

**édition el!es**
www.elles.de
info@elles.de
Umschlaggestaltung und Satz: graphik.text Antje Küchler

ISBN 978-3-95609-162-9

# Prolog

Kannst du mir mal sagen, was das soll?« Nathalie Colders Stimme dröhnte unangenehm schrill aus dem Hörer. »Willst du deine Karriere ruinieren?«

Vanessa Harris war inzwischen relativ abgebrüht, was die Ausfälle ihrer Agentin anging. Sie kannte Nathalie nicht anders. Wobei sie jetzt gerade besonders aufgeregt zu sein schien. Und, wie Vanessa zugeben musste, nicht ganz zu Unrecht.

Sie warf einen abfälligen Blick auf die Drehbücher, die auf dem Kaffeetisch lagen. Das war alles gewesen, was Nathalie in letzter Zeit für sie aufgetan hatte. Ein Skript übler als das andere. Nacktszenen in rauen Mengen und ein Klischee nach dem anderen. Man hätte meinen sollen, die Drehbuchautoren seien in der Lage, bessere Frauenrollen zu konzipieren, doch weit gefehlt. Vielleicht gab es die entsprechenden Drehbücher ja sogar. Aber Nathalie suchte diejenigen Projekte für sie aus, die Geld ohne Ende brachten – angelegt als große Blockbuster, aber schauspielerisch komplett inhaltsfrei.

Seufzend ließ Vanessa den Blick zu der großzügigen Glasfront schweifen, durch die man den Pool sah und dahinter das Panorama einer der aufregendsten Städte weltweit: Los Angeles. Doch sie hatte die Schnauze gestrichen voll von alledem. Hollywood hing ihr zum Hals raus. Nathalies ganze Regeln hingen ihr zum Hals raus.

Deshalb hatte sie das getan, was ihre Agentin jetzt an die Decke gehen ließ. Sie hatte für einen Low-Budget-Film zugesagt, ohne vorher mit Nathalie darüber zu reden. Was natürlich vor allem deswegen schlimm war, weil Vanessa auf ihre Gage verzichtet hatte. Das hieß auch kein Geld für Nathalie. Und Geld war das Einzige, was für ihre Agentin wirklich zählte. Gute Filme, die Filmpreise erhielten, spielten nur dahingehend eine Rolle, dass sie noch mehr *Money* einbrachten. Auch sie selbst war für Nathalie ein einziges großes Dollarzeichen, so kam es ihr zumindest manchmal vor. Und in letzter Zeit besonders häufig. Wobei sie bisher eigentlich gut mit der Zusammenarbeit gefahren war. Ihr Erfolg hier im Herzen der Filmindustrie sagte alles. War sie undankbar, weil ihr das plötzlich nicht mehr genug war?

»Ich habe das jetzt gerade mal durchkalkuliert«, schallte es aus dem Hörer. »Du wirst für mindestens sechs Wochen in Deutschland sein müssen. Das heißt, du kannst keinen der anderen Filme drehen, die ich rausgesucht habe. Und das alles, ohne einen Cent dafür zu kriegen? Das ist kompletter Wahnsinn. Das kannst du nicht machen. *No way.*«



*»Way«,* sagte Vanessa entschieden. »Ich werde das machen. Ich habe schon zugesagt und auch einen Vertrag unterschrieben.«

»Da hol ich dich wieder raus«, kam die Antwort wie aus der Pistole geschossen. Und Vanessa zweifelte nicht daran, dass Nathalie sie innerhalb kürzester Zeit aus dem Arrangement herausgeschweißt hätte, wenn sie zustimmte. Nathalie passte auf Vanessa auf wie ein Luchs, schließlich war sie ihr bestes Pferd im Stall. Sie hätte alles für Vanessa getan. Besser gesagt, für Vanessas Karriere.

Doch zum ersten Mal widersetzte sie sich ihrer langjährigen Agentin: »Das wirst du nicht tun.«

Erneut fragte sie sich flüchtig, ob sie undankbar war. Tatsächlich hatte sie Nathalie viel zu verdanken. Deren unschätzbare Kontakte hatten ihren großen Durchbruch als Schauspielerin überhaupt erst ermöglicht. Sie hatten sich hier in L. A. kennengelernt, beide Deutsche, Nathalie mit einem Amerikaner verheiratet. Sie war aber auch oft in Frankreich, und einer ihrer Exmänner war Franzose und ebenfalls im Filmbusiness. Als Agentin war sie deshalb ideal für Vanessa. Denn ab und zu verschaffte sie ihr einen Auftritt in einem französischen Film, und dadurch konnte

Vanessa regelmäßig einige Zeit in ihrer Wahlheimat Paris verbringen.

Aber jetzt gerade ging Nathalie ihr gewaltig auf den Wecker. Vanessa wandte sich von der eigentlich bombastischen Aussicht ab und ging quer durch den großen Raum in die Küche. Die war genauso übermäßig groß wie der Rest dieses Hauses, das sie nur hatte, weil Nathalie darauf bestand. Sie sehnte sich nach ihrer Wohnung in Paris. Dort lebte sie wirklich. Das war ihr Reich. Das Haus in L. A. sollte repräsentieren. Darauf legte Nathalie Wert. Sie behauptete, Vanessa könne als Hollywoodstar nicht in einem kleinen Apartment in West Hollywood wohnen. Das Ganze hatte ein Vermögen gekostet, und die Unterhaltung fraß ebenfalls eine Unmenge Geld auf. Das Vanessa zwar erwirtschaftete dank Nathalies guten Beziehungen und Auswahl an Projekten, aber sie hätte gut darauf verzichten können, in diesem kalten Alptraum zu wohnen, den sich ein überbezahlter Innenarchitekt ausgedacht hatte – zumal sie lediglich für ein paar Wochen im Jahr hier in L. A. war.

Nathalie überzog sie unterdessen weiterhin mit einem Monolog bezüglich ihrer Karriere und der Tatsache, dass sie am besten wisse, was gut für Vanessa war. Die ließ das Ganze an sich vorbeirauschen. Sie kannte das alles schon viel zu gut. Stattdessen fiel ihr Blick jetzt auf die neueste Ausgabe von *Vanity Fair,* die ihr heute Morgen mit den Einkäufen geliefert worden war und nun auf der Küchenablage prangte.

Sie sollte eigentlich stolz sein. Ihr Foto auf dem Cover war ein weiterer Erfolg, den sie in ihrer Laufbahn als Schauspielerin verbuchen konnte. Den Nathalie verbuchen konnte. Sie hatte es geschafft, sagte dieses Titelbild. Aber Vanessa schaute komplett emotionslos auf ihr mit Photoshop optimiertes Gesicht, das ihr verführerisch entgegenlächelte, betrachtete es kühl wie mit den Augen einer Fremden. Ihre Haare sahen wie immer toll aus – dazu brauchte es kein Photoshop, ihre Haare waren eines ihrer besten Erscheinungsmerkmale. Lange, dunkle Wellen schmiegten sich um ihr Gesicht und fielen wie ein Wasserfall auf ihre nackten Schultern. Ihre gleichmäßigen Gesichtszüge mit den vollen Lippen sahen perfekt aus. Insgesamt blickte ihr, nach allen gängigen Kriterien, eine wunderschöne Frau entgegen. Aber war das wirklich sie? Diese Vanessa Harris, der die halbe Welt hinterherschmachtete – wer war das? Ihr Gesicht und ihr Körper eigneten sich offenbar aufs beste für die Projektionen und Wünsche der Kinogänger, aber was war hinter dieser Fassade? Vanessa fragte sich in letzter Zeit immer häufiger, ob da überhaupt irgendwas war. Oder nicht vielmehr eine große Leere, die sie nur mit ihren Rollen füllte.

»Hörst du mir überhaupt zu, Vanessa?«, riss Nathalies scharfe Stimme sie aus ihren Selbstzweifeln.

»Wie könnte ich nicht? Du bist laut genug.« Vanessa nahm sich ein Glas und holte den grünen Gesundheitsdrink aus dem Kühlschrank. Irgendein Zeug aus Gras, das so gut wie keine Kalorien hatte und auch genauso schmeckte. Sie durfte ja schließlich kein Gramm zunehmen, Gott bewahre.

Unterdessen kam Nathalie auf den Punkt, auf den Vanessa schon die ganze Zeit gewartet hatte: »Ich habe nebenher auch mal das Drehbuch überflogen. Das kannst du wirklich auf keinen Fall machen.«

»Was meinst du?«, fragte Vanessa mit naiver Stimme. Sie nahm einen Schluck von ihrem grasgrünen Drink und verzog angewidert das Gesicht.



Wie erwartet kam es zurück: »Du kannst nicht in einem lesbischen Vampirfilm mitspielen.«

»Das ist kein lesbischer Vampirfilm. Vampirfilm schon, aber nicht lesbisch«, machte Vanessa den Versuch einer Verteidigung.

Ein abfälliges Schnauben klang aus dem Hörer. »Ach? Und wie nennst du es, wenn am Schluss die von dir gespielte Figur mit der zweiten Hauptrolle im Bett landet? Die zufälligerweise eine Frau ist? Das nenne ich verdammt lesbisch.«

Vanessa gab noch nicht auf. »In Vampirfilmen kommen immer homoerotische Szenen vor, Nathalie«, erklärte sie.

Aber natürlich half das nichts. Argumenten gegenüber war Nathalie noch nie aufgeschlossen gewesen. »Das ist doch Haarspalterei. Komm mir jetzt bloß nicht so. Du weißt genau, dass das Publikum das genauso wahrnehmen wird: als Lesbensache. Deine gelegentliche kleine Affäre gönne ich dir ja. Aber du darfst auf keinen Fall als Lesbe eingestuft werden. Das ist der Tod in Hollywood. Darüber haben wir schon hundertmal gesprochen.«

Vanessa seufzte. Ja, das war immer wieder ein Streitpunkt zwischen ihr und Nathalie. Wahrscheinlich hatte diese mit ihrer Paranoia sogar recht und leistete auch damit einen erheblichen Beitrag zu Vanessas Popularität. Aber es machte ihr Leben nicht gerade einfacher. Nathalie sorgte dafür, dass ihr immer wieder Affären mit passenden Männern nachgesagt wurden. Das ließ sich alles ganz wunderbar arrangieren, und beide Seiten profitierten von der Publicity. Sie musste sich dafür nur zu ausgesuchten Gelegenheiten von den Paparazzi ›erwischen‹ lassen, wie sie Hand in Hand mit dem jeweiligen Beau ein Restaurant verließ, sich ›verliebt‹ am Strand tummelte oder auf irgendeiner Society-Veranstaltung auf dem roten Teppich auftauchte. Kein großes Ding.

Und eine Affäre mit einer Frau zwischendurch rundete das Ganze ab, befand Nathalie, verlieh Vanessas Image das entscheidende Extra. Ihre vermeintlich latente Bisexualität regte nur die Phantasie ihrer Fans weiter an, stärkte das Bild des supersexy Vamps, dem Männer und Frauen zu Füßen lagen. Nur deshalb war es ihr überhaupt vergönnt, ab und an mit einer Frau in der Öffentlichkeit aufzutauchen, was natürlich von Klatschblättern und Society-Blogs begierig aufgesaugt wurde. Natürlich durfte dabei nie herauskommen, dass die Affären mit den Männern alle falsch waren und nur die Frauen echt. Na ja, bis auf die Sache mit Amelie Brügge, erinnerte sich Vanessa mit einem Hauch Wehmut. Das war auch nicht echt gewesen. Die deutsche Fernsehmoderatorin war ihr in der Presse als ihre letzte Geliebte angedichtet worden, und Nathalie war nur zu bereitwillig darauf angesprungen. Eine Affäre, die keine echte war – bestens. Nichts, das aus dem Ruder laufen konnte und mit ständigem Generve oder gar der Klage einer geprellten Ex endete, die mehr erwartete als ein paar wilde Tage und Nächte. Das war ihrer Agentin eine echte Freude, für Vanessa selbst hingegen ziemlich frustrierend gewesen. Jetzt musste sie erst wieder mit vier oder fünf Typen assoziiert werden, bevor sie sich einen kleinen lesbischen Ausflug gestatten konnte. Außerdem war Amelie wirklich eine Frau gewesen, an der sie interessiert gewesen wäre. Aber die hatte ja nur Augen für ihre Regisseurin gehabt . . . Nathalie hatte ihr später irgendwann erzählt, dass die beiden inzwischen verheiratet waren, und darüber nur den Kopf geschüttelt. Wie man nur so seine Karriere aufs Spiel setzen könne, hatte sie gehöhnt. Bei der Erinnerung daran machte sich Wut in Vanessa breit. Sie wusste gar nicht genau warum, aber das war auch egal. Oh, wie sie das alles anödete.

Bisher hatte sie sich stets zusammengerissen. Um Nathalies willen, um ihres Images willen, um ihrer Fans willen. Aber jetzt ließ sie ihren Ärger zum ersten Mal heraus. Mit fester Stimme sagte sie: »Ja, wir haben darüber schon oft gesprochen, und ich werde trotzdem diesen Film machen. Dieses eine Mal wirst du dich nicht durchsetzen, Nathalie. Ich werde nach Deutschland gehen, und zwar so lange, wie es braucht. Du kannst also alles andere erst mal auf Eis legen. Und das ist mein letztes Wort zu dieser Angelegenheit.«

Sie hörte noch, wie Nathalie zu einer Erwiderung ansetzte, legte aber mittendrin einfach auf. Das hatte sie noch nie gemacht. Sie erschrak über sich selbst. Im nächsten Moment ärgerte sie sich auch darüber. Was war sie nur für eine Memme.

Aber damit war jetzt Schluss!

Sie kippte das Graszeug in den Ausguss und beschloss, dass es Zeit war für einen richtig fetten Burger. Mit Pommes. Scheiß auf die Kalorien. Diät halten konnte sie später wieder. Wenn sie schon keinen Sex haben konnte, wollte sie zumindest endlich mal wieder was Gescheites essen.



Kira Rosenborn las die E-Mail nun schon zum zehnten Mal und konnte es immer noch nicht glauben.

Vanessa Harris hatte zugesagt. Sie verzichtete sogar auf ihre Gage. Ein Vertrag war auch schon dabei – unterschrieben von Harris selbst. Es war einfach unfassbar. Kira stand regelrecht unter Schock.

Vor ein paar Wochen hatte sie die private Mailadresse der Hollywoodschauspielerin über tausend Ecken aufgetan – die Freundin einer Freundin kannte eine Redakteurin in Köln, die mit Vanessa Harris' Ex-Affäre Amelie Brügge befreundet war. Ihr zu schreiben und ihr Filmprojekt zu unterbreiten, war eine irre nächtliche Idee bei Vollmond gewesen. Sie hatte nicht wirklich mit einer Antwort gerechnet. Und wenn, dann nur mit einer arroganten und knappen Absage. Dass jetzt stattdessen diese Zusage kam, warf sie dermaßen aus der Bahn, dass ihre Hände zitterten und die Buchstaben auf ihrem Bildschirm zu tanzen schienen.

Eddy neben ihr spürte ihre Unruhe, hörte auf zu schnarchen und hob den Kopf. Sie gab ein kleines, fragendes »Wuff?« von sich und sah sie mit ihren braunen Kulleraugen aufmerksam an. Die Mopsdame lag stets auf einem zweiten Stuhl mit Kissen neben Kira, wenn sie am Schreibtisch saß. Oft streichelte Kira sie, während sie arbeitete. Das war für sie beide gemütlich. Auch jetzt kraulte sie Eddys Kopf mit den vielen Falten und dem kurzen weichen Fell, und allmählich wurde das Zittern weniger. Eddy – eigentlich Edwina, so hatte die Züchterin sie genannt – grunzte kurz genüsslich und beschloss weiterzuschlafen.

Vanessa Harris. Ein Hollywoodstar in ihrem Film. Kira schüttelte ein weiteres Mal ungläubig den Kopf. Die Zusage war natürlich phantastisch. Das könnte ihr großer Durchbruch werden, als Drehbuchautorin und als Filmemacherin. Aber wie sollte sie nur einen solchen Star in das Filmteam integrieren? Harris war es doch gar nicht gewohnt, Low-Budget-Filme zu drehen. Wenn es an Geld hinten und vorn mangelte, gab es keine Fünf-Sterne-Unterbringung für die Schauspieler, kein Gourmet-Catering während des Drehs. Und ein großer Teil des mageren Budgets würde vermutlich für Frau Harris' Maske draufgehen. Denn sicherlich würde sie darauf bestehen, eine hochprofessionelle Maskenbildnerin von Rang und Namen am Set zu haben.



Egal! Sie würde das hinkriegen. Schließlich war sie bei diesem Projekt auch Koproduzentin. So hatte sie mehr Einfluss auf die Zuteilung der Mittel, was in diesem Fall sehr praktisch war.

Sie wechselte vom E-Mail-Fenster zur Suchmaschine und gab Vanessa Harris' Namen ein. Das erste Suchergebnis war das aktuelle Cover der *Vanity Fair*. Wow.

Mit prüfendem Blick starrte Kira auf das wunderschöne, ebenmäßige Gesicht. Vanessa Harris war ein Sechser im Lotto für den Film, so viel war sicher. Die Schauspielerin galt momentan als der deutsche Export nach Hollywood schlechthin. Sie kombinierte echtes Schauspieltalent mit einem umwerfend sexy Aussehen. Ihre bisherige Filmografie ließ Kira allerdings zu dem Schluss kommen, dass sie ihr Talent bislang eher verschwendet hatte. Aber immerhin tauchten dort auch ein paar französische

Produktionen auf. Offenbar jettete die Harris zwischen Paris und Hollywood hin und her.

Von ihren zahlreichen Affären mit den Schönen Hollywoods – vor allem mit Männern, aber erstaunlicherweise auch immer mal wieder einer Frau – hatte Kira natürlich auch schon gehört. Die gute Frau schien einen erstaunlichen Appetit an den Tag zu legen. Kira erinnerte sich noch gut, wie vor knapp einem Jahr die Lesbenwelt in Deutschland Kopf gestanden hatte, als die Sache mit Amelie Brügge rauskam. Da hatte die deutsche Filmszene noch gar nicht richtig realisiert, dass eine Bayerin auf internationalem Parkett in Hollywood den Durchbruch geschafft hatte. Erst mit ihrem Auftritt in der momentan angesagtesten Fernsehshow ›Leuchtenladen‹ hatte sie in Deutschland mehr Aufmerksamkeit auf sich gezogen – vor allem wohl durch besagte Affäre mit der beliebten Moderatorin dieser Sendung.

Während sie das Cover, das sie sich bildschirmfüllend anzeigen ließ, aufmerksam studierte, musste Kira sich eingestehen, dass auch sie Vanessa Harris umwerfend gutaussehend und sexy fand. Genau wie der Rest der Welt. Aber diese Anziehung war mehr abstrakt, so wie man ein Kunstwerk schön fand. Von der Persönlichkeitsstruktur schien ihr die Schauspielerin, wie so viele ihrer Zunft, eher an Oberflächlichkeit orientiert zu sein: Aussehen, Wirkung und nicht zu vergessen Geld. Warum sonst hätte sie sich für all diese Hollywood-Blockbuster hergeben sollen, in denen sie rein optisch eine Topfigur machte, die aber ihren darstellerischen Fähigkeiten kaum gerecht zu werden schienen?



Wobei es dazu nicht passte, dass sie jetzt tatsächlich bei ›Blutsschwestern‹ mitmachen würde, ohne dafür irgendwas zu verlangen. Und was das für ihre, Kiras, Zukunft bedeutete, das war momentan noch überhaupt nicht abzusehen.

Kira sortierte ihre braunen Rastalocken und fasste die vielen kleinen Zöpfe nachdenklich zu einem großen zusammen. Bisher hatte sie sich nach ihrem Abschluss an der Filmakademie vor ein paar Jahren mehr schlecht als recht mit kleineren eigenen Projekten und Aufträgen als Regieassistentin über Wasser gehalten. Die Drehbuchförderung für ›Blutsschwestern‹ war wie aus heiterem Himmel gekommen, und die anschließende Bewilligung der Produktionsförderung war ihr dann richtiggehend unheimlich vorgekommen. So viel Glück hatte sie bisher nicht gehabt.

Dass jetzt auch noch Vanessa Harris zusagte, schien fast zu gut, um wahr zu sein.

*Aber ein bisschen Glück steht mir ja wohl auch mal zu,* dachte sie bei sich. Die letzten Jahre waren nicht einfach gewesen. Andere Leute hätten in ihrer Situation vielleicht gar nicht mehr weitergemacht mit ihrem Beruf. Sie wandte den Blick zu dem Familienfoto im Bücherregal neben ihrem Schreibtisch. Uli und Stephan, ihre zwei Väter, die Arme herzlich umeinander und um Kira geschlungen, sie selbst in der Mitte lächelnd. Da waren sie noch glücklich gewesen. Da hatten sie es noch nicht gewusst.

Kira fand sich auf Fotos immer so unscheinbar. Sie sah nett aus, das ja. Und sie wusste, dass sie eine positive Ausstrahlung hatte. Inzwischen trug sie eine andere Brille als auf dem Bild. Eine Cateye – die Ecken gingen leicht nach oben, *very fifties.* Das gab ihrem harmlos-freundlichen Gesicht einen kessen Ausdruck. Sie betrachtete ihre strahlenden graublauen Augen, die immer mitlachten, wenn sie lächelte, auch auf diesem Foto. Nett. Freundlich. Offen. Aber weit entfernt von einer *Femme fatale* wie Vanessa Harris. Die war ein ganz anderes Kaliber.

*Na und,* dachte Kira fast ein wenig trotzig. Wen kümmerte das schon, das war so was von unwichtig. Andere Dinge waren viel entscheidender. Was gäbe sie nur darum, diese eine Sache ändern zu können ... Dafür würde sie sogar in Kauf nehmen, die hässlichste Frau auf der ganzen Welt zu sein. Stattdessen war sie nur die mittelmäßig hübsche Tochter von zwei schwulen Papis aus einer Reihenhaussiedlung in Berlin-Reinickendorf, ohne die Option, irgendetwas eintauschen zu können.

Energisch versuchte Kira die negativen Gedanken zur Seite zu schieben und sich auf das Hier und Jetzt zu konzentrieren. Das hatte sie erst in letzter Zeit lernen müssen, auf die denkbar bitterste Weise. Aber dadurch wusste sie jetzt immerhin, dass sie es in vollen Zügen genießen würde, einmal in ihrem Leben mit einer großen Hollywoodschauspielerin zu arbeiten. Dazu noch mit einer richtig guten. Denn das musste man der Harris lassen: Sie war phänomenal.

Wer wusste denn schon, ob eine solche Gelegenheit noch einmal wiederkäme. Wer wusste schon, was morgen war. Mit einer Zukunft, die es vielleicht nie geben würde, hatte Kira abgeschlossen.

Mit neuem Elan machte sie sich an die Überarbeitung des Drehplans von ›Blutsschwestern‹, um überall die große Neuerung einzubauen. Um Vanessa Harris einzubauen. Und erst als sie den Namen der Schauspielerin mit eigenen Händen in ihr Spreadsheet tippte, lachte sie laut auf. Erst jetzt war es echte, sichtbare Wirklichkeit. Sie stieß einen kleinen Schrei aus vor Aufregung.

Eddy sprang auf und hüpfte auf ihren Schoß, tanzte aufgeregt herum, stieß spitze Töne aus und versuchte ihr das Gesicht abzuschlecken. Und Kira lachte und lachte, konnte gar nicht mehr aufhören, lachte so ausgelassen wie schon sehr lange nicht mehr.

# 1

Vanessa schob den Gepäckwagen mit ihren zwei Reisetaschen durch die letzte Absperrung am Flughafen. Sie war schon lange nicht mehr ganz ohne Anhang verreist. In letzter Zeit war immer Nathalie oder irgendeine Assistentin der einen oder anderen Produktionsfirma dabei gewesen, die am Flughafen das Einchecken und sonstige Formalitäten übernommen hatte.

Obwohl es ein wenig nervte, dass sie sich nun um alles selbst kümmern musste, war es auch befreiend, auf sich gestellt zu sein. Bisher hatte sie es sogar geschafft, inkognito zu bleiben. Die Beamten der Schweizer Passkontrolle waren bisher die Einzigen, die wussten, wer sie war. Niemand sonst hatte mitbekommen, wie sie ihr Baseballcap und die verspiegelte Fliegerbrille abgenommen hatte, um sich zu identifizieren. Und vermutlich kamen am Flughafen Basel nicht jeden Tag Hollywoodstars an.

Sie machte sich auf den Weg zum Ausgang, wo die Filmemacherin sie höchstpersönlich abholen wollte. Hoffentlich hielt sie kein Schild mit ihrem Namen hoch. Dann wäre das ganze Versteckspiel für die Katz und mit Sicherheit auch gleich das eine oder andere Handy zur Stelle, um einen Schnappschuss von Vanessa Harris ungeschminkt und privat zu ergattern.



Das war ebenfalls eine neue Erfahrung: mit den entscheidenden Leuten des Teams nicht vorher schon ausführliche Gespräche geführt zu haben. Aber natürlich hatte die Filmemacherin nicht nach L. A. kommen können in der kurzen Zeit, schon gar nicht bei dem Budget, das für den Film zur Verfügung stand. Für diese Summe würden in Hollywood gerade mal die ersten fünf Minuten produziert. Ach was, die erste Minute. Wenn überhaupt.

Vanessa schob ihren Wagen durch die Schiebetür und sah sich unter den Wartenden um. Es herrschte beträchtliches Gedränge am Terminal, aber sie entdeckte sofort, wonach sie Ausschau hielt: ein Schild, auf dem ›Blutsschwestern‹ stand und auf das ein Vampirgebiss gemalt war, von dem drei Tropfen Blut herabfielen. Krude gezeichnet, aber witzig. Lächelnd ging sie auf die Frau zu, die das Schild hochhielt. Sie war mittelgroß, punkige Aufmachung, ungefähr in ihrem Alter.

»Hallo«, sagte Vanessa, als sie ihren Wagen vor ihr zum Stehen brachte. »Ich glaube, da bin ich gemeint.«

»Oh, hallo. Ich bin Kira. Freut mich wahnsinnig.« Mit einem strahlenden Lächeln streckte die Frau Vanessa die Hand zur Begrüßung hin.

Während Vanessa sie schüttelte, musterte sie die Filmemacherin, mit der sie die nächsten Wochen zusammenarbeiten würde. Sie hatte sehr gepflegte lange Braids – oder Rastas, wie man in Deutschland sagte –, jedes einzelne Zöpfchen ein Kunstwerk, alle zusammen zu einem dicken Zopf nach hinten gebändigt. Dazu Doc-Martens-Stiefel, kurzer Rock mit Leggings drunter, Halstuch mit Totenköpfen. Ein anbetungswürdiges Lächeln, das einen vorstehenden unteren Eckzahn offenbarte. Süß, dachte Vanessa, wenn man berücksichtigte, dass sie mit dieser Frau einen Vampirfilm drehen würde.

Das Auffälligste an dieser jungen Frau waren jedoch ihre lachenden Augen. In Hollywood und auch sonst in der Filmbranche waren Vanessa so viele Menschen begegnet, deren Lachen durch und durch falsch war, und das erkannte man immer an den Augen. Die blieben stets kalt. Diese Leute lächelten nur mit dem Mund. Ihr gegenüber stand hingegen eine Person, der so etwas fremd war. Wenn Kira Rosenborn lächelte, dann lächelten zuerst die Augen und dann auch das übrige Gesicht. Sehr einnehmend, sehr positiv, absolut hinreißend.



Vanessa lächelte zurück und ging sogar so weit, ihre Sonnenbrille anzuheben und Kira zuzublinzeln.

Kira blieb für einen Moment die Luft weg, als Vanessa Harris ihr einen Blick und ein Zwinkern aus ihren ungewöhnlichen Augen schenkte. Bisher hatte sie gedacht, dass da wohl mit einer guten Bildbearbeitungssoftware nachgeholfen worden sei. Aber jetzt, live und in Farbe, schienen die Augen der Schauspielerin tatsächlich diese aparte Mischung aus grün und blau zu haben, die man in ihren Filmen und auf Fotos sehen konnte. Es sei denn, sie trug gefärbte Kontaktlinsen. Aber wurden die überhaupt in so einem Türkiston hergestellt?

Sie merkte, wie sie taxiert wurde, und ließ es nervös über sich ergehen. Ihr war bewusst, dass sie nicht so aussah wie die Reichen und Schönen, mit denen der Hollywoodstar wohl normalerweise

Umgang pflegte. Aber daran würde sich Frau Harris gewöhnen müssen in den nächsten Wochen. Sie war nur eine kleine Filmemacherin aus Berlin, die am Rande des Existenzminimums vor sich hin werkelte.

»Äh, ja, also ... gehen wir?«, fragte sie, etwas nach Worten suchend. Vanessa Harris machte sie richtig zappelig mit ihrem Lächeln und ihrem Auftreten. Sie hatte versucht, sich gedanklich auf diesen Moment vorzubereiten – aber das nützte ihr jetzt überhaupt nichts mehr, weil sie etwas ganz anderes erwartet hatte. Dass die Harris hier einfliegen würde mit einem Schwarm Bewunderer und Paparazzi im Schlepptau, in ein Versace- oder Dior-Kleidchen gehüllt und geschminkt bis unter die Haarspitzen.

Wie Vanessa Harris in Wirklichkeit aussah, war zwar durchaus vielversprechend im Hinblick auf die unter sehr einfachen Bedingungen stattfindenden Dreharbeiten, aber es brachte Kira doch gewaltig durcheinander. Die Schauspielerin trug ein gelbgrünes John-Deere-Cap auf dem Kopf, so eines mit Plastiknetz, und ihre dunklen Haare hatte sie in einem Zopf hinten durchgezogen. Dazu eine Jeansjacke, die aussah, als hätte sie schon zwanzig Jahre auf dem Buckel, aber wahrscheinlich in einem Laden am Sunset Boulevard 500 Dollar gekostet hatte, und eine Jeans im selben Stil – Vintage. Und dann diese Fliegerbrille. Cool und lässig sah sie aus. Und wenn Kira es nicht besser wüsste, verdammt noch mal wie eine Schwester. Das war vielleicht gerade angesagt in L. A. oder Paris, ging es ihr flüchtig durch den Kopf. In Deutschland jedenfalls hatte sie noch keine Schauspielerin so herumlaufen sehen. So ... so ... butchig. Vanessa Harris war zwar eine der feminінsten Frauen, die die Filmbranche zu bieten hatte, zumindest auf der Leinwand – aber im wahren Leben schien sie noch mehr Facetten zu haben.

»Sie müssen schon vorgehen. Ich weiß nicht, wo Sie geparkt haben«, drang Vanessa Harris' Stimme amüsiert in ihre Gedanken.

Kira zuckte zusammen. Wie lange hatte sie hier gestanden und geglotzt? »Äh, ja, natürlich, Entschuldigung«, stammelte sie und ging ein paar Schritte Richtung Ausgang. Dann blieb sie abrupt wieder stehen und drehte sich zu Vanessa Harris um. »Wie unhöflich von mir. Soll ich dir … oh, Verzeihung … soll ich Ihnen mit dem Gepäck helfen?«

Das war doch nicht zu glauben. Vanessa Harris brachte sie vollkommen aus dem Konzept. Jetzt auch noch dieser Ausrutscher ins Du.

Doch ihr Gegenüber schaffte das Problem auf charmante Art und Weise aus der Welt: »Das schaffe ich gerade noch. Aber trotzdem vielen Dank für deine höfliche Nachfrage, Kira.«

Kira hörte sich selbst darauf kichern und fand sich total albern. Die Schauspielerin musste sie ja für komplett minderbemittelt halten. Oder für einen hirnlosen Fan, der sie anschmachtete. Beides entsprach ganz und gar nicht den Erwartungen, die sie an ihre Zusammenarbeit und an sich selbst stellte. Sie musste sich zusammenreißen, und zwar sofort.

Schweigend gingen sie nebeneinander her, und Kira wollte partout kein zwangloser Gesprächsstoff einfallen. Die Situation war fast surreal. Sie versuchte sich bewusst zu machen, dass Vanessa Harris auch nur ein Mensch war wie sie, aber das half ihr nicht wirklich weiter. Sie wusste inzwischen zu viel über sie: mit wem sie schon alles gearbeitet hatte, wo sie schon überall zu Dreharbeiten gewesen war, was sie für ein glamouröses Leben führte. Ein Leben im Scheinwerferlicht, ein Leben ganz für die Öffentlichkeit, ganz für den Ruhm. Vollkommen fremd für Kira. Schon allein die Vorstellung, so zu leben – absolut abwegig. Sie wusste also nicht, wie jemand wie Vanessa Harris tickte. Deshalb wusste sie auch nicht, worüber sie mit ihr reden könnte. So einfach war das. Es hatte nichts damit zu tun, dass die Harris aussah wie der feuchte Traum ihrer einsamen Nächte.

Okay, nur ein ganz klitzekleines bisschen vielleicht. Frauen, die sie anziehend fand, verschlugen ihr immer die Sprache. *Nichts weiter dabei, Kira.* Nur ein Funken sexuelle Anziehung. Und das beruhte selbstverständlich nicht auf Gegenseitigkeit.

Sie bezahlte am Kassenautomaten und schaffte es nur mühsam, unter Vanessa Harris' Blick die Münzen ohne auffällig viel Herumgefummel in den Schlitz zu stecken. Dann steuerte sie mit dem Ticket in der Hand ihr Auto an. *Nicht gerade die standesgemäße Stretchlimo oder der edle, holzvertäfelte Jaguar,* dachte sie bei sich, als sie ihren fünfzehn Jahre alten Golf Kombi betrachtete.

Eddy musste gehört haben, dass sie kam, und sprang plötzlich am Seitenfenster hoch. Ihr lustiges Mopsgesicht drückte sich gegen die Scheibe und verschmierte sie in ihrem Enthusiasmus. Sie kläffte aufgeregt, was man außen nur gedämpft hören konnte.

Peinlich. Und das, während man einen Hollywoodstar im Schlepptau hatte. Kira besah sich die Bescherung und überlegte krampfhaft, wie sie dieses Problem lösen sollte. Wie könnte sie Eddy dazu bringen, auf dem Rücksitz zu bleiben?

Ihr Gast war neben ihr zum Stehen gekommen. »Oh Gott, was ist das denn?«

Klang das aufgebracht? War die Schauspielerin schockiert, das Auto mit einem übermäßig freundlichen Mops teilen zu müssen? Verflixt, warum hatte sie nur nicht besser geplant. Kira zuckte entschuldigend mit den Schultern und lächelte zu Eddy hinein, die noch immer aufgeregt hin und her sprang und nicht verstand, warum Kira ihr nicht die Tür öffnete, damit sie diese neue Person angemessen begrüßen konnte. »Ja, tut mir leid«, versuchte sie die Situation zu retten. »Das ist Eddy. Ich hätte sie vielleicht doch besser nicht mitbringen sollen.« Jetzt endlich drehte sie sich von Eddy weg zu Vanessa hin.



Entgegen aller Befürchtungen verriet deren Gesicht nicht etwa Schock, sondern Entzücken. »Aber nein. Die ist ja total süß«, flötete die Schauspielerin hingerissen.

Ungläubig fragte Kira nach: »Es macht dir nichts, dass sie mit uns fährt?«

»Das ist bisher das Beste am heutigen Tag«, erklärte Vanessa Harris. Dann fiel ihr wohl auf, was sie da sagte. »Du weißt schon, was ich meine«, setzte sie nach, »Tiere machen gleich eine gute Stimmung. Möpse sowieso. Die sind doch immer gut drauf und schließen sofort Freundschaft.«

Kira drückte auf den Türöffner und versuchte sämtliche Assoziationen rund um das Thema Vanessa Harris und Möpse aus ihrem Gehirn herauszuhalten. *Möpse sind nur eine Hunderasse, sonst gar nichts, Kira.*

Vanessa war sofort an der Tür und öffnete sie.

Ohne nachzudenken mahnte Kira: »Lass sie aber bitte nicht rausspringen. Das ist zu gefährlich hier auf dem Parkplatz mit den vielen Autos.« Gleich darauf kam sie sich überfürsorglich vor.

Aber Eddy war nun mal ihr kleiner Augapfel. Da würde sie für keine Hollywoodschauspielerin der Welt Abstriche machen.

Aber sie hätte sich keine Sorgen machen müssen. Eddy und Vanessa klebten sofort wie Pech und Schwefel aneinander. Vanessa beugte sich zu der Mopsdame ins Auto und streichelte sie ausgiebig. Eddys Versuche, ihr das Gesicht abzuschlecken oder an ihrem Ohr zu knabbern, ließen sie hell auflachen. Kira konnte nur erstaunt den Kopf schütteln. Eddys Laute der Begeisterung kannte sie ja bereits zur Genüge, aber die gurrenden und lockenden Töne, die Vanessa Harris von sich gab, überraschten sie dann doch. War wohl nicht gelogen, dass sie Tiere mochte.

Vanessa Harris hatte gerade bei ihr gepunktet, stellte sie fest. Und zwar ziemlich fett. Leute, die Eddy mochten, standen bei Kira sehr hoch im Kurs. Ein Thema hätten sie damit ja in Zukunft schon mal, über das sie reden konnten: Tiere. Über Eddy konnte sie sowieso stundenlang quasseln.

Kira beschloss, die beiden sich selbst zu überlassen, verlud Vanessas Gepäck im Kofferraum und brachte den Gepäckwagen weg. Dann stieg sie auf der Fahrerseite ein. Vanessas Sonnenbrille war inzwischen auf den Sitz gefallen, aber das schien sie gar nicht zu kümmern, während sie Eddy kraulte und tätschelte. Kira musste schmunzeln. Die Schauspielerin wurde ihr von Minute zu Minute sympathischer.



Schließlich erklärte sie aber doch: »So, ihr zwei. Ich unterbreche nur ungern, aber Eddy muss jetzt auf den Rücksitz.«

»Wieso das denn?«, fragte Vanessa in regelrecht empörtem Ton. Sie spielte mit Eddys dunkelbraunen Ohren, die auch Kira gern streichelte, weil sie samtweich waren, und machte auch keine Anstalten, damit aufzuhören. Vanessa Harris hatte sehr schöne Hände, fiel Kira auf. Elegant und langgliedrig.

*Natürlich muss die Frau auch noch schöne Hände haben. Hätte sie nicht wenigstens zum Ausgleich Wurstfinger haben können?* Dann bemerkte Kira überrascht, dass Vanessa kurze, nicht lackierte Nägel hatte. Sehr gepflegt, aber so gar nicht *femme fatale.* Eher so ziemlich wie alle ihre lesbischen Freundinnen. Ein weiteres Fragezeichen in Bezug auf die Hollywoodschauspielerin.

Aber zurück zum akuten Problem. »Wo soll sie denn sonst hin?«, fragte Kira rasch zurück, bevor die Pause sich allzu sehr ausdehnen konnte.

»Na, auf meinen Schoß.« Vanessa klaubte ihre Brille vom Sitz und nahm kurzerhand den Mops auf den Arm. Dann setzte sie sich auf den Beifahrersitz und deponierte eine erfreute Eddy auf ihren Oberschenkeln. Die schenkte Vanessa noch ein angedeutetes Küsschen und machte es sich sofort bequem, mit Blick Richtung Frontscheibe, als wolle sie sagen: ›So, es kann losgehen.‹

Kira verriet Vanessa nicht, dass das Eddys Stammplatz war und dass alle Leute, die sie sonst mitnahm, das Mopsmädchen für gewöhnlich auf den Schoß nahmen. Für Vanessa hätte sie lediglich eine Ausnahme gemacht. Aber so war es viel besser. Mit den Hundehaaren auf ihren Klamotten würde Frau Harris selbst klarkommen müssen, aber so, wie es aussah, war ihr das vollkommen egal.

Die lange Fahrt zum Drehort kam ihr nun gar nicht mehr so schlimm vor. Eddy hatte es geschafft, sämtliches Befremden zwischen ihr und Vanessa Harris aus der Welt zu schaffen. Und sie schien mächtig vernarrt in den Star zu sein. *Wie der Rest der westlichen Welt, liebe Eddy.*

Sie waren vom Basler Flughafen aus über die Grenze nach Deutschland gefahren. Erst ein Stück Autobahn, und jetzt kurvten sie schon ziemlich lange durch die Gegend. Durch den Schwarzwald, besser gesagt. Vanessa war noch nie hier gewesen. Sie wusste nur, dass das Set für ›Blutsschwestern‹ hier irgendwo in einem abgelegenen Schloss sein sollte. Offenbar würde das ganze Team auch vor Ort wohnen. Sie war gespannt wie sonst nie vor einem Dreh. Innerlich hatte sie sich schon auf das Schlimmste eingestellt.

Der kleine Mops schnarchte auf ihrem Schoß vor sich hin und verbreitete ein Gefühl von Geborgenheit. Gesprochen hatten sie auf der Fahrt bisher nicht viel, aber die Stille war nicht unangenehm. Vanessa war ohnehin damit beschäftigt, die Landschaft zu betrachten und nebenher Eddys samtiges Fell zu kraulen.

»Seit wann hast du Eddy?«, brach sie irgendwann das Schweigen, als sie durch ein weiteres kleines Dorf mit Fachwerkhäusern fuhren.

»Seit zwei Jahren«, antwortete Kira kurz angebunden.

Nanu. Hatte Vanessa mit dieser harmlosen Frage ein heikles Thema angeschnitten, ohne es zu ahnen? Aber dann drehte die Filmemacherin ihr kurz den Kopf zu und lächelte sie breit an.

»Meine Väter haben sie mir geschenkt. Die Züchterin, von der sie stammt, ist eine Freundin von ihnen und musste sie zurücknehmen, weil die Käufer nicht mit ihr zurechtgekommen sind. Wie auch immer das möglich ist.« Sie fasste mit der Hand herüber und tätschelte Eddy sanft den faltigen Kopf. Die blinzelte kurz zu ihrer Besitzerin und schlief dann weiter.

Ohne dass Vanessa nachhaken musste, fuhr Kira fort: »Jedenfalls war sie wohl so schnell nicht mehr vermittelbar, meine Väter in spendierfreudiger Stimmung – und so sind wir zueinandergekommen. Ich selbst hätte mir eher einen Mischling aus dem Tierheim geholt und keinen Rassehund gekauft. Aber wir passen perfekt zusammen.« Mit einem liebevollen Blick auf ihren Mops schloss Kira Rosenborn ihre Erzählung ab.

Vanessa bestätigte: »Sie scheint wirklich ein Schatz zu sein.« Das bezog sich allerdings nicht nur auf Eddy. Auch Kira war äußerst liebreizend, wie Vanessa während der Fahrt mehr als ausreichend Gelegenheit hatte festzustellen. Ihre ganze Ausstrahlung übte eine ungewohnte Anziehung auf Vanessa aus, zumal die Verpackung für dieses ansprechende Wesen auch noch stimmte. Extrem hübsch, mit einem Körperbau, den Vanessa äußerst attraktiv fand: eher zierlich, aber nicht dürr. Die punkige Erscheinung tat dem Gesamteindruck auch keinen Abbruch.



Vanessa war geneigt, eine Affäre in Betracht zu ziehen. Das wäre eigentlich ideal. Abseits von Nathalies Überwachung konnte sie unbemerkt einen kleinen Ausflug genießen, ohne dass jemand etwas davon mitkriegen müsste.

Sie betrachtete das Objekt ihrer Überlegungen noch einmal von der Seite, als diese gerade damit beschäftigt war, eine verwirrende Aussage des Navis zu interpretieren. Wirklich ausgesprochen reizend. Aber wie so oft bei so hübschen Frauen bestimmt in einer festen Beziehung. Solche Schnäppchen waren meist vom Markt und dann auch nicht bereit dazu, ein kleines Abenteuer nebenher zu wagen – so verlockend Vanessa das auch gestalten mochte. Sie hatte ihre Erfahrungen. Besser, sich nicht allzu große Hoffnungen zu machen.

Das gegenteilige Problem gab es allerdings auch: dass die Frauen gleich erwarteten, Vanessa würde ihnen das *forever after* anbieten. Das passierte meist bei den Lesben unter ihren Gespielinnen. Für immer zusammen, an der Hüfte aneinandergewachsen wie siamesische Zwillinge, mit Ringen zusammengeschweißt. Absurd. Wer wollte denn so was?

Vanessa warf noch einmal einen Blick auf die Fahrerin und beschloss, dass es trotzdem einen Versuch wert wäre. Mit etwas Glück wäre Kira weder abgeneigt noch kompliziert. Immerhin hatte sie am Flughafen die üblichen Anzeichen an den Tag gelegt, die Frauen zeigten, die unwillkürlich ihren Reizen erlegen waren. Das Ganze hatte Potential.

Dann drängte sich mit Verspätung ein Detail aus Kiras Erzählung in den Vordergrund ihrer Gedanken. Ihre Väter? Wie war das denn gemeint?

»Du hast von deinen Vätern gesprochen. Wie viele hast du denn?«, fragte sie nach.

Kira lachte ganz entzückend auf und warf ihr ein Lächeln zu. Eines von denen, die Vanessa inzwischen schon mit Vorfreude erwartete. Mit lachenden Augen. »Zwei«, antwortete sie dann, während sie sich wieder auf die Straße konzentrierte. »Meinen leiblichen und seinen Mann. Uli und Stephan. Meine Papis. Sie haben mich großgezogen, seit ich vier war.« In ihrer Stimme schwang unüberhörbar Zuneigung mit.



Trotzdem musste Vanessa nachhaken: »Und deine Mutter hatte da nichts dagegen?« Das war ja schließlich nicht heute passiert, sondern vor knapp dreißig Jahren, schätzungsweise.

»Meine Mutter hatte kein gesteigertes Interesse an mir. Sie wollte ihre wilden Jahre genießen.« Jetzt klang Kira leicht säuerlich. »Inzwischen telefonieren wir ab und zu mal. Aber meine Eltern, das sind Uli und Stephan.«

Damit schien das Thema für Kira beendet zu sein. Vanessa konnte den großen Punkt am Ende des Satzes förmlich hören und akzeptierte ihn bereitwillig. Sie wollte ja nicht Kiras komplette Lebensgeschichte aufgetischt bekommen. Sie ein bisschen besser kennenlernen – gern. Vor allem körperlich sehr gern.

Inzwischen waren sie in ein weiteres pittoreskes Dorf gekommen, ein bisschen größer als die hinter ihnen liegenden. Kira steuerte schon wieder den Ortsrand an, bog dann aber von der

Durchgangsstraße ab und hielt auf ein großes Gebäude zu. Ein düsteres, teilweise verfallenes historisches Schloss.

»So, wir sind da«, verkündete sie und verlangsamte das Tempo. »Das ist das alte Schloss hier in Altbürg. Es wird gerade noch *peu à peu* renoviert, weshalb es für uns als Location ideal ist. Innen ist es zum Teil noch mehr heruntergekommen, genau der richtige Look für den Film.«

Vanessa beäugte das Schloss durch das Seitenfenster, während sie ganz langsam daran vorbeirollten. »Sieht schon mal sehr vielversprechend aus.« Definitiv nicht Neuschwanstein oder Versailles. Aber da würde auch niemand eine Vampirgeschichte drehen wollen. Viel zu geleckt. Das hier war wirklich der perfekte Schauplatz.

Kira hielt vor einem kleineren Nebengebäude, das nur unwesentlich besser erhalten war als das Haupthaus. Es standen schon einige Autos davor. Kira machte den Motor aus, zog den Zündschlüssel und warf Vanessa einen entschuldigenden Blick zu. »Wir wohnen alle hier im ehemaligen Gesindehaus. Es ist nicht dein üblicher Standard, befürchte ich.«



»Mach dir keine Gedanken«, beeilte sich Vanessa zu erwidern. »Ich wusste ja im Vorfeld, dass ich mich auf eine Low-Budget-Produktion einlasse. Hauptsache, ich habe ein Bett und keine Isomatte auf dem Boden. Aus dem Alter bin ich dann doch raus.«

Der Mops auf ihrem Schoß hob den Kopf und musterte seine Besitzerin erwartungsvoll, offensichtlich bereit, sofort und überallhin mit ihr mitzugehen.

»Für einen Hollywoodstar bist du erstaunlich unkompliziert«, bemerkte Kira erstaunt, während sie sich abschnallte. »Oder lässt du die Diva erst ab Drehbeginn raus?«

»Jo mei. I koa fei für nix garantiern.« Vanessa zwinkerte ihr zu. Der kleine Abstecher in ihr bayrisches Idiom war ihr so rausgerutscht. Das musste an der Umgebung liegen. Sie war wirklich in der tiefsten deutschen Provinz gelandet.

Aber es verfehlte seine Wirkung nicht. Wieder sichtlich verunsichert, wurde Kira auf einmal ganz hektisch. Sie hantierte umständlich mit ihren Schlüsseln und öffnete fahrig die Wagentür.

»Ich zeige dir jetzt erst mal dein Zimmer, und wenn du willst, führ ich dich danach gleich rum«, sagte sie im Aussteigen, ohne Vanessa anzusehen.

Die gab frech zurück: »Sehr guter Plan.« Augenblicklich beobachtete sie, wie Kiras Gesicht ein rosa Hauch überzog. Ein kleines Grinsen konnte sie sich nicht verkneifen. Die Filmemacherin war wirklich zuckersüß. Und so empfänglich für ihre kleinen Flirtereien.

Sie öffnete ihre Tür und ließ den Mops Eddy hinaushüpfen, bevor sie selbst ausstieg. Das versprach alles sehr spannend zu werden.

Zusammen holten sie das Gepäck aus dem Kofferraum und machten sich schwer beladen auf den Weg ins Gesindehaus. Vorneweg Kira, dann Vanessa und Eddy direkt an ihren Fersen.

Während sie sich die schmale und steile Treppe in den ersten Stock hocharbeiteten, schnaufte Kira: »Große Teile der Crew sind schon ein paar Tage da, manche sind wie du erst heute angereist. Wird in Hollywood auch nicht anders laufen, oder?«

Vanessa hatte ebenfalls zu kämpfen. Ihre großen Reisetaschen waren einfach zu sperrig für dieses enge Gemäuer. »So ähnlich«, gab sie deshalb nur kurz zurück. Außerdem hatte sie gerade keine Lust, an Hollywood zu denken. Das hier war so diametral gegensätzlich dazu, wie sie dort für gewöhnlich am Set empfangen und hofiert wurde, dass es keiner Erwähnung wert war. Niemals würde sie dort ihr eigenes Gepäck schleppen müssen. Warum hatte sie nur so viel Zeug eingepackt?



Oben angekommen steuerte Kira das letzte Zimmer auf dem Gang an, öffnete die alte Holztür und setzte Vanessas Tasche gleich auf dem Boden ab. »Das ist dein Reich für die nächsten Wochen«, erklärte sie, noch immer schnaufend, und deutete in den Raum.

Er war größer als erwartet, nicht die Besenkammer, mit der Vanessa gerechnet hatte. Ein altes Holzbett mit gedrechselten Bettpfosten stand drin, und der Rest der Einrichtung war ähnlich antik. Es sah so aus, als ob das Personal des Schlosses gerade erst ausgezogen sei. Anno 1910. Ein Nachttischchen, ein Schrank, eine Kommode, ein Tisch und zwei Stühle. Ein bisschen zusammengewürfelt, aber anheimelnd, fast wie im Heimatmuseum. »Sehr hübsch«, bekundete sie.

Kira sah schon wieder unangenehm berührt aus, aber diesmal wusste Vanessa gar nicht, weshalb. Sie hatte doch gerade überhaupt nicht geflirtet. Na ja, nur ein ganz kleines bisschen. Sie stellte ihre große Reisetasche und das Handgepäck auf dem Bett ab und drehte sich wieder Kira zu.

Die schien sich inzwischen gefangen zu haben und erklärte nun ganz geschäftsmäßig: »Später treffen wir uns noch zu einer Vorbesprechung mit der Kamerafrau und meinem Koproduzenten.«

»Ich freue mich darauf, mit euch zusammenzuarbeiten«, sagte Vanessa mit einem, wie sie hoffte, unschuldigen und charmanten Lächeln.

»Deine erste Szene ist morgen Nachmittag«, fuhr Kira im gleichen Tonfall fort. »Das hab ich so gelegt, um dir mehr Zeit zum Ankommen zu geben. Vormittags drehen wir mit deiner Mitstreiterin Ruth.«

Vanessa nickte nur. »Okay.«

Eine kurze Pause entstand. Dann fragte Kira: »Willst du erst mal auspacken?«

»Nein, das hat Zeit. Zeig mir doch erst mal den Rest.« Vanessa war noch nicht bereit, die reizende Gesellschaft der Filmemacherin aufzugeben. Außerdem wollte sie jetzt wirklich sehen, wo sie hier gelandet war.



Kira hatte Vanessa den Rest des Gesindehauses und das Schloss gezeigt und sie dann ihrem Gepäck überlassen. Jetzt war sie so erledigt, als wäre sie einen Marathon gelaufen. Eddy hatte noch wesentlich mehr Energie. Sie hüpfte ihr voraus die Treppen hoch und blieb immer wieder stehen, um sie mit ihren Kulleraugen aufmunternd anzusehen.

Mit letzter Kraft schleppte sich Kira die drei Stockwerke zu ihrer kleinen Dachkammer hoch. Wieder zitterten ihre Hände, aber sie ignorierte es einfach. Ihre Gedanken kreisten wie wild um Vanessa Harris.

Würde ein Hollywoodstar wirklich mit der Situation hier zurechtkommen? Bisher schien Vanessa überraschend umgänglich zu sein. Wenn man mal davon absah, dass sie ganz offensichtlich mit allem flirtete, was nicht bei drei auf den Bäumen war. Warum sonst hatte sie Kira immer wieder solche begehrlichen Blicke zugeworfen, als sei sie ein leckeres Appetithäppchen? Das konnte ja heiter werden, wenn sie erst mit der Crew zusammentraf. Aber wenigstens erwartete sie kein Fünfsternehotel mit Zimmerservice und Bidet.

Eigentlich gab es so viel vorzubereiten, zu besprechen und zu kontrollieren, aber Kira konnte einfach nicht mehr. In ihrer kleinen Dachkammer angekommen, in deren fünf Quadratmeter nur gerade eben ein Bett unter der Schräge und ein Stuhl hineinpassten, ließ sie sich sofort auf die Matratze sinken. Ein leichtes Pochen machte sich in ihrem Kopf bemerkbar, aber das war Kira mittlerweile gewohnt. Eddy sprang zu ihr aufs Bett, richtete sich neben ihr ganz selbstverständlich für ein Nickerchen ein und schnarchte bereits nach kurzer Zeit, doch sie selbst konnte nicht aufhören zu grübeln.

Sie lag noch keine zehn Minuten, als es an der Tür klopfte. Kira seufzte. *So viel zu einem kleinen Schläfchen für mich …* »Herein.«

Ihr Koproduzent und Freund Lukas steckte den Kopf durch die Tür. Eddy schnarchte einfach weiter. Sie erkannte seine Stimme wohl sogar im Schlaf. Kira kannte Lukas seit dem Studium an der Filmakademie, und sie arbeiteten seither häufig zusammen. Für ›Blutsschwestern‹ hatte sie ihn ins Boot geholt, weil sie die Produktion nicht aus der Hand geben wollte. Und bei Lukas wusste sie, dass sie auf einer Wellenlänge waren und er keine krummen Sachen machen würde. Was man wirklich nicht von allen Produzenten und Produktionsfirmen sagen konnte.



»Alles in Ordnung bei dir?«, fragte Lukas besorgt. Er kam jetzt vollends ins Zimmer, räumte ihre Klamotten von dem einzigen Sitzmöbel und zog den Stuhl ein Stück zum Bett, um sich hinzusetzen und sie zu mustern. »Kopfweh?«

»Nicht weiter schlimm. Geht gleich wieder«, versuchte sie ihn abzuwiegeln.

»Bist du dir sicher?« Der sorgenvolle Ausdruck wich nicht von seinem Gesicht. Er kannte sie einfach zu gut. »Du musst dich schonen, so gut es geht.«

»Sei nicht so eine Glucke«, versetzte Kira. Das brachte ihn zum Schmunzeln, und er ließ das Thema fallen. War auch besser so, dachte sie.

Lukas war die einzige schwule Jungfrau der Welt. Zumindest aber wohl die älteste. Er war immerhin so alt wie sie. Was für ein Team sie waren: Er schaffte es nicht, eine Beziehung zu beginnen, sie wollte nicht. Dabei lag es bei beiden nicht an der mangelnden Gelegenheit. Lukas sah ganz gut aus mit seinen dunklen Locken, die er in einem Pferdeschwanz trug. Er war ziemlich groß und dünn und erinnerte ein bisschen an den neuen Sherlock-Holmes-Darsteller, Benedict Cumberbatch. Sein Problem bestand darin, dass er einfach zu wählerisch war. Er fand noch an jedem Mann, der sich für ihn interessierte, etwas auszusetzen. Bevor sie Lukas kennengelernt hatte, war Kira davon ausgegangen, dass das für einen schwulen Mann kein Hinderungsgrund war, jedenfalls nicht für Sex. Lukas belehrte sie eines Besseren. Er wartete auf die große, romantische Liebe.

Bei ihr selbst war es eine ganz andere Geschichte. Immerhin hatte sie es geschafft, früher mal ganz normal Freundinnen zu haben. Eine nach der anderen, schön brav seriell monogam. Das lag weit hinter ihr. Jetzt konnte sie sich niemandem mehr zumuten.

»Wie ist unser ureigener Hollywoodstar drauf?«, erkundigte sich Lukas begierig. »Wie war die Fahrt hierher?« Sein Gesicht glühte vor Neugier. Mit einer solch erfolgreichen und bekannten Schauspielerin hatte auch er noch nicht produziert. Sie waren es zwar beide gewohnt, auf mehr oder weniger berühmte Menschen zu treffen, und deshalb auch nicht so schnell einzuschüchtern, aber Vanessa Harris und Hollywood waren noch einmal eine andere Hausnummer.



Ein wenig skeptisch berichtete Kira: »Bisher scheint sie pflegeleicht zu sein. Aber warten wir mal ab. Ich traue dem Frieden noch nicht.« Sie konnte es tatsächlich noch nicht glauben, dass die Harris so wenig dem Bild der jungen, exaltierten Diva entsprach, das die Presse so gern von ihr zeichnete.

»Ist die Unterkunft für sie akzeptabel? Oder müssen wir sie in eines der Hotels in der Gegend verlegen?«, hakte Lukas gleich nach. Natürlich – ans Geld zu denken, war eine seiner wichtigsten Aufgaben. »Bitte sag, dass es nicht so ist. Die potentiellen Kosten treiben mich schon in meinen schlaflosen Nächten um.« Er wischte sich nervös die Handflächen an seiner Anzughose ab, die er wie üblich zum Sakko trug. Heute mit dezenten Karos. Darunter Pullunder und Hemd. Kira fand immer, dass Lukas britisch aussah. Man hätte ihn problemlos nach Cambridge an die Uni beamen können, er wäre nicht weiter aufgefallen.

»Ich glaube, das Zimmer fand sie sogar ganz charmant«, beruhigte sie ihn. »Und immerhin kriegt sie das große Bad im ersten Stock ganz für sich allein. Wie sie mit der Gemeinschaftsküche und dem gemeinsamen Abendessen zurechtkommt, wird sich zeigen.« Sie stützte sich auf die Ellenbogen auf und ignorierte den leichten Schwindel, der sie dabei überkam.

Wie aufs Stichwort lamentierte Lukas: »Bitte lass sie keine Spezialdiäten machen. ›Vegan raw‹ soll der letzte Schrei sein – vegane Rohkost. Komplizierter geht's nicht. Das wäre unser Untergang. Das könnten wir niemals bewerkstelligen.« Wieder wischte er sich die Handflächen ab. Vanessa Harris schien bei ihm den Schweiß ausbrechen zu lassen, zumindest der Gedanke an die potentielle Sprengung des Budgets.

»Bisher hat sie nichts dahingehend eingefordert«, meinte Kira, aber auch ihre Stimme klang nicht allzu optimistisch. »Mir wird eher ganz angst und bange, dass sie uns nachher in der Besprechung alles über den Haufen wirft. Schließlich hat sie uns so gut wie in der Hand. Wenn sie jetzt abspringen würde, bekämen wir so schnell keinen Ersatz.« Sie kaute auf ihrer Unterlippe herum. So richtig zu Ende gedacht hatte sie diesen Gedanken bislang nicht. Ihr erster Film, auf den sie wirklich große Hoffnungen setzte – da mussten die Dreharbeiten einfach reibungslos ablaufen. Das durfte gar nicht anders sein. Bisher hatte sie zwar den einen oder anderen kleineren Filmpreis eingeheimst und dadurch auch immer wieder irgendwie weitermachen können mit ihren eigentlichen Plänen und Projekten. Aber für den täglichen Lebensunterhalt musste sie immer wieder bei Spielfilmen, die fürs Fernsehen *en masse* produziert wurden, Regieassistenz oder Aufnahmeleitung machen. Auf lange Sicht wollte sie das gern hinter sich lassen und nur noch ihre eigenen Filme machen, zur Not auch Schmonzetten fürs Fernsehen. Und das hier war die Gelegenheit. Es war ihr Sprungbrett für mehr.



Eigentlich war es das für alle Beteiligten. Sobald klar war, dass Vanessa Harris im Boot war, hatte sich Kira vor Angeboten nicht retten können. Viele wollten sogar umsonst arbeiten. Auch der Stamm ihrer Crew war nicht mehr ganz so wehleidig über die verschwindend kleinen Gagen, die alles waren, was sie zahlen konnten. Der Name Harris wog sehr viel auf. Als Produzentin musste Kira zugeben: Was Vanessa Harris sie mehr kostete, hatten sie an anderer Stelle wieder wettgemacht. Bisher. Kira verließ sich nie hundertprozentig auf den ersten Eindruck.

»Kurz formuliert«, fasste Lukas ihr Dilemma zusammen, »wir wären voll am Arsch.« Mit Vanessa Harris stand und fiel jetzt der Film. Hopp oder top. Alles oder nichts.

»Aber so was von«, bestätigte sie vehement. Dann fiel ihr noch etwas ein. »Lass dich übrigens nicht irritieren: Sie flirtet mit allem, was atmet. Ich hoffe, deine schwule Feinsinnigkeit wird dadurch nicht unangenehm berührt.« Sie war sowieso gespannt, wie der Rest der Schauspieler und Crew darauf reagierte. Sie selbst konnte damit umgehen, aber sie hoffte, dass niemand eine Affäre mit der Schauspielerin anfing und es zu Dramen am Set kam.

»Soll das heißen, sie hat mir dir geflirtet? Erzähl.« In Lukas' Augen blitzte freudiges Interesse auf. Offensichtlich hatte er keine Bedenken, dass ihr sensibler Drehplan durch die notorische Verführerin durcheinandergebracht werden könnte.

Kira lachte auf. »Sie muss echt einen Hau haben, wenn sie sich dafür ausgerechnet mich aussucht.« Es war wirklich zu albern. Jetzt im Rückblick amüsierte es sie ungemein.



Lukas taxierte sie mit gespielt grüblerischer Miene und sinnierte: »Es stand eben einfach gerade niemand anderes zur Verfügung.« Dann musste er ebenfalls lachen.

»Hey!« Kira knuffte ihn belustigt. »Außerdem stimmt das gar nicht. Eddy war ja auch noch dabei. Und die war ihr sofort erlegen.«

Die Mopsdame war durch das Gegacker endlich auch erwacht und gab ein kleines, bestätigendes »Wuff« von sich. Jawohl, sie war dieser wundervollen Person mit Haut und Haar erlegen, sollte das wohl heißen. Kira wurde fast ein bisschen neidisch. Wenn ihre Welt doch nur so einfach wäre wie die von Eddy.

Vanessa saß drehbereit in ihrem Stuhl am Set und wartete seit fast einer halben Stunde, dass es mit ihrer ersten Szene endlich losgehen konnte. Sie hatte bereits den halben Vormittag in der Maske und mit dem Anpassen ihrer Kostüme verbracht. Ihren Text hatte sie längst intus, schon im Flugzeug hatte sie das meiste memoriert – mit der einen oder anderen Änderung hier und da. Aber Kira war sehr aufgeschlossen gewesen, als sie das in der gestrigen Besprechung eingebracht hatte. Eine weitere positive Überraschung. Andere Regisseure reagierten säuerlich auf so etwas, und manche Drehbuchautoren taten so, als ob man ihnen einen Finger abhacken wollte, sobald man als Schauspielerin mit eigenen Gedanken kam. Hier ging alles etwas lockerer zu. Aber offensichtlich auch, was den festgelegten Drehplan anging.

Noch immer steckten die Kamerafrau und der Chefbeleuchter mitten in einer hitzigen Auseinandersetzung über das Licht am Set. Es stand eine Szene auf dem Plan, die in der Nacht spielte, und jetzt gerade war helllichter Tag. Klar, sie drehten einen Vampirfilm, die meisten Szenen spielten in der Nacht. Im Drehplan waren zwar auch einige Nacht-Drehs vorgesehen, aber nur dann, wenn es nicht anders ging. Das bedeutete, dass die Sache mit dem Licht oft diffizil war.

Jetzt sah Vanessa von weitem, wie Kira offenbar ein Machtwort sprach und die beiden streitenden Parteien zu einem Kompromiss brachte. Eine Geste in ihre Richtung beinhaltete das Ganze auch. Danach brach hektische Geschäftigkeit aus. Die Scheinwerfer am Set wurden noch einmal justiert, während die Kamerafrau den Effekt an einem Kontrollmonitor kommentierte. Vermutlich würde es weitere zehn Minuten dauern, bis es endlich losging, schätzte Vanessa.



Die Einzige, die in der Hektik genauso die Ruhe behielt wie sie selbst, war Kiras Mops. Eddy lag in einem Körbchen neben dem Regiestuhl und beobachtete das Treiben ebenfalls interessiert. Vanessa lächelte. Der Anblick war irgendwie entspannend. Ein Hund am Set war eher ungewöhnlich, es sei denn, man drehte eine Neuverfilmung von ›Lassie‹.

Aber noch hatte Vanessa gar keine Entspannungshilfe nötig. Sie war gut vorbereitet und bestens versorgt. Die Regieassistentin war schon mehrfach bei ihr gewesen und hatte diverse Erfrischungen angeboten, aber im Hinblick auf ihre Aufmachung hatte sie verzichtet. Sie war komplett hell geschminkt, sogar ihre Lippen und Hände. An den Fingern trug sie künstliche dunkelrote, lange Fingernägel. Die würden ihr in Zukunft für jeden Drehtag aufs Neue angeklebt werden, da sie keine Lust hatte, ständig mit den Krallen herumzulaufen. Ihr schwarzes Wallegewand war erstaunlich bequem und in den kühlen Räumen des Schlosses sogar angenehm zu tragen. Nachher, in der Hitze der Scheinwerfer, würde es wahrscheinlich unerträglich werden. Zu Beginn des Films trat ihre Figur noch sehr bedeckt auf, erst im Laufe der

Entwicklung der Handlung würden ihre Kostüme dann körperbetonter sein.

Die Geschichte des Films hatte Vanessa sofort angesprochen, als sie vor ein paar Wochen die E-Mail von Kira erhalten hatte. Sie handelte von einer jungen Frau, die als neue Gutsverwalterin von einer Schlossherrin – verkörpert von Vanessa – engagiert wird. Was sie nicht weiß, ist, dass es sich bei der Schlossherrin und ihren Freunden um Vampire handelt, von denen sie sich immer mehr angezogen fühlt. Das anfangs harmlose Abenteuer wird für die Gutsverwalterin zu einem Sog, und schließlich reist ihr Verlobter an, um sie zu befreien. Aber sie entscheidet sich in vollem Bewusstsein, worauf sie sich einlässt, am Ende für die untote Schlossherrin.

Auch die Rolle hatte Vanessa gleich gefallen. Eine solche Rolle hatte sie noch nicht gespielt, war ihr auch noch nie angeboten worden – zumindest hatte ihr Nathalie keine entsprechenden Drehbücher unterbreitet. Kiras Skript war jedoch wirklich gut. Die Dialoge feinsinnig, die Vampirgeschichte unglaublich subtil erzählt. Grundlegende menschliche Bedürfnisse nach Leidenschaft, Liebe, Sinnlichkeit waren der eigentliche Subtext, das Vampirthema stellte lediglich eine attraktive, geschickt gewählte Verpackung dar, die hoffentlich auch viele Zuschauer anlocken würde. Ein Drehbuch mit Tiefgang und Empathie für seine Figuren. Sie hatte einfach zusagen müssen.



Ihr Gegenpart war auch sehr gut besetzt. Sie hatte Ruth, die die naive Gutsverwalterin spielen sollte, gestern Abend kennengelernt. Die Schauspielerin entsprach schon im richtigen Leben so sehr dem Bild einer blonden Unschuld, dass die Rolle ihr wie auf den Leib geschrieben war. Vanessa wusste jedoch aus den Informationen, die ihr Kira im Vorfeld geschickt hatte, dass Ruth keineswegs unerfahren war. Sie war ein ehemaliger Kinderstar und versuchte mit ›Blutsschwestern‹ von diesem Image loszukommen. Wenn Vanessa an die sinnlichen Bettszenen dachte, die sie mit Ruth drehen sollte, wäre es nach dem Film eigentlich ausgeschlossen, dass irgendwer die junge Schauspielerin noch mit ihren unschuldigen Kinderfilmen assoziieren würde. *No way.*

»Es kann losgehen«, erschallte jetzt Kiras Stimme, freundlich, aber bestimmt. So hatte Vanessa die Filmemacherin schon die ganze Zeit im Umgang mit der Crew wahrgenommen: ruhig, rücksichtsvoll, aber mit natürlicher Autorität. Ein weiteres Plus in Bezug auf Kira Rosenborn. Bisher hatte Vanessa es keine Sekunde bereut, hierhergekommen zu sein und für diesen Film zugesagt zu haben – auch wenn sie gerade vierzig Minuten mit Warten am Set verplempert hatte.

Die Aufnahmeleiterin kam und bat sie freundlich, sich auf Position zu begeben. Auf halbem Weg traf sie Ruth, die mit ihr diese Szene spielen würde.

»Wird auch so langsam Zeit. In diesem zugigen Loch von einem Schloss friert man sich ja die Titten ab«, gab ihr Gegenpart halb motzig, halb scherzhaft kund. Ganz im Gegensatz zu ihrem unschuldig wirkenden Äußeren bediente sich die Schauspielerin einer mit Kraftausdrücken gepfefferten Sprache. Vanessa hatte bisher keinen Satz von ihr gehört, der nicht irgendwie sexualisiert war, was sie selbst, gelinde gesagt, ein bisschen unschön fand.

Mit einem Hauch Sarkasmus antwortete sie: »Dafür darfst du jetzt zeigen, was für ein prächtiges Paar du hast, und ich werde in meiner Rolle angemessen beeindruckt daraufstarren.«



Aber die junge Schauspielerin schien nicht empfänglich für feinsinnigere Kommunikation. Sie ließ ein grelles, wieherndes Lachen hören, das Vanessa um ihre Zahnfüllungen fürchten ließ und von dem sie sicher war, dass es komplett unecht war. »Fick mich, du bist echt witzig!« Ein koketter Augenaufschlag in Vanessas Richtung folgte.

*Äh, bitte nicht!* Auch wenn in der Klatschpresse stand, dass sie jeden und jede nahm, der oder die für eine Affäre in Frage kam, so war Vanessa doch in Wahrheit sehr wählerisch in dieser Hinsicht. Eine Frau wie Ruth käme niemals in Betracht. Sie war eine taube Nuss. Das Gesamtpaket musste stimmen, äußere Erscheinung und Inhalt. So wie bei Kira. Da stimmte wirklich alles. Die Filmemacherin verkörperte genau das, was Vanessa an Frauen schätzte. Deshalb maß sie Ruth mit einem kühlen Blick und erklärte in ernstem Ton, damit dieses Thema ein für alle Mal geklärt war: »Nein, danke.« Um ihre Partnerin nicht gleich am ersten Tag vor den Kopf zu stoßen, fügte sie mit einem Zwinkern hinzu: »Aber sehr nettes Angebot.«

Wieder erschallte das markerschütternde Lachen. *Gruselig.* Aber immerhin schien sie eine für die Dreharbeiten potentiell unangenehme Situation diplomatisch umgangen zu haben. Wer weiß, was passiert wäre, hätte sie Ruth gekränkt. Manche in der Branche konnten das ganz schlecht verkraften und übten dann Rache während des Drehs.

Vanessa strich ihr schwarzes Gewand glatt und begab sich auf die vorher abgesprochene Position für die erste Einstellung der Szene. Sie atmete ein paarmal tief durch und visualisierte vor ihrem inneren Auge die Figur, die sie verkörperte. Einen Moment später nahm sie die Scheinwerfer und die Kamera kaum mehr wahr. Sie war die Schlossherrin.

Hatte sie es doch gewusst. Vanessa war schon kräftig dabei, ihre Partnerin Ruth zu umgarnen. *Das fängt ja gut an.* Was Kira gerade mit einem Auge nebenher beobachtet hatte, war genau das, was sie von Vanessa Harris erwartet hatte. Und Ruths grässlich gekünstelte Lache, mit der sie auf das Geflirte des Stars reagierte, war einfach grauenvoll. Wahrscheinlich dachte sie, dass eine Affäre mit der Harris genau der Push war, den ihre Karriere brauchte. Die Voraussetzung war natürlich, dass es bekannt würde. Aber wenn ihnen die Jungschauspielerin die Presse auf den Hals hetzte hier am Set, dann könnte sie was erleben. Kira würde ihr höchstpersönlich den Hals umdrehen.



Doch damit würde sie sich beschäftigen, wenn es so weit war. Jetzt brauchte sie ihre volle Konzentration für die anstehende Szene. Das war der einzige Grund, warum sie all das Drama auf sich nahm: Sie wollte aus ihrem Drehbuch den bestmöglichen Film machen. Dazu musste sie all diese Menschen hier am Set bei der Stange halten und aus ihren Schauspielern das Maximum herausholen. Also, gute Miene zu bösem Spiel. Lächeln und sich zum Affen machen, das war ihre Rolle hier.

»Meine Lieben, es geht los«, erklärte sie. »Wir haben alles besprochen, ich brauche nichts mehr hinzuzufügen. Wir drehen diese Szene jetzt einfach.« Sie schaute ein letztes Mal ermutigend in die Runde, bestehend aus Kamerafrau, Tontechnikern, diversen Assistenten, Beleuchtern und weiteren Helfern. Für ihren Geschmack eigentlich immer zu viele Leute, wenn gedreht wurde – und vorher, für den zügigen Umbau zwischen den Szenen, zu wenige.

Dann wandte sie sich an ihre beiden Schauspielerinnen, die einzigen, die an dieser Szene beteiligt waren, und schenkte jeder einen motivierenden Blick. »Ruth, Vanessa. Ich habe vollstes Vertrauen in euch«, betonte sie mit mehr Chuzpe, als sie in Wahrheit fühlte. Denn in Wahrheit war sie irrsinnig aufgeregt.

Die erste Szene, die sie mit einem Hollywoodstar drehen würde. Mit einer Person, die wahrscheinlich ganz andere Umstände gewohnt war. Die normalerweise nur mit den Vollprofis der Branche arbeitete. Die das alles hier billig und amateurhaft finden musste ... Hoffentlich erlaubte sie sich als Regisseurin keine Schnitzer. Das Schlimmste, was ihr passieren konnte, wäre, sich gegenüber dem Weltstar als Stümperin zu offenbaren. Sie wusste zwar, dass sie keine war, aber wer konnte schon sagen, wie Vanessa das sehen würde nach dem ersten Drehtag.

»Los geht's.« Sie nickte ihrer Kamerafrau Sonja zu. Sie hatten schon mehrere Filme miteinander gedreht und waren ein eingespieltes Team.

»Kamera läuft«, erhielt sie zur Antwort.

Ein Assistent hielt die Klappe mit der Nummer der Einstellung und dem Take vor die Kamera. Jetzt wartete alles auf ihr endgültiges Signal für die beiden Schauspielerinnen in Position. Am Set herrschte in diesem Moment angespannte Stille, so als hielte jeder Einzelne den Atem an.



»Action«, sagte Kira ruhig.

Vanessa und Ruth legten los. Die Szene bestand in der ersten Begegnung zwischen Schlossherrin und Gutsverwalterin. Ruth sollte unsicher, aber beherzt wirken. Vanessa sollte beginnen, sehr subtil ihr Netz auszuwerfen, vorsichtig, aber mit Erfahrung. Die versteckte Verführung sollte spürbar sein.

Die erste Einstellung drehten sie zwischen Empfangsraum und der überdimensionierten antiken Flügeltür zum großen Salon. Das war der Moment, in dem die Schlossherrin die Gutsverwalterin bat einzutreten, sie im übertragenen Sinne in ihre Welt hereinholte. Weitere Einstellungen würden dann im Salon folgen, der sozusagen das Zentrum der Macht darstellte. Das Herz des Spinnennetzes, das die Schlossherrin um sich wob.

Als Kira die Szene sich entfalten sah, blieb ihr fast das Herz stehen. Vanessa war unglaublich gut. Sie spielte ihre Rolle ganz und gar sachlich, fast schon kühl, und trotzdem schaffte sie es, dass da etwas mitschwang. Man konnte sich ihrer Präsenz, beziehungsweise der der Schlossherrin, nicht entziehen. Und sie riss Ruth mit. Die blonde Schauspielerin war besser, als sie es in jeder Sprechprobe gewesen war. So hingerissen verfolgte Kira das erste Take der Szene, dass sie fast sabbern musste wie Eddy, wenn sie ein ganz besonders gutes Leckerli bekam.

Dann war es vorbei, und Kira war noch immer ganz gebannt von der Illusion, die Vanessa geschaffen hatte.

»Und Cut«, erinnerte sie sich gerade noch zu sagen. Nur knapp konnte sie sich davon abhalten, mit heruntergeklapptem Kiefer auf Vanessa zu starren. Mit einer Stimme, die für sie selbst ganz ungewohnt begeistert klang, fügte sie hinzu: »Sehr gut. Ich bin vollstens zufrieden. Lasst uns gleich weitermachen mit den Großaufnahmen.«

Tatsächlich ging es im selben Stil weiter. Vanessa nagelte jede Einstellung beim ersten Mal. So etwas hatte Kira noch nicht erlebt. Und das ohne jegliche Einarbeitung. Für Ruths Großaufnahmen brauchten sie mehrere Anläufe, aber auch da blieb alles im Rahmen. Vanessa war einfach eine phantastische Schauspielerin, die ihren Ruf redlich verdient hatte. Das tat auch Ruth gut und spornte sie an. Wenn das so weiterging, dachte Kira, hatte sie mit diesem Duo einen Volltreffer gelandet. Es sei denn, sie fingen eine Affäre an. Das könnte hässlich werden. Die Dreharbeiten würden dann garantiert den Bach runtergehen ... Rasch rief sie sich ihre Übungen zum *Positive Thinking* ins Gedächtnis und machte sich daran, den Dreh voranzutreiben. Solange es so gut lief, musste sie so viel wie möglich erreichen.

Seit Drehbeginn hatte sie die Liste der Einstellungen, die insgesamt bis zum fertigen Film noch gedreht werden mussten, jeden Tag vor ihrem inneren Auge. Mit jedem Haken, den sie hinter eine Szene setzen konnte, fiel ein kleiner Stein von der Last, die ständig auf ihren Schultern lag. Aber je länger sie jetzt Vanessa Harris zusah, desto zuversichtlicher wurde sie, dass alles gut werden würde – zumindest mit ›Blutsschwestern‹. Dass der Film womöglich ihr Lebenswerk werden würde. Das, was sie hinterlassen würde. Eigentlich ein tröstlicher Gedanke. Zum ersten Mal seit Tagen konnte sie ihren ständigen Begleiter, den Kopfschmerz, einfach vergessen vor lauter Begeisterung über ihr Schaffen.

Die erste Drehwoche lag erfolgreich hinter ihnen. Vanessa machte sich nach einer kleinen Erholungspause in ihrem Zimmer fertig, um hinunter in die große Gesindeküche zum Abendessen zu gehen. Sie bürstete einmal ihre Haare durch, und fertig war sie. Kein Grund, sich für die versammelten Kollegen aufzubrezeln. Und Kira – die würde es wahrscheinlich nicht weiter beachten, wenn Vanessa etwas tief Ausgeschnittenes anzöge. Kira war die Einzige, bei der sich Vanessa Gedanken darüber machte, wie sie ihre Aufmerksamkeit gewinnen könnte. Aber die geeignete Strategie hatte sie noch nicht herausfinden können.

Die Dreharbeiten unter Kira hatten bisher mehr Spaß gemacht als alles, was sie in den letzten Jahren sonst so gemacht hatte. Sie fühlte sich gefordert, aber auch gefördert. Sobald es richtig losging, gab Kira zwar nicht mehr viele Anweisungen, aber das, was sie sagte, spornte Vanessa jedes Mal zu noch besseren Leistungen an. Kira verstand es, aus ihren Schauspielern auf unauffällige Art das Beste herauszukitzeln. Schade, dass solch ein Stil nicht von mehr Regisseuren gepflegt wurde. Aber das schien auch mit der Persönlichkeit der sympathischen Filmemacherin zu tun zu haben. Herumzubrüllen, Daumenschrauben anzulegen oder sich sonst wie rücksichtslos aufzuführen, wäre vollkommen gegen ihren Charakter gewesen. So viel wusste sie inzwischen über Kira, resümierte Vanessa, während sie die alte, quietschende Treppe im Gesindehaus hinunterging.



Ihr spielerisches Flirten stieß dagegen bisher auf wenig Reaktion. Außer dass die Filmemacherin weiterhin nervös und fahrig wurde, sobald sie sie mit besonderer Zuwendung bedachte. Nicht abgeneigt, aber zu schüchtern, um darauf einzugehen, schloss Vanessa daraus. Sie würde dranbleiben.

In den langen Flur vor der Küche drang schon lebhaftes Stimmengewirr. Daran hatte sie sich dann doch noch nicht gewöhnt: mit der ganzen Crew zu essen. Normalerweise bekam sie bei Drehs geliefert, was sie wünschte und wann sie es wünschte, und musste sich nicht an einen Menüplan anpassen. Bei ›Blutsschwestern‹ war das anders, weil es natürlich viel weniger kostete, ein Essen für alle zu organisieren. Die ersten paar Tage waren die Mahlzeiten auch ganz in Ordnung gewesen. Sie wurden von einem Restaurant aus dem Dorf geliefert und waren entsprechend gutbürgerlich. Wenn es weiter so ausgewogen und schmackhaft bleiben würde wie bisher, ließ sich das definitiv aushalten. Natürlich musste sie sich von den Mengen her einschränken, aber das würde sie die paar Wochen schon hinkriegen. Eine Praktikantin am Set hatte ihr außerdem angeboten, ihr aus der nächstgrößeren Stadt Dinge zu besorgen. Vielleicht würde sie sie mal in einen Bioladen schicken, um ein paar von ihren normalen Lebensmitteln zu holen, dann könnte sie das eine oder andere Abendessen auch mal ausfallen lassen. Nicht, dass sie während der Dreharbeiten plötzlich fünf Kilo zulegte. In den freizügigeren Szenen käme das nicht so gut ... wer wollte schon eine Vanessa Harris mit *love handles* sehen.

Sie betrat die Küche, in der schon die Hungrigen und Ausgezehrten der Crew versammelt waren, und wurde rundum freundlich begrüßt. Inzwischen fragte sie sich nicht mehr ständig, ob das nur an ihrem Starstatus lag. Bisher war sie mit allen reibungslos ausgekommen, und das Gemeinschaftsgefühl, das am Set herrschte, wirkte echt. Es musste damit zu tun haben, dass fast alle hier sich bewusst für diesen Film entschieden hatten und ganz bestimmt nicht wegen des Geldes dabei waren. So wie Vanessa es verstanden hatte, arbeiteten manche für so gut wie nichts. Ähnlich wie sie selbst, nur dass sie sich das leisten konnte.



Vor so viel Einsatz hatte sie Respekt. Auch das machte es ihr leichter, unvoreingenommen auf die anderen zuzugehen – und wirklich ausgesprochen gern hier zu sein.

Sie entdeckte Kira in einer Gruppe von Leuten, die Töpfe und Schüsseln aus großen Styroporbehältern holten. Die Kamerafrau Sonja war auch dabei. Eine der Personen im Team, die Vanessa besonders schätzte. Es war angenehm, mit ihr zu arbeiten, sie war sehr kompetent und im Übrigen die einzige Schwarze, die sie bisher in dieser Profession kennengelernt hatte – selbst in den USA. Das war ihr aber auch erst jetzt klargeworden. Vorher hatte sie noch nie einen Gedanken an derartige Fragen verschwendet.

Sie und Sonja hatten sich sofort gut verstanden, da sie gleich Gemeinsamkeiten in ihrer Vita festgestellt hatten: Beide waren sie Kinder von deutschen Müttern und US-amerikanischen Vätern, die während ihrer Kindheit durch Abwesenheit geglänzt hatten. Sonja war jedoch in Deutschland geblieben, während Vanessa sich in den USA auf die Suche nach ihrem Vater gemacht hatte und nebenbei Hollywoodstar geworden war. *That's the way life goes.*

Kira wuchtete weitere Schüsseln auf den langen Tisch, und Vanessa konnte sich nicht daran hindern, sie dabei interessiert zu mustern. Wieder hatte Kira ihr Totenkopftuch um; Vanessa hatte sie bisher noch nicht ohne gesehen. Auch ihre Braids waren wieder in einem dicken Zopf auf ihrem Rücken zusammengefasst. Kira schien keine Frau zu sein, die sich ständig neu und besonders stylen musste. *What you see is what you get.* Das traf auf die Filmemacherin hundertprozentig zu. Und so war auch ihr Führungsstil am Set, so führte sie Regie: sehr menschlich, sehr sympathisch. Egal, ob aus einem kleinen Abenteuer mit ihr etwas wurde oder nicht, Vanessa wollte sie gern näher kennenlernen. Ein Mensch wie Kira in ihrem Umfeld war sicherlich eine Bereicherung.

Lukas Schmitt, Kiras Koproduzent, war heute auch in der ehemaligen Gesindeküche dabei. Nach Sondierung der Platzverteilung sicherte sich Vanessa einen Platz neben ihm, am Kopfende, wo sie noch zwei freie Stühle ausgemacht hatte. Sie mochte den jungen, etwas exzentrischen Produzenten, der immer aussah wie direkt vom Herrenausstatter. Und sie hätte wetten können, dass er stockschwul war.



»Grüß dich, Vanessa«, sagte er, als sie sich setzte.

»Hallo, Lukas. Was gibt es denn zu essen?«, fragte Vanessa und merkte, dass sie ausgehungert war. Aber sie hatten heute auch wirklich richtig schwer gearbeitet und mehr Szenen geschafft als im Drehplan vorgesehen.

Lukas lachte. »Eine Frau nach meinem Geschmack. Gleich die wesentlichen Dinge klären. Essen ist meiner Meinung nach essentiell. Da geht nichts drüber.«

»Du weißt es einfach nicht besser«, kommentierte Kira, die seine Bemerkung mitbekommen hatte, und stellte einen großen Topf direkt vor ihm hin. Vanessa war nicht ganz klar, wie sie das meinte. Aber Lukas schien zu verstehen und streckte Kira die Zunge heraus. »Ignorier sie einfach«, meinte er zu Vanessa gewandt, bevor er heißhungrig in den Topf stierte. »Hm, lecker.«

Vanessa warf ebenfalls einen Blick in den Topf und wusste nicht so recht, ob sie sich dieser Einschätzung anschließen konnte. Der Inhalt war braun und sah aus wie eine dicke, breiige Pampe. Riechen tat es gut, aber die Optik war fragwürdig.

Inzwischen waren alle Töpfe und Schüsseln verteilt und der ganze lange Tisch fast voll besetzt. Einige Leute gingen mit ihren Tellern in ein anderes Zimmer, wo es weitere Tische gab. Doch Kira kam zu Lukas und Vanessa herübergeschlendert und setzte sich auf den einzigen noch freien Stuhl neben Vanessa. Genau darauf hatte diese spekuliert.

Kira nickte ihr zu. »Guten Appetit.«

»Ich weiß nicht, ob ich den haben werde«, gab Vanessa zu. »Auf die Gefahr hin, als verwöhnt und mäklig dazustehen: Was ist das denn?«

»Ah, du kennst das nicht? Das ist ein Gericht hier aus dem Süden. Linsen mit Spätzle.«

»Das ist ein Linseneintopf?«, fragte Vanessa perplex.

»So ähnlich. Als ich aus Berlin an die Filmakademie Baden-Württemberg kam, war ich anfangs auch etwas befremdet. Ich musste mich erst mit dem Gedanken anfreunden, beides zusammen zu essen. Aber es ist sehr lecker. Wirklich.« Kira hatte sich, während sie sprach, eine riesige Menge auf den Teller geschaufelt. Zuerst Spätzle, dann die Linsen drüber. Vanessa beäugte das Ganze skeptisch.



»Soll ich dir auch auftun?«, fragte Kira mit einem schelmischen Lächeln.

Vanessa hielt ihr ihren Teller hin. »Ungefähr ein Zehntel von deiner Portion.«

»Du musst unbedingt ein Würstchen dazu nehmen«, schaltete sich Lukas ein und hielt mit einer Zange eines hoch. Als sie nickte, legte er es auf dem kleinen Klecks Spätzle und Linsen ab, den Kira ihr serviert hatte, und erklärte: »Sie werden Saitenwürste genannt. Nur falls dir das hier irgendwo noch mal angeboten werden sollte.« Er schnitt ein Stück von seinem eigenen Würstchen ab und schob es genüsslich in den Mund.

Vanessa hätte das Würstchen als Wiener kategorisiert. Egal, Hauptsache, es schmeckte – und Lukas' hingebungsvollem Kauen nach zu urteilen, war das der Fall. Kira neben ihr begann sich ihrem Riesenberg Essen zu widmen, ohne sich ein Saitenwürstchen zu nehmen.

»Isst du kein Würstchen?«, fragte Vanessa ihre Tischnachbarin interessiert. Wer solche Mengen verdrückte, würde doch wohl auch noch ein Würstchen unterbringen. Vanessa verstand sowieso nicht, wie so eine verhältnismäßig zierliche Person wie Kira das alles essen wollte.

Die aber zog ganz entzückend die Nase kraus. Das sollte wohl angewidert aussehen, war aber so reizend, dass es in Vanessa nur den Wunsch weckte, dieses Näschen zu küssen.

»Sie ist Vegetarierin«, erklärte Lukas mit einer wegwerfenden Handbewegung, die extrem tuntig rüberkam.

Kira murrte: »Wenn ihr euch totes Tier reinstopfen wollt, werde ich euch nicht aufhalten. Aber bitte keine Kommentare dazu.« Doch sie grinste dabei, bevor sie sich eine Gabel voll Linsen in den Mund schob.

»Ich wollte auch schon öfter aus gesundheitlichen Gründen auf Fleisch verzichten, schaffe es aber nie«, bemerkte Vanessa. »Ich gehöre zu den notorischen Karnivoren. Ohne Fleisch gehe ich ein.« Fast ein wenig schuldbewusst schnitt sie sich ein Stückchen Wurst ab.

»Geht mir genauso«, pflichtete Lukas bei.

Kopfschüttelnd meinte Kira: »Karnivoren? Was seid ihr, Hunde?« Sie lachte glucksend.



»Mir gefällt das Bild des Panthers sehr viel besser«, widersprach Vanessa und fauchte Kira spielerisch an. Die lachte wieder und aß weiter.

Gefräßige Stille hielt an ihrer Ecke des Tisches Einzug, während um sie herum angeregt geplaudert wurde. Vanessa hatte in kurzer Zeit ihren Teller leergegessen. Sie war erstaunt, wie gut dieses Gericht ihr schmeckte und wie nahrhaft es war. Obwohl sie ihre übliche reduzierte Portion verzehrt hatte, fühlte sie sich einigermaßen satt.

Auch Kira hatte ihren Berg Linsen mit Spätzle bewältigt. Sie schob ihren Teller von sich und begann, leere Schüsseln zu stapeln. »Ich geh noch mal mit Eddy raus«, verkündete sie dann, erhob sich und nahm das dreckige Geschirr auf.

»Wo ist sie denn eigentlich?«, fragte Vanessa, der erst in diesem Moment bewusst wurde, dass Kiras Anhängsel fehlte. Bisher war der Mops noch nie bei den Abendessen dabei gewesen, obwohl die Filmemacherin ansonsten nie ohne ihn unterwegs war.

So laut, dass die gesamte Tischrunde es hören konnte, gab Kira zur Antwort: »Sie würde platzen, wenn ich sie zum Essen mitbringen würde, weil alle Leute hier nicht an sich halten können und ihr ständig was geben.«

Sofort kam Protest auf. »Ist doch gar nicht wahr!«

»Du übertreibst doch maßlos.«

»Das bisschen Wurst schadet ihr doch nicht.«

Kira lachte nur, schüttelte gutmütig den Kopf und verfrachtete ihren Stapel in die Spüle. Dann kam sie zu Vanessa zurück. »Du siehst, dass man hier vollkommen uneinsichtig ist. Deshalb muss Eddy jeden Abend in meinem Zimmer warten«, schloss sie ihre Erklärung zum Thema Eddy ab.

Noch bevor Vanessa ihr anbieten konnte, sie auf dem abendlichen Spaziergang zu begleiten, waren schon die Kamerafrau, eine der Assistentinnen und Tobi, der Kostümbildner, aufgestanden, um sich Kira anzuschließen. Und das war immer so, fiel Vanessa auf. Die Leute suchten Kiras Nähe. Was diese aber gar nicht zu bemerken schien. Sie musste sich nicht bemühen, sie zog andere Menschen einfach an – und das nicht durch Exaltiertheit oder besonderes Imponiergehabe, sondern einfach durch ihre positive Ausstrahlung und ihre ruhige Art. Vanessa selbst ging es ja nicht anders. Sie fühlte sich wohl in Kiras Gesellschaft, wünschte sich mehr davon. Aber sie wollte nicht in einem Schwarm durch den Abend spazieren, der um Kira herumschwirrte. Wenn, dann hätte sie sie gern für sich allein gehabt. So sah sie nur hinterher, als ihr die Filmemacherin entschlüpfte.



Eine Treppenstufe ächzte unerwartet laut unter Kiras Fuß. Sie konnte mal wieder nicht einschlafen. Ihre Kopfschmerzen quälten sie so, dass schon Eddys Schnarchen unerträglich geworden war. Ohne Licht zu machen, schlich sie sich durchs Treppenhaus. Sie wollte niemanden in dem hellhörigen alten Gesindehaus aufwecken mit ihrer nächtlichen Unruhe. Ihr Ziel war die Küche. Ein Beruhigungstee würde ihr vielleicht helfen zu schlafen.

Gerade als sie an die dunkelste Stelle im Flur vor der Küche kam, hörte sie vor sich das Quietschen einer Tür. Aber in der allumfassenden Schwärze konnte sie nichts sehen. Sie blieb stehen und lauschte in die Dunkelheit, doch ihr Herz pochte so laut, dass sie nichts hören konnte. Das hatte sie nun davon, dass sie einen

Vampirfilm drehte. Sofort kamen ihr die absurdesten Ursachen für das Geräusch in den Sinn: Vampire, Zombies, Dämonen. Wahrscheinlich war es nur ein ganz normaler Massenmörder.

Noch bevor sie sich entscheiden konnte, was sie in dieser gruseligen Situation machen sollte, stieß sie mit etwas zusammen.

Ihr Herz setzte mehrere Schläge aus. Ein unterdrückter Schrei entfuhr ihr. Im selben Moment gab das, was mit ihr kollidiert war, einen erschrockenen Schnaufer von sich, und irgendetwas fiel nass klatschend auf den Boden. Unfähig, auch nur einen Muskel zu bewegen, hörte Kira hektische Bewegungen in der Dunkelheit und einen geflüsterten englischsprachigen Fluch, irgendwas mit viel *»fuck«*. Ihre Gedanken rasten verzweifelt. Sie stand hier im Schlafanzug im dunklen Flur herum – das perfekte Opfer für Jack the Ripper, der vermutlich gerade sein Messer hervorholte. Sollte sie fliehen? War es vielleicht schon zu spät?

Plötzlich ging die Funzel von einer Flurlampe an, und vor ihr stand Vanessa Harris. Noch nie war Kira so froh über den Anblick eines anderen Menschen gewesen.

»Gott sei Dank, du bist es«, flüsterte sie erleichtert.

Sichtlich aufgeregt flüsterte Vanessa zurück: »Was machst du denn mitten in der Nacht hier im Stockdunklen?« 

»Das könnte ich dich auch fragen«, antwortete Kira und nahm im nächsten Augenblick wahr, dass sich die Frage erübrigte. Vanessa stand mit einer leeren Schüssel vor ihr, in der offensichtlich bis vor kurzem etwas Müsliartiges gewesen war, das sich jetzt auf dem Boden vor ihren Füßen befand. Bei den fast schon mikroskopisch kleinen Mengen, die die Schauspielerin zum Abendessen zu sich nahm, überraschte das Kira kein Stück. Davon würde ja kein Meerschweinchen satt werden. Was sie allerdings sehr wohl erstaunte, war, dass Vanessa barfuß auf dem eiskalten Steinboden stand. Das T-Shirt und die karierten Boxershorts schienen auch nicht gerade warm genug, um in einer Herbstnacht im Schwarzwald durchs Haus zu geistern.

»Du holst dir eine Lungenentzündung, wenn du hier so rumläufst«, rutschte es ihr heraus, bevor sie sich zensieren konnte. Das ging sie ja eigentlich gar nichts an.

Vanessa blinzelte kokett. »Angst um den reibungslosen Ablauf des Drehplans?«

Ertappt. Kira wurde ein bisschen rot. Das war tatsächlich ihr erster Gedanke gewesen.

»Ich helfe dir aufzuwischen«, lenkte sie rasch ab. »Schließlich hab ich es mit verursacht.« Es wunderte sie, dass nicht schon das ganze Haus zusammengelaufen kam. Gefühlt hatten sie einen ziemlichen Lärm gemacht.

»Nicht nötig«, sagte Vanessa entschieden und ging zurück in die Küche. Kira folgte ihr und füllte den Wasserkocher, während Vanessa mit einer Rolle Küchenpapier wieder im Flur verschwand. Sie hörte sie leise fluchen. Vermutlich gehörte Putzen normalerweise nicht zu Vanessas Tätigkeiten, dachte Kira, während sie eine Tasse aus dem Schrank holte und in den Teeschachteln nach ihrem Abendtraumtee suchte. Kein leichtes Unterfangen, denn Vanessa hatte bei ihrer Rückkehr in die Küche nur das kleine Licht über der Spüle angemacht.

Jetzt kam sie wieder herein, schloss die Tür zum Flur und warf einen Haufen Haushaltstücher in den Mülleimer. »Erledigt«, sagte sie, zum ersten Mal in normaler Lautstärke.



Kira beschloss, einen der Praktikanten morgen zu bitten, den Flur zu wischen. Sie konnte sich nicht vorstellen, dass die Schweinerei wirklich weg war. Aber sie würde den Teufel tun und Vanessa das sagen. Dass sie das Gröbste beseitigt hatte, war schon mehr, als Kira von jemandem erwartete, der viele Millionen auf dem Konto hatte und weltberühmt war.

Der Wasserkocher gurgelte vor sich hin, und sie goss sich ihren Tee auf. Aus dem Augenwinkel konnte sie erkennen, dass Vanessa sie ausführlich musterte. Sie wusste zwar nicht, was es da zu gucken gab, aber wenn die Schauspielerin meinte, dass ihr Anblick in einem der abgelegten Schlafanzüge ihres Papas Stephan das wert war – bitte, nur zu. Er war rot, aus Baumwolle und hatte blaue, vertikale Streifen. Die Knöpfe waren aus Schildpatt. Warum er das schöne Exemplar ihr gegeben hatte, war ihr nicht ganz klar. Wahrscheinlich, weil er um den Bauch herum nicht mehr gepasst hatte. Stephan neigte zu seinem großen Entsetzen in den letzten Jahren dazu, Fett anzusetzen.

Mit dem Teebecher in der Hand drehte sich Kira zu Vanessa um, die sie noch immer mit einem Schmunzeln im Gesicht betrachtete, und zog die Augenbrauen fragend hoch. Jetzt reichte es so langsam. So, wie Vanessa sie ansah, hätte man ja fast meinen können, Kira stünde in einem Negligé vor ihr. Für ihre Flirtereien konnte sie sich ruhig an Ruth halten. Einige der heterosexuellen Männer am Set wären sicherlich auch nicht abgeneigt. Vanessa war ja offensichtlich nicht wählerisch. Dass sogar Kira in Frage kam, war der beste Beweis dafür.

Die Schauspielerin kam ein paar Schritte näher. »Du siehst süß aus in deinem Pyjama.«

Ausweichend drückte sich Kira gegen die Spüle. In einer Übersprunghandlung nahm sie einen Schluck des noch viel zu heißen Tees und verbrannte sich prompt die Zunge.

»Autsch«, fluchte sie, verärgert über sich selbst. Weil sie nicht immun war gegen Vanessas Annäherungsversuche. Aber wie konnte sie auch? Vanessa sah im schummrigen Licht der Küche absolut umwerfend aus. Komplett ungeschminkt kamen ihre bemerkenswerten Augen noch besser zur Geltung. Ihr dunkles Haar fiel in seidigen Wellen auf ihre Schultern, das dünne T-Shirt verhüllte nur unzureichend ihre millionenfach abgelichteten Brüste, und ihre endlos langen Beine, weltweit berühmt und bewundert, boten sich in den Boxershorts Kiras Blicken geradezu an. Was konnte sie gegen ihre automatischen Reaktionen tun? Nichts. Sie war schließlich auch nur aus Fleisch und Blut. Eine ganz normale Frau mit einem ganz normalen Sexualverhalten. Das immerhin konnte sie sich gerade bestätigen. In letzter Zeit hatte sie es schon angezweifelt. Doch offenbar funktionierte noch alles bei ihr, hatte nur lange im Dornröschenschlaf gelegen. Dass es ausgerechnet Vanessa Harris war, die ihre Lust erwachen ließ, war allerdings ärgerlich.



»Hast du dich verbrannt?«, fragte Vanessa und kam ganz nah heran. »Lass mal sehen.«

Kira konnte nur starren, als Vanessa ihr die Tasse abnahm und sie auf die Küchenablage stellte. Dann trat sie noch einen Schritt näher, fasste Kira sanft am Kinn und studierte ihren Mund. Auch Kiras Blick wanderte zu Vanessas Lippen, wie magisch angezogen. Sie waren unglaublich sinnlich. Hatte sie schon jemals so umwerfend formschöne Lippen gesehen?

»Ist nichts zu sehen«, hauchte Vanessa. »Zur Sicherheit werde ich es testen.« Noch bevor Kira fragen konnte, was sie damit meinte, drückte sich Vanessa an sie, und ihre Lippen senkten sich auf die ihren.

Für einen Moment vergaß Kira alles. Es war unwahrscheinlich beglückend, hier mitten in der Nacht in der Gesindeküche von einer der schönsten Frauen der Welt geküsst zu werden. Überhaupt solche intimen Berührungen von einer anderen Frau zu spüren. So lange waren ihr diese Empfindungen nicht mehr vergönnt gewesen ... Vanessas Brüste schmiegten sich an sie, die perfekte Fülle gegen ihre kleineren Exemplare, ein göttliches Gefühl. Der Mund auf dem ihren war so phantastisch weich und zärtlich, dass Kira abzuheben, zu schweben glaubte.

Vanessas Zunge berührte sanft ihre Lippen, und automatisch öffnete Kira den Mund. So überwältigt war sie von der Sinnlichkeit des Augenblicks, dass ihr zu spät klarwurde, was sie da gerade machte. Beziehungsweise was sie da gerade zuließ. Wer das wirklich war, der da gekonnt in ihren Mund vorstieß. Wessen Zunge da gerade die ihre suchte: eine für ihre wahllosen Affären bekannte Hollywoodschauspielerin. Und – der dringlichste Grund, warum sie das hier so schnell wie möglich beenden musste – die Hauptdarstellerin in ihrem bisher wichtigsten Film.



Schlagartig war die Erregung verschwunden. Ein Eimer kaltes Wasser, der über ihr ausgegossen wurde, hätte nicht wirkungsvoller sein können. Kira drückte gegen Vanessas Brustbein und zog sich gleichzeitig zurück, so weit das mit der Spüle im Kreuz möglich war.

Sekundenlang sahen sie sich atemlos an. Vanessa sah aus, als wolle sie sofort da weitermachen, wo sie aufgehört hatten. Um keine Missverständnisse aufkommen zu lassen, schob Kira sie noch ein Stück weiter von sich weg und versuchte sich aus ihrer Umarmung zu befreien. Doch Vanessa ließ sie nur sehr zögerlich los, so dass sie sich genötigt sah, verbal nachzulegen.

»Ich küsse keine Karnivoren«, erklärte sie mit Entschiedenheit. Der erste Grund überhaupt, der ihr einfiel. Absurd. In jeder anderen Situation hätte sie gelacht. Aber egal – nur weg hier. Sie ließ ihren Tee und eine verblüfft aussehende Vanessa Harris einfach stehen, rannte aus der Küche, die Treppe hoch und verbarrikadierte sich in ihrem Zimmerchen unter dem Dach.

Atemlos presste sie sich gegen die geschlossene Tür. Eddy hob alarmiert den Kopf.

»Alles gut, schlaf weiter, Mopsmädchen«, versuchte sie den Hund und auch sich selbst zu beruhigen. Sie legte sich zu Eddy ins Bett und schaltete das Licht aus. Aber das Gedankenkarussell drehte sich weiter, und ihr Puls beruhigte sich nur sehr langsam.

Sie hatte gerade Vanessa Harris geküsst. Besser gesagt, sich von ihr küssen lassen. Wie hatte das nur passieren können? Was sollte das? Vanessa hatte doch die Auswahl. Warum gerade sie? Das war das große Rätsel, auf das sie immer wieder zurückkam. Mal ganz davon abgesehen, dass sie, Kira, überhaupt nichts getan hatte, um sie zu ermutigen: Was hatte sich die Harris nur dabei gedacht?

Die Klatschpresse hatte also recht. Vanessa Harris war eine promiskuitive Bisexuelle. Die sich offensichtlich nahm, was sie wollte, ohne Rücksicht auf Verluste. Der positive Eindruck, den Kira bisher von ihr gehabt hatte, trübte sich gerade mächtig ein. Auch wenn sie zugeben musste, dass Vanessa die aufregendste Frau war, von der sie je geküsst worden war – ein Gedanke, der hartnäckig immer wieder auftauchte. Aber die ganzen Affären waren mehr als abturnend, das konnte auch dieser unglaubliche Sexappeal nicht wettmachen. All diese Männergeschichten … Sie musste daran denken, was einer Freundin passiert war. Sie hatte mit solch einer Frau geschlafen, einer, die reihenweise Männer und Frauen abschleppte, und hatte danach peinlich berührt wegen Filzläusen den Arzt aufsuchen müssen. Eine wirklich abschreckende Geschichte und sehr dazu geeignet, das letzte bisschen noch übriggebliebene Erregung mit Stumpf und Stiel auszumerzen.



Merkwürdig war allerdings, dass auch ihre Kopfschmerzen wie weggeblasen waren. Na, immerhin ein positiver Nebeneffekt. Warum auch immer.

Hoffentlich würde sich Vanessa morgen beim Dreh weiterhin professionell verhalten und sich nicht durch unmögliches Verhalten am Set rächen, dachte Kira noch, bevor sie wegzudämmern begann. Sie würde einen diplomatischen Weg finden müssen, um gutes Wetter zu machen. Vielleicht wäre ein offenes und ehrliches Wort ja das Richtige. ›Ich küsse keine Karnivoren‹ – wie albern war das denn? Kira kicherte in ihr Kopfkissen und schlief erstaunlich friedlich ein.

# 2

Vanessa hatte tief und fest geschlafen in ihrem antiken Bett und war bester Laune, als sie sich unten in der großen Gesindeküche einen Kaffee aus der professionellen Kaffeemaschine ließ. Bisher funktionierte das Gemeinschaftsleben besser als erwartet. Das Bad auf ihrem Stockwerk war so sauber, als würde es gar nicht benutzt. Ihre temporären Mitbewohner schienen sehr ordentlich und penibel zu sein. Sie würde sich auch weiterhin zusammenreißen müssen und nicht wie sonst immer Wasserlachen hinterlassen.

Heute wurde als Erstes eine Szene mit vielen Komparsen gedreht, und die Crew war schon früh auf den Beinen. Vanessa war die Einzige, die noch im Gesindehaus war. Sie würde sich in aller Ruhe vorbereiten und dann in die Maske gehen. Der Dreh würde bis in den Abend dauern, ein langer Tag am Set stand ihr bevor. Noch viel länger für Kira, die bestimmt schon in aller Frühe drüben im Schloss gewesen war, um die Aufbauten für die heutigen Szenen zu überwachen.



Vanessa nahm ihren Kaffee und ging wieder hoch in ihr Zimmer. Ihre Füße waren Eisklötze. Eigentlich müsste sie wirklich aufhören, hier ständig barfuß zu laufen. Sie hatte fast vergessen, wie kalt es in Deutschland im Herbst sein konnte. Da hatte Kira gestern Abend durchaus recht gehabt.

Was für eine vernünftige Person sie war.

Außerdem hatte sie einen ganz und gar wundervollen Mund, der sich sehr gut zum Küssen eignete. Vanessa schmunzelte vor sich hin und nahm einen weiteren Schluck Kaffee, während sie die gestrige Nacht noch einmal Revue passieren ließ. Kira zu küssen, war ein spontaner Einfall gewesen. Ein sehr lohnenswerter, wie sie im Nachhinein fand. Gut, Kira hatte den Kuss vorzeitig beendet – aber das war nicht weiter beunruhigend. Zuerst war sie sehr bereitwillig auf Vanessas Avancen eingegangen. Das war ausbaufähig. Und ihr Argument, dass sie keine Karnivoren küssen würde – das war einfach nur süß.

Vanessa beschloss in diesem Moment, kein Fleisch mehr zu essen. So viel zu Kiras Vorbehalten. Der Verführung der reizenden

Kira Rosenborn stand somit nichts mehr im Wege. Vanessa gestattete sich einen Moment des Schwelgens in der Erinnerung an Kira im Pyjama. Sie hätte sie am liebsten gleich in der Gesindeküche vernascht, so bezaubernd hatte sie darin ausgesehen. Auf ungewollte Art sexy.

Vanessa wollte sie so bald wie möglich wiedersehen, am besten sofort. Da sie eine Frau der Tat war, überlegte sie nicht lange, bevor sie entschied, diesem Drang nachzugeben. Dabei gab es eigentlich nichts mit Kira zu besprechen, das nicht hätte warten können. Die Szenen für den kommenden Tag ging Kira immer am Vorabend mit den jeweiligen Schauspielern und der Kamerafrau durch. Gern hätte Vanessa eine Sonderbehandlung eingefordert, Besprechungen nur zwischen Kira und ihr, aber sie wollte kein Divenverhalten an den Tag legen. Sie wusste, dass die reizende Filmemacherin schon so genug zu tun hatte und eine gemeinsame Besprechung ihr Arbeitspensum ungemein erleichterte. Doch heute gedachte sie ihren Starstatus auszunutzen, um Kira wenigstens ganz kurz für sich allein zu haben.

In aller Hektik machte sie sich für den langen Drehtag fertig und brach in Richtung Schloss auf. Der gekieste Fußweg hinüber in das zugige alte Gemäuer erschien ihr heute doppelt so lang wie sonst. Schließlich eilte sie die langgezogene, steinerne Treppe im Schloss nach oben in den großen Saal, wo die heutige Ballszene gedreht werden sollte. Schon hier wimmelte es von Leuten, die alle heute früh angekommen sein mussten, denn sonst war es am Set sehr überschaubar – Low-Budget-Produktion eben. Deshalb würden sie heute auch einen so langen und anstrengenden Tag haben: Es musste sich lohnen, all die zusätzlichen Komparsen und Helfer zu buchen und hierher in den Schwarzwald zu karren.



Vanessa musste kurz schmunzeln, als sie sich bei diesen Überlegungen ertappte. Ihr Interesse für diese logistischen und produktionsrelevanten Dinge war normalerweise gleich null. Ach was, noch weniger als null. Das war sonst nicht auf ihrem Schirm, und dafür hatte sie in Hollywood auch nicht das geringste Verständnis. Wenn etwas schieflief, war das nicht ihre Angelegenheit. Sie kam, sie spielte, und fertig. Aber hier hatte sich ihre Einstellung grundlegend geändert. Sie fieberte mit Kira und Lukas mit: Würde das Geld reichen? Würde das Wetter bei den Außendrehs mitspielen? Wären alle Mitarbeiter bereit, Überstunden zu machen? Und so weiter. Es war das erste Mal, dass sie wirklich mitbekam und auch mitbekommen wollte, was für ein Rattenschwanz an Unwegbarkeiten an einer Spielfilmproduktion hing. Jetzt wollte sie aktiv dazu beitragen, dass alles so reibungslos wie möglich ablief.

Es musste an ihrer Sympathie und Zuneigung für Kira liegen. Anders konnte sie es sich nicht erklären, dass sie plötzlich eine solche Offenbarung erlebte.

Am Eingang des Saals angekommen, der vor Menschen und Technik aus allen Nähten platzte, hielt sie Ausschau nach Kiras zierlicher Gestalt und machte sie schließlich in einer Traube von Komparsen aus, die teilweise bereits im Kostüm steckten. Auch Kira wandte sofort den Kopf, als hätte sie ihre Anwesenheit gespürt. Die Gruppe, die um sie herum stand, drehte sich nun ebenfalls zu ihr um, und alle starrten sie an.

Vanessa winkte freundlich zur Begrüßung. Aufgeregtes Winken und lautes Geraune kam zurück. Sie beschloss, nachher zu den Komparsen hinzugehen und ein bisschen Smalltalk zu betreiben. Das war auch etwas, was sie in Hollywood nicht für nötig gehalten hätte. Dort hielt sie sich meist schon von den Schauspielern mit Nebenrollen fern, ganz zu schweigen von den Komparsen. Auch deshalb, weil dort alle auf eigenen Starruhm hofften. Ein einziges Hauen und Stechen war das, das sie anwiderte. Hier schien alles sehr viel moderater. Deshalb würde sie sich auch die Zeit nehmen und sich ihren Mitstreitern am Set vorstellen – und Autogramme schreiben, da blieb ihr wohl nichts anderes übrig. Sie sah schon, wie einige aus der Gruppe Schreibutensilien hervorholten. Aber das kam später. Jetzt wollte sie sich eine Minute von Kiras knapper Zeit stehlen.

Kira löste sich aus der Menschentraube und kam mit fragender Miene zu ihr gelaufen. Ein Zöpfchen hatte sich aus ihrem Zopf gelöst und baumelte im Takt ihrer schnellen Schritte. Eddy war heute nirgends zu sehen. Vielleicht war das der Grund, warum die Filmemacherin ungewohnt gestresst wirkte. Der Eindruck verstärkte sich, als sie sich im Laufen nervös die Brille zurechtschob.

Vanessa ging ein paar Schritte zurück ins Treppenhaus, um dem Trubel zumindest ein bisschen zu entkommen und nicht von zwanzig Augenpaaren gleichzeitig beobachtet zu werden. Kira ließ ihr jedoch keine Zeit für einen geschickten Einstieg, sondern fragte sofort wie aus der Pistole geschossen: »Ist alles okay zwischen uns?« Dabei legte sie ihre Stirn in besorgte Falten, die einfach nur entzückend waren. Vanessa ging schon wieder das Herz auf.

»Aber ja. Warum denn nicht?«, gab sie ehrlich überrascht zurück. Kiras Besorgnis erschien ihr nicht nur übertrieben, sondern völlig unangemessen.

Wieder ein Stirnrunzeln. In L. A. wären viele Frauen zu solch einer Mimik gar nicht mehr in der Lage gewesen, ging es Vanessa durch den Kopf. Nathalie hatte ihr auch schon mal Botox nahegelegt. Aber das kam überhaupt nicht in Frage. Wie sollte sie Schauspielerin sein ohne funktionierende Gesichtsmuskeln? Wie ausdrucksstark die sein konnten, dafür war Kira das beste Beispiel. Ihre konfusen Gefühle standen ihr ins Gesicht geschrieben.

»Ich wollte nur auf Nummer sicher gehen«, erklärte Kira jetzt hastig. »Wegen gestern Nacht.«

Vanessa grinste in sich hinein, bewahrte aber äußerlich ein Pokerface. »Was war denn gestern Nacht?«, fragte sie mit unschuldiger Miene. Manchmal war es sehr praktisch, schauspielern zu können, um die Umwelt ein wenig zu verunsichern. In diesem Fall eine etwas naive Filmemacherin, die ihr von Tag zu Tag mehr ans Herz wuchs. 

Kira wurde tatsächlich rot und noch nervöser. Ihr Blick ging überallhin, nur nicht in Vanessas Augen. Offensichtlich hatte sie panische Angst davor, aussprechen zu müssen, was passiert war.

Vanessa ließ sie einen kurzen Moment zappeln, weil der Anblick einer zerknirschten Kira so charmant war. Dann klärte sie mit einem Anflug schlechten Gewissens, aber doch grinsend die Situation auf: »Schon gut. Ich veräpple dich nur.«

Kira war wirklich wie ein offenes Buch. Ihre Erleichterung malte sich so deutlich auf ihren Zügen, dass Vanessa schon wieder Lust bekam, sie noch ein bisschen mehr aus dem Konzept zu bringen. »Ich bin übrigens seit heute Vegetarierin«, verkündete sie. Dann schenkte sie Kira noch ein strahlendes Lächeln und ließ sie einfach stehen. Am liebsten hätte sie sie hier und jetzt wieder geküsst, aber es war wohl taktvoller, sie erst mal noch ein Weilchen auf kleiner Flamme köcheln zu lassen und erst später wieder einen Versuch zu wagen. Der Effekt ihrer Verkündigung war auf jeden Fall sichtbar. Kira schaute ihr mit offenem Mund hinterher. Vanessa grinste innerlich erneut und schwenkte die Hüften im Weggehen noch ein bisschen nachdrücklicher – nur um das gerade Gesagte noch zu unterstreichen.

»Nein, nein, so geht das nicht. Auf gar keinen Fall lasse ich das zu«, hallte die unangenehme weibliche Stimme durch das Schloss, verstärkt durch die steinernen Wände des Treppenhauses. Hier spielte die heutige erste Szene. Vanessas Figur sollte im Halbdunkeln durch die Flure wandern – im Morgengrauen, eine sehr gefährliche Zeit für Vampire, auf der Suche nach ihrer Gutsverwalterin. Ein Wendepunkt der Handlung, weil deren Verlobter alles daransetzte, sie zurückzuholen, und dadurch nun auch die Schlossherrin merkte, dass sie emotional verstrickt war und nicht nur ein neues Spielzeug gefunden hatte. Daher sollte sie verzweifelt durch das Schloss irren, aber auch hoffnungsvoll, die Gutsverwalterin doch noch für sich gewinnen zu können.

Bisher war allerdings noch keine Sekunde gedreht. Kira hätte sich am liebsten die Ohren zugehalten und das Gekeife ignoriert.

Aber schließlich war sie hier die Drehbuchautorin, Koproduzentin und nicht zu vergessen die Regisseurin des Filmes, und in dieser Funktion musste sie sich wohl oder übel mit dieser Person herumschlagen.

Nach dem gestrigen Tag hätte sie sich einfach nur einen ruhigen Dreh gewünscht. Ihre Nerven brauchten dringend Erholung. Zuerst in der vorvorigen Nacht der aufwühlende Kuss – und dann gestern vor Drehbeginn eine für ihren Geschmack viel zu selbstgefällige Vanessa mit ihrer Ankündigung, Vegetarierin zu werden. Irgendwie albern. Obwohl ein kleiner Teil von Kira dazu tendierte, es rührend zu finden. Zu allem Überfluss der ganztägige Marathondreh mit den vielen Komparsen, der sie bis spätabends auf Trab gehalten hatte. Warum konnte nicht heute mal alles ganz entspannt und stressfrei ablaufen?

Aber das schien ihr nicht vergönnt zu sein. Schon am Morgen hatte plötzlich und unangemeldet Nathalie Colder, Vanessas Agentin, am Set gestanden und praktisch sofort angefangen, sie mit irgendwelchen Forderungen zu nerven. Erst als Vanessa eingeschritten war, hatte sie von ihr abgelassen. Was für eine unangenehme Person. Und jetzt hielt die große, ausgesprochen dürre

Blonde schon die ganze Zeit die Dreharbeiten auf. Ständig hatte sie etwas zu kritisieren: Zuerst war Vanessas Maske nicht gut genug, dann ihr Kostüm. Weiter ging es mit der Beleuchtung – Vanessa bekomme nicht das richtige Licht für den optimalen Effekt. Nach langen Erklärungen seitens Kira und der Beleuchter, warum das Licht genau so sein sollte und nicht anders, hatten sie endlich angefangen, die Szene zu drehen. Nur um gleich wieder unterbrechen zu müssen, weil Frau Colder jetzt am Skript etwas auszusetzen hatte. Dabei hatte Vanessa selbst diese Dialoge zum Teil schon abgeändert und danach abgesegnet.

Kira spürte, dass ihr bald, und zwar ganz bald, der Kragen platzen würde. Und sie sah es Vanessa an, dass auch deren Geduld am Ende war. Bisher hatte Vanessa alles recht gutgelaunt ertragen und teilweise auch geschickt abgeblockt, aber jetzt verriet ihr Gesichtsausdruck Unwillen.

»Wir machen eine Pause«, gab Kira über ihr Headset an die Aufnahmeleitung durch. So ging das nicht weiter. Es war nicht möglich, so zu arbeiten. Entweder die Agentin verpisste sich jetzt, oder sie hielt die Klappe.



Wut begann in ihr zu brodeln. Das sollte es ihr eigentlich möglich machen, entschieden durchzugreifen – etwas, das Kira normalerweise ganz und gar nicht lag. Sie pflegte einen eher kollegialen Führungsstil. Aber was sein musste, musste sein. Die leichten Kopfschmerzen, die sie schon den ganzen Tag begleiteten, waren unter dem Stress stärker geworden. Sie seufzte. Wahrscheinlich würde sie nicht darum herumkommen, eine ihrer starken Schmerztabletten zu nehmen. Das vermied sie nach Möglichkeit, weil ihr davon schwummrig wurde, doch heute führte wohl kein Weg daran vorbei.

Um sie herum begann die Crew zu plaudern und zerstreute sich im weitläufigen Schloss, vermutlich zur Kaffeepause in der Catering-Ecke. Aber für Kira gab es keine Pause. Zuerst galt es, sich um Nathalie Colder zu kümmern.

Entschlossenen Schrittes ging sie zu Vanessa und ihrer Agentin hinüber, die am Rande des aufgebauten Sets bei Vanessas Stuhl standen und sich offenbar aufgeregt unterhielten. Kira konnte sie im allgemeinen Stimmengewirr nicht hören, aber sie sah Vanessa mehrere heftige Gesten machen, die wie Handkantenschläge in der Luft aussahen. Schade, dass sie nicht vorhatte zu treffen. So aufgebracht hatte Kira die Schauspielerin noch nicht gesehen. Bisher war sie immer ruhig und gelassen gewesen.

Als Kira sich näherte, hörte sie Nathalie Colder in ihrem lauten, herrischen Tonfall antworten: »Komm mit mir zurück nach L. A. Brich diesen Dreh ab. Das ist eine Katastrophe hier. Du schadest nur deiner Karriere.« Beide hatten anscheinend noch nicht bemerkt, dass Kira inzwischen herangekommen war und alles mitbekam.

»Was soll das, Nathalie?«, fragte Vanessa ärgerlich zurück. »Bist du nur hierhergekommen, um den Dreh zu sabotieren?«

»Von Sabotieren kann ja wohl bei so einem Filmchen nicht die Rede sein. Das ist alles hochgradig unprofessionell. Ich kann dir sofort andere Projekte besorgen. Vielleicht sogar eines in Paris.« Die Agentin warf in einer hektischen Geste ihre blond gefärbten Haare nach hinten. Auf Kira wirkte sie wie eine geschminkte und aufgetakelte Vogelscheuche. Frauen wie Nathalie Colder fand sie auch dann unerträglich, wenn sie ihr nicht ins Handwerk pfuschten. Aber dann noch diese Unverschämtheit, hierherzukommen und mit ihrer Hollywood-Arroganz ihre Location, ihren Dreh, ihren ganzen Film hochnäsig abzuwerten … Kira kochte innerlich.



Unterdessen bot Vanessa ihrer Agentin weiterhin Paroli: »Ich werde diesen Film zu Ende drehen. Da kannst du dich auf den Kopf stellen!«

»Sei doch nicht so uneinsichtig«, kam es sofort zurück. »So viele gute Jahre hast du nicht mehr. Du musst sie sinnvoll nutzen.«

Kira konnte es nicht fassen. Diese Frau fuhr wirklich stärkstes Geschütz auf. Aber wie es aussah, biss sie sich an Vanessa die Zähne aus. Die sah nämlich nach jedem Argument, das die Agentin vorbrachte, noch wütender und entschlossener aus und gab bisher keinen Millimeter nach. Kira beschloss, sie erst einmal machen zu lassen.

»Genau das tue ich hier«, konterte Vanessa die Vorwürfe der Vogelscheuche mit fester Stimme. »Es sei denn, ›sinnvoll‹ heißt mit möglichst hoher Gage.«

»Aber natürlich heißt es das. Was soll es denn sonst heißen?« Tatsächlich war die Agentin das erste Mal verwirrt. Offenbar war Geld so ziemlich das Einzige, das bei ihr zählte.

*Unglaublich.* Jetzt konnte Kira einfach nicht mehr an sich halten. »Filmischer Inhalt, berufliche Erfüllung, potentielle zukünftige Projekte«, zählte sie kühl, aber nur mühsam beherrscht auf. »Auch noch Filme drehen, wenn man als Schauspielerin die dreißig überschritten hat. Daran schon mal gedacht?«

Nathalie Colder warf ihr einen vernichtenden Blick zu. Aber offensichtlich war Kira einer Erwiderung nicht würdig, denn sie wandte sich gleich wieder Vanessa zu. »Ich werde jetzt gehen, kommst du mit? Bitte, Vanessa.« Ihr Tonfall war nun versöhnlich, beinahe flehend.

Vanessa schüttelte nur wortlos den Kopf.

»Ich fliege nach Paris«, setzte die Agentin nach. »Dort werde ich zwei Tage auf dich warten, bevor ich nach L. A. zurückgehe. Überleg es dir noch einmal. Du weißt, dass ich dich noch nie schlecht beraten habe. Du musst mir da einfach vertrauen.«

Aber Vanessa schüttelte wieder den Kopf. Mit unverminderter Entschlossenheit erklärte sie: »Umgekehrt. Du musst *mir* jetzt mal vertrauen. Ich bin nicht mehr die Achtzehnjährige, die du unter deine Fittiche genommen hast. Das musst du langsam mal kapieren.«



»Ich warte in Paris auf dich«, war Nathalie Colders einzige Antwort darauf. Dann machte sie auf dem Absatz kehrt und verschwand durchs Treppenhaus.

Vanessa warf Kira einen entschuldigenden Blick zu. »Es tut mir leid«, sagte sie leise. Jetzt wirkte sie gar nicht mehr kampflustig, sondern nur noch geknickt.

Kira öffnete schon den Mund, um ihr zu danken, sie in ihrer Entscheidung zu bestärken. Aber da wandte sich Vanessa schon ab und ging grübelnd und ungewöhnlich niedergedrückt in Richtung der Catering-Ecke davon. Sie wollte offensichtlich nicht reden. Und, ganz ungewohnt, auch nicht mit ihr flirten. Fast fehlte ihr das, merkte Kira – nur um sich gleich darauf über sich selbst zu ärgern wegen dieses absurden Gedankens.

Aber immerhin: Eine weitere Krise in der Produktion von ›Blutsschwestern‹ war überstanden. Sie konnte nur hoffen, dass Vanessa es sich nicht doch noch anders überlegte, Vertrag hin oder her. Die Strafe wegen Vertragsbruchs könnte sich die Schauspielerin locker leisten. Aber da sie ihrer Agentin nicht nur

Kontra gegeben, sondern tatsächlich auch nicht mit ihr mitgegangen war, hoffte Kira einfach mal das Beste.

Nach Nathalies Abgang ging der Rest des Drehtages ohne weitere Zwischenfälle über die Bühne. Sie konnten zwar den Drehplan nicht mehr ganz erfüllen und nicht alle für den Tag geplanten Szenen umsetzen, aber sie lagen immer noch gut in der Zeit. Was Kira sehr viel mehr Kopfzerbrechen bereitete, war die Tatsache, dass sie es durch den ganzen Ärger verpasst hatte, rechtzeitig eine Tablette zu nehmen. Das fiel ihr erst abends nach Drehende auf, und jetzt spürte sie, dass es zu spät war. Die Migräne kündigte sich unweigerlich an, und sie wusste, was das hieß: Mit viel Glück würde sie übermorgen wieder in der Lage sein zu arbeiten. Aber auch nur, wenn sie jetzt sofort ins Bett ging und sich vorher ordentlich zudröhnte.

Sie hatte sich nach der letzten Szene sofort vom Set entfernt, ohne sich um die Nachbereitung zu kümmern. Normalerweise blieb sie immer noch und half beim Aufräumen, war dabei, wenn Sonja das Material des Tages auf einem Laptop und zwei zusätzlichen Festplatten sicherte, und sichtete das gedrehte Material des Tages, zumindest stichprobenweise. Oder sie wechselte noch ein paar Worte mit ihren Schauspielerinnen und Schauspielern, allen voran Vanessa, die als Star des Films natürlich besonders verhätschelt werden musste. Gerade heute wäre es sinnvoll gewesen, noch einmal nachzufragen wegen der Auseinandersetzung mit der Agentin. Doch ihr Kopf ließ es nicht zu. Sie hatte nur mit Mühe den Dreh überstanden und sich hinauf in ihr Zimmerchen schleppen können. Hier war es zwar eisig kalt, aber zumindest ruhig, und sie wollte ohnehin nur noch in ihre Bettdecke gehüllt im Dunkeln liegen. Gleich. Gleich war es so weit.

Kira spülte zwei Tabletten mit einem Glas Wasser hinunter und hoffte, dass sie unten bleiben würden. Noch war es nicht so schlimm, dass auch Übelkeit dazukam. Aber erfahrungsgemäß konnte das durchaus noch passieren.

Eddy stupste sie mit ihrer platten Nase an und sah beinahe besorgt aus. Und vielleicht war sie das wirklich. Sie kannte das ja schon, wusste, dass Kira manchmal nicht in der Lage war, etwas anderes zu tun als im Dunkeln im Bett zu liegen, weil sie vor lauter Schmerzen die glatten Wände hochgehen könnte.

Die arme Mopsdame musste dringend mal raus und auch gefüttert werden. Kira nahm mit letzter Kraft ihr Handy und schickte Lukas eine Nachricht. Er würde sich um alles kümmern müssen. Ihre Regieassistentin Marie bekäme die Chance, ab heute Abend zu übernehmen. Das würde ihr sicherlich gefallen, und Kira hatte vollstes Vertrauen, dass das einen Tag lang gutgehen würde. Marie arbeitete eng mit ihr zusammen und kannte ihre Vorstellungen. Zusammen mit ihrer Kamerafrau Sonja wäre das machbar.

Sie dachte an Vanessa. Wie würde sie das wohl aufnehmen? Könnte sie das ausgerechnet nach der heutigen Situation überhaupt akzeptieren?

Aber wenn nicht, konnte Kira das auch nicht ändern. Mit ihrer Krankheit einen Film zu drehen, war wahrscheinlich sowieso Wahnsinn. Aber ohne ihren Traumberuf hätte sie sich auch gleich aufhängen können.

Sie ließ sich schwer in die Kissen fallen. Jetzt wollte sie nichts mehr denken müssen. Hoffentlich wirkten die Tabletten bald ein bisschen. Nur ein ganz kleines bisschen ... das wäre schon eine Erleichterung.



»Was ist mit ihr, Lukas? Das ist doch nicht normal.«

Sie standen am Fuß der großen Treppe, die ins Obergeschoss des Schlosses führte. Vanessa steckte für den heutigen Dreh in einem der etwas aufreizenderen Kostüme, mit einem gänzlich weiß geschminkten Dekolleté und himbeerrotem Lippenstift. Sie war gerade aus der Maske gekommen, wo sie zwischen zwei Szenen aufgefrischt worden war, als sie Lukas auf dem Weg nach oben endlich allein erwischt hatte. Der Rest der Crew war oben, wo gerade die Umbauarbeiten für die neue Sequenz stattfanden. Diese Gelegenheit musste sie nutzen, um von Kiras Freund und Kollegen zu erfahren, was eigentlich los war. Dass Kira auch heute nicht da war, wühlte sie auf – obwohl sie gar nicht genau wusste, warum. Aber sie machte sich Sorgen. Und sie vermisste die so warme und anregende Anwesenheit der Filmemacherin.

Dass Kira gestern Abend die Vorbesprechung ihrer blutjungen Assistentin überlassen hatte und auch nicht zum Abendessen erschienen war, hatte sie noch nicht weiter beunruhigt. Es war stressig, einen Film zu drehen, ganz besonders unter diesen Bedingungen. Da brauchte man mal Luft zum Durchatmen. Dessen ungeachtet hatte Vanessa trotz Lukas' Ankündigung, dass Kira auch heute die Regie abgeben würde, nicht daran geglaubt. Sie war davon ausgegangen, dass sich Kira schon irgendwie herschleppen würde. Es war schließlich ihr Film, ihr Baby.

Kiras Koproduzent versuchte abzuwiegeln: »Nicht weiter tragisch. Migräne.«

Er hatte schon seit gestern Abend Eddy im Schlepptau, fiel Vanessa jetzt wieder auf. Kira hätte es sicher nicht gefallen, dass ihre geliebte Mopsdame beim Abendessen mit Leckereien verwöhnt worden war, bis sie so rülpsen musste, dass Vanessa schon befürchtet hatte, sie würde unter den Tisch kotzen. Eddy hatte an sich gehalten, aber, wie es schien, nur knapp. Jetzt verfolgte sie das Gespräch mit traurigen Augen, so als ob sie verstünde, dass es um ihr Frauchen ging. Vanessa beugte sich zu ihr hinunter und tätschelte sie beruhigend.

»So schlimm, dass sie nicht mal kurz zum Dreh kommt?«, hakte sie dabei nach. »Kurz eine Einweisung macht?« Herausfordernd blickte sie zu Lukas hoch.



Er nickte wie ein Wackeldackel, mit etwas zu viel Nachdruck. »Ja, das ist bei ihr so. Für den Fall haben wir ja vorgesorgt.«

Was sie wohl abwimmeln sollte, ließ sie nur noch mehr aufhorchen. Irgendwas war doch da im Busch. Sie stand aus der Hocke auf und fixierte Lukas misstrauisch. »Sie hat das so oft, dass ihr Vorsorge treffen musstet?«

Eddy stellte sich jetzt neben sie, als ergreife sie Partei. Sie ging sogar so weit, ihr ein Pfötchen auf den Fuß zu stellen und sich an ihr Bein zu drücken.

»Leider.« Wieder nickte Lukas übertrieben heftig. Jetzt hatte sich allerdings ein ähnlich trauriger Ausdruck in sein Gesicht geschlichen, wie ihn Eddy zur Schau trug. Das beunruhigte Vanessa nun wirklich. Da war definitiv etwas nicht in Ordnung.

»Ich gehe jetzt zu ihr und sehe nach«, verkündete sie, wohl wissend, dass sie damit eine mittlere Panik bei Lukas auslösen würde. Er war heute ohnehin schon nicht ganz sein sonst so herausgeputztes Selbst. Sein Anzug war zerknittert und sein normalerweise gepflegter Zopf in Auflösung. Dass sich die *leading actress* vom Set entfernte, dazu noch in voller Maske und Kostüm, kurz bevor es weitergehen sollte, war für einen Produzenten das *worst case scenario.*

Prompt flehte Lukas sie geradezu an: »Bitte, Vanessa, lass das. Bleib hier und lass uns weiterdrehen. Wenn nicht für mich, dann für Kira.«

Doch Vanessa blieb hart. Sie verschränkte die Arme vor der Brust. »Dann verrate mir, was wirklich los ist«, gab sie mit ernster Miene zurück. »Ich merke doch, dass du was geheim halten willst.« Und tatsächlich meinte sie das ernst, sehr ernst. *Warum eigentlich?*

»Was? Wie kommst du darauf?«, fragte Lukas hastig und wirkte ertappt.

Sie konnte ihn nur anlächeln. »Oh, Lukas, ich bin Schauspielerin. Wenn andere Menschen mir etwas vorzuspielen versuchen, ist das für mich total durchsichtig. Das ist mein Beruf, das erkenne ich sofort. Du kannst es mir also genauso gut gleich erzählen, ohne langes Versteckspiel.« Beim letzten Satz lächelte sie nicht mehr. Sie hoffte, dass ihr Kostüm ihr half, ein bisschen furchteinflößend zu wirken. Außerdem hatte sie immer noch ihren Trumpf, den sie noch einmal ausspielen konnte: »Oder ich gehe selbst zu ihr.«



Dieser Wunsch, nach Kira zu schauen, kam für sie selbst ziemlich überraschend. Normalerweise fühlte sie sich mit kranken Menschen überhaupt nicht wohl und hielt sich nach Möglichkeit von ihnen fern. Aber um die reizende Filmemacherin machte sie sich echte Sorgen.

Lukas schien derweil die Antwort hinauszuzögern. Er zupfte an seinem Jackett herum und kratzte sich am Kopf, was seinen Zopf noch weiter durcheinanderbrachte. Aber er bemerkte es nicht einmal, so sehr kämpfte er offenbar mit sich.

»Kira hat tatsächlich Migräne«, begann er schließlich mit einem großen Seufzer. »Aber Auslöser ist ein Tumor. In ihrem Kopf.«

Ein Tumor? Vanessa glaubte sich im ersten Moment verhört zu haben. »Oh mein Gott, warum ist sie nicht im Krankenhaus? So was muss doch behandelt werden«, war das Erste, was ihr einfiel. Aber ihr Hirn weigerte sich, die Information zu verarbeiten. Kira und Tumor, das passte doch nicht. Das ging doch nicht. Nicht die lebendige, vor Tatkraft sprühende, talentierte Kira. Die ihr so ans

Herz gewachsen war, in einer Geschwindigkeit, wie nie zuvor ein Mensch das bei ihr geschafft hatte. Tiere ja, Menschen eher im Gegenteil. Und Kira hatte sich noch nicht einmal übermäßig bemüht.

Mit offenem Mund stand sie da, reglos, wie unter Schock.

»Der Tumor ist nicht operabel«, unterbrach Lukas ihre wirren Gedanken. »Aber er ist gutartig. Sie hat Einschränkungen, so wie heute. Aber theoretisch sollte sie damit alt werden können.« Offensichtlich hatte er ihren Schock bemerkt und bemühte sich um eine möglichst positive Darstellung der Lage.

Aber Vanessa entging nichts, nicht das kleinste Detail. »›Theoretisch?‹ Was soll das heißen?«, fragte sie argwöhnisch. Es kam ihr immer noch so vor, als hätte Lukas ihr nicht alles verraten. Aber vielleicht lag das auch nur daran, dass sie mit solchen Situationen nicht umgehen konnte. Krankheit und Tod waren nichts, womit sie sich jemals befasst hatte, nicht einmal am Rande. Das hielt sie immer ganz weit von sich.

Nur hier ging das plötzlich nicht mehr. Hier wollte sie das gar nicht. Sie wollte alles wissen. Wieder war sie über sich selbst erstaunt.



»Dass niemand weiß, wie es weitergeht«, beantwortete Lukas ihre Frage. »Es gibt keine Garantien. Die Ärzte wissen nicht, ob das Ding in ihrem Kopf weiter wächst und irgendwann Schaden anrichtet.« Er blickte ihr fest in die Augen, ehrlich und offen. Jetzt zweifelte Vanessa nicht mehr daran, dass er ihr die volle Wahrheit sagte.

Wie zwei, die sich um einen geliebten Menschen Sorgen machen, blickten sie sich in unausgesprochenem Einvernehmen sekundenlang mit traurigen Augen an. Vanessa kam das in dem Moment noch nicht einmal komisch vor. Erst als der Blickkontakt abbrach, schüttelte sie abermals innerlich den Kopf. Sie war doch nur Kiras neueste Schauspielerin. Eine mit Weltruhm, aber trotzdem: Sie stand ihr nicht nahe. Eigentlich. Trotzdem behandelte Lukas sie so.

Doch sie konnte und wollte nicht weiter darüber grübeln. Kiras Situation war es, die hier im Vordergrund stand. »Kann ich etwas für sie tun?«, brach sie nach einiger Zeit das bedrückte Schweigen.

»Nichts weiter, als das zu akzeptieren und dein Bestes für den Film zu geben«, sagte Lukas ruhig, fast resigniert. Er schien sich mit Kiras Schicksal abgefunden zu haben.

Plötzlich hatte Vanessa das Gefühl, dringend frische Luft zu benötigen. »Ich brauche eine Pause. Ich gehe raus in den Garten«, sagte sie hastig und wandte sich von Lukas ab. Langsam, immer noch wie unter Schock, ging sie zur großen hölzernen Flügeltür und hinaus in den Schlosshof. Sie merkte gar nicht, dass Eddy ihr folgte und sie nicht aus den Augen ließ.

Seit ein paar Tagen war Kira wieder auf den Beinen, und die Dreharbeiten liefen ganz nach Plan. Vanessa überraschte sie immer wieder mit ihrer schauspielerischen Leistung. Sie war einfach überwältigend. Und seit sie von Kiras Tumor wusste, war sie wie Zucker zu ihr: liebenswürdig und zuvorkommend und ganz unerwartet fürsorglich.

Zuerst war sie ja sauer auf Lukas gewesen, dass er Vanessa informiert hatte. Aber es hatte sich nicht gerächt. Im Gegenteil schien Vanessas neue Sanftheit abzufärben, und alle schienen insgesamt weniger gestresst – oder ließen ihren Stress zumindest nicht mehr an den Kollegen aus. Selbst Ruth bemühte sich, weniger herumzuzicken wegen der Kälte im Gesindehaus und im Schloss. Die alten Gemäuer waren einfach schlecht bis gar nicht zu heizen. Kiras winziges Zimmer unterm Dach hatte gar keinen Ofen oder sonst eine Möglichkeit, es zu erwärmen, nicht einmal eine Steckdose gab es, an die man ein Heizgerät hätte anschließen können.

Deshalb war sie jetzt ganz froh, dass Vanessa sie zu sich in den ersten Stock des Gesindehauses gebeten hatte, wo es wärmer war. Sie wollte nach der gemeinsamen abendlichen Besprechung, in der sie die Planung des Drehs für den nächsten Tag abgeschlossen hatten, noch etwas anderes mit ihr durchsprechen. Was, hatte sie nicht verraten. Aber das war auch egal. Ein Hollywoodstar, der sich kostenlos für sie abrackerte, bat um ein Gespräch – natürlich stand Kira parat. Und da ihr ansonsten entweder ihre eiskalte Dachkammer geblüht hätte oder die überfüllte und überhitzte Gesindeküche, war sogar noch ein Wohlfühlfaktor mit dabei.

Davon abgesehen verbrachte sie überraschenderweise gern Zeit mit Vanessa. Deren unglaubliche Schönheit sorgte immer für ein Hormonhoch, aber das war nicht der Hauptgrund. Kira hatte sich eingestanden, dass sie die weltberühmte Schauspielerin schlicht und ergreifend mochte. Nie hätte sie das für möglich gehalten, aber es war so.

Eddy hüpfte ihr voraus die Treppe hinab und steuerte auf Vanessas Zimmer zu, ganz so, als ob sie wüsste, dass das ihr Ziel war. Vielleicht war es auch nur Sehnsucht. Ihr Mops hatte sich laut Lukas' Bericht während ihrer zwei Tage Migräneausfall an Vanessa angedockt und war nicht von ihr wegzukriegen gewesen. Sie wusste nicht, ob Lukas etwas übertrieben hatte, aber jedenfalls klebten die zwei seither bei jeder passenden und unpassenden Gelegenheit zusammen. Vanessa hatte sogar schon ein paarmal Eddys Abendspaziergang übernommen. Die Schauspielerin hatte wirklich einen Narren an Eddy gefressen.

Und wohl auch, aus unerfindlichen Gründen, an ihrer Besitzerin. Auch das musste Kira sich mittlerweile eingestehen: Sie war definitiv die Einzige von den Filmleuten, mit der Vanessa flirtete.

Ihre Befürchtungen in puncto Ruth waren ganz und gar unbegründet gewesen. Die beiden funktionierten vor der Kamera ausgezeichnet zusammen, aber privat hatten sie offenbar keinerlei Interesse aneinander, denn Kira sah sie nie gemeinsam. Sie hatte sogar das Gefühl, dass Vanessa Ruth mied, so gut es ging. Was Kira ihr nicht verübeln konnte, falls Vanessa die Lache der blonden Jungschauspielerin nur halb so sehr auf den Wecker ging wie ihr selbst. Auch auf die dezenten Avancen von einigen der männlichen Kollegen war Vanessa Harris nicht eingegangen. Hatte sie zum Teil noch nicht einmal wahrgenommen, wie sie aus enttäuschten Bemerkungen der betreffenden Kollegen hatte schließen können.

Vor der alten Holztür zu Vanessas Zimmer blieb Kira stehen. Seit sie Vanessa hier mit ihrem Gepäck abgeliefert hatte, war sie nicht mehr in diesem Raum gewesen. Vanessa hatte sich über nichts beschwert, also hatte es keinerlei Anlass dazu gegeben. Sie hatten das Zimmer schon im Voraus mit zwei Radiatoren ausgestattet, weil Lukas und sie bereits damit gerechnet hatten, dass es während der Dreharbeiten zunehmend kalt werden würde – sie hatten Oktober, da war das kein Wunder. Und da Vanessa nie etwas gesagt hatte, ging Kira davon aus, dass die Dinger den Raum angemessen warmhielten.

Eddy zu ihren Füßen verstand nicht, warum sie nicht schon lange jenseits der Tür im Warmen waren. Sie begann an der Türfüllung zu scharren.

»Pscht, hör auf«, mahnte Kira ihre Mopsdame. Aber es war bereits zu spät. Die Tür öffnete sich, und eine lachende Vanessa erschien.

»Eddy! Hallo! Schön, dass du Kira mitgebracht hast.« Sie beugte sich zu Eddy hinunter und knuddelte sie zur Begrüßung. Vanessa war eindeutig im Privatmodus, kam Kira nicht umhin festzustellen. Sie trug einen grauen Kapuzenpulli, eine dazu passende Jogginghose und – Kira traute ihren Augen kaum – Socken, die aussahen wie selbst gestrickt. Nicht gerade ein Outfit, das man zur Fashion Week tragen würde. Außerdem konnte Kira nicht mal einen Hauch von Schminke entdecken, und Vanessas Wallemähne war zu einer Samurai-Frisur wild hochgesteckt. Dennoch schaffte sie es, auch in dieser Aufmachung noch immer bombastisch auszusehen, wie Kira sich neidlos eingestand. 

Sie musste sogar zugeben, dass ihr Vanessa so am besten gefiel. Das war die wahre Vanessa, ohne Make-up und Photoshop, nicht die von der Leinwand und den Titelseiten. Diese Vanessa gestattete ihr, sie in all ihrer natürlichen Schönheit und Pracht wahrzunehmen, ohne dass sie hinter eine Maske oder ein Kostüm hätte schauen müssen. Und dann stellte sie jedes Mal fest, dass sie leichte Erregung überfiel. Aber das war nichts, das sie weiter beunruhigen musste. Solange sie sich dessen bewusst war und das Gefühl in seine Schranken wies.

Was aber zugegebenermaßen nicht immer ganz einfach war. So wie jetzt, da Vanessa praktisch vor ihr kniete, mit dem Gesicht viel zu nah dort, wo sich gerade eine deutliche Hitze entwickelte. *Nicht weiter Raum geben, Kira.*

»Wenn ihr eure gegenseitigen Liebeserklärungen dann abgeschlossen habt – ich bin auch noch da«, vermeldete sie schließlich amüsiert, als sie sicher war, sich unter Kontrolle zu haben.

Vanessa blinzelte von unten mit unschuldigem Augenaufschlag zu ihr hoch. »Oh, kein Problem. Wir haben genügend *love* auch für dich, Kira. Du brauchst nicht eifersüchtig zu werden.«

»Pah, eifersüchtig.« Kira stemmte in gespielter Empörung die Hände in die Hüften, um den neuerlichen Anflug von Hitze zu überspielen, der sie bei dieser eindeutigen Anmache überrollte. »Das hab ich gar nicht nötig.«

Lachend stand Vanessa auf und beugte sich zu ihr. Nahe. Gefährlich nahe.

»Stimmt«, hauchte sie, »hast du nicht nötig.« Ihr Atem streifte zart Kiras Wange.

Kira wurde daraufhin noch heißer. Vanessa tat es schon wieder. Sie flirtete so offensiv, dass Kira Hören und Sehen verging. Beinahe wortwörtlich.

»Äh …«, presste sie heraus, aber mehr wollte nicht kommen. Verdammt, sie war einfach nicht gewappnet für so etwas. Sie konnte damit nicht umgehen.

Vanessa trat einen Schritt zurück und lachte ungezwungen, was Kiras Selbstbeherrschung zurückkehren ließ. Dann winkte sie. »Kommt rein, ihr zwei.«

Kira folgte der Einladung. Eddy war schon längst im Zimmer und beschnüffelte angetan Vanessas Sachen. »Was wolltest du denn mit mir besprechen?«, fragte Kira. Am besten gleich zur Sache kommen und weitere Attacken der Schauspielerin im Keim ersticken. Ohnehin bezweifelte Kira, dass es dieser wirklich ernst war mit ihrer Flirterei. Mit Sicherheit spielte Vanessa nur mit ihr. Aus Spaß, als harmloser Zeitvertreib. Das musste es sein.



»Nichts«, kam zur Antwort.

Kira starrte Vanessa, die gerade die Zimmertür schloss, verblüfft an. Und auch ein wenig verärgert. Dachte Vanessa etwa –

»Ich hab was organisiert, das dir entspannen helfen wird«, fügte Vanessa in diesem Moment hinzu, begleitet von einem geheimnisvollen Lächeln. Schlagartig verflog Kiras gerade erst wiedergewonnene Selbstsicherheit. Was könnte Vanessa ›organisiert‹ haben? Durch ihren Kopf schossen undeutliche Bilder von monströsen Dildos und anderen Sextoys, die sie womöglich noch nie in der Anwendung gesehen hatte. Sie traute Vanessa so einiges zu.

»Vanessa, wenn du vorhast …«

Weiter kam sie nicht, denn Vanessa hob abwehrend die Hand und unterbrach sie: »Stopp, kein Wort. Lass mich erst mal ausreden. Ich habe über deine Migräne nachgedacht. Ich weiß, sie wird von dem Tumor ausgelöst. Aber könnte es nicht auch sein, dass Stress das begünstigt? Deshalb hab ich mich umgehört, und vielen Leuten hilft Cannabis.« Bei den letzten Worten deutete sie auf das kleine Tischchen, auf dem einige Utensilien lagen. Kira erkannte unter anderem große Zigarettenpapierchen. Die, die man brauchte, um einen Joint zu bauen.

»Cannabis?«, fragte sie ungläubig. Mit allem hatte sie gerechnet, aber nicht damit.

»Ja, und am einfachsten ist es, wenn wir es rauchen«, erklärte Vanessa in einem Tonfall, als weise sie auf die Wichtigkeit des täglichen Zähneputzens hin. »Ich habe Gras organisiert.« Sie trat um Kira herum an den Tisch und hob eine Metallschachtel hoch, die, der Aufschrift nach zu schließen, vormals Lutschbonbons enthalten hatte.

Immer noch einigermaßen entgeistert fragte Kira: »Wo hast du das her? Hier in Altbürg, mitten im Schwarzwald?« Sie waren ja schließlich nicht in Amsterdam, wo man schnell mal im Coffeeshop vorbeigehen konnte.

Vanessa machte eine wegwerfende Handbewegung. »Ist doch egal. Ein kleines Helferlein war bereit, die Besorgung zu machen.« Sie begann sorgfältig Tabak in ein Zigarettenpapier zu schichten.



»Und du gehst jetzt einfach so davon aus, dass ich mit dir kiffen werde?«, hakte Kira nach. Sie konnte es einfach nicht fassen. Vanessa hatte sie nach allen Regeln der Kunst überrumpelt. Wieder fühlte sie Hitze in sich aufsteigen. Sie löste das Tuch von ihrem Hals – ihr Lieblingstuch, das mit den Totenköpfen. Normalerweise fror sie immer, ohne etwas um den Hals zu haben. Aber jetzt gerade war ihr alles andere als kalt.

»Kira«, sagte Vanessa sanft, aber mit Bestimmtheit, »deine Haare sind zwar keine Rastafari-Frisur, aber ich habe deine Aufmachung als dezenten Hinweis auf eine Offenheit gegenüber bestimmten natürlichen Rauschmitteln gedeutet. Gut genug?« Sie hatte inzwischen aus der Metallschachtel Gras auf den Tabak gebröselt. Nun begann sie das Ganze elegant und vor allem äußerst geschickt zu rollen. Das tat sie nicht zum ersten Mal, wurde Kira klar.

Und warum eigentlich nicht? Vanessa hatte ja nicht unrecht, weder im Hinblick auf die medizinische Wirkung von Cannabis noch was Kiras Offenheit anging. Sie machte sich tatsächlich Gedanken um ihr Wohlergehen, wollte ihr helfen … Bevor sich Rührung ihrer bemächtigen konnte, sagte Kira mit einem kleinen Lachen: »Pff, du bist echt eine Nummer. An Selbstbewusstsein mangelt es dir nicht, oder?« Sie warf ihr Halstuch über die Rückenlehne eines der beiden Stühle.

»War noch nie mein Problem.« Vanessa befeuchtete das Papier mit der Zunge, rollte das Ganze noch mal und hob dann mit einem triumphierenden Grinsen den Joint hoch. Kira konnte nicht anders, sie grinste zurück.

»Gib das Ding schon her. Feuerzeug?« Damit ließ sie sich auf den Stuhl sinken.

Behaglich eingemummelt lagen sie in Vanessas Bett, Eddy wie eine Königin in der Mitte. Vanessa fläzte am Kopfende, Kira am Fußende, aber die Decke teilten sie sich. Eine Kerze, die auf dem Nachttisch flackerte, war ihre einzige Beleuchtung.

Wenn Vanessa Kira so anschaute, wie sie mit seligem Lächeln und leicht glasigen Augen ins Leere starrte, hielt sie sie für ziemlich bekifft. Sie selbst hingegen hatte einen klaren Kopf. Höchstens ein bisschen wuschig und unkoordiniert, aber das schrieb sie ihrem leeren Magen zu. Wenn sie nur nicht diesen Heißhunger auf irgendwas Leckeres hätte … Schokolade vielleicht.



»Kennst du eigentlich den Bechdel-Test?«, fragte Kira in die schweigsame Gemütlichkeit hinein und maß Vanessa mit einem Blick, der vermutlich Ernsthaftigkeit ausdrücken sollte, aber auf goldige Art berauscht rüberkam.

»Noch nie gehört«, gab Vanessa zu. Hatte sie da gerade ein bisschen undeutlich gesprochen? Eigentlich wusste sie ganz gut, wie viel sie vertragen konnte. Aber heute war alles irgendwie viel intensiver als sonst. Ihr Zimmer roch vermutlich schon wie die Cannabishöhle, die es heute Abend war.

»Wahrscheinlich kennst du die Comics von Alison Bechdel nicht. Bekannt geworden ist sie in Lesbenkreisen durch ihre Reihe ›Dykes to watch out for‹«, dozierte Kira und wedelte dabei mit der Hand in der Luft herum.

Vanessa protestierte: »Warum sollte ich die nicht kennen?« Tatsächlich hatte sie sogar einige der neueren Bände der Zeichnerin in ihrer Pariser Wohnung. Aber darin ging es um ihre Familiengeschichte, nicht um irgendwelche Tests.

Kira ignorierte die Zwischenfrage. »Der Bechdel-Test ist zuerst in den Achtzigern in einem ihrer Comics aufgetaucht. Eine der Figuren sagt, dass sie nur Filme ansieht, auf die drei Bedingungen zutreffen ...« Sie hielt ihren Daumen hoch. »Erstens, es spielen mindestens zwei Frauen mit.« Der Zeigefinger kam dazu. »... die sich – zweitens – miteinander unterhalten.« Jetzt gesellte sich der Mittelfinger zu den beiden anderen. »Und zwar – drittens – über etwas anderes als einen Mann.« Kira machte eine effektvolle Pause und sah Vanessa mit einem lauernden Ausdruck an, um dann enthusiastisch nachzusetzen: »Ist das nicht genial?«

»Da ist doch nichts weiter dabei«, murmelte Vanessa und kuschelte sich mit knurrendem Magen noch tiefer unter ihre Decke.

»Okay, lass es uns testen. Gehen wir deine Filme durch.« Kira schien Feuer und Flamme. Sie setzte sich weiter auf und stieß dabei mit dem Fuß an Vanessas Bein. Mittlerweile waren sie körperlich recht ungezwungen und lagen dicht beieinander. Vanessa war das mehr als recht.

Kira war jedoch offenbar so gefangen von ihrem Projekt, dass sie den Körperkontakt ignorierte oder gar nicht bemerkte. Sie begann wieder aufzuzählen: »›Düstere Gestalten‹, ›Hau drauf‹ Teil 1 und 2 und ›Galaxienkollision‹ fallen schon mal weg.« Ihr Tonfall duldete keinen Widerspruch.

Vanessa musste kichern. Dass Kira das so ernst nahm, war süß. Wie so vieles an ihr. Aber worauf wollte sie bloß hinaus?

»Hm, ja, könnte sein«, gab sie zu. »Da gab es gar keine weiteren Schauspielerinnen.« Plötzlich fand sie das selbst albern. Wie konnte ihr das erst jetzt auffallen?

»›You know about it‹ und ›Geliebte‹ fallen auch weg«, fuhr Kira fort, »weil es da zwar noch eine zweite weibliche Rolle gibt, ich aber darauf wetten würde, dass du kein bisschen Dialog mit denen hast.«

Ihre Mischung aus ernsthafter Analyse und trunkener Tollpatschigkeit war einfach hinreißend. Wieder musste Vanessa unkontrolliert kichern und gab dann nur ein »Hm, hm«, von sich. Kira war da womöglich auf einer heißen Spur.

Ihr Gegenüber wedelte unterdessen weiter aufgeregt in der Luft herum, inzwischen schon mit beiden Händen. »›Aus Not Liebe‹ und ›Verwandt, verschwägert, verwitwet‹ fallen weg, weil es die ganze Zeit um deine Liebesbeziehung zu einem Mann geht. Weitere Beispiele?«

»Okay, okay, es ist schwerer, als ich dachte. Lass mich noch mal eine Sekunde in Ruhe nachdenken.« Vanessa nahm einen neuen Joint vom Nachttisch und zündete ihn an. Nachdenklich nahm sie einen tiefen Zug, bevor sie ihn Kira reichte. Sie hielt den Rauch noch so lange sie es aushalten konnte in der Lunge, dann stieß sie ihn aus. »Gut, du hast gewonnen mit deinem Bechdel-Test«, gestand sie. »›Blutsschwestern‹ ist bisher mein einziger Film, der ihn besteht.« Wieder kicherte sie ein bisschen. Diesmal nicht, weil ihr alles so albern vorkam, sondern weil sie es wirklich etwas peinlich fand, das zugeben zu müssen.



Kira stierte sie an. »Sollte dir das nicht zu denken geben?« Den Joint in ihrer Hand schien sie ganz vergessen zu haben.

»Willst du mich hier als Feministin rekrutieren?«, fragte Vanessa, jetzt definitiv mit verwaschener Aussprache.

»Warum eigentlich nicht? Wenn du dann bessere Filme drehen würdest«, verkündete Kira reichlich undiplomatisch. Dann fiel ihr offenbar selbst auf, wie sich das anhörte. »Ups, ist mir so rausgerutscht.« Sie sah Vanessa schuldbewusst an, kicherte aber dabei.

»Nur raus damit«, ermunterte Vanessa sie. »Keine falsche Scheu. Ich bin bekifft und friedlich. Den Kopf werde ich dir erst morgen abreißen.« Sie beugte sich vor und nahm Kira den Joint ab, da diese anscheinend das Interesse daran verloren hatte. Vielleicht war es auch besser, wenn sie es nicht übertrieb. Sie wirkte definitiv stärker enthemmt als sie selbst. Vanessa war sicher, dass ihr solche offenherzigen Äußerungen über ihre Filme, von denen sie offenbar nicht gerade sehr viel hielt, sonst nie über die Lippen gekommen wären.

Prompt kam Kira ihrer Aufforderung nach: »Ich finde, du vergeudest dein Potential. Du bist so eine phantastisch gute Schauspielerin. Warum immer nur diese Mainstream-Kacke machen?«

Wow, das war schon ein Knaller. Vanessa zog fragend die Augenbrauen hoch, woraufhin Kira sich die Frage gleich selbst beantwortete: »Okay, der Ruhm. Und die vielen Millionen. Die ganzen Leute, die dich anhimmeln. Irgendwo muss ja auch der Nachschub für deine vielen Affären herkommen.«

Vanessa verschluckte sich vor Schreck und musste husten. Kira merkte währenddessen wieder erst mit Verzögerung, was sie da gerade gesagt hatte. »Ups, schon wieder rausgerutscht.«

Mühsam versuchte Vanessa ihren Hustenanfall unter Kontrolle zu bekommen. So dachte Kira also über sie? Das war ja nicht gerade schmeichelhaft. Und Kiras Gesichtsausdruck hatte deutlich gezeigt, dass sie dieses vermeintliche Verhalten nicht guthieß. Das war offenbar der Vorteil einer bekifften Kira: Sie ließ keinerlei Zensur walten und plapperte alles exakt so aus, wie es ihr im Kopf herumfunkte.

Vanessa wusste gar nicht genau warum, aber sie wollte unbedingt klarstellen, dass Kira ein falsches Bild von ihr hatte. Sie konnte ihr keinen Vorwurf daraus machen. Woher hätte Kira es besser wissen sollen? Das war ihr öffentlich transportiertes Image. Aber sie wollte den Irrtum geraderücken.

Ruhig erklärte sie: »Ich hab gar nicht so viele Affären.« Dann nahm sie einen weiteren Zug. So langsam stieg ihr das Zeug auch in den Kopf. Aber es war angenehm entspannend. Sie hatte das beglückende Gefühl, über allem zu schweben.

Kira lachte prustend über ihren Verteidigungsversuch. »Nein? Du hättest mich glatt täuschen können.« Sie konnte gar nicht aufhören, vor sich hin zu kichern.

»Wirklich nicht«, schmollte Vanessa. Sie legte den Rest des Joints in den Aschenbecher auf ihrem Nachttisch und versuchte Kira böse anzuschauen. Was ihr überhaupt nicht gelang.

»Was ist mit diesem Beau, der mit dir auf der Oscar-Verleihung war?«, forschte Kira und konfrontierte sie gleich mit einigen weiteren PR-Aktionen von Nathalie: »Ach, und diesen Schauspieler nicht zu vergessen, Dean Grammond? Und dann fällt mir spontan noch so ein Tennisspieler ein, dessen Namen ich nicht weiß.«

Vanessa zögerte. Wie viel sollte sie verraten? Sie versuchte es mit einer Gegenfrage, um eine Entscheidung in ihrem vernebelten Hirn hinauszuzögern. »Und wenn es so wäre?«

Kira warf beide Hände in die Luft. »Hey, du kannst machen, was du willst. Das geht mich gar nichts an.«

Genau das wollte Vanessa eigentlich nicht: dass Kira sich distanzierte. Das war ihr selbst mit bekifftem Hirn klar. »Könnte es aber«, erwiderte sie, blinzelte vielsagend zu Kira hinüber und schenkte ihr einen verlockenden Augenaufschlag. Zumindest hoffte sie, dass er so aussah – und nicht so, als würde sie gleich einschlafen.

Doch Kira reagierte ganz und gar nicht, wie sie es sich erhofft hatte. Sie lachte auf. »Nein, bestimmt nicht, Vanessa«, sagte sie und schüttelte nachdrücklich den Kopf, um dann mit bitterer Ehrlichkeit zu erläutern: »Aus vielen Gründen nicht. Aber auch, weil ich das so was von abschreckend finde. Ich will bestimmt nicht nach fünfzig Männern an die Reihe kommen und hinterher wieder von dreißig abgelöst werden.« Dieses Mal nahm sie ihre knallharte Aussage nicht durch ein ›Ups, ist mir rausgerutscht‹ zurück.



Trotz der friedlichen Stimmung spürte Vanessa einen Funken Ärger. Es war ein hartes Urteil, das Kira über sie fällte – und es war ungerecht. Sie schoss mit einer Frage zurück: »Hast du was gegen Bisexuelle?« Noch im gleichen Moment kam es ihr schrecklich absurd vor, dass sie selbst jetzt noch bei dem Image blieb, das Nathalie für sie geschaffen hatte.

»Aber nein«, widersprach Kira sofort. »Nur gegen promiskuitive Bisexuelle in meinem Bett.« Sie untermalte ihre Erklärung mit einer entschiedenen, abschließenden Geste. Ganz abgeklärt. Haken dran. Fertig.

Vanessa grübelte. Was tun? Ihre Gedanken waren ein heilloses Durcheinander. Nur eines war ihr ganz klar: Sie wollte nicht, dass Kira so von ihr dachte.

Schließlich sagte sie: *»Fuck it all.«* Sie atmete einmal tief durch, auch wenn das in der von Cannabisrauch schweren Luft in ihrem Zimmer relativ wirkungslos war. Dann verkündete sie die Wahrheit: »Was ich dir jetzt sage, bleibt zwischen uns. Ich bin nicht bisexuell.«

Aber auch das erzielte nicht das gewünschte Ergebnis. Kira lachte schon wieder. »Auch da hättest du mich glatt täuschen können. Der Kuss in der Gesindeküche hat sich nicht heterosexuell angefühlt.«

Herrgott noch mal, sie verstand ja überhaupt nichts. Jetzt dachte sie auch noch, Vanessa wolle ihre Liebe zu Frauen verleugnen. Vanessa biss die Zähne zusammen und befahl ihrem bis zur Wirrheit bekifften Gehirn, sich zu benehmen und die Sachlage schlüssig darzulegen. Das musste doch möglich sein.

»Ich meine damit auch«, begann sie langsam, »dass diese ganzen Beziehungen zu Männern nie stattgefunden haben. Das war von Nathalie lanciert. Nur die Frauengeschichten waren real. Na ja, außer Amelie Brügge. Das war auch eine Pressesache. Ihre furchteinflößende Frau wäre mir in Paris auch so schon fast an die Gurgel gegangen. Aber das ist eine andere Geschichte ...« Jetzt, da sie einmal angefangen hatte, fand sie kein Ende.

Vollkommen unvermittelt erklärte Kira: »Ich gehe jetzt.« Sie wühlte sich aus der Decke frei und stand auf.

Vanessa starrte sie verständnislos an. Was war das denn? Was auch immer sie für eine Reaktion auf ihre Offenbarung erhofft oder erwartet hatte – das war es nicht. Sie hatte das so schließlich noch niemandem gestanden. Nur Nathalie wusste das alles.

Doch ganz so dringend schien Kira dann doch nicht gehen zu wollen. Leicht schwankend stand sie neben dem Bett und schien nachzudenken. Sie wirkte unschlüssig und konfus. Ihre Blicke schweiften von Vanessa zu Eddy und wieder zurück. Eddy machte keine Anstalten, sich zu erheben; das schien Kira zögern zu lassen.

Vanessa beugte sich vor, griff ihre Hand und zog ganz leicht daran. »Bleib noch da. Es ist so gemütlich.«

Zuerst leistete Kira Widerstand, aber dann ließ sie sich zum Bett zurück- und herunterziehen. Unbeholfen plumpste sie neben Vanessa und halb auf sie. Ein besseres Ergebnis hätte sich Vanessa nicht wünschen können. Sie schlang einen Arm um die zierliche Gestalt und zog sie dichter an sich. Das fühlte sich haargenau richtig an. Perfekt. Sie wollte mehr von Kira spüren. Die Frau in ihren Armen roch so phantastisch gut, es war kaum zu glauben. Nicht nach irgendwelchen teuren Parfüms, eher nach einer feinen Pflanzenseife, gemischt mit einem Hauch Haaröl und Kiras ureigenem zartem Geruch, der auf Vanessa wie ein Lockstoff wirkte. Wäre sie eine Lebensmittelmotte, sie wäre in ihr Verderben geflogen. Ohne mit der Mottenwimper zu zucken. Vanessa kicherte über diesen Gedanken.

Und Kira ließ es tatsächlich geschehen, drückte sich sogar noch enger an sie. Keine Spur mehr von der sonst so offensiv gewahrten Distanz.

Vanessa beschloss, es zu wagen. Schlimmeres als eine weitere Abfuhr konnte sie sich ja nicht einhandeln. Auch wenn sie damit vielleicht die Situation schamlos ausnutzte – das war ihr jetzt gerade egal. Sie wollte Kira. Wie sie schon lange keine Frau mehr gewollt hatte. Nicht nur körperlich. Kira wollte sie auch mit dem Herzen.

Diese Erkenntnis erfüllte sie für einen kurzen Moment mit Entsetzen. Um nicht weiter darüber nachzugrübeln, drehte sie den Kopf so, dass sie Kira ansehen konnte. Die hatte die Augen hinter der Brille geschlossen und lag entspannt an sie geschmiegt da. Ihre eine Hand lag auf Vanessas Bauch und bewegte sich in kleinen, sanften Kreisen. Stimulierenden Kreisen, die bei Vanessa weiter südlich eine unmittelbare Reaktion bewirkten – eine äußerst angenehme Reaktion.



Sie nahm Kira die Brille ab und legte sie auf den Nachttisch. Keine Regung, nur ein wohliger und schläfriger Seufzer. Vanessa beugte sich vor. Sie konnte nicht anders. Sie musste Kira jetzt küssen. Verlangend presste sie die Lippen auf die zart geschwungenen unter ihren. Und prompt wurde sie mit einer Willkommensgeste empfangen. Kira stöhnte leise auf, öffnete den Mund und ließ Vanessas Zunge ein.

Fast sofort wurde der Kuss wilder. Vanessa begann sich mit ihrem Becken rhythmisch an Kira zu reiben, die im Gegenzug durch das Shirt ihre Brüste knetete und dabei nicht gerade zurückhaltend war. Dann fuhr Vanessa mit der rechten Hand zwischen Kiras Beine. Sie schob den Minirock nach oben und presste ihre Handfläche gegen Kiras heiße Mitte. Kira machte sich von ihrem Mund los und zog scharf die Luft ein, wie um sie für ihr forsches Vorgehen zu belohnen. Dadurch ermutigt, nahm Vanessa ihre Beckenbewegung wieder auf, die ihre Hand sowohl gegen Kiras Mitte als auch gegen ihre eigene drückte. Beide stöhnten sie heiser auf.

Gerade wollte Vanessa ihre Hand unter die störenden Leggings schieben, als Kira plötzlich ruckartig innehielt und sich versteifte. »Ich kann das nicht«, verkündete sie in panischem Tonfall. Wie schon in der Gesindeküche drückte sie die Hand gegen Vanessas Brustbein und schob sie von sich weg. Dieses Mal war das ein schwierigeres Unterfangen, weil sie wie verknotet dalagen. Und weil sich Vanessa jetzt nicht so schnell geschlagen geben wollte. Letztes Mal war der Versuch, Kira zu küssen, nur ein Testballon gewesen. Dieses Mal tat es richtig weh, so brüsk weggestoßen zu werden. Irgendwas hatte sich verändert seit jenem Abend in der Küche. Nicht nur, dass ihre Erregung um das Zehnfache gesteigert und die Ernüchterung und Frustration dadurch umso größer waren. Nein, es war auch gefühlsmäßig schwer. Sie wollte Kira nicht gehen lassen. Sie wollte, dass sie hierblieb, bei ihr, in ihren Armen. Zur Not auch ohne Sex, solange sie nur blieb.

Hörbar aufgebracht setzte Kira hinzu: »Ich will das auch gar nicht.« Ihre Stimme klang, als sei sie kurz davor, in Tränen auszubrechen. Sie befreite sich vollends von Vanessa, stand auf und setzte sich umständlich die Brille wieder auf.



Noch bevor Vanessa den Nebel um ihre Gehirnzellen genügend lichten konnte, um einen geraden Satz herauszubringen, war Kira schon aus ihrem Zimmer gestürzt. Ihre Doc-Martens-Stiefel ließ sie in ihrer Hast zurück. Und eine selig vor sich hin schnarchende Eddy, die von dem ganzen Drama gar nichts mitbekommen hatte.

»Hier bringe ich dir Eddy zurück. Sie war schon draußen, und Frühstück hatte sie auch schon.«

Kira starrte Vanessa an, die in dicker Jacke an ihrer Zimmertür stand, zwei Becher dampfenden Kaffee in den Händen und einen eigenartigen Ausdruck in den Augen, und bemühte sich, deren Worten einen Sinn zu entnehmen. Sie war gerade erst aufgestanden und war noch gar nicht richtig bei sich. Inzwischen war sie dazu übergegangen, in einem dicken Kapuzenpulli plus Wollweste drüber, Schal und Jogginghose zu schlafen, so erbärmlich kalt war es in ihrem Kabuff unter dem Dach. Die armen Dienstmädchen, die anno dazumal sogar im tiefsten Winter hier schlafen mussten. Sie selbst war schon im Oktober zum Eiszapfen mutiert. Selbst mit den ganzen Lagen, der Kapuze auf dem Kopf, zwei Paar Wollsocken und Bettflasche fror sie. Dieser merkwürdige Aufzug erklärte sicher auch, warum Vanessa sie so eindringlich ansah.

Dann fiel ihr alles wieder ein. Wie hatte sie das nur für eine Sekunde vergessen können? Ihr bekiffter Abend. Der Beinahe-Sex. Ihre Flucht. Sie hatte Eddy zurückgelassen! Und wo waren eigentlich ihre Stiefel?

Vanessa streckte ihr eine Tasse entgegen und sagte: »Ich bin hier, weil ich mit dir vor dem heutigen Drehbeginn was klären wollte.«

Kira konnte sich schon vorstellen, dass es genau darum ging. Um ein bisschen Zeit zu gewinnen, nahm sie den Kaffee, den sie jetzt wirklich gut gebrauchen konnte. »Komm rein«, sagte sie und schloss rasch die Tür hinter Vanessa, damit sich ihr Gespräch nicht über das hellhörige Treppenhaus durch das ganze Haus verbreitete. So langsam wurden alle wach, das konnte sie hören. Das wäre ja noch schöner, wenn ausgerechnet sie für Gerüchte rund um ihren Hollywoodstar sorgen würde.



Dann erst nahm sie die Enge in ihrem Kabuff wahr. Drei waren fast schon zu viele, auch wenn Eddy nicht wirklich viel Platz wegnahm. Die Mopsdame hatte sich zwischen ihnen beiden auf dem Boden positioniert und schaute aufmerksam hoch.

»Wenn es um gestern Abend geht …«, begann Kira, um Vanessa gleich den Wind aus den Segeln zu nehmen. Aber die ließ sie gar nicht ausreden.

»Nein, es geht um was anderes. Um das Bad auf meinem Stockwerk.« Vanessa sah sie an, als sei das Selbstverständlichste auf der Welt. Aber Kira verstand dadurch erst recht nichts mehr.

»Aha? Was ist damit?«, fragte sie und nahm den ersten Schluck Kaffee. Vielleicht würde ihr Gehirn ja dann anfangen zu arbeiten. Sie ließ sich auf ihrem Bett nieder und deutete auffordernd zu dem Stuhl, der unterhalb der Schräge so gerade eben Platz zum Sitzen bot. Aber Vanessa blieb stehen.

»Wieso benutzt das sonst niemand, obwohl es das größte und am besten ausgestattete im Haus ist?«, machte sie mit dem absurden Thema weiter, von dem Kira zu Beginn gedacht hatte, es sei nur ein Vorwand.

Na gut, wenn es weiter nichts war. »Ach so«, murmelte sie in ihre Tasse. Dann hob sie den Kopf und sah Vanessa an. »Weil wir es für dich reserviert haben.«

»Warum?«, kam die konsternierte Rückfrage. Vanessa konnte offenbar hartnäckig sein. Auch sie fing jetzt an, ihren Kaffee zu trinken, ließ Kira dabei aber keine Sekunde aus den Augen.

Eddy war wie gebannt von dem Gespräch zwischen Frauchen und Frauchen-Ersatz. Ihr Kopf ruckte wie bei einem Tennismatch immer hin und her. Die Situation und die angespannte Stimmung schienen sie zu verwirren. Was Kira selbst nicht anders ging. Sie zwang sich, beim Thema Badezimmer zu bleiben und nicht wieder abzuschweifen.

»Weil du ein verwöhnter Hollywoodstar bist«, beantwortete sie Vanessas Frage mit aller Geduld, die ihr heute Morgen zur Verfügung stand. »Weil fünf Sterne superior noch zu einfach für dich ist und wir das nicht bieten können. Obwohl du auf deine Gage verzichtet hast. Da ist ein eigenes Bad und das beste Zimmer im Gesindehaus das Mindeste. Ganz einfach, Vanessa.« War das verständlich genug? Hoffentlich. Sie war von gestern Abend noch zu aufgewühlt, um sich jetzt mit Badezimmern und dergleichen wirklich rational beschäftigen zu können.



»Verwöhnt? Interessant«, kam Vanessas grüblerische Antwort. Von dieser Zuordnung schien sie nicht sonderlich begeistert zu sein. Nach kurzer Überlegung ergänzte sie: »Zu deiner Info – ab heute werde ich das Bad teilen. Das kannst du allen mitteilen.«

Aber natürlich konnte Kira das nicht einfach hinnehmen. Selbst wenn Vanessa das gerade so anbot, weil ihr Stolz verletzt war und sie nicht als verwöhnt gelten wollte, würde sie das mit Sicherheit schon nach fünf Minuten bereuen. »Hältst du das für wirklich praktikabel?«, fragte sie deshalb ganz vorsichtig und versöhnlich, ohne jeglichen provokanten Unterton. Sie wollte nicht, dass Vanessa aus purem Trotz weiterhin darauf bestand.

Doch die schnappte: »Aber natürlich. Was denkst du eigentlich, was für eine total bescheuerte Prinzessin ich bin?«

Kira seufzte. Auch an Vanessa war der gestrige Abend offenbar nicht spurlos vorbeigegangen. Sie war ihr noch nie so gereizt erschienen. Als Verzögerungstaktik nahm sie noch ein, zwei Schlucke Kaffee. Aber als von Vanessa kein Rückzieher kam, nickte sie langsam. Vanessa meinte es also ernst. Und im Grunde gefiel ihr das sogar. Dass sich die Schauspielerin inzwischen so sehr mit der Crew identifizierte, war phantastisch.

»Na schön«, sagte sie, »wie du willst. Aber dann wird es ab sofort täglich vom Putzdienst gereinigt. Oder willst du das auch selbst übernehmen?« Sie grinste Vanessa herausfordernd an.

Diese schnaubte lachend. »Mach dich nicht lächerlich«, konterte sie, offensichtlich schon etwas besser gelaunt. »Und, verdammt noch mal, warum ist es hier drin so scheißkalt? Das kommt mir ja kälter vor als draußen.« Sie schüttelte sich kurz und sah sich um, als suche sie die nicht vorhandene Heizung. Dann ließ sie sich ungefragt neben Kira auf dem Bett nieder. Viel näher, als es Kira gerade recht war.

Doch sie entgegnete ganz sachlich: »Weil die einzigen beheizbaren Räume im Haus die Gesindeküche und dein Zimmer sind.« Nonchalant schlürfte sie ihren Kaffee, obwohl sie wusste, was jetzt kommen würde.

Und richtig: »Du willst mich wohl verarschen?«, kam es entrüstet zurück.



»Wir machen einen Low-Budget-Film«, erklärte Kira seufzend, »da werden beim Komfort eben Abstriche gemacht. Alles andere sprengt unser Budget. Deshalb hocken ja alle immer bis ultimo in der Küche. Und legen sich erst dann hundemüde in ihre Alaskadaunenschlafsäcke.« Sie sah Vanessa verständnisheischend an. Bitte keine Szene. Nicht heute Morgen. Und schon gar nicht wegen unbeheizter Räume, auch wenn sie hier gerade dick vermummt und trotzdem ungemütlich fröstelnd in einem davon saßen.

In einem Ton, der jeden Widerstand wohl im Keim ersticken sollte, verkündete Vanessa: »Ich werde Radiatoren für alle Zimmer organisieren und das aus eigener Tasche zahlen.«

»Das kann ich nicht …«, versuchte Kira es trotzdem.

Aber sie wurde rüde unterbrochen. »Und ob du das annehmen kannst«, beendete Vanessa das Thema kategorisch, um gleich darauf nachzulegen: »Außerdem kannst du mit Lukas mal drüber reden, ob ihr noch eine kleine finanzielle Unterstützung gebrauchen könnt. Für irgendwas müssen die Millionen, die ich mit meinen schlechten Filmen verdient habe, ja gut sein. Filme, die noch nicht einmal den Bechdel-Test bestehen.«

Obwohl sie ihr bei den letzten Worten scherzhaft zuzwinkerte, konnte Kira einen verletzten Unterton heraushören. Unwillkürlich stöhnte sie gequält auf bei der Erinnerung an all das, was ihr gestern herausgerutscht war. Fettnapf hoch zehn.

»Vanessa, es tut mir leid. Ich war bekifft«, versuchte sie ihre massenhaften Fauxpas etwas auszubügeln. Es war lahm, aber durchaus wahrheitsgemäß.

»Nein, nein, rudere jetzt nicht zurück.« Vanessa schwenkte abwehrend ihre leere Kaffeetasse. An ihrem entschlossenen Gesichtsausdruck konnte Kira erkennen, dass sie jetzt zu ihrem eigentlichen Anliegen kommen würde. Die Sache mit dem Badezimmer war wohl doch lediglich ein Einstieg gewesen. Und das, was jetzt kam, hätte Kira lieber umschifft.

Noch war es nicht ganz bei ihr angekommen, was Vanessa ihr gestern erzählt hatte. Im Grunde hatte sie sich als lesbisch geoutet. Dass ihr Schrapnell einer Agentin für die lancierten Männergeschichten verantwortlich war, glaubte Kira sofort. Der war alles zuzutrauen, was die richtige Publicity und weitere Kassenschlager einbrachte. Die Anzahl von Vanessas tatsächlichen Affären war damit beträchtlich reduziert. Wenn nicht einmal die Sache mit Amelie Brügge stimmte, blieb wirklich nicht mehr viel übrig von Vanessas angeblicher Promiskuität.

Aber dass sie selbst gestern so willig mitgemacht hatte, jedenfalls bis zu einem gewissen Punkt ... Das musste das Marihuana gewesen sein. Oder die Tatsache, dass sie so lange schon auf Intimität verzichtet hatte und es sich unglaublich gut angefühlt hatte. Oder eben doch der Sexappeal der Frau, die ihr auf ihrem Bett jetzt gerade wieder gegenübersaß?

Und die jetzt ohne langes Drumherumreden mit ihrer Frage herausrückte: »Da wir gerade dabei sind – warum bist du abgehauen? Da du nicht hetero bist, nehme ich an, du hattest schon mal Sex mit einer Frau. Das kann es also nicht gewesen sein, was du mit ›Ich kann das nicht‹ gemeint hast.«

Genau die Frage, die Kira befürchtet hatte. Schlimmer wäre nur noch gewesen, wenn Vanessa hätte wissen wollen, warum sie mitgemacht hatte. Aber darauf war sie Gott sei Dank nicht gekommen – noch nicht.

Kira nahm den letzten Schluck Kaffee, stellte die leere Tasse auf den Boden und wappnete sich unter Vanessas eindringlichem

Blick für ihre Antwort. »Aus ganz vielen Gründen ist es keine gute Idee, mit dir zu schlafen ...«

Vanessa wollte protestieren, aber Kira ließ ihr keine Gelegenheit, sondern sprach einfach weiter. »Aber der Hauptgrund ist der, dass ich seit der Diagnose auf Liebesbeziehungen verzichte. Das will ich niemandem antun. Das hat keinen Zweck, keine Zukunft.«

So. Es war heraus. Die ganze, immer noch so schmerzhafte Wahrheit. Wie gern hätte sie gehabt, dass alles anders wäre – und nicht nur wegen Vanessa, die jetzt mit mitfühlender Miene neben ihr saß. Der Tumor bestimmte ihr ganzes Leben. Sie war wie eine Gefangene des Geschwürs.

»Das macht doch überhaupt keinen Sinn«, begehrte Vanessa auf.

Aber Kira wollte und konnte dazu nichts hören. Sie hatte ihre Entscheidung mit gutem Grund getroffen, und sie würde sich nicht davon abbringen lassen. »Bitte, akzeptier das. Okay?«, verlangte sie inständig.



Vanessa sah sie für einen langen Moment an. Nachdenklich und empathisch. »Weiß ich noch nicht«, sagte sie schließlich und küsste Kira auf die Wange. Ganz sanft, fast schwesterlich. Es fühlte sich bloß nicht so an. Schon gar nicht nach gestern Abend. Kira hielt erschrocken die Luft an.

Dann erhob sich der schöne Filmstar von ihrem Bett und ging mit einem letzten Blick auf die bedripst dasitzende Kira aus dem Zimmer.

Alles war so surreal. Sie hatte gerade zum wiederholten Male eine der am meisten begehrten Frauen der westlichen Welt abblitzen lassen. Wenn ihr nicht bereits ein Gehirntumor diagnostiziert worden wäre, hätte sie sich spätestens jetzt auf einen untersuchen lassen. Anders war das wohl nicht zu erklären.

»Fass die rechte Brust an«, ordnete Kira an.

Vanessa tat wie geheißen und legte eine Hand auf Ruths wohlgerundete Brust mit der aufgerichteten Brustwarze.

»Nein, mach es so, dass man die Brustwarze noch sieht, das wirkt erotischer«, kam es von der Filmemacherin, die direkt neben der Kamera stand. Sonja hatte das Stativ ganz heruntergefahren und war fast auf Höhe der Bettkante.

Noch während Vanessa ihre Hand so positionierte, wie Kira verlangt hatte, maulte Ruth, die unter ihr lag: »Du wirst aber meine Brustwarze nicht in Großaufnahme zeigen, Kira. Es hat seine Grenzen. Meine Titten gehören immer noch mir.«

Vanessa lächelte sie beruhigend an. Es war offensichtlich, dass sich die junge Schauspielerin mit den heutigen Aufnahmen unwohl fühlte. Ihr nervöses Gezappel und ständige Beschwerden sprachen eine deutliche Sprache. Dabei hatte Vanessa alles getan, um sie zu beschwichtigen und den professionellen Charakter des Ganzen zu unterstreichen, bevor sie sich in Position begeben hatten: Vanessa in einem viktorianisch anmutenden Nachtgewand, Ruth in einem Negligé.

Kira hatte den Großteil der Crew weggeschickt. Heute drehten sie an einem sogenannten *closed set,* also einem geschlossenen Set. Im Schlafzimmer der Schlossherrin mit seinem gigantischen Himmelbett waren nur Sonja, Kira und sie beide zugegen. Lukas, der ausdrücklich hätte bleiben können, hatte aus freien Stücken verzichtet. Eine lesbische Sexszene war vermutlich zu viel des Guten. Selbst Eddy hatte er mitgenommen.



»Mach dir keine Sorgen, Ruth«, beruhigte Kira noch einmal Vanessas jungen Gegenpart. »Wir machen das so wie besprochen. Wir arbeiten mit vielen Schatten und Andeutungen. Aber trotzdem muss ab und zu nackte Haut aufblitzen. Einverstanden?«

Für Ruth war es die erste Nacktszene. Vanessa hingegen war in dieser Hinsicht ein alter Hase. Viele Zuschauer dachten vermutlich, das sei das, was sie am besten konnte: sich ausziehen und ihre wertvollsten Attribute zur Schau stellen. Aber im Grunde verabscheute sie Rollen, die lediglich darauf aufbauten. Da die eindeutigen Szenen bei ›Blutsschwestern‹ jedoch nur einen sehr kleinen Anteil des Drehbuchs ausmachten und Kira darin auch nur minimalen Nackteinsatz verlangte, fühlte sie sich ganz wohl mit dem heutigen Dreh. Und im Gegensatz zu so manch männlichem Schauspieler, mit dem sie schon das zweifelhafte Vergnügen gehabt hatte, solche intimen Szenen zu drehen, nutzte Ruth die Situation auch nicht aus, um mal weiter zu grapschen als ausgemacht.

Das Einzige, was sie störte, war Kira. Ihre Anwesenheit. Eigentlich hätte sie gewollt, dass die Filmemacherin sie in einem ganz anderen Kontext nackt zu sehen bekam. Nicht hier im professionellen Umfeld, unter Scheinwerfern und vor der Kamera. Bei näherer Betrachtung war das ziemlich albern, wie sie sich selbst eingestehen musste – waren doch Nacktaufnahmen von ihr mit Sicherheit im Internet zu finden, überall und jederzeit einsehbar. Darüber hatte sie sich bisher nie Gedanken gemacht. Vielleicht hatte sie es auch einfach gekonnt verdrängt. Aber plötzlich störte es sie. Ihr Körper war verdammt noch mal kein öffentliches Gut.

Sie würde in Zukunft mit Bodydouble arbeiten, beschloss sie. Das würde sie Nathalie gleich morgen mitteilen. Sie konnte sich schon vorstellen, was für ein Tobsuchtsanfall dann über sie hereinbrechen würde. Aber entweder bestandener Bechdel-Test für ihre zukünftigen Drehbücher oder Bodydouble – das konnte sich Nathalie aussuchen.

»Gut, machen wir weiter«, verkündete Kira in einem fast übertrieben sanften Tonfall, der aber vermutlich genau richtig war bei Ruths angespannten Nerven. »Die letzte Einstellung ist gekauft. Ruth, du wirst als Nächstes Vanessa das Nachthemd von den Schultern ziehen und ihren Hals ausführlich küssen, bevor du ihr dann deinen eigenen Hals darbietest. Und ich will euren Atem hören. Das darf sich so langsam steigern.« Sie sprach betont sachlich, um Ruth zu vermitteln, dass diese Szene hier genau nach den gleichen Maßstäben gedreht werden würde wie alle anderen auch. Nichts weiter dabei, eng umschlungen mit Vanessa auf dem Bett zu liegen und sie zu entkleiden, das war einfach nur ein weiterer Arbeitstag.



Und für Vanessa war es das tatsächlich. Sie hatte noch bei keiner der zahlreichen Sexszenen, die sie bisher gedreht hatte, auch nur einen Hauch von Erregung empfunden. Die waren zwar alle mit Männern gewesen, aber auch Ruth ließ sie vollkommen kalt. Obwohl diese in der Tat ein schönes Paar ›Titten‹ hatte, wie sie sie immer selbst titulierte.

Als die Kamera wieder lief, befolgte Ruth zwar die Anweisungen, aber Vanessa spürte, dass sie sich weiterhin zurückhielt. Noch bevor sie dazu kam, Vanessa weiter zu entblößen, rief Kira: »Stopp.«

Vanessa stützte sich auf dem Ellenbogen ab und sah sie an. Sie wusste, was Kira zu kritisieren hatte, noch bevor diese es aussprach.

»Entschuldigt, das müssen wir noch mal machen. Vanessa, alles gut bei dir. Aber Ruth, da muss mehr Leidenschaft spürbar werden. Bei diesen kleinen, harmlosen Küsschen und Seufzern nimmt dir niemand ab, dass du dich Vanessa bedingungslos hingibst, dass du von ihr gebissen werden willst. Wir machen einen Vampirfilm. Zeig auch selbst ein bisschen Zähne! Lass sie deine Begierde spüren.«

Bei diesen Ausführungen wurde es Vanessa jetzt doch ganz heiß. Aber nicht durch die Vorstellung, dass Ruth das Besprochene gleich in die Tat umsetzen würde, sondern weil sie sich ausmalte, stattdessen Kira unter sich zu spüren. Der Gedanke löste ein heftiges Prickeln aus. Sie riss sich zusammen und bemühte sich um einen kühlen Kopf, doch ein weiterer Blick in Kiras Richtung ließ dieses Vorhaben gleich wieder scheitern. Hochkonzentriert beobachtete die Filmemacherin ihre beiden Schauspielerinnen auf dem Filmbett, eine krause Falte auf der Stirn, die Zungenspitze im Mundwinkel. Vanessa konnte nur noch daran denken, dass sie Kira am liebsten hier und jetzt gegen Ruth ausgetauscht hätte.



Noch bevor sie sich richtig gefangen hatte, sagte Kira schon: »Action.«

Ruth legte sich jetzt richtig ins Zeug, diesmal mit mehr Verve. Sie ließ sogar ab und zu ein Aufstöhnen hören und legte bereitwillig ihre Brüste frei. Es lief ausgezeichnet. Dann schob sie langsam und genießerisch Vanessas Nachthemd beiseite.

Der Moment, in dem Vanessas Brüste nackt zum Vorschein kamen, war im Raum fast körperlich spürbar, als hielten alle kollektiv den Atem an. Auch Ruth unter ihr betrachtete sie für einige Sekunden und machte dann wie besprochen weiter, indem sie sich nach hinten bog und ihrerseits ihren Hals preisgab, damit Vanessa ihn küssen konnte. Damit war die Szene eigentlich im Kasten. Aber das Kommando, dass sie aufhören konnten, kam und kam nicht.

Notgedrungen improvisierte Vanessa und dehnte mit Ruth die Szene immer weiter aus, ohne dass Kira ihnen den längst überfälligen Einhalt gebot. Irgendwann räusperte sich Sonja laut hinter ihrer Kamera.

»Cut«, krächzte Kira endlich.

Vanessa ließ von Ruth ab und sah Kira an. Ihr Eindruck, was den Effekt ihres Entblößens anging, war offenbar nicht falsch gewesen. Kira konnte sich nur mit sichtlicher Mühe vom Anblick ihrer Brüste losreißen. War diese Nacktszene also doch zu etwas gut ... Obwohl das Ganze eigentlich nur bestätigte, was Vanessa ohnehin schon wusste: Kira war Wachs in ihren Händen. Es war ihr bloß selbst noch nicht klar. Oder vielleicht akzeptierte sie es auch einfach nicht. Aber das war nur noch eine Frage der Zeit.

Nach Drehende war Kira wieder einmal die Einzige, die noch im Schloss geblieben war. Sie machte sich auf den Weg in den Seitenflügel, der vor allem die ehemaligen Nutzräume des Schlosses beherbergte. Als Techniklager diente ihnen hier einer der Räume im Erdgeschoss, dessen ursprünglicher Zweck ihr ein Rätsel war. Er hatte einen wunderschönen Steinboden, große Fenster und noch höhere Decken als die anderen Räume, und außerdem bot er ausreichend Platz, um die gesamte Ausrüstung zu verstauen. Kira fühlte sich hier wohl und hatte nichts dagegen, zwischen Kabeln, Stativen und Scheinwerfern abends noch etwas Zeit zu verbringen.



Sie machte es sich mit ihrem Laptop an einem kleinen Tisch gemütlich und begann die heutigen Aufnahmen zu sichten. Eddy würde es noch eine Weile mit Lukas aushalten müssen. Aber wahrscheinlich bearbeitete sie schon wieder Sonja oder Tobi, um Leckerlis zu ergattern, und bemerkte ihre Abwesenheit gar nicht richtig vor lauter Fressgier.

Sie versuchte sich zu konzentrieren. Das unmittelbare Sichten der Tagesaufnahmen war sehr wichtig. Wenn beim Dreh etwas schiefgegangen war und niemand das bemerkte, rächte sich das später im Schnitt. Die absolute Katastrophe wäre es, nachdrehen zu müssen. In ihrem Fall wäre das sogar unmöglich, zum einen wegen des kleinen Budgets, das ihr trotz Vanessas versprochener Finanzspritze zur Verfügung stand, und zum anderen, weil Vanessa bestimmt nicht mal kurz aus Paris oder L. A. angejettet käme, um eine Szene nachzudrehen. Also nahm Kira es umso wichtiger, alle Anschlüsse zu kontrollieren und die Qualität der Einstellungen noch einmal zu überprüfen.

Die heutige Sexszene immer und immer wieder in einzelne Einstellungen aufgelöst zu betrachten, brachte ihre Konzentration jedoch an ihre Grenzen. Nicht weil die Aufnahmen schlecht gewesen wären, ganz im Gegenteil. Aber Vanessa leicht bis gar nicht bekleidet zu sehen, hatte sie schon beim Dreh vor eine beträchtliche Herausforderung gestellt. Hier, allein und in ständiger Wiederholung, war es eine Tortur. Als ob sie nicht schon ganz genau wüsste, was für eine unglaublich sexy Frau Vanessa war – nein, jetzt musste sie auch noch ihr entblößter Busen in Großaufnahme anspringen. Vanessa hatte wirklich exquisit schöne Brüste. Und Kira hatte noch allzu deutlich im Gedächtnis, wie sie sich anfühlten. Genauso göttlich, wie sie aussahen.

»Wenn ich es nicht besser wüsste, könnte ich denken, du hast eine Fixierung auf meine Brüste«, erklang plötzlich eine bekannte Stimme hinter ihr.

Kira wurde vor Schreck ganz heiß – und wohl auch von dem Gefühl des Ertapptwerdens. So gelassen wie möglich drehte sie sich um.



Vanessa stand in der Tür und grinste sie an. Den Vamp aus den Aufnahmen des heutigen Tages hatte sie unter Jeans und Wollpullover versteckt. Trotzdem verfehlte ihr Anblick seine Wirkung nicht. Kira konnte ihre automatische Reaktion nicht verhindern, mit aller Vernunft und aller Logik nicht: Ein Blick von Vanessa genügte, und sie schmolz dahin. Aber das hieß ja noch lange nicht, dass sie dem auch nachgeben musste.

»Woher weißt du, dass ich deine anstarre und nicht die von Ruth?«, fragte sie provozierend. Dieses Spiel konnten zwei spielen.

Vanessa zuckte gleichmütig mit der Schulter und kam vollends hereingeschlendert. »Ist nur so ein Gefühl.« Sie lehnte sich mit der Hüfte an Kiras Tisch und setzte wie beiläufig hinzu: »Oder vielleicht auch eine Hoffnung.«

»Fang bitte nicht wieder an«, beschwor Kira sie. Sie musste jetzt zu ihr aufschauen, was der Bitte einiges an Nachdruck nahm.

Vanessa grinste frech auf sie herunter und sah nicht so aus, als ob sie so schnell klein beigeben würde. »Warum eigentlich nicht?«, konterte sie. »Findest du nicht, ich habe was gut, nachdem ich mich heute für dich nackt gemacht und mich mit einer wildfremden Frau vor laufender Kamera nach deinen Anweisungen geräkelt habe?«

Kira lehnte sich zurück und atmete schwer aus. Sie hatte es befürchtet, dass zwischen ihnen trotz ihrer klaren Ansage von heute Morgen noch nicht das letzte Wort gesprochen war. »Wenn du es so formulierst, muss ich ja wohl heute noch so einiges ertragen«, antwortete sie fast schon resignierend und fragte sich gleichzeitig, was Vanessa im Sinn hatte. Insgeheim hoffte sie, dass sie nicht mit allzu überzeugenden – sprich: körperlichen – Argumenten aufwarten würde. Denen hätte sie so gar nichts entgegenzusetzen.

»Das kommt drauf an, was du unter ›ertragen‹ verstehst«, sagte Vanessa ganz ruhig. »Ich will eigentlich nur, dass du dir meinen Vorschlag anhörst. Ohne Unterbrechung. Und versprichst, hinterher offen darüber nachzudenken.« Sie hatte aufgehört zu lächeln. Ihr Blick war jetzt eindringlich und ernst.



Kira seufzte. »Schön, das klingt machbar.« Mit einer vagen Handbewegung in den Raum fügte sie hinzu: »Setz dich irgendwohin. Ich denke, wir sind hier ungestört.«

Natürlich nahm Vanessa das zum Anlass, sich direkt zu ihr zu setzen. Sie zog sich einen zweiten Stuhl an den Tisch und positionierte ihn schräg gegenüber von Kira. Als sie sich darauf niederließ, berührten sich ihre Knie. Etwas mehr Abstand wäre Kira lieber gewesen.

»Mach mal bitte meine Brüste da weg«, bat Vanessa, »das irritiert mich dann doch.« Sie deutete auf den Bildschirm, ohne draufzuschauen.

Kira hatte ganz vergessen, was da zu sehen war: ein Standbild aus der Einstellung, in der die Gutsverwalterin gerade das Nachthemd der Schlossherrin beiseiteschob. Rasch klappte sie den Deckel des Laptops herunter. Dann sah sie Vanessa herausfordernd an. Sie konnte sich schon denken, worum es ging: Vanessa würde einen weiteren Versuch starten, sie herumzukriegen. Aber diesmal immerhin verbal, wie es schien, und nicht gleich mit handfesten Taten. Sie versuchte sich innerlich zu wappnen. Ihre Verteidigungslinien waren nicht gerade die besten, und Vanessas Attacken hatten schon tiefe Breschen geschlagen.

»Sieh mich nicht so leidend an«, unterbrach Vanessa ihre Gedanken. »Man könnte ja meinen, ich würde dich sexuell belästigen. Mach ich das etwa? Findest du mich so abstoßend?« Ihre Stimme klang ein wenig aufgebracht.

»Natürlich nicht«, beschwichtigte Kira sofort, um gleich darauf zuzugeben: »Es ist nur schwer, dir zu widerstehen.«

Prompt entgegnete Vanessa: »Dann widersteh mir nicht.« Als Kira Einspruch erheben wollte, hob sie einhaltgebietend die Hand. »Ich weiß, was du sagen willst. Aber mal ehrlich: Was spricht dagegen, während des Drehs eine Affäre mit mir zu haben? Wir vereinbaren ein Arrangement. Hinterher geht jede ihrer Wege, und niemand muss davon erfahren. Das ist doch eine Win-win-Angelegenheit. Du musst dir keine Gedanken um die Zukunft oder sonst was bezüglich deines Tumors machen, weil ich ja nur für ein paar Wochen dein Bett wärmen werde. Und ich kriege eine Affäre abseits der Medien und ohne dass Nathalie was davon weiß. Ganz rational betrachtet eine ideale Lösung. Von der Chemie zwischen uns müssen wir gar nicht reden. Die ist ja zur Genüge vorhanden.« Vanessa verstummte und sah Kira erwartungsvoll an.



Die konnte erst einmal gar nicht antworten, geschweige denn protestieren. So, wie Vanessa das formulierte, ergab es absolut Sinn. War sogar sehr verlockend. Warum eigentlich nicht …?

Dann fiel ihr doch noch etwas ein. »Ich weiß nicht … ich will keinen Skandal am Set. Das würde Gerede auslösen«, versuchte sie es mit dem letzten ihr zur Verfügung stehenden Argument.

»Es denkt doch eh schon jeder, dass wir eine Affäre haben«, wischte Vanessa den Einwand weg, als sei es das Selbstverständlichste auf der Welt.

Kira blieb die Luft weg. »Was?«, entfuhr es ihr.

Mit einem Schulterzucken antwortete Vanessa: »Also, Ruth hat so eine Andeutung gemacht. Und warum, denkst du, hat Lukas mir verraten, dass du einen Tumor hast? Das würde er doch nicht jeder dahergelaufenen Hollywoodschauspielerin auf die Nase binden.«

»Oh mein Gott«, war alles, was Kira hervorpressen konnte. Die Vorstellung, dass solche Gerüchte die Runde machten, war fast unerträglich. So eine Art von Regisseurin wollte sie nicht sein, nie im Leben: eine, die vor aller Augen mit der Hauptdarstellerin rummachte. Das war doch unterste Schublade.

Andererseits – wenn eh schon alle das dachten und der Dreh trotzdem reibungslos lief, war sie in dieser Beziehung vielleicht ein bisschen überempfindlich und hyperkorrekt?

Vanessa unterbrach ihre rasenden Gedanken, indem sie aufstand und abschließend sagte: »Also, überleg es dir. Ich gehe jetzt auf mein Zimmer. Und warte dort auf dich. Du kannst dich nicht ewig hier in der Orangerie verbunkern.« Sprach's und wandte sich zum Gehen. Noch bevor Kira erwidern konnte, dass sie natürlich nicht kommen würde, war Vanessa schon verschwunden.

*Orangerie!*, schoss es ihr dann wie ein Blitz durch den Kopf. Das war es also, wofür der Raum früher genutzt wurde: um Orangen zu züchten. Woher wusste Vanessa das?

Doch viel wichtiger: Was zum Teufel sollte sie jetzt machen?



Sie klappte ihren Laptop wieder auf und war sofort mit dem Anblick von Vanessas Busen konfrontiert. Unwillkürlich stöhnte sie auf, als ihr Körper unmissverständlich darauf reagierte.

War das überhaupt wirklich eine Frage?

Vanessa hatte das Warten aufgegeben. Es war jetzt zwei Stunden her, dass sie Kira im Schloss zurückgelassen hatte. Sie hatte ihr Zimmer schön mollig aufgeheizt und ein paar Kerzen angezündet. Umsonst. Sie hatte sich verschätzt, war zu siegesgewiss gewesen. Kira war offensichtlich doch eine härtere Nuss als erwartet. Sie war gerade dabei, die erste Kerze wieder auszublasen, als es klopfte.

Mit zwei eiligen Schritten war Vanessa an der Tür. Eine frisch geduschte Kira stand davor, ohne Brille und ohne Eddy, mit unsicherem Blick. Sie hatte sich für Vanessa zurechtgemacht, das war deutlich zu sehen. Ihre Braids waren ausnahmsweise nicht zusammengebunden, sondern fielen ihr lose über die Schultern und glänzten vom frisch aufgetragenen Haaröl. Sie war in eine Art kurzen, dunkelgrünen Kaftan gehüllt und trug darunter eine passende Pluderhose. Sehr ungewohnt an ihr und sehr reizvoll – auch wenn sie das nicht lange anbehalten würde, wenn es nach

Vanessa ging. Sie wollte endlich erfahren, was sich unter Kiras Kleidung verbarg. Was sie am gestrigen Abend ertastet hatte, war mehr als vielversprechend.

Sie konnte es sich nicht verkneifen: *»Better late than never.«* Aber sie sah sofort, dass das ein Fehler gewesen war. Kira verlagerte ihr Gewicht und machte Anstalten, wieder umzukehren.

Hastig setzte Vanessa nach: »Es ist wunderbar, dass du da bist. Wirklich! Komm rein.« Dabei zog sie Kira an der Hand ins Zimmer und schloss rasch die Tür. Sie überlegte kurz, ob sie sogar so weit gehen sollte, abzuschließen, entschied sich aber dagegen, um bei Kira nicht womöglich Panik zu provozieren. Doch jetzt, da Kira tatsächlich hier war, hatte sie definitiv nicht vor, sie wieder gehen zu lassen.

Kira holte eine lilafarbene Orchidee hinter dem Rücken hervor und hielt sie ihr zögerlich hin. Als Vanessa überrascht danach griff, merkte sie, dass sie aus Plastik war. »Eine echte war auf die Schnelle nicht zu organisieren«, erklärte Kira mit einem schiefen Lächeln.

Vanessa musste hell auflachen. Die Geste war ganz und gar bezaubernd. Selbst über Diamanten hätte sie sich nicht so gefreut wie über diese Plastikblume.



Während sie noch lächelnd das Geschenk betrachtete und gleichzeitig überlegte, wie sie in ihrem kerzenerleuchteten Zimmer den ersten Schritt geschickt einfädeln konnte und wie viel Zeit Kira wohl brauchte, um sich wohl genug zu fühlen für gesteigerten Körperkontakt, ohne womöglich gleich wieder einen Rückzieher hinzulegen, überraschte Kira sie komplett. Sie nahm ihr die Orchidee mir nichts, dir nichts wieder aus den Händen und warf sie achtlos irgendwohin. Dann küsste sie Vanessa ohne viel Federlesen. Stürmisch und ohne Zurückhaltung. Ihre Zunge verlangte sofort Einlass. Ein kleiner Biss in ihre Unterlippe ließ Vanessa gleich aufstöhnen. Die hübsche Filmemacherin schaffte es, sie im Handumdrehen zu überwältigen.

Sie wusste nicht, wie ihr geschah, als Kira sie ohne Zögern aufs Bett dirigierte. Kiras Hände schienen überall an und auf ihrem Körper zu sein, es gelang ihr wie von selbst, dass ihre Beine sich ineinander verschlangen und ihre Mitten direkt aufeinanderstießen. Vanessa fuhr bei dieser Aktion die Erregung mit einer Heftigkeit durch den Leib, wie sie es selten erlebt hatte. So viel

Sturm und Drang hätte sie Kira im Bett gar nicht zugetraut. Doch Kira ließ ihr gar keine Zeit, diesen Gedanken nachzuhängen, denn schon ließ sie ihr Becken heftig gegen Vanessas kreisen. Wieder musste Vanessa aufstöhnen. Normalerweise war Sex im angezogenen Zustand nichts, was sie besonders heißmachte, und Scissoring war noch nicht einmal nackt ihre favorisierte Art zu kommen, aber gerade kam sie sich vor wie ein Vulkan kurz vor der Eruption. Kira hatte es fertiggebracht, sie durch ihre Überrumpelungstaktik so zu stimulieren, dass sie bereits die ersten Zuckungen spüren konnte.

Jetzt biss Kira sie erneut in die Unterlippe und ließ danach gleich wieder ihre Zunge eindringen, während ihr Becken mit noch mehr Kraft gegen sie stieß. Diese zierliche Person über ihr dominierte sie vollständig – und Vanessa genoss jede Sekunde davon. Gewöhnlich war sie diejenige, die im Bett und in ihren Affären die Führung übernahm, aber eher weil die Frauen das von ihr zu erwarten schienen als weil sie es unbedingt selbst so wollte. Kira hatte jedoch in dieser Hinsicht keinerlei Vorbehalte.



Viel zu früh steigerten sich die Zuckungen zu einem heftigen, wenn auch viel zu kurzen Orgasmus. Während sie noch dalag und die angenehmen Nachwellen auskostete, schaffte es Kira, sie beide auszuziehen. Ihr eigener Kaftan, unter dem sie nichts weiter trug, wie Vanessa mit neuem Erstaunen bemerkte, war sofort beseitigt, und danach kam Vanessa dran. Auch das ging ohne große Mithilfe über die Bühne, denn Vanessa fühlte sich wie vom Zug überfahren. Kira legte ein Tempo an den Tag, als ob es kein Morgen gäbe. Aber vielleicht sah sie das ja auch tatsächlich so. Schließlich hatten sie eine Vereinbarung, die das Ganze zeitlich begrenzte. Und außerdem schien Kira ja wegen ihres Tumors ohnehin zu denken, dass sie keine Zukunft hätte.

Schließlich legte sich Kira wieder auf sie, und Vanessa spürte zum ersten Mal ihre nackte, warme Haut an ihrer eigenen. Kira war alles, was sie sich erhofft hatte. Weich und köstlich, zierlich und wohlgeformt. Sie liebte es, wie sie sich anfühlte, wie sie duftete und schmeckte. Zumindest da, wo sie sie schon hatte kosten dürfen … Dieser Gedanke verlieh ihr neue Energie. Sie rollte sich mit Kira im Arm herum, so dass sie nun auf Kira hinuntersehen konnte. Die hatte schon wieder Pläne gehabt, das sah Vanessa in ihrem Blick. Er hatte etwas Wildes und Ungezähmtes. Man konnte es nicht anders sagen, Kira offenbarte sich gerade als kleine Butch im Bett.

»Darf ich jetzt vielleicht auch mal?«, machte Vanessa ihre Ansprüche geltend.

Sie erntete ein freches Grinsen. »Oh, aber sicher. Du darfst«, erklärte Kira selbstsicher. »Noch mal kommen.« Gleichzeitig fuhr sie mit einer vorwitzigen Hand von hinten in Vanessa hinein. Da diese bereits nass war, viel nasser als sie nach der kurzen Interaktion eigentlich erwartet hätte, glitt Kiras Finger mit Leichtigkeit zwischen ihre Lippen und weiter.

Wieder entrang sich Vanessa ein überraschtes Stöhnen, als der forsche Finger ihren Eingang passierte. Mit einer fast schon magisch erscheinenden Zielsicherheit traf Kira alle wichtigen Punkte und hatte sie schon wieder genau dort, wo sie sie haben wollte: in einem erregten Rausch, halb von Sinnen vor Begierde und nur noch von dem Gedanken beherrscht, dass sie kommen wollte. Und es war atemberaubend, einmal nicht die Fordernde, Aktive sein zu müssen. Später würde es noch genug Gelegenheit geben, Kira zu zeigen, dass sie sich nicht mit der passiven Rolle begnügen würde.



Kira biss ihr in den Hals, und ganz anders als heute Nachmittag in der Szene mit Ruth ließ sie das alles andere als kalt. Es war unglaublich erregend. Obwohl sie eigentlich hätte bedenken müssen, dass Kira auf keinen Fall ein Mal hinterlassen durfte. Die Maskenbildnerin würde sie zur Strafe erwürgen.

Sie musste kurz gezögert haben, denn auch Kira schien das eingefallen zu sein. »Ich pass auf«, flüsterte sie. Beruhigend schleckte sie mit der Zunge über die gebissene Stelle. Dann zog sie ihren Finger ein Stück aus Vanessa heraus, nur um gleich darauf erneut langsam in sie hineinzugleiten. Vanessa spürte jetzt zwei Finger und gleichzeitig Kiras andere Hand, die sich emsig an ihrer Klitoris zu schaffen machte.

Was kümmerte sie die Maskenbildnerin! Mit diesem Gedanken und einem heiseren Schrei kam sie zum zweiten Mal. Noch viel heftiger als zuvor und scheinbar nicht enden wollend.

Ein schrecklicher Lärm weckte Kira unsanft. Im nächsten Moment wurde die Zimmertür aufgerissen, und jemand schrie über das Getöse hinweg etwas, das sie nicht verstand.

Noch wie in einem Nebel setzte sich Kira ruckartig auf.

Sie war gar nicht in ihrem Zimmer!

In der Tür stand Sonja und sah sie mit einem merkwürdigen Ausdruck an. Irgendwie geschockt. Als Nächstes fiel Kira auf, dass sie nichts anhatte. Nicht den kleinsten Fetzen. Und neben ihr lag eine ebenso splitterfasernackte Vanessa, die weiter selig schlief und von dem Höllenlärm, den Kira jetzt als Musik identifizieren konnte, offenbar nichts mitbekam.

Hastig zog sie die Decke hoch und fragte Sonja über den Krach hinweg: »Was ist denn?«

Sonja sah ein bisschen betreten aus. »Entschuldigung, dass ich hier so reingeplatzt bin«, brüllte sie zurück. »Ich hab ganz oft geklopft. Ich konnte ja nicht wissen … « Der Rest des Satzes verlor sich im Getöse.

»Ist jetzt egal. Was ist das für eine furchtbare Musik?« Man verstand ja sein eigenes Wort nicht, Herrgott noch mal. Und das am frühen Morgen.

Sonja lachte auf. »Die Blaskapelle von Altbürg! Im Schlepptau der Bürgermeister, die Dorfhonoratioren und bestimmt der ganze Rest der Einwohner.«



»Ist da irgendwo ein Fest im Dorf?«, erkundigte sich Kira. Sie wusste von nichts dergleichen. Gut, dass sie heute nur einen halben Tag arbeiteten und der Dreh erst am späten Nachmittag beginnen sollte.

Amüsiert schüttelte Sonja den Kopf. »Nee«, rief sie, »die sind wegen uns da. Beziehungsweise wegen Vanessa. Das ist ihr zu Ehren. Ein Ständchen für den Star.«

»Oh Gott!« Wie hatte das Dorf nur davon erfahren, dass eine Berühmtheit am Set war? Irgendjemand hatte wohl die Klappe nicht halten können. Und jetzt hatten sie die Bescherung.

»Am besten, du weckst sie jetzt auf«, riet Sonja. »Ich glaube nicht, dass die wieder gehen, ohne dass Vanessa sich gezeigt hat.« Damit zog sie sich diskret zurück und schloss die Tür.

Einen Moment lang war Kira nicht in der Lage, irgendetwas zu tun. Sie saß reglos da und versuchte wach zu werden, ihren Verstand in Gang zu bringen, zu verdauen, was gestern Abend und gestern Nacht geschehen war. Aber anscheinend war ihr das heute nicht vergönnt. Der Krach vor dem Fenster hatte zwar kurzzeitig aufgehört, aber jetzt waren laute Stimmen zu hören, bevor ein neues Lied begann.

Kira beugte sich über Vanessa und versuchte sie sanft zu wecken. Als Antwort kam nur ein leises Murmeln. Vanessas nackte Haut fühlte sich so unglaublich weich an, dass Kira am liebsten da weitergemacht hätte, wo sie gestern Nacht aufgehört hatten. Sie unterdrückte den Impuls und versuchte es noch einmal, etwas resoluter: »Vanessa, bitte wach auf. Es ist dringend.«

»Was ist?«, grummelte Vanessa in ihr Kissen. Dann brummte sie, jetzt ein wenig deutlicher: »Ich hätte nicht gedacht, dass du so fordernd und unersättlich bist. Das ist eine ganz und gar erfreuliche Entwicklung. Gib mir eine Minute.«

Kira wurde rot und musste kichern, obwohl sie nicht wusste, weshalb. Angesichts dessen, was sie gestern alles mit Vanessa gemacht hatte, war diese Reaktion reichlich albern. Noch immer über Vanessas Schulter gebeugt, insistierte sie: »Wir müssen uns sofort anziehen.« Ihre nackten Brüste drückten sich in Vanessas wunderschönen Rücken. Doch das durfte sie jetzt nicht weiter beachten, wenn sie eine Chance haben wollten, aus der Blaskapellenattacke zügig herauszukommen. »Das ganze Dorf steht vor dem Gesindehaus und bläst sich die Lunge aus dem Leib mit seinen Posaunen. Hörst du das nicht?«

»Was denn?«, fragte Vanessa und schlug endlich die Augen auf.

»Das ist Céline Dions *My heart will go on* in einer Blasmusikvariante. Nur für dich. Aber nicht von mir bestellt, weil du so phantastisch warst.«

Vanessa setzte sich auf und knuffte sie spielerisch. Und Kira konnte den Blick nicht von ihren nun entblößten Brüsten losreißen und hätte sie am liebsten sofort wieder angefasst. Doch sie zwang sich, in nüchternem Tonfall ihre Erläuterung abzuschließen: »Es ist nach außen gedrungen, dass du hier bist. Und laut Sonja will man dir wohl seine Aufwartung machen.«

Völlig unerwartet sprang Vanessa, die einen Moment zuvor noch Mühe gehabt hatte, die Augen zu öffnen, sofort munter aus dem Bett. Sie schien plötzlich voller Tatendrang zu sein. »Also gut. Dann nichts wie raus. Das klingt ja richtig nett von den Leuten«, erklärte sie mit noch etwas verschlafener, aber trotzdem überraschend unternehmungslustiger Stimme.

Kira konnte es nicht fassen. Was für sie ätzend war und ihr gehörig den Morgen versaute, schien Vanessa zu motivieren. Sie hätte gedacht, dass jemand, der solch einen Rummel viel öfter ertragen musste, noch genervter wäre als sie selbst.

Sie hätte den Anblick der nackten Vanessa gern länger genossen, doch ihre Kurzzeit-Geliebte fing schon an, sich in einem unglaublichen Tempo anzuziehen und präsentabel zu machen. Sie streifte schwarz glänzende, äußerst knappe Unterwäsche über, die Kira fast die Augen ausfallen ließ. Dann holte sie ein rotes Kleid aus dem Schrank, noch in einer Schutzhülle verpackt, auf der der Schriftzug ›Gaultier‹ prangte. Kira konnte nur staunen über diese Verwandlung, die sich innerhalb weniger Minuten vollzog.

Der gestrige Abend fiel ihr wieder ein. Sie war regelrecht über Vanessa hergefallen. Sollte ihr das peinlich sein? Sie beschloss, das zu verneinen. Vanessa war schließlich sehr angetan gewesen, wie mehrere intensive Orgasmen bewiesen hatten. Und sie selbst war auch nicht zu kurz gekommen, ganz im Gegenteil. Ein heißer Schauer durchlief sie, als sie daran dachte, wie Vanessa sie mit viel Leidenschaft verwöhnt hatte. Besonders ihre Brüste, die im Gegensatz zu Vanessas ansehnlichen Exemplaren eher bescheiden ausfielen, schienen sie zu faszinieren, und sie hatte ausgiebig an ihnen geknabbert. Ebenso wie an anderen Stellen, die es ihr schließlich mit einem Feuerwerk gedankt hatten. Kira war fest entschlossen, in der verbleibenden Zeit möglichst viele Wiederholungen des Ganzen anzustreben. Am besten gleich heute Abend.



Bei diesem Gedanken durchflutete sie ein regelrechter Energieschub.

Sie schaffte es nun auch endlich, sich aus ihrer Starre zu lösen, und wälzte sich ebenfalls aus dem Bett. Vanessa warf ihr und ihrer Nacktheit einen kurzen, entzückten Blick zu, ohne sich jedoch in ihrer Geschäftigkeit aufhalten zu lassen. Kira zog sich gerade ihren Kaftan über, da rannte Vanessa schon aus dem Zimmer quer über den Flur ins Bad.

Kira selbst beeilte sich nun, in ihre Dachkammer zu kommen. Sie verschwendete keine Zeit, war in Windeseile angezogen, Katzenwäsche inklusive, und auf dem Weg nach draußen. Vanessa hatte sie trotzdem geschlagen. Herausgeputzt in ihrem traumhaften roten Designerkleid und passender Stola – oder wie auch immer man das lange, schalartige Ding bezeichnete, das sie sich elegant um die Schultern gelegt hatte – hielt sie auf dem gekiesten Vorplatz vor dem Gesindehaus richtiggehend Hof, während die Blaskapelle gerade mit einer weiteren Darbietung begann. Mit einem strahlenden Lächeln, das jeder Zahnpastawerbung Ehre gemacht hätte, bedachte sie die versammelte Dorfbevölkerung, die sich hinter dem Jägerzaun zur Straße hin drängelte. So hatte Kira sie bisher noch nicht erlebt. Aber so musste sie sich Vanessa wohl unter ihresgleichen in L. A. oder Paris vorstellen. Es passte zu den Fotos, die sie schon von ihr bei offiziellen Anlässen gesehen hatte.

Kira reihte sich in die Gruppe der Filmleute ein und beobachtete, gut versteckt in einer hinteren Reihe, das Geschehen mit Interesse. Die Musiker waren alle in Tracht, oder wie auch immer man das nannte bei solchen traditionellen Dorfgruppen: Kniebundhosen, rote Kniestrümpfe, irgendein Wams und darüber eine Jacke mit Stickereien. Ein bunt gemischter Haufen aus Jung und Alt, Männern und Frauen. An der Tuba erblickte Kira sogar mit Erstaunen eine recht modern aussehende junge Frau. Ihr Großstadtgemüt war etwas befremdet.



Sobald die Musik endete, trat ein schneidig wirkender, noch relativ junger Mann im perfekt sitzenden Anzug vor und begrüßte Vanessa galant mit Handschlag und einer angedeuteten Verbeugung. Er erhob die Stimme und hielt eine kurze Ansprache: »Frau Harris, als Bürgermeister ist es mir eine Ehre, Sie in unserer schönen Gemeinde hier im Schwarzwald begrüßen zu dürfen. Wir haben leider erst jetzt erfahren, dass Sie hier sind, sonst hätten wir schon früher für einen gebührenden Empfang gesorgt. Jetzt freuen wir uns, Ihnen einen Präsentkorb mit lauter guten Sachen aus unserer Gegend überreichen zu dürfen.«

Zwei Jugendliche traten vor und trugen einen riesigen, mit Zellophan umhüllten Korb zu Vanessa. Kira konnte von ihrer Position aus auf die Schnelle Rauchfleisch und Würste erkennen, Schnaps und einen Haufen anderer Spezialitäten. Eine Frau folgte den beiden mit einer riesigen Schwarzwälder Kirschtorte.

»Des Weiteren«, hob der Bürgermeister wieder an, »möchten wir anbieten, alles nur erdenklich Mögliche zu tun, um Ihren

Aufenthalt in Altbürg so angenehm und unvergesslich wie nur irgend möglich zu gestalten.« Dann gab er der Kapelle ein Zeichen, und die Musik setzte wieder ein.

Kira sah zu, wie einige Mitglieder ihrer Crew die Präsente für Vanessa entgegennahmen und ins Haus trugen. Sie selbst hielt sich lieber im Hintergrund. Solche repräsentativen Angelegenheiten waren ihr ein Graus. Außerdem war dies Vanessas großer Auftritt. Sie schien die Aufmerksamkeit aufzusaugen wie ein Schwamm. Schauspielerin eben, dachte Kira. Die waren für so was geschaffen. Es hatte schon seinen Sinn, dass sie selbst hinter den Kulissen schaltete und waltete.

Vanessa hatte unterdessen begonnen, ihre Bewunderer persönlich zu begrüßen. Hinter dem Zaun hatte sich eine lange Schlange gebildet, so dass jeder, der ihr seine Aufwartung machen wollte, an die Reihe kam. Kira sah ein paar Teenager mit Büchern und Stiften für Autogramme, die unkontrolliert nervös kicherten. Überall liefen Handykameras, und ständig fotografierte irgendjemand den Star. Gott, wie sie das nerven würde, da die ganze Zeit ein freundliches Lächeln zur Schau zu stellen. Aber Vanessa war wirklich sehr huldvoll. Kein Gezicke, kein Stargehabe. Im Gegenteil wirkte ihre Herzlichkeit auf Kira ganz ungekünstelt. Vanessa empfing die Altbürger, als seien sie die wichtigsten Menschen auf der Welt, belohnte Freundlichkeit mit Freundlichkeit. Einnehmend und sympathisch. Aber kein Leben für Kira.



Wobei ihr diese Szene nur allzu deutlich vor Augen führte, was sie zwischenzeitlich schon fast vergessen hatte: Vanessa war tatsächlich eine Göttin der Leinwand. Kein Wunder, dass ihr das ganze Dorf zu Füßen lag. Kira wurde klar, dass sie ihr Herz sehr gut würde beschützen müssen in den noch verbleibenden zwei Wochen des Drehs. Sie würde ein Bollwerk darum errichten müssen, sämtliche Schutzmechanismen, die ihr zur Verfügung standen, aktivieren, roten Alarm auslösen. Denn Vanessa war definitiv eine atemberaubend erotische Frau. Von ihrer Schönheit und ihrem Charme ganz zu schweigen. Und ihrer witzigen Art. Und, und, und … Ihr fiel erschreckend viel ein, das ihr an ihrer Bettgefährtin gefiel. Sehr gefiel.

Sie betrachtete Vanessa in ihrem Gaultier-Kleidchen und merkte, wie ihr Herz ungewollt zu rasen anfing. Kein gutes Zeichen.

Normalerweise war sie eine Frau, die nur aus Liebe Sex hatte. Das gehörte bei ihr automatisch zusammen. Aber Vanessa war keine Frau, in die man sich verlieben sollte. Und sie selbst keine Frau, die es sich erlauben konnte, sich zu verlieben. Sie würde alles daransetzen müssen, rational und nüchtern zu bleiben. Sie hatten einfach ein für beide Seiten mehr als angenehmes und beiden entgegenkommendes sexuelles Arrangement. Das Beste, was ihr unter diesen Umständen passieren konnte. Oder?

Ende der Grübelei, sagte sich Kira energisch. Ende des Herzklopfens. Ende des Anschmachtens aus der Ferne. Sie wandte sich von Vanessas faszinierender Erscheinung ab und dem Gesindehaus zu, um endlich ihre Mopsdame einzusammeln, bevor sie noch platzen würde. Vanessa käme hier draußen sehr gut allein zurecht mit ihren Fans. Und sie selbst ohne Vanessa.

Dann fiel ihr auf, dass heute der erste Tag seit langem war, an dem sie überhaupt keine Kopfschmerzen verspürte. Nicht einmal einen Anflug.

Purer Zufall, beschloss sie.



# 3

Das Fest zum Drehende war schon in vollem Gange, als Vanessa endlich nach unten kam. Sie hatte gepackt. Schweren Herzens. Die Crew hatte das Schloss schon geräumt, und deshalb musste die Party sich im Gesindehaus ausbreiten. Ihr war so gar nicht nach Feiern zumute. Aber sie wollte sich zumindest kurz blicken lassen – das war sie den Leuten schuldig.

In Hollywood wäre ihr das am Arsch vorbeigegangen. Hier jedoch war sie zu einem anderen Menschen mutiert. Der positive Einfluss einer gewissen Person war dafür verantwortlich, kein Zweifel. Einer Person, die sie sehr, sehr vermissen würde. Eine Person, die sie eigentlich nicht gehen lassen wollte. Und das nicht nur, weil der Sex großartig war.

Als Vanessa jetzt das Objekt ihrer Überlegungen quer durch die große Gesindeküche inmitten all der Leute ausmachte, traf die Erkenntnis sie wie ein Schlag: Sie war in Kira verliebt.

Es konnte gar nicht anders sein. Alle Anzeichen sprachen eindeutig dafür. Die Art, wie ihr Herz anfing, schneller zu schlagen, sobald sie Kira nur sah. Wie sie sich nicht sattsehen konnte an ihr, an ihrem Gesicht, ihren lächelnden Augen, daran, wie sie heute ihre Braids zu einem Knoten auf ihrem Kopf aufgetürmt hatte. Wie unglaublich hübsch sie war. Wie sich ihre kleinen Brüste unter ihrem Tanktop abzeichneten, das sie in dem überheizten Raum trug. Wie sie in einer typischen Geste, die Vanessa schon in- und auswendig kannte, ihre Brille zurechtrückte.

Es war schon so lange her, seit sie das letzte Mal wirklich verliebt gewesen war, dass sie das Gefühl nicht gleich erkannt hatte. Es hatte sich eingeschlichen während der letzten Wochen. Und wenn sie ehrlich war, hatte es schon auf dem Basler Flughafen die ersten Triebe geschlagen. Sie hatte Kira von Anfang an ganz und gar hinreißend gefunden. Sie näher kennenzulernen, hatte das nur vertieft.

Vanessa ließ sich von irgendjemandem ein Glas Rotwein in die Hand drücken und nahm auf diese Einsicht erst einmal einen großen Schluck. Dann rief sie sich nachdrücklich den Zweck ihrer Anwesenheit auf dieser Party ins Gedächtnis und begann, freundliche Begrüßungen und lobende Worte in alle Richtungen auszuteilen. Aber richtig bei der Sache war sie nicht. Ihre Blicke und Gedanken kehrten immer wieder zu Kira zurück.



Verliebt ... Wie hatte ihr das nur passieren können? Sie hatte sich immer für zu abgebrüht gehalten, um so einfach ihr Herz zu verlieren. Ohne bewusste Entscheidung und gezielte Planung. Sie nahm noch einen Schluck. In diesem Moment war sie richtiggehend geschockt über sich selbst.

Die Crew hatte ihre Affäre zum Glück gut weggesteckt. Ein paar kleine Kommentare hatte es gegeben, aber ansonsten hatte sich niemand anders verhalten als vorher. Wobei Vanessa nicht wusste, ob Kira da vielleicht mehr abgekriegt hatte; erwähnt hatte sie jedenfalls dahingehend nichts. Allerdings hatten sie sich auch wirklich diskret verhalten. Kira hatte keinerlei Körperkontakt beim Dreh erlaubt und war die meiste Zeit geradezu distanziert gewesen. Außer bei ihren Verabredungen abends in Vanessas Zimmer. Da hatte sie sich als äußerst aufmerksame Liebhaberin herausgestellt. Das war Vanessa so gar nicht gewohnt. Wie Kira den Sex mit ihr anging, war neu, spannend, genussvoll – und immer wieder überwältigend.

Aber das war ihr nun auch klar, sozusagen als Nebeneffekt der anderen wichtigen Erkenntnis: Es war lediglich Sex gewesen. Sie hatten keinen Akt der Liebe vollzogen. Vanessa vielleicht, manchmal. Doch Kira hatte sich stets zurückgehalten, sich nie vollständig gehen lassen. Jetzt im Rückblick wurde ihr das ganz deutlich bewusst. Und es tat mehr weh, als sie erwartet hätte.

Trotzdem, sagte sie sich, es ist besser so. Auch wenn sie wusste, dass sie dazu durchaus in der Lage wäre, und der Gedanke verlockend erschien – sie wollte Kira nicht dazu verführen, etwas für sie zu empfinden. Die unausweichliche Trennung wäre dann nur umso härter. Aber gehen lassen wollte sie auch noch nicht. Noch nicht gleich. Nicht schon morgen.

Zumindest dazu würde sie ihre Überzeugungskünste einsetzen. Von Sonja wusste sie, dass der Schnitt von ›Blutsschwestern‹ erst in ein paar Wochen losgehen würde. Kira musste also nicht sofort nach Berlin zurück. Jedenfalls wenn es nach Vanessa ging.

Zielstrebig bahnte sie sich einen Weg durch das Gedränge. Es dauerte länger als sie dachte, denn natürlich wurde sie ständig angesprochen. Jeder wollte noch einmal die Gelegenheit wahrnehmen, mit dem creweigenen Hollywoodstar auf Tuchfühlung zu gehen. Sie nahm es gelassen. Es vereitelte ihren Plan ja nicht, sondern verzögerte ihn nur, und sie wollte sich schließlich selbst auch gebührend von allen verabschieden. Zwischendurch stellte sie irgendwo ihr leeres Glas ab, nur um gleich darauf mit einem weiteren versorgt zu werden, das wenig später ebenfalls schon wieder leer war.

Kira stand gegen einen antiken Küchenschrank gelehnt und lächelte ihr entgegen, als sie sich gerade von der Maskenbildnerin abwandte, die die letzte Station vor ihrem Ziel gewesen war. Noch ganz von ihrer neuen Erkenntnis beseelt, aus einem Impuls heraus, tat Vanessa etwas, das bisher zwischen ihnen tabu gewesen war. Sie trat vor Kira, lehnte sich gegen sie und küsste sie einfach. Direkt auf den Mund. Mit all der Leidenschaft, die sie in diesem Moment empfand.

Und Kira schlang die Arme um sie und erwiderte den Kuss ebenso leidenschaftlich. Wenn Vanessa es nicht besser gewusst hätte, hätte sie sich zu der Schlussfolgerung verleiten lassen, dass die Gefühle auf Gegenseitigkeit beruhten. Aber allzu schnell beendete Kira den innigen Kuss und schob sie von sich. »Nicht hier«, erklärte sie mit einem unruhigen Blick in die Partyrunde.

Tatsächlich hatten einige Leute ihre Gespräche unterbrochen, um sie beide zu beobachten. Wie immer war Kira viel vernünftiger als sie, dachte Vanessa. Das musste sie ihr hoch anrechnen. Denn auch in dieser Runde von Leuten, die sie inzwischen selbst fast schon als Freunde betrachtete, musste sie auf der Hut sein. Wenn irgendetwas von ihrer Affäre an die Öffentlichkeit geriete, hätte das unangenehme Folgen – für sie selbst, aber noch viel mehr für Kira, denn die Pressemeute würde mit Sicherheit nicht vor ihr haltmachen. Und so viel wusste sie inzwischen: Kira war keine, die das für sich und ihre Karriere ausnutzen würde. Im Gegenteil würde sie darunter leiden, auf solche Weise unbeabsichtigt ins Scheinwerferlicht zu geraten.

Vanessa raunte der Frau, die, ohne es zu wollen, ihr Herz gestohlen hatte, ins Ohr: »Komm mit raus. Ich würde gern etwas mit dir besprechen.«

»Gehen wir lieber auf dein Zimmer«, flüsterte Kira zurück. »Das ist wirklich der einzige Ort hier.«



Vanessa wusste, was sie meinte: Auch auf dem Vorplatz wären sie nicht unbeobachtet. Manchmal wünschte sie sich wirklich, sie wäre noch immer die unbekannte Jungschauspielerin, die sie noch vor ein paar Jahren gewesen war und für die sich kein Mensch interessiert hatte.

Unter foppenden und anzüglichen Bemerkungen bahnten sie sich ihren Weg durch die Menschenmenge. Die leicht alkoholisierte Sonja ging sogar so weit, auf die Lautstärke ihrer lustgefüllten Nächte anzuspielen: »Bitte reißt euch am Riemen! Ich schlafe im Zimmer nebenan, denkt daran. Ich brauche meinen Schönheitsschlaf.«

Kira winkte scheinbar lässig ab, aber Vanessa sah, dass es ihr peinlich war. Was sie selbst wiederum ganz bezaubernd fand. Die Frau, die im Bett keinerlei Zurückhaltung kannte, wurde rot bei einer Anspielung auf die Geräusche, die sie Vanessa dort entlockte. Ein Widerspruch zum Anbeißen.

Kira ging voran die Treppe hinauf, und Vanessa nutzte die Gelegenheit, ihre wohlproportionierte Rückseite wohlwollend und sehr ausführlich zu betrachten. Gern hätte sie Kira, wenn sie in ihrem Zimmer anlangten, einfach ausgezogen und besagte Rückseite mit tausenden Küssen überzogen, bis ihre Geliebte vor Verlangen um Erlösung flehte. Doch sie mahnte sich zur Disziplin. *First things first.* Schließlich sollte dies ja nicht ihr letzter Abend bleiben. Und um diese Absicht umzusetzen, musste sie Kira überreden, mit ihr zu kommen – woraus nichts werden konnte, wenn sie nur Sex im Kopf hatte.

Aber sobald sie die Zimmertür von innen geschlossen hatte, stürzte sich Kira schon in ihre Arme, drückte sie stürmisch gegen die Tür und küsste sie derart hemmungslos, dass Vanessa vergaß, warum sie überhaupt hierhergekommen waren. Erst als Kira ihr schon die Hose öffnete und sie merkte, dass sie nur noch im BH dastand, fiel ihr wieder ein, dass sie einen Plan hatte.

*Später,* war alles, was sie denken konnte. Alles andere würde warten müssen. Zuerst wollte sie kommen. Kira trieb sie wirklich in den Wahnsinn. So hilflos hatte sie noch keine Frau gemacht, geradezu sexuell bedürftig, immer nach dem nächsten Höhepunkt gierend.

Kira knetete wollüstig ihre Brüste. Die fast schon schmerzhaft aufgerichteten Brustwarzen schienen sich ihren Händen entgegenzustrecken. Ebenso ihrem Mund, der sie jetzt versuchte zu verschlingen. Immer abwechselnd, in einem treibenden Rhythmus. Mit einem unkontrollierten Aufstöhnen warf Vanessa den Kopf gegen die Tür.



Kira arbeitete sich mit nassen Küssen ihren Bauch hinunter und ließ die Zunge um ihren Bauchnabel kreisen. Vanessa konnte nicht anders, sie drückte Kiras Kopf mit dem kunstvollen Zöpfchenturm noch weiter nach unten. *»Eat my pussy«,* stöhnte sie heiser, ohne richtig zu merken, dass sie Englisch sprach. Aber in ihrer Muttersprache ließ sich einfach nicht so unmittelbar und unmissverständlich ausdrücken, was sie fühlte: Sie wollte von Kira verzehrt werden, mit aller Inbrunst genommen werden.

Und Kira zögerte keine Sekunde. Sie schob ihre geöffnete Hose ein Stück nach unten und wühlte sich mit dem Gesicht in sie hinein. Stürmisch, rückhaltlos. Genau so, wie Vanessa es gerade brauchte. Trotzdem war das Gefühl von Kiras Zunge an ihrer Mitte kurz ein Schock – ein wohliger, aufregender, ekstatischer Schock.

Aber Kira ließ ihr keine Zeit zum Luftholen. Ihre Zunge forderte totale Hingabe. Und die bekam sie. Sie entlockte Vanessa einen Schwall Nässe und unmögliche Geräusche der Lust. Vergeblich versuchte Vanessa sich etwas zu mäßigen mit dem Gedanken an die anderen Leute im Haus. Zumal sie hier an der Tür mit Sicherheit ganz wunderbar im Treppenhaus zu hören war, so ungezügelt, wie sie ganz im Bann von Kiras Verführungskünsten ihre Leidenschaft herausschrie. Aber allein Kiras Anblick, wie sie vor ihr kniete, die Hände noch immer auf ihren Brüsten, und sie halbnackt gegen die Tür drückte, ließ sie gleich wieder laut aufstöhnen. Dann wanderte eine dieser talentierten Hände nach unten, und Kira schaffte es, sie unter Vanessas enge Hose und zwischen ihre Beine zu schieben. Ihr Finger drang in sie ein, während ihre Zunge gleichzeitig eine neue Attacke startete.

Vanessa konnte die Augen nicht länger offenhalten, obwohl sie das erotische Tableau ihrer Körper gern weiter in sich aufgesaugt hätte. Sie musste sie überwältigt schließen, als die Welle kraftvoll heranrollte und sie gnadenlos mit sich riss. Kira ritt sie mit ihr bis zum Schluss, bis zur letzten Zuckung.

Erst auf Vanessas Aufforderung hin richtete sie sich wieder auf. Sie lehnte sich sinnlich an Vanessa und küsste sie mit ihrem nassen Mund, der nach Sex und mehr schmeckte. Vanessa selbst war ganz dankbar, dass Kira sie auf diese Weise stützte. Sie konnte kaum noch stehen, so weich waren ihre Knie nach dieser Nummer, die Kira mit ihr durchgezogen hatte. Ihr Puls wollte sich gar nicht beruhigen.

Einen Augenblick lang sahen sie sich in die Augen, ihr aufgeregtes Atmen das einzige Geräusch im Zimmer. In Kiras Augen meinte Vanessa ein Funkeln zu erkennen und eine Weichheit, die anzudeuten schien, dass auch ihr die Sache zwischen ihnen beiden etwas bedeutete. Dass ihr Vanessa etwas bedeutete. Fast wäre Vanessa in diesem Moment herausgerutscht, was sie selbst für Kira fühlte, so intensiv war dieser stumme Austausch. Aber sie wollte Kira nicht vergraulen. Vielleicht irrte sie sich ja doch.

»Bett«, sagte sie stattdessen mit belegter Stimme.

Kira trat einen Schritt zurück und lächelte amüsiert über Vanessas etwas ungelenke Versuche, sich endgültig von ihrer Jeans zu befreien. Bis ihr das gelungen war, lag Kira schon komplett ausgezogen auf dem Bett und erwartete sie mit einem bacchantischen Gesichtsausdruck. Die Aktion an der Tür war nur der Anfang gewesen, so viel war klar. Aber jetzt wollte Vanessa erst einmal selbst zum Zuge kommen. Sie hatte noch sehr deutlich in Erinnerung, in welche Richtung ihre Gedanken im Treppenhaus gegangen waren. Kiras entzückende Rückseite erwartete ihre Zuwendung. Auch wenn die Besitzerin dieser Rückseite noch nichts davon ahnte.

Entschlossen ging sie zum Bett und beugte sich zu Kira hinunter. Zur Ablenkung küsste sie sie zärtlich, um sie gleichzeitig mit einem geschickten Manöver auf den Bauch zu drehen. Sobald sie sie in Position hatte, setzte sie sich rittlings auf Kiras Po. Kein Entkommen möglich. Und als sich ihre Mitte an den kleinen, wohlgerundeten Hintern unter ihr schmiegte, fuhr ihr sofort wieder ein feuriges Prickeln durch den Leib.

»Was hast du vor?«, fragte Kira amüsiert. Aber klang da nicht auch eine Spur freudiger Erregung mit? Dadurch angespornt, begann Vanessa Kiras Nacken zu liebkosen. Sie hatte so einen entzückenden Nacken, zart und elegant. Die untersten zehn Zentimeter ihrer Haare waren kurz geschnitten und Streifen hineinrasiert, in denen sich die Linien, die die Braids bildeten, fortsetzten. Fast wie eine Spirale auf Kiras Kopf. Es sah faszinierend aus und fühlte sich auch so an. Vanessa liebte es, eine Hand an Kiras Nacken wandern zu lassen, um die samtenen Haare dort zu streicheln, so wie jetzt.



»Das wirst du noch früh genug merken, denke ich«, hauchte sie ihr ins Ohr. Um die Verheißung noch etwas zu steigern, ließ sie ihre Zunge mit Kiras Ohrläppchen spielen. Und dann machte sie wahr, was sie sich vorgenommen hatte: Kira mit tausenden Küssen zu bedecken, bis sie vor Verlangen um Erlösung flehte. Ganz genau so.

Sehr viel später ließ sich Vanessa erschöpft in die Kissen fallen. Gern hätte sie sich einfach in Kiras Armen in einen wohltuenden Schlaf sinken lassen, aber sie hatte ja noch einen wichtigen Plan. *It's now or never,* stachelte sie sich selbst an.

»Komm mit mir mit«, bat sie ohne Einleitung. »Ich bin noch zwei Wochen in Deutschland. Lass uns unser Arrangement noch ein bisschen verlängern.« Ihre Stimme klang schläfrig, aber ihr

Herz klopfte nervös. Wie würde Kira auf ihren Vorschlag reagieren?

»Ich muss nach Berlin zurück«, kam es, ebenfalls schläfrig, aus ihrer Armbeuge, in die sich Kira gekuschelt hatte.

Aber so schnell würde Vanessa jetzt nicht aufgeben. Etwas eindringlicher bohrte sie weiter: »Du schneidest doch erst in ein paar Wochen.«

Kira hob den Kopf, um sie anzusehen. In ihrem Blick lag ein fragender Ausdruck, der allmählich ungläubigem Verstehen wich. »Aber ich muss sichten«, erklärte sie und stützte ihren Kopf auf.

Vanessa streichelte ihr über die Wange. Dann setzte sie ihre Überzeugungsarbeit fort. »Das kannst du machen, wenn ich weg bin. Und das meiste hast du doch sowieso hier schon begutachtet.«

Ein paar Sekunden lang schaute Kira sie nachdenklich an. Ihr kunstvoller Haarturm hatte sich während ihrer wilden Momente gelöst, und ihre Braids tanzten um ihr Gesicht herum, als sie schließlich den Kopf schüttelte. »Ich muss mich auch um die ganze Vermarktung und die Einreichungen auf Filmfestivals kümmern. Außerdem haben wir noch keinen Verleih.«



Das würde schwerer werden als gedacht. Aber Vanessa war fest entschlossen. Kira jetzt gehen zu lassen, das ging einfach nicht, das würde ihr Herz nicht verkraften. Sie brauchte mehr Zeit. Mehr Zeit, um Kira in ihrer Gänze erfassen und genießen zu können. Erst dann, dachte sie, wäre sie bereit, sie für immer gehen zu lassen.

Also hakte sie nach: »Wozu gibt es Lukas?«

Wieder sagte Kira erst einmal nichts, blickte sie nur grüblerisch an. »Und wo wirst du die zwei Wochen verbringen?«, fragte sie schließlich.

Vanessa jubelte innerlich. Das war der erste Schritt in die richtige Richtung. In ihre Richtung. »Zuerst steht ein Besuch bei meiner Mutter in Bayern an«, sagte sie und versuchte dabei so locker wie möglich zu klingen.

»Und da willst du mich mitnehmen?« Entgeistert setzte Kira sich auf. Ihre kleinen Brüste schauten jetzt keck unter der Decke hervor, und Vanessa musste an sich halten, um sie nicht zu streicheln. Sie wusste, wo das hinführen würde, und zuerst musste sie dieses Gespräch zu Ende bringen. In ihrem Sinne, wenn irgend möglich.

Doch Kira schüttelte wieder den Kopf, dass ihre Zöpfchen hüpften. »Ich glaube nicht, dass das so passend ist, Vanessa«, meinte sie zweifelnd.

Das hatte Vanessa befürchtet. Sie würde alle Register ziehen müssen. »Meine Mutter ist ganz locker drauf«, insistierte sie. »Bitte.« Sie unterstrich ihre Worte mit einem weidwunden Blick, in den sie alles hineinlegte, was sie fühlte. Ihre Hoffnung, ihre Sehnsucht, ihre Angst vor einem Nein. Wenn es je einen Moment gegeben hatte, in dem ihr schauspielerisches Talent ihr auch privat nützlich sein konnte – das war er. Aber es war ja gar nicht gespielt. Sie konnte sich jetzt gerade wirklich nicht vorstellen, ohne Kira zu sein. Allein der Gedanke, dass dies ihr letzter gemeinsamer Abend sein sollte, ließ Verzweiflung in ihr hochkriechen.

Sie beugte sich vor und küsste Kira, und auch mit diesem Kuss versuchte sie ihre Empfindungen auszudrücken. Er war sanft, zärtlich und rücksichtsvoll. So hatten sie sich den ganzen Abend noch nicht geküsst. Insgesamt überhaupt noch nicht oft. 

Als sie sich widerstrebend von Kira löste, sah diese sie streng an. Vanessa kam sich vor wie ein Fisch an der Angel: zurück ins Wasser oder in den Kochtopf?

Dann seufzte Kira tief und sagte ernst: »Aber wir werden noch sehr viel mehr aufpassen müssen als bisher.«

»Yippieh!« Vanessa jubelte – diesmal wirklich und laut, voller Freude und Erleichterung. Sie umarmte Kira stürmisch und küsste sie wieder. Kira lachte und erwiderte den Kuss, der jetzt deutlich wilder ausfiel. Das beseitigte in Vanessa den letzten Zweifel daran, dass auch Kira mit ihrer Entscheidung glücklich war.

Mitten im Kuss fiel Vanessa Eddy ein. Die Mopsdame würde natürlich mitkommen. Dass ihr Eddys Gesellschaft noch etwas länger vergönnt war, war gleich noch einmal Grund zur Freude. »Wo ist eigentlich Eddy mal wieder?«, fragte sie in Kiras duftende Braids und ihren verführerischen Nacken hinein.

Wieder lachte Kira auf. »Du glaubst doch nicht, dass ich auch nur erwogen hätte, sie mit auf die Party zu nehmen? Wahrscheinlich hätte sie die ganze Nacht kotzen müssen von dem ganzen

Zeug, das alle in sie reingestopft hätten. Ich darf dich an den Tag der Blaskapelle erinnern.« Da hatte Eddy hinterher drei Tage Magenverstimmung gehabt, weil sie, nach Aussage angeblich unbeteiligter Zeugen, ein Stück Schwarzwälder Kirschtorte ›erwischt‹ hatte. Vanessa glaubte bis heute, dass irgendein Vollidiot sie damit gefüttert hatte.

»Aber sie wird doch mit uns mitkommen?«, fragte sie und machte sich von Kira los, obwohl es ihr schwerfiel.

Kira runzelte die Stirn. »Aha«, sagte sie gespielt ernsthaft. »In Wahrheit hast du es auf Eddy abgesehen und nur vordergründig so getan, als ob du unbedingt mich dabeihaben wolltest.«

»Du hast mich durchschaut«, bestätigte Vanessa und konnte dabei ein breites Strahlen nicht unterdrücken. Ihr war so beschwingt und leicht zumute, als ob sie wieder einen Joint geraucht hätte. Sie hätte die ganze Zeit kichern können. Oder tanzen. Oder die Welt umarmen.

Voller Energie sprang sie aus dem Bett. »Komm, lass sie uns holen. Machen wir einen letzten nächtlichen Spaziergang mit ihr durch Altbürg.«



»Ha! Was ist denn das? Nessie, ich wusste nicht, dass du einen Hund hast!«

Kira stand halb hinter Vanessa, die Eddy auf dem Arm trug. Sie war sich noch immer nicht ganz sicher, wie sie es fand, mit zur Mutter geschleppt zu werden. Aber die Stimme, die sie jetzt durch die sich öffnende Tür hörte, klang sympathisch und, was immer ein Pluspunkt war, ganz angetan von Eddy.

»Hallo, Mom«, sagte Vanessa. »Das hier ist Eddy, und sie gehört Kira, die mich begleitet.«

»Freut mich, freut mich. Kommt rein.«

Vanessas Mutter hieß Gisela, wie Kira bereits wusste, ließ sich aber Giselle nennen. War Künstlerin – Bildhauerin, um genau zu sein – und lebte das Klischee bis zum Maximum aus. Jetzt begrüßte sie Kira, ohne mit der Wimper zu zucken. In einem schlabberigen Pullover, der schon bessere Zeiten gesehen hatte, und mit einer wahrhaft wilden, hennagefärbten Frisur sah sie nicht unbedingt so aus, wie Kira sich die Mutter einer reichen Hollywoodschauspielerin vorgestellt hätte. Auch dass die Presse sie noch nicht ausfindig gemacht hatte, wunderte sie. Die hätten ihre helle Freude an der exaltierten Gestalt gehabt. Es musste daran liegen, dass die beiden nicht denselben Nachnamen trugen und Vanessa sämtliche Informationen über ihre Herkunft rigoros unter Verschluss gehalten hatte. Vanessas Nachname, Harris, war der ihres Vaters, so viel wusste Kira. Ihre Eltern waren nie verheiratet gewesen. Das war alles, was sie bis vor kurzem an Kenntnissen über Vanessas familiären Hintergrund gehabt hatte. Von der verrückten Künstlerin-Mutter hatte sie erst auf der Fahrt hierher erfahren. Eine nette Künstlerin-Mutter, dachte sie jetzt, aber auch definitiv eine mit einem Rad ab.

Sie waren die 300 Kilometer hierher in Kiras Auto gefahren. Auf halbem Wege hatte Vanessa das Steuer übernommen, was Kira ihr nicht ohne Hintergedanken angeboten hatte: So konnte sie Vanessa zum ersten Mal ganz ungeniert anschmachten, ohne darauf Rücksicht nehmen zu müssen, was die Leute davon dachten. Vanessa trug wieder ihr Jeans-Outfit, das Kira schon bei ihrer Ankunft am Flughafen vor ein paar Wochen fast umgehauen hatte. Die John-Deere-Kappe, unter der sie ihre Haarpracht versteckte, liebte Kira am meisten. Die grüne Baseballmütze mit dem gelben Schriftzug hatte etwas Bodenständiges – schließlich war das eine Marke, die Traktoren für Landwirte produzierte. Gleichzeitig war es auch ein bisschen verrückt, dass ausgerechnet ein Hollywoodstar wie Vanessa so ein Kleidungsstück trug. Es passte so gar nicht zu ihrem glamourösen Image, aber dafür umso mehr zu der warmherzigen, unprätentiösen und unglaublich sexy Frau abseits der Kinoleinwand, als die Kira sie kennengelernt hatte. Jedenfalls konnte sie sich nicht sattsehen. Und wollte es auch nicht.



Aber jetzt gerade musste sie sich doch der ungewohnten Situation stellen – und Vanessas Mutter. Giselle wohnte in einem zusammengeschustert wirkenden Haus in der Nähe des Starnberger Sees. Der erste Eindruck, den man von außen hatte, bestätigte sich im Inneren, als sie hinter ihr her ins Haus traten. Alles wirkte irgendwie provisorisch und auf krude Art selbstgemacht – und wie Kira auf der Fahrt hierher ebenfalls erfahren hatte, war es das tatsächlich, denn Vanessas Mutter war ein wahrer Freigeist und hatte es sich nicht nehmen lassen, das Haus selbst nach ihren Vorstellungen auszubauen. Dass das so genehmigt worden war, wunderte Kira über alle Maßen. Das hier war schließlich Bayern. Als Preußin hegte Kira natürlich Vorurteile, wie sie selbstironisch festgestellt hatte.

Das Innere des Hauses war absolut chaotisch. Überall lag Zeug herum – Werkzeuge, Zeitungsstapel, benutztes Geschirr – und es roch auch nicht so besonders, wie Kira etwas befremdet feststellte. Aber Eddy schien extrem betört und musste alles begeistert beschnüffeln. So sind die Geschmäcker verschieden, dachte Kira ironisch und beobachtete Eddys Ringelschwanz, der vor Enthusiasmus wackelte.

»Stört euch nicht an der Unordnung«, bat Giselle, »ich bin gerade an einem neuen Projekt. Außerdem kommen nachts immer die Siebenschläfer über die Löcher in der Decke hereingeschlichen und bringen alles durcheinander.« Sie wedelte mit den Händen in alle Richtungen.

Kira glaubte nicht, dass Siebenschläfer wesentlich zum Zustand des Hauses beigetragen hatten. Sie hatte noch nie einen gesehen, nur auf Fotos, aber die putzigen Tierchen mit den Kulleraugen waren mit Sicherheit nicht imstande, ein solches Tohuwabohu zu verursachen. Vielmehr sah es so aus, als ob Giselle einfach noch nie etwas weggeworfen hatte. Eindeutige Messie-Tendenzen, diagnostizierte Kira.



Wenn der Rest des Hauses im gleichen Zustand war, war sie sich nicht sicher, ob sie das mehr als eine Nacht aushalten würde. Sie war nicht anspruchsvoll, aber was Sauberkeit anging, hatte sie doch gewisse Standards. Das hatte sie Vanessa nicht ausdrücklich gesagt, aber in diesem Moment bereute sie ihre Zurückhaltung.

Vanessa schien jedoch ihre rasenden Gedanken lesen zu können, denn sie nahm beruhigend ihre Hand und zwinkerte ihr aufmunternd zu. Als ihre Mutter kurzzeitig das große, aber vollgeramschte Wohn-, Ess- und Arbeitszimmer verließ, um, wie sie angekündigt hatte, sich in den Untiefen des Hauses auf die Suche nach einer Packung Kaffee zu machen, drückte sie Kiras Hand noch ein wenig fester und flüsterte: »Keine Sorge, ein Zimmer ist für meine Besuche reserviert und tabu. Das dazugehörige Badezimmer auch.«

Kira versuchte, nicht so erleichtert auszusehen, wie sie war. »Du hättest mich ruhig vorwarnen können«, meinte sie.

Vanessa schmunzelte amüsiert. »Für mich ist es nichts Besonderes mehr. Ich kenne meine Mutter schließlich lange genug.

Aber ihre Vorstellungen eines gemütlichen Hauses waren schon in meiner Jugend nicht ganz identisch mit meinen. Zeitweise hab ich mich richtig geschämt dafür, wie wir lebten. Meine Freundinnen fanden es aber immer abenteuerlich und besonders.« Sie nahm das Ganze mit der Gelassenheit der Tochter, die es aufgegeben hatte, ihre Mutter ändern zu wollen. »Du hast den Garten noch nicht gesehen«, fügte sie hinzu.

»Will ich das überhaupt?«, fragte Kira skeptisch.

Vanessa lächelte sie an. »Der Garten ist das Beste. Dort sind viele ihrer Skulpturen, und die sind wirklich toll. Gärtnern ist auch mehr ihr Ding als Hauswirtschaft.« Zum Glück schien sie sich von Kiras Bedenken nicht persönlich angegriffen zu fühlen, sondern wirkte von allem sehr erheitert.

»Ta-taa!«, rief Giselle in diesem Augenblick und kam wieder ins Zimmer gestürmt, eine Packung Kaffee in den Händen, die ziemlich verbeult aussah. Eddy erschrak von dem plötzlichen Schrei, kam zu Kira gerannt und reckte sich fiepsend an ihren Beinen hoch. Offenbar teilte ihre Mopsdame ihre Skepsis bezüglich Giselle und wollte hochgenommen werden. Kira beugte sich hinunter und nahm sie auf den Arm, und gespannt verfolgten sie zusammen, wie Giselle in einer Ecke Dinge auf einer Kommode zur Seite zu schieben begann: Zeitungsstapel und Bücher, mehrere Blumenvasen, die alle kaputt aussahen, Plastikschachteln, Kartons und weiß der Himmel was noch alles. Allmählich kam eine Kaffeemaschine zum Vorschein, deren Stromkabel Giselle kurzerhand in die Steckdose steckte.



»Tut noch«, erklärte sie, als der Startknopf beim probeweisen Drücken aufleuchtete.

Kira wusste nicht, ob sie den Kaffee aus diesem Ding trinken würde. Vor den Tassen, die Giselle, woher auch immer, zum Vorschein bringen würde, graute es ihr jetzt schon.

»Sie hat eine Spülmaschine«, flüsterte ihr Vanessa von hinten ins Ohr. Sie musste bemerkt haben, mit welch fasziniert-entsetztem Gesichtsausdruck Kira zusammen mit Eddy das Geschehen beobachtet hatte. Dann trat sie zu ihrer Mutter und übernahm das Kaffeemachen.

Kira hatte fast das Gefühl, dass auch bei ihr ein Startknopf gedrückt worden war, denn Vanessas Atem an ihrem Ohr hatte sofort eine kleine Welle der Erregung ausgelöst. Sie konnte es jetzt schon nicht erwarten, mit Vanessa allein zu sein. Sie waren zusammen wirklich Dynamit im Bett. Ein kleiner Funke reichte, und es kam zur Explosion. Unglaublich.

Das Einzige, wobei Kira sich bisher Zurückhaltung auferlegt hatte, waren zu viele Zärtlichkeiten. Denn sie wusste, dass sie sich dabei einfach nicht richtig im Griff behalten hätte. Und sie hatte sich jetzt auch endlich eingestanden, warum: Sie hatte sich in Vanessa verliebt. Gegen alle Vernunft und alle Vorsicht. Sämtliche Schutzmauern, die sie um ihr Herz hatte errichten wollen, waren durch Vanessas Charme, ihre Freundlichkeit und das so berauschende Erlebnis ihrer Nähe von vornherein brüchig gewesen. Es war ihr auf der Fahrt klargeworden, als sie, in Vanessas Anblick vertieft, zum ersten Mal den Kopf einigermaßen frei hatte und die letzten paar Wochen sacken lassen konnte. Aber auch, dass sie sich überhaupt dafür entschieden hatte mitzukommen, hätte ihr schon zu denken geben müssen. Jetzt fürchtete sie umso mehr, dass sie nach einem besonders intensiven Erlebnis einfach alles ausplaudern könnte. Postkoitale Entspannung eben. Das durfte auf keinen Fall passieren.



Sie beobachtete Vanessa, wie sie mit ihrer Mutter an der Kaffeemaschine herumhantierte und dann einen Tisch freizuräumen begann, und bemerkte zum ersten Mal, wie ähnlich sich die beiden sahen. Man erkannte eindeutig, dass sie nahe Verwandte waren. Und so locker, wie sie plauderten, schienen sie auch ein gutes Verhältnis zu haben. Sicher nicht das klassische Mutter-Tochter-Ding, aber auf eine eigene Art liebevoll.

War es wirklich so eine gute Idee gewesen mitzukommen? In Vanessas Zuhause, zu ihrer Mutter, an einen Ort voller persönlicher Erinnerungen und privater Beziehungen für Vanessa? Natürlich hatte sie ihre gemeinsame Zeit ausdehnen wollen. Aber dass sie jetzt hier war, musste Vanessa doch ein deutliches Signal geben, dass es ihr ernst war. Dass sie bereit war, für Vanessa alles stehen und liegen zu lassen, obwohl der Zeitpunkt denkbar ungünstig war. Sie schuldete Lukas eine ganze Menge dafür, dass er bereit gewesen war, die ganze Arbeit allein zu stemmen, bis sie zurück war. Als sie mit ihrer zaghaften Bitte zu ihm gekommen war, hatte er nur milde gelächelt und sie herzlich umarmt. Wahrscheinlich gönnte er ihr das kleine Abenteuer, bevor der Tumor sie ausknipste.

Dieser Gedanke brachte sie herbe auf den Boden der Tatsachen zurück. Was spielte es angesichts dieser unumstößlichen Wahrheit für eine Rolle, was für Signale sie Vanessa sandte. Sie würde das hier, was auch immer es war, in vollen Zügen genießen und bis zum letzten Tropfen aussaugen – wer weiß, wie lange sie noch hatte. Und wenn Vanessa dann nach zwei Wochen abreiste, war es das. Ihre Gefühle würde sie hinterher sortieren müssen, aber immerhin hätte sie jede Menge glücklicher Erinnerungen. Und einen weiteren Vorteil des Ganzen konnte sie jetzt schon vermerken: Sie hatte wesentlich weniger Kopfschmerzen, seit sie mit Vanessa schlief. Teilweise lag das natürlich daran, dass sie weniger Zeit hatte, darüber nachzudenken – so häufig, wie sie im Bett landeten. Aber zum anderen Teil schien so manche Attacke tatsächlich mit Verspannung zu tun gehabt zu haben, wie Vanessa vermutet hatte. Das war doch eine wertvolle Erkenntnis.

Inzwischen hatte es Giselle mit Vanessas Hilfe endlich geschafft, Kaffee zu kochen, Tassen aufzutreiben und den Tisch samt Sitzgelegenheiten von Chaos zu befreien und notdürftig zu säubern. Kira versuchte trotzdem, so wenig wie möglich mit der Tischplatte in Berührung zu kommen. Sie sah immer noch klebrig aus. Neben ihr auf der rudimentär freigeräumten Eckbank saß Eddy und beäugte Giselle immer noch etwas misstrauisch. Interessant, diese neue Zweibeinerin, aber ein bisschen unberechenbar – das schien ihr Blick zu sagen. Vorsichtshalber ließ Eddy sie nicht aus den Augen.

Beim Einschenken erklärte Giselle: »Eigentlich trinke ich keinen Kaffee. Ist schlecht für meine Aura. Mit euch mache ich heute eine Ausnahme.«

Kira blickte vorsichtig in ihre Tasse. Das Zeug sah verdammt dünn aus. Aber vielleicht trank man Kaffee in Bayern so, was wusste sie schon.

»Und wie kommt es«, wandte sich Vanessas Mutter nun direkt an sie, »dass meine Tochter hier in solch einer auffallend normalen Begleitung auftaucht? Nicht, dass ich das Wort ›normal‹ so besonders berauschend finde, aber du bist doch so erfrischend anders als ihr sonstiger Umgang – zumindest was ich so mitkriege –, dass ich das sofort durchleuchten muss. Wer bist du also, Kira?«

Diese Frage erwischte sie vollkommen unvorbereitet. »Öhm«, konnte sie erst einmal nur sagen. Wie beantwortete man so was diplomatisch? ›Die aktuelle Bettgeschichte?‹ Nein, das war wohl nicht adäquat. Nicht einmal bei einer außergewöhnlichen Frau wie Giselle. Oder meinte das Vanessas Mutter ganz anders, gar nicht nur auf Vanessa bezogen? Sollte sie hier jetzt einen Lebenslauf abspulen?

Während sie noch ihre Gedanken zu ordnen versuchte, kam Vanessa zu ihrer Rettung. »Mom, lass Kira in Ruhe. Und wehe, du fängst an, ihr aus der Hand zu lesen oder sonstigen Kram.«

Giselle öffnete den Mund, um zu protestieren. Aber Vanessa ließ sie gar nicht zu Wort kommen. »Du wirst auch keine Skizzen von ihr anfertigen«, fuhr sie fort. Und als ihre Mutter erneut Einspruch einlegen wollte: »Nein, keine Diskussion. Schon gar nicht wirst du sie dazu bringen, mit dir zu töpfern. *No way.*«

Kira fand diese Aufzählung äußerst merkwürdig. Was konnte es schaden, einen Klumpen Erde zu verformen? Besonders beeindrucken würde sie Giselle mit ihren Fähigkeiten sowieso nicht. Sie war schon als Kind nicht gut darin gewesen, kleine Igel oder Aschenbecher herzustellen. Giselle würde also keine geheimen Talente entdecken können, nur unförmige Endprodukte. Darin konnte Kira beim besten Willen keine Gefahr sehen, aber wenn Vanessa meinte … Sie würde sie fragen, was es damit auf sich hatte, sobald sie allein waren.



Um Giselle wenigstens die wichtigsten Informationen zu bieten, wie es die Gastfreundschaft gebot, sagte sie rasch, ehe sich die Diskussion zwischen Mutter und Tochter ausweiten konnte: »Ich bin die Regisseurin und Produzentin eines Films, in dem Vanessa mitgespielt hat.«

Sofort leuchteten Giselles Augen auf. »Wusste ich es doch. Du bist Sternzeichen Zwillinge«, verkündete sie, für Kira völlig zusammenhanglos. Das Blöde war, es stimmte sogar. Was Giselle auch nicht weiter zu überraschen schien. Sie lächelte Kira, die mit offenem Mund dasaß, strahlend zu und wandte sich dann wieder an Vanessa: »Was macht dein Vater, der alte Nichtsnutz? Immer noch hinter deinem Geld her?«

Vanessas Gesicht verdunkelte sich. Sie schien nicht allzu erfreut über diesen Themenwechsel. Ein wenig steif sagte sie:

»Brian ist der Ansicht, dass ich als seine Tochter dazu verpflichtet bin, ihm einen luxuriösen Lebensstil zu finanzieren.«

Giselle schnaubte abfällig. Ganz so, als hätte sie nicht mit einer anderen Antwort gerechnet. »Immer noch der Gleiche«, sagte sie verächtlich und fuhr an Kira gewandt fort: »Du musst wissen, Kira, dass Vanessas Vater sich während ihrer Kindheit mehr durch Abwesenheit als durch Anwesenheit ausgezeichnet hat. Das erste Mal hat er mich drei Monate nach ihrer Geburt sitzenlassen. Aufgetaucht ist er allerdings immer wieder. Meistens wenn er abgebrannt war. Das habe ich erst Jahre später so richtig kapiert.«

Kira nickte nur, sagte aber nichts. Diese ausführliche Erläuterung der Familienverhältnisse war ihr fast schon ein wenig peinlich. Aber gleichzeitig auch faszinierend, schließlich interessierte sie sich ja wirklich für Vanessas Leben.

Die versuchte unterdessen gegenzuhalten: »Mom, nerv Kira doch nicht mit den alten Geschichten. Du hörst dich dann wie eine verbitterte Alte an.«

»Ich *bin* eine verbitterte Alte, Nessie.« Giselle lachte mit so viel Selbstironie und Lebensfreude, dass sie ihre eigene Aussage Lügen strafte. Und Kira fiel wieder der Kosename auf, den die Mutter für ihre Tochter benutzte: Nessie. Klang irgendwie niedlich. Und vollkommen unpassend für eine so schöne Frau wie Vanessa. Aber der Name eröffnete Kira eine ganz neue Sicht auf ihre Geliebte. Vanessa war nicht nur der Hollywoodstar, der Millionen verdiente und ein Luxusleben führte, das ihr selbst vollkommen fremd war. Sie war auch eine Tochter – genau wie Kira. Ein Mensch mit einer anscheinend etwas verrückten Kindheit, einer Vergangenheit, die sie erstaunlich gut nachvollziehen konnte. Gar nicht so weit entfernt von ihrer eigenen Lebenswelt und ihren Erfahrungen. Plötzlich waren ihr Vanessa und ihr Leben sehr viel näher. Einerseits eine gute Erkenntnis, aber andererseits merkte sie schon jetzt beim Kaffeetrinken, dass so viel gedankliche Nähe sie nur noch stärker zu Vanessa hinzog. Sie musste die Festungsmauern um ihr Herz noch einmal verstärken, durfte die Gefühle nicht zulassen.

Um sich von diesen Überlegungen abzulenken und Vanessa zu beruhigen, meinte sie: »Ich find's ganz spannend, mehr über dich zu erfahren.« Vanessa dachte wohl, dass Giselle eine Nummer zu schwatzhaft war. Oder befürchtete sie, dass Kira hinterher die

Details ausplaudern würde? Sie hoffte, dass Vanessa sie inzwischen gut genug kannte, um zu wissen, wie absurd das war. Trotzdem fügte sie sicherheitshalber hinzu: »Und ich werde die Infos auch mit in mein Grab nehmen.«

Einen Augenblick starrte Vanessa sie betroffen und schockiert an, bevor sie sich fing und eine gelassene Miene aufsetzte. Im Nachhinein sah Kira ein, dass die Wortwahl etwas unglücklich gewesen war. Na und? Sie selbst hatte damit abgeschlossen. Sie akzeptierte ihr Schicksal, was auch immer das sein mochte.

Giselle zog fragend die Augenbrauen hoch. Ihr war der kurze Blickwechsel nicht entgangen. Aber Kira hatte nicht unbedingt das Bedürfnis, ihr die Hintergründe zu erklären, nachdem sie sich gerade mal eine halbe Stunde kannten. Das ging ohnehin niemanden etwas an. Es war ihr Ding. Ihr Unglück.

Erneut startete sie ein Ablenkungsmanöver: »Wie ist Vanessa denn eigentlich in die USA gekommen?«

Giselle ging sofort darauf ein. »Ha! Das ist eine Geschichte, die ich ihr immer wieder gern aufs Butterbrot schmiere.«

»Och nee, bitte!«, stöhnte Vanessa auf.



»Ja, ja, das darf dir ruhig peinlich sein.« Giselle tätschelte Vanessas Hand. Von deren genervtem Einwand ließ sie sich allerdings nicht aufhalten, sondern sprudelte los: »Vanessa hat mit siebzehn mir nichts, dir nichts die Schule abgebrochen und ist auf die Schauspielschule gegangen. Das war ja noch okay. Hab ich auch zugestimmt. Aber sobald sie achtzehn war, beschloss sie, dass ihr das jetzt an Ausbildung reiche und es wichtiger sei, ihren Vater zu finden. Der war da schon ein paar Jahre komplett verschwunden. Also nahm Vanessa ihre paar Groschen Erspartes und ist von einem Tag auf den anderen nach Amerika abgedüst. Ohne ein Wort zu sagen. Ich bin fast durchgedreht. Hab wochenlang nicht gewusst, wo sie war. Erst durch einen Anruf von Brian hab ich erfahren, wo sie steckte … dass sie überhaupt noch lebt!« Sie hatte sich immer mehr in ihre Erzählung hineingesteigert. Die letzten Worte klangen so aufgeregt, als habe sie den Anruf gerade eben erst erhalten.

»Mom, du weißt, dass es mir heute leidtut … ja?« Vanessa hörte sich kleinlaut an. Sie schien ehrlich zu bereuen, wie sie sich damals verhalten hatte.

Aber Giselle ignorierte den Einwurf und fuhr fort: »Irgendwann kam eine Postkarte, auf der stand, dass sie jetzt in L. A. sei und wieder schauspielern würde. Und dass ich mir keine Sorgen machen sollte. Ha!« Sie schüttelte aufgebracht den Kopf. »Und dann seh ich plötzlich eine Ankündigung für einen Film – und wer ist als neue sexy Jungschauspielerin angekündigt? Meine Tochter!« Sie machte eine effektvolle Pause, bevor sie ihre Erzählung mit sehr viel ruhigerer Stimme abschloss: »Ich kann dir sagen, Kira, ich hatte es ein paar Jahre als Mutter nicht leicht. Auch wenn ich nicht die weltbeste Mama war und bin, dachte ich doch, ein besseres Verhältnis zu meinem Kind zu haben, als dass ich so was verdient hatte. Und damit ist klar, ich bin doch eine verbitterte Alte.«

Als sie geendet hatte, herrschte betroffenes Schweigen am Tisch. Alle drei tranken lautlos ihren Kaffee. Nach einer ihr unendlich lang vorkommenden Stille hielt Kira es nicht länger aus.

»Wie kam das denn in der kurzen Zeit zustande?«, wandte sie sich an Vanessa, um die gedrückte Stimmung zu überspielen. »Ich meine, manche Leute leben ewig in L. A. und warten auf den großen Durchbruch. Du kommst an und spielst ein paar Monate später schon in großen Kinofilmen?« Diese Frage brannte ihr schon länger unter den Nägeln. In der offiziellen Biographie, die ihre Agentin herausgab, war über die Hintergründe von Vanessas Aufstieg nichts zu finden.



Vanessa seufzte kurz auf und antwortete etwas einsilbig: »Nathalie. Ganz einfach. Sie ist eine Bekannte von Brian.«

Das war nun wirklich nicht besonders informativ. Kira sagte nichts, aber ihr Blick ruhte weiter auf Vanessa. Als diese merkte, dass Kiras Neugier noch nicht befriedigt war, fuhr sie fort: »Ich hab sie mehr zufällig über ihn kennengelernt. Als sie erfahren hat, dass ich Schauspielerin bin, wollte sie mich sofort unter Vertrag nehmen. Der Rest ist Geschichte. Ich habe ihr alles zu verdanken. Meine ganze Karriere, meinen Erfolg, einfach alles.«

Kira nickte langsam. »Das erklärt so einiges.«

»Wie meinst du denn das?«, fragte Vanessa irritiert nach.

»Na, was du dir von ihr alles gefallen lässt. Die Frau behandelt dich wie ihre persönliche Schauspielpuppe, mit der sie machen kann, was sie will.« Noch während Kira sprach, sah sie, wie Vanessas Mutter ebenfalls nickte.

»Ha!«, stieß Giselle wieder aus. Das schien ihr favorisierter Ausdruck für alles zu sein, inklusive Empörung und Bestätigung. »Das sag ich schon seit Jahren. Die Frau ist die Pest. Und was die ihr für grässliche Filme vermittelt.«

Vanessa erhob sich – ein wenig verärgert, wie es Kira vorkam. »Schön, dass ihr euch da einig seid«, verkündete sie und nahm ihre Tasse auf. Eddy ließ zum ersten Mal Giselle aus den Augen und fixierte jetzt Vanessa. Nach kurzem Zögern hüpfte sie von der Eckbank und hatte offensichtlich vor, ihr zu folgen.

Vanessa lächelte zu ihr hinunter und setzte dann etwas friedlicher hinzu: »Kira, erzähl Giselle doch vom Bechdel-Test. Ich geh derweil das Bett frisch beziehen. Ich bin mir sicher, ihr werdet euch blendend unterhalten in meiner Abwesenheit.« Damit ließ sie Kira mit ihrer Mutter zurück und verschwand, Eddy im Schlepptau.

Giselle grinste sie an, und auf einmal kam es Kira vollkommen richtig vor, hier zu sein. Es sah tatsächlich so aus, als ob sie mit der verrückten Künstlerin in vielem auf einer Wellenlänge war.



Vanessa erlebte die Zeit bei ihrer Mutter wie in einer anderen Welt. Die Tage vergingen wie im Flug, und gleichzeitig schienen sie sich zeitlos auszudehnen, so dass es ihr manchmal schien, als würden sie für immer so weiterleben. Vanessa hätte nichts dagegen gehabt. Von Kiras Nähe bekam sie sowieso nie genug.

Sie liebten sich, so oft es ging, manchmal fast schon mit übermäßiger Leidenschaft, die davon sprach, dass sie schon bald auseinandergehen würden. Kira schien sich nach ihrem ersten Schock über den Zustand des Hauses und Giselles Spinnereien sehr gut mit ihrer Mutter zu verstehen. Und mit dem Rest hatte sie sich arrangiert. Fast schon wie selbstverständlich half sie Vanessa jetzt dabei, immer wieder Dinge des täglichen Gebrauchs aus dem Chaos auszugraben, ohne sich abfällig über den Wust an Gesammeltem zu äußern.

Sie blieben fast die ganze Zeit auf dem Gelände rund ums Haus. Der November lud nicht dazu ein, sich lange draußen aufzuhalten, sondern zeigte sich von seiner scheußlichsten Seite. Es war stürmisch und kalt. Immer wieder kamen auch Schneeflocken herunter, ohne liegenzubleiben. Aber Vanessa wollte auch gar nicht groß weggehen und an die herbe Realität erinnert werden, und Kira schien es genauso zu gehen. Als Vanessa einmal vorgeschlagen hatte, für einen Tag nach München zu fahren, zum Shoppen oder um Ausstellungen zu besuchen, hatte Kira sie ganz entsetzt angesehen und dann abgelehnt. Nicht, dass sie selbst das gewollt hätte. Sie hatte den Vorschlag nur gemacht, um Kira etwas zu bieten.

Genauso hatte Vanessa keine Lust, alte Freundinnen aus der Schulzeit zu treffen, wie sie es normalerweise tat, wenn sie für ein paar Tage bei ihrer Mutter war. Sie wollte keine Stunde, keine Minute ohne Kira verbringen. Hinterher würde sie mehr als genug Zeit haben, all die unnützen Dinge zu tun, mit denen ihr Leben sonst angefüllt war. In der Zeit nach Kira. Sie wusste noch nicht, wie sie das ertragen sollte. Sie wusste nur, dass sie es irgendwie schaffen musste. Aber darüber wollte sie nicht jetzt schon nachdenken. Sie wollte im Heute leben. Zumindest die Tage, die ihnen noch blieben.

Es war früher Morgen, als Vanessa den Weckruf ihres Smartphones ausschaltete. Eddy schlief auf ihrem improvisierten Lager neben ihrem Bett und schnarchte vor sich hin. Kira schnarchte nicht, aber auch sie schlief tief und fest. Schon gestern Nachmittag hatte sie über Kopfschmerzen geklagt und sich dann am Abend mit einer Dröhnung Tabletten frühzeitig ins Bett gelegt. Vanessa vermutete, dass das Föhnwetter schuld war – sie hoffte, nichts Schlimmeres. Aber natürlich konnte man das nicht wissen. Zum ersten Mal hatte sie ganz direkt mitbekommen, wie hilflos man sich in dieser Situation fühlte. Wie hilflos sich auch Kira fühlte. Sie konnte jetzt besser verstehen, warum ihre Kurzzeitgeliebte solche Panik davor hatte, eine Beziehung einzugehen. Es war wirklich nicht einfach, sie so zu sehen und nichts tun zu können, nicht einmal zu wissen, ob die Schmerzen irgendwann vorbeigehen würden.

Trotzdem, dachte Vanessa. Mit Sicherheit gab es tausende Frauen, die nur zu gern diese Last mit Kira teilen würden. Wenn sie selbst nur in einer anderen Lage wäre, ein anderes Leben führen würde – sie wäre sofort bereit dazu.

Seufzend hob Vanessa die Bettdecke und arbeitete sich vorsichtig aus dem Bett, um Kira nicht zu stören. Sie musste nach München für einige Interviews zu ihrem letzten Film, der jetzt in die deutschen Kinos kommen sollte. Nathalie hatte vorgestern angerufen und ihr das aufs Auge gedrückt. Wenn sie schon in Deutschland war, musste sie auch promoten. Aus Gründen der Diplomatie und weil sie selbst einsah, dass das sinnvoll war, hatte Vanessa zähneknirschend zugesagt. Nathalie hatte noch einen weiteren Termin eingefädelt, der ausgerechnet auf ihrem letzten gemeinsamen Tag lag. Aber da würde sie Kira mitnehmen. Heute ging das nicht, allein schon wegen Kiras Kopfschmerzen, aber es wäre auch nicht klug. Vanessa wollte so unauffällig wie möglich in München auftauchen und genauso wieder von der Bildfläche verschwinden. Ihre Mutter hatte ihr einen standesgemäßen Leihwagen organisiert. Obwohl es sicher lustig gewesen wäre, mit Kiras altem Golf oder dem verbeulten Fiat ihrer Mutter vor dem ›Vier Jahreszeiten‹ vorzufahren – aber Vanessa musste vermeiden, dass jemand die Nummernschilder zurückverfolgte.

Mit einem letzten sehnsüchtigen Blick auf Kira wandte sie sich zum Bad. Kira hatte selbst im Schlaf eine tiefe Falte auf der Stirn und sah angespannt aus. Die Migräne schien noch nicht vorbei zu sein. Sie würde ihrer Mutter einen Hinweis geben müssen und sie bitten, ein Auge auf Kira zu haben. Es widerstrebte ihr, sie so zurückzulassen, aber es ging wohl nicht anders.



Während sie sich die Zähne putzte, wunderte sie sich fast ein wenig über diese Regung. Noch nie zuvor hatte sie den Wunsch verspürt, sich um eine Kranke zu kümmern. Aber sie war auch noch nie so stark emotional verwickelt gewesen, bei keiner ihrer bisherigen Affären. Kira hatte ihr Herz im Sturm erobert, wie es noch niemandem vorher gelungen war. Unbeabsichtigt, ohne es zu wollen. Und sie hatte auch nicht die Absicht, es zu behalten, nicht einmal dann, wenn Vanessa es ihr auf einem Silbertablett präsentiert hätte. Was sie aber nicht konnte, nicht durfte, ihrer Karriere wegen.

Sie spuckte die Zahnpasta aus und sah ihrem Spiegelbild ein paar Sekunden lang kritisch in die Augen. Ihre Karriere fühlte sich in letzter Zeit immer öfter wie ein Klotz am Bein an. Wollte sie, dass das so weiterging? Wie viel war diese Karriere dann überhaupt wert?

Doch sie schob die frustrierenden Fragen beiseite und versuchte sich darauf zu konzentrieren, sich öffentlichkeitswirksam zu stylen. Sie hatte wieder das rote Kleid gewählt, das ihr bereits in Altbürg gute Dienste erwiesen hatte und in dem sie bisher noch in keiner größeren Publikation zu sehen gewesen war. Denn Gott verhüte, dass Vanessa Harris zweimal im gleichen Kleid abgelichtet wurde! Nathalie bekäme einen Anfall. Und die Klatschpresse würde hämisch darüber herfallen.

Als sie die Treppe herunterkam, sah ihre Mutter, die immer früh aufstand, von ihrem vollgeramschten Arbeitstisch auf. »Ha«, schnaubte sie amüsiert. »Wie siehst du denn aus? Die letzten Tage hast du mir besser gefallen.«

Andere Mütter wären wahrscheinlich vor Entzücken ausgerastet, wenn sie ihre Tochter so gestylt in einem Gaultier-Kleid zu Gesicht bekommen hätten. Nicht Giselle. Für sie zeigte das nur, in was für einer abartigen Welt Vanessa lebte: einer Welt, in der man sich auf keinen Fall mal ungeschminkt in einem lässigen, alten T-Shirt an einem *bad hair day* zeigen durfte, ohne mit einem Shitstorm rechnen zu müssen. Insgeheim musste Vanessa zugeben, dass ihre Mutter mit diesem Urteil nicht ganz unrecht hatte. Trotzdem nervte es sie heute Morgen kolossal.

»Verkneif es dir, Mom«, grollte sie, während sie die altersschwache Kaffeemaschine für ihren Einsatz startklar machte. Ohne Kaffee konnte sie auf keinen Fall losfahren. Und in diesem Outfit kam es nicht in Frage, irgendwo anzuhalten und sich einen zu holen. Sie würde nicht nur auffallen wie ein bunter Hund, sondern auch sofort erkannt werden.



Ehe sie sich zusammengerissen und sich zur Selbstmotivation ihr Schauspielerlächeln aufs Gesicht gezaubert hatte, sprang Giselle schon mit beiden Füßen in den nächsten Fettnapf: »Wo hast du denn deine bessere Hälfte gelassen?«

»Sie ist nicht meine bessere Hälfte. Das hab ich dir doch schon erklärt.« Vanessas Laune sank von Minute zu Minute mehr.

Doch ihre Mutter ließ nicht locker. »Was sehr schade ist. Sie tut dir gut«, setzte sie zielgerichtet nach und traf voll ins Schwarze.

»Mom«, mahnte Vanessa, jetzt schon mehr als nur ein wenig genervt. Das ging alles zu sehr in die Richtung, die ihre eigenen Gedanken auch viel zu oft einschlugen. Was gar nicht gut war, weil es nirgendwohin führte.

»Ich mein ja nur. Ist ihr Kopfweh besser geworden? Dieser Scheiß-Föhn hat mich früher auch oft umgehauen. Inzwischen bin ich ein zähes altes Weib geworden und immun.«

Vanessa stöhnte innerlich auf. Giselle schaffte es heute Morgen wirklich, nichts auszulassen. Schon wären sie beim schlimmsten der Punkte, die Vanessa am liebsten ganz weit von sich schob, der aber gerade heute nicht zu ignorieren war. Blieb nur noch die Frage, wie viel sie ihrer Mutter preisgeben sollte.

Sie entschied sich für eine Herangehensweise in kleinen Informationshäppchen und antwortete deshalb nur: »Es wäre nett, wenn du später mal nach ihr schauen könntest.«

Giselle ließ von ihrer Skizze ab, die sie nebenher gezeichnet hatte, und beäugte ihre Tochter nachdenklich. »Kann ich machen. Aber sie wird ja wohl irgendwann runterkommen, oder?« In der Frage klang mehr mit, hatte Vanessa das Gefühl. Eine Vermutung vielleicht. Aber möglicherweise bildete sie sich das auch nur ein.

Sie seufzte tief. »Ich weiß es nicht.« Es führte wohl kein Weg daran vorbei, ihrer Mutter genauer zu erklären, was es mit Kiras Kopfschmerzen auf sich hatte. Auch auf die Gefahr hin, dass Kira das nicht so toll fand.



»Kira hat einen Gehirntumor«, offenbarte sie die Fakten und registrierte, dass Giselle nicht so entsetzt aussah, wie sie erwartet hatte. Offenbar hatte sie also tatsächlich etwas geahnt. Sie fuhr fort: »Es kann gut sein, dass die Kopfschmerzen nichts mit dem Föhn zu tun haben. Mir wäre wohler, wenn ich wüsste, dass du sie im Blick hast. Für den Fall der Fälle.«

Ihre Mutter sah sie forschend an. Bestimmt war auf ihrem Gesicht abzulesen, wie ganz und gar unerträglich sie Kiras Gesundheitszustand fand.

»Ist das der Grund, warum du nicht mit ihr zusammen bist?«, fragte Giselle schließlich, nachdem sie sie eine ganze Weile schweigend gemustert hatte. »Weil du die Verantwortung für einen Menschen nicht tragen willst, der krank ist?«

Empört fuhr Vanessa auf: »Wie kannst du das von mir denken?« Dass ihre eigene Mutter sie so einschätzte, das tat wirklich weh.

Jetzt war es Giselle, die einen tiefen Seufzer ausstieß. »Ich weiß manchmal nicht, was ich von dir denken soll, wenn ich ehrlich bin«, erklärte sie. »Das Leben, das du führst, ist mir ein Rätsel.

Ich hätte nicht gedacht, dass ich dich zu so einem oberflächlichen Menschen erzogen habe. Aber es scheint so zu sein.« Der Ausdruck in ihren Augen war nicht tadelnd oder vorwurfsvoll, sondern traurig. Das war auch der einzige Grund, warum Vanessa ihr nicht sofort in die Parade fuhr, sondern sie weiterreden ließ – auch wenn sie nicht sicher war, ob sie das alles wirklich hören wollte. Aber offensichtlich trug Giselle das schon eine ganze Weile mit sich herum.

»Du spielst diese Spiele, die sich deine supererfolgreiche Agentin für die Öffentlichkeit ausdenkt«, schilderte Giselle nun, wie sie Vanessas Leben wahrnahm. »Und drehst Filme, die ich mir nie ansehen würde, wenn du nicht mitspielen würdest. Scheffelst Geld wie Heu und wirkst immer unausgeglichener, je länger das geht. Was soll ich da denken, Nessie? Dass du glücklich bist? Und durch und durch erleuchtet wie Jesus oder Buddha? Dass du Menschen nicht benutzt, so wie es dein Vater dir immer vorgelebt hat?«

Das war keine besonders schmeichelhafte Zusammenfassung. Und die rhetorischen Fragen, die sie am Schluss abfeuerte, schlugen ein wie Bomben. Vor allem die letzte.



»Das ist ungerecht, mich mit Brian zu vergleichen«, stieß Vanessa hervor. Sie war nicht wie ihr Vater, hatte es nie sein wollen. Konnte ihre Mutter wirklich glauben, sie könnte so selbstsüchtig sein? Wenn sie davon ausging, dass sie Kira wegen ihrer Erkrankung nicht wollte, dann offensichtlich schon. Aber warum servierte sie ihr das alles erst jetzt? Warum hatte sie früher nie eine Andeutung gemacht? Sie war doch sonst niemand, der mit seiner Meinung hinter dem Berg hielt. Der letzte Gedanke ließ sie zurückfeuern: »Außerdem hast du das noch nie zu mir gesagt, dass du nicht gut findest, wie ich lebe.« Sie war wirklich verletzt. Obwohl oder vielleicht auch gerade weil ihr die Dinge, die Giselle angesprochen hatte, selbst schon seit einiger Zeit im Magen lagen. Die Stiche waren nur deshalb so schmerzhaft, weil die Wunden schon vorhanden waren.

Giselle lächelte sie an, das erste Mal an diesem Morgen. »Weil es mir eigentlich nicht zusteht. Du hast dich so entschieden, und das muss ich als deine Mutter akzeptieren«, erklärte sie, typisch Giselle. Im nächsten Moment verflog das Lächeln, und sie fuhr ernst fort: »Aber jetzt, da ich dich mit Kira erlebt habe, ist mir erst so richtig aufgefallen, wie sehr du dich von der Person entfernt hast, als die ich meine Tochter immer gesehen habe.«

Vanessa konnte sie sekundenlang nur anstarren. Das war starker Tobak. Der härteste Schlag von allen, die ihre Mutter bisher ausgeteilt hatte. Sie konnte es ertragen, für ihren Lebensstil kritisiert zu werden. Auch mit ihrem Vater verglichen zu werden, war noch einigermaßen erträglich. Aber nicht mal ansatzweise die Tochter zu sein, die sich Giselle gewünscht hätte, kein Mensch zu sein, den ihre Mutter schätzte – das war mehr, als Vanessa verkraften konnte. Giselle war der toleranteste Mensch, den sie kannte, ihre Maßstäbe lagen nicht so wahnsinnig hoch. Um diese Standards nicht zu erfüllen, dazu musste man eigentlich schon ein richtiger Arsch sein. Vanessa war fassungslos. Selbst eine schallende Ohrfeige von ihrer Mutter, die sie nie in ihrem Leben geschlagen hatte, wäre nicht so schockierend gewesen wie das hier. Und Vanessa reagierte, wie es wohl auch ihr Vater getan hätte: mit Wut und Abwehr.

»Dann scheint dein Bild falsch gewesen zu sein«, konterte sie kühl und herablassend. »So einfach ist das. Ich bin nun mal inzwischen Vanessa Harris, die Hollywoodschauspielerin.«



»Ha! Was für ein Schmarrn«, rief Giselle aus. So schnell ließ sie sich offenbar nicht täuschen. Sie kannte ihre Tochter eben doch zu gut – trotz ihrer gegenteiligen Behauptung. Mit aufgeregter Stimme erklärte sie: »Das hab ich doch die letzten Tage gesehen. So glücklich warst du schon lange nicht mehr. Ich finde, du solltest den Hollywood-Scheiß an den Nagel hängen und mir zusammen mit Kira ein paar Enkelkinder machen.« Bei diesem lapidaren Credo verschränkte sie die Arme vor der Brust und sah Vanessa herausfordernd an.

Die musste jetzt wider Willen doch lachen. Auch das war typisch Giselle: das abwegigste und absurdeste Szenario, das es überhaupt gab, zu entwerfen und damit die Situation komplett zu entschärfen. In versöhnlichem Ton sagte sie: »Selbst wenn ich das wollte, Kira will es nicht. Und überhaupt geht das nicht. Jetzt muss ich gehen.« Mit einem merkwürdigen Gefühl, irgendwie amüsiert und gleichzeitig tieftraurig, wandte sie sich ab und füllte Kaffee in ihren Thermobecher, bevor sie nach ihrer Tasche griff.

»Wie du meinst«, erwiderte Giselle. »Viel Spaß beim Pflegen deines Ruhms. Ich bin mir sicher, du hast einen wundervollen Tag in München.«

Natürlich konnte sie es sich nicht verkneifen, noch eine kleine Stichelei nachzuschieben. Aber das war vollkommen harmlos gegen all das, was vorher gesagt worden war. Vanessa ignorierte die letzte Bemerkung und küsste ihre Mutter zum Abschied auf die Wange.

»Ich kümmere mich um Kira«, rief Giselle ihr nach, als sie schon zur Tür hinausging. Eine kleine Geste der Wiedergutmachung. Immerhin.

»Du kannst auch einen Penis machen, wenn du willst.«

Kira war dabei, nach Anweisungen von Giselle zu töpfern. Brüste und andere Geschlechtsorgane waren die Vorgabe – das war schon mal bizarr. Sie hatte sich zuerst an einer Brust versucht. War ja nicht so schwer. Vor ihr lag eine schön gerundete Halbkugel mit einer kleinen, spitzen Erhebung. Ganz gut gelungen.



Kira fand Giselle inzwischen extrem sympathisch, trotz ihrer skurrilen Anwandlungen. Ihren Vorschlag zu töpfern hatte sie zunächst gutmütig hingenommen. Jetzt fragte sie sich, ob das so eine gute Idee gewesen war. Sie zog die Nase kraus. Wenn sie gewusst hätte, dass Giselle von ihr verlangen würde, à la Louise Bourgeois Pimmel zu formen, hätte sie mit Sicherheit nicht mitgemacht.

Da fasste sich Giselle an die Stirn. »Wo hab ich nur meinen Kopf? Das ist ja vermutlich nicht so dein Ding. Obwohl ihr Lesben ja heutzutage alle Dildos benutzt. Mach also einfach einen Dildo. Denk dabei an Vanessa.«

Kira verschluckte sich vor Schreck und musste husten. Giselle war einfach unmöglich. Vanessa hatte sie ja davor gewarnt, sich aufs Töpfern einzulassen. Sie hatte letztendlich doch vergessen nachzufragen, weshalb. Jetzt wusste sie es. Was waren die anderen Dinge, die sie vermeiden sollte? Aus der Hand lesen war eines davon. Sich skizzieren lassen das andere.

Schon zu spät. Giselle saß mit ihrem Skizzenblock vor ihr, musterte sie aufmerksam und machte immer wieder erste flüchtige Zeichnungen von Details. Kira konnte nicht viel erkennen. Ein

Auge hatte sie über Kopf ausgemacht und etwas, das wie eine Studie ihrer Zöpfchen aussah. Noch nichts weiter Dramatisches. Aber ausziehen würde sie sich auf keinen Fall, so viel stand fest.

Eddy lag neben ihr auf der Bank und ließ ihrerseits Giselle nicht aus den Augen. Sie hatte zwar den Kopf auf die Pfoten gelegt und tat so, als ob sie sich ausruhen würde, aber Kira sah genau, wie sie immer zumindest ein Auge auf Vanessas Mutter gerichtet hatte, selbst wenn das andere geschlossen war. Eine faszinierende Technik, die ihre Mopsdame da anwandte. Eddy hatte Giselle ganz offensichtlich noch immer nicht als hundertprozentig vertrauenswürdig eingestuft. Sie traute ihr alles zu. Ganz unrecht hatte sie damit ja auch nicht, obwohl Giselle lieb und freundlich zu Eddy war. Aber für einen kleinen Hund war sie einfach zu impulsiv und überschäumend.

»Liebst du meine Tochter?«, fragte Giselle ganz nebenbei, während sie hektisch auf ihrem Block herumkritzelte.

*Quod erat demonstrandum.* Eddys Vorurteile gegen sie waren damit bestätigt: Man musste bei ihr wirklich mit allem rechnen. Kira, völlig überrumpelt, brachte im ersten Moment nur ein »Äh ...« heraus. Um Zeit zu gewinnen, beschäftigte sie sich intensiv mit der länglichen Tonwurst, die sie inzwischen hergestellt hatte. Sie fühlte sich ertappt, durchschaut bis ins Innerste. Hier, abseits von Dreharbeiten und Öffentlichkeit, hatte sie jegliche Kontrolle über ihre Gefühle verloren, vielleicht sogar halb absichtlich aufgegeben. Und das Ergebnis war, dass sich alles so anfühlte, als seien sie und Vanessa tatsächlich ein Paar. Manchmal war dieses Gefühl sogar stärker als der Gedanke daran, dass es keine Zukunft gab. Das waren die Momente, in denen sie wirklich glücklich war – dem Tumor und allen düsteren Aussichten zum Trotz.



Die unerträglichen Kopfschmerzen, die gestern Nachmittag unerwartet eingesetzt hatten und jetzt genauso plötzlich wieder verschwunden waren, hatten sie etwas ernüchtert. Auch dass Vanessa heute nach München musste, war eine Art Weckruf, eine unsanfte Erinnerung an die Welt dort draußen. Daran, dass Vanessa immer noch mehr ihrem Publikum gehörte als ihr. Und dass das immer so sein würde. Sie durfte sie gar nicht lieben. Und tat es trotzdem. Aber das konnte sie natürlich nie im Leben Giselle anvertrauen.

»Ja, hab ich mir gedacht«, nahm Giselle ihr eloquentes Schweigen dennoch als Zustimmung.

Während Kiras Gedanken sich überschlugen beim Versuch, darauf eine überzeugende Antwort zu finden – denn womöglich ginge Giselle hin und verkündete diese neue Erkenntnis bei nächster Gelegenheit ihrer Tochter –, skizzierte die Künstlerin in aller Seelenruhe weiter. So als hätte sie nicht gerade eine Bombe platzen lassen.

»Du würdest mit ihrem Hollywood-Leben todunglücklich werden«, meinte sie beiläufig. »Ich kann mir dich nicht als Anhängsel einer Diva vorstellen. Aber das würde Nathalie eh nicht zulassen. Das würde ja womöglich zu Einkommenseinbußen führen, wenn die große Vanessa Harris, sexy Traum aller Heteromänner, sich outen würde ... Ha!«

Der aufgebrachte Ausruf ließ Eddy zusammenzucken. Sie hob mit einem Schnaufer den Kopf.

»Wie kommst du auf die Idee ...?«, versuchte Kira das Ruder herumzuwerfen, aber Giselle ließ sie nicht ausreden.

»Ja, du hast recht, Nathalie muss weg. Aber selbst wenn: Willst du deshalb nicht mit ihr zusammen sein, weil du einen Tumor hast? Ich kann dich beruhigen. Meine Tochter ist nicht so egozentriert, dass sie damit nicht zurechtkommen würde. Nessie ist eigentlich sehr sozial. Wenn sie nicht gerade versucht, Hollywood-Klischees auszuleben.« 

»Woher weißt du ...?«, fuhr Kira entgeistert und empört auf, unterbrach sich aber mitten im Satz. Im Grunde war es ja klar: Vanessa musste geplaudert haben, obwohl sie wusste, dass Kira das nicht wollte. Ein gewisser Groll machte sich in ihr breit. Es war das erste Mal, seit sie miteinander schliefen, dass sie sauer auf Vanessa war. Die konnte was erleben, wenn sie heimkam.

»Ich hab schon so was geahnt«, erklärte Giselle sanft und ging damit das erste Mal wirklich auf Kiras Einwurf ein. »Vanessa hat es heute früh nur bestätigt. Aus Sorge um dich. Du darfst ihr nicht böse sein. Sie hatte kein gutes Gefühl dabei, dich mit mir zurückzulassen, ohne zu wissen, ob deine Kopfschmerzen besser geworden sind.«

Kira konnte sie nur verdattert ansehen. Giselle war wie eine Dampfwalze, die über sie hinwegging und sie nach allen Regeln der Kunst plattmachte – und auf der anderen Seite so sensibel und feinsinnig, dass sie in fast allen Punkten richtig lag. Wie gerade jetzt, als sie gemerkt hatte, dass Kira wütend war. Wenn Kira nicht so konsterniert gewesen wäre, hätte Vanessas Mutter faszinierte Hochachtung in ihr hervorgerufen.

»Gib mal deine Hand«, wechselte Giselle vollkommen unvermittelt schon wieder die Richtung.

Oh nein, jetzt käme das Nächste, was Vanessa strikt verboten hatte. Kira versuchte ihre tonverschmierten Hände zu verstecken. Aber sie zögerte einen Moment zu lange, bevor sie entschied, sich daraufzusetzen und damit ihre Hose zu ruinieren. Schon hatte Giselle ihre rechte Hand ergriffen und zu sich gezogen. Eddy erhob sich mit erstaunlicher Geschmeidigkeit aus ihrer zusammengerollten Position und sah einen Moment lang so aus, als ob sie Giselle beißen wollte, was absurd war, weil Eddy der friedlichste Mops der Welt war.

Davon gänzlich unbeeindruckt rückte die Künstlerin ihre verbogene und dreckige Lesebrille zurecht und beugte sich mit konzentriertem Stirnrunzeln über Kiras Hand. Wenn Kira an die letzte Stunde dachte, schwante ihr Schlimmes.



»Zwei Kinder sehe ich hier«, meldete Giselle schließlich. »Da an der Seite, siehst du? Enkel für die alte Giselle womöglich?« Sie lachte rasselnd auf und ließ augenzwinkernd ihr übliches »Ha!« folgen.

»Wuff«, machte Eddy drohend, die aufgeplustert auf der Eckbank stand, und beugte sich ein wenig nach vorn. Ihrem Hundehirn ging das alles ein Stück zu weit. Wie recht sie doch hatte, dachte Kira. Fast wünschte sie sich, Eddy möge ihre persönlichen Einschränkungen als friedliebender Mops überwinden und zumindest ein bisschen zwicken. Ein ganz klein wenig, nur so, dass Giselle ihre Hand losließ. Da das nicht geschah, wagte sie einzuwenden: »Ich wollte nie ...«

Doch Vanessas Mutter schien es nicht weiter zu interessieren, dass Kira noch nie an Kinder gedacht hatte. Unbeirrt fügte sie hinzu: »Deine Lebenslinie ist lang, sehr lang.« Dabei fuhr sie mit einem Zeigefinger, den ein langer, eingerissener und mit einem Dreckrand versehener Nagel zierte, über ihre Handfläche.

Resigniert ließ Kira ihren linken Arm auf Eddy sinken und begann deren aufgestelltes Nackenfell zu kraulen. Giselle würde sich ohnehin nicht einmal durch einen Mopsbiss davon abhalten lassen, alles zu sagen, was sie loswerden wollte. Kira fühlte sich wie das Stück Ton, das vor ihr auf dem Tisch vor sich hin trocknete. Die Künstlerin würde so lange auf sie einklopfen und sie bearbeiten, bis sie die gewünschte Form angenommen und alles aufgenommen hatte, was Giselle ihr vermitteln wollte.

Im Brustton der Überzeugung schloss diese ihre Analyse ab: »Du wirst ein langes Leben führen. Glaub mir. Am besten mit meiner Tochter.« Sie sah von Kiras Hand auf, drückte diese kurz und ließ sie los. Dabei zwinkerten ihre Augen die ganze Zeit – voll Schalk, aber auch voll Empathie.

Kira lächelte zurückhaltend. Wie gern sie das nur täte. Ein langes Dasein mit Vanessa verbringen. Aber das war ihr wohl nur in einem anderen Leben vergönnt.

»Griaß di, Vanessa. Wiä gäds?« Die rotblonde Frau, die ihnen die Tür des kleinen Garderobenraums geöffnet hatte, strahlte sie an. Amelie Brügge sah noch genauso aus, wie Vanessa sie vor fast einem Jahr in Paris kennengelernt hatte. Ihre schönen langen Locken in dem ungewöhnlichen Farbton waren noch genauso unbändig, ihre Augen blitzten noch mit derselben humorvollen Intelligenz. Und sie war offensichtlich noch genauso frech. 

»Amelie! Schön, dich zu sehen. Du kannst es immer noch nicht lassen, mich mit deinem Bayrisch zu verwirren.«

Sie küssten sich auf die Wange und umarmten sich dann herzlich. Nicht, dass sie sich damals in der kurzen Zeit bei den Dreharbeiten in Paris, wo Amelie eine Homestory über Vanessa gemacht hatte, so tiefgehend hätten anfreunden können. Aber die von der Presse angedichtete Affäre hinterher hatte sie irgendwie zusammengeschweißt. Seither standen sie per Mail in Kontakt und hatten festgestellt, dass sie wirklich das Zeug zu guten Freundinnen hatten.

Jetzt grinste der Lockenschopf sie an. »Macht zu viel Spaß. Schön, dass du hier bist. Ich hoffe, es kommen nicht gleich wieder Gerüchte auf, sobald wir zusammen in der Sendung sind.«

Auch das war nicht ernst gemeint, das wusste Vanessa. Amelie war recht abgebrüht und ging mit der Öffentlichkeit absolut gelassen um, obwohl sie in Deutschland inzwischen einen Starstatus hatte, der ihrem gleichkam. Ihre Sendung ›Leuchtenladen‹

war ein echter Straßenfeger und hatte immer bombastische Einschaltquoten. Amelie hatte es geschafft – und dabei machte sie keinen Hehl aus ihrem Lesbischsein. Die angebliche Affäre mit dem Hollywoodstar hatte ihr fast nur Sympathien eingebracht. Und dann hatte sie kurzerhand ihre Regisseurin geheiratet. Die Presse hatte sich überschlagen. Vanessa Harris war abserviert worden, und das nicht für irgendwen, sondern für eine erfolgreiche Fernsehmacherin, die selbst schon Filmpreise gewonnen und darüber hinaus einen gewissen Ruf in der Branche hatte: als gutaussehende Lesbe und notorische Frauenverführerin. Deren jüngstes Opfer die allseits beliebte und ein bisschen naive Moderatorin Amelie Brügge war. Ein Skandal und ein gefundenes Fressen für die Reporter. Weiter von der Wahrheit entfernt hätten diese Berichte damals allerdings nicht sein können.

»Bewahre«, scherzte Vanessa zurück. »Deine Frau wollte mich schon letztes Mal vierteilen.« In der flapsigen Bemerkung lag durchaus ein Funken echter Bedenken. Denn mit Yve Hagen war nicht gut Kirschen essen. Wenn sie eifersüchtig war, noch viel weniger. Und in Paris war sie dermaßen eifersüchtig auf Vanessa gewesen, dass diese irgendwann ernsthaft befürchtet hatte, von den Blitzen aus Yves dunklen Augen erschlagen zu werden. Gesagt hatte Yve nie etwas, aber das war auch gar nicht nötig gewesen bei diesen finsteren Blicken.



Jetzt, ein Jahr später, war Vanessa nach Köln gekommen, um einen Auftritt in Amelies Sendung hinzulegen. Das hatte ihr Amelie schon vor einiger Zeit vorgeschlagen, und jetzt hatte auch Nathalie aus Promotion-Gründen zugestimmt. Die Presse würde zwar mit Sicherheit wieder verrücktspielen und ihre angebliche Affäre mit Amelie aufwärmen, aber in Nathalies Augen war das wohl besser als gar keine Publicity.

Amelie wandte sich nun auch an Kira, die noch halb hinter Vanessa auf dem Flur stand. »Hallo, ich bin Amelie Brügge.«

Kira hatte ursprünglich gar nicht mitkommen, sondern mit Eddy im Hotel warten wollen. Aber Vanessa hatte sie überredet. Schließlich waren dies ihre letzten vierundzwanzig Stunden zusammen. Morgen würde sie abfliegen und Kira mit dem Auto zurück nach Berlin fahren. Vanessa hatte nicht die Absicht, bis dahin auch nur eine Sekunde auf Kira zu verzichten.

Die trat nun auch in das kleine Garderobenzimmer ein und hielt Amelie die Hand hin. »Kira Rosenborn. Freut mich.« Sie schüttelten sich die Hände zur Begrüßung, und Kira lächelte ihr umwerfendes Lächeln. Amelie erwiderte es und betrachtete sie interessiert.

»Bitte nicht so förmlich«, bat Vanessa. »Ich arbeite in Kalifornien, da gibt's gar keine Nachnamen – zumindest benutzt die niemand, um sich vorzustellen. Das ist echt deutsch.« An Amelie gerichtet, fügte sie erklärend hinzu: »Kira ist die Filmemacherin, die mich nach Deutschland gelockt hat mit ihrem phantastischen Drehbuch.« Das musste an Informationen genügen.

Amelie blinzelte Kira keck zu. »Und jetzt hat sie dich im Gegenzug dazu gebracht, sie nach Köln zu begleiten?«

Vanessa konnte sich denken, was in Amelies Kopf vorging. Obwohl sie noch so jung war, war Amelie eben doch ein alter Fuchs. Eine geborene Journalistin, ausgestattet mit einer guten Spürnase und der nötigen Feinfühligkeit, um ihren Gesprächspartnern ohne viel Aufhebens ihre Geheimnisse zu entlocken. Das hatte sie an Vanessa seinerzeit bereits bewiesen.

»So ähnlich«, antwortete Kira wortkarg. Vanessa bemerkte, dass sie den weiteren Augenkontakt zu Amelie vermied und stattdessen ihr einen unsicheren Blick zuwarf. Sie hatten im Vorfeld nicht darüber gesprochen, wie sie damit umgehen wollten, wenn jemand sie so direkt auf ihr Verhältnis zueinander ansprach – so wie Amelie das gerade getan hatte. Giselle war etwas anderes. Aber die Moderatorin war ein direkter Link zu den Medien. Zwar war sie in Vanessas Augen auch eine Freundin und absolut vertrauenswürdig, aber das konnte Kira nicht wissen.

Verflixt, das hätte sie besser ansprechen sollen. Aber sie hatten generell nicht mehr so viel geredet die letzten Tage. Was gab es auch zu bereden? Sie würden sich trennen. Schon bald. Die meiste Zeit war deshalb mit langen und leidenschaftlichen Zwischenspielen im Bett angefüllt gewesen. Sie hatten beide das Bedürfnis gehabt, so viel wie möglich aus den noch verbleibenden Tagen und Stunden zu machen und dabei möglichst wenig an das zu denken, was danach kam. Sex war die Lösung gewesen. So zeitfüllend, dass ihre Mutter schon die Augen verdreht hatte.

Amelie winkte sie beide nun vollends ins Zimmer und schloss hinter Kira die Tür. »Setzt euch doch.« Die kleine Sitzecke, die zwischen Amelies Garderobentisch mit Spiegel und die Wand gequetscht war, war gerade groß genug für drei Personen.

Während sie sich in einem der drei Sesselchen niederließ, begann Amelie: »Lass uns ein paar Takte über unser Gespräch nachher in der Sendung reden. Nathalie Colder hat ja bereits an mein Team Anweisungen geschickt. Ehrlich gesagt war mir das ein bisschen zu viel des Guten, weil sie mir jede Frage genau vorformuliert in den Mund legen wollte.« Sie zog die Augenbrauen hoch, um Vanessa im nächsten Moment schelmisch zuzublinzeln: »Aber jetzt, da du hier bist, machen wir das wieder wie in Paris, einverstanden?«

Vanessa lachte. Es war klar, dass sich Amelie nicht ans Gängelband legen lassen würde. Sie blinzelte zurück. »Wenn du damit meinst, dass wir einfach über alles Mögliche quasseln und dabei viel Spaß haben werden, bin ich dabei.« Mit Amelie wurde jede Kommunikation irgendwie immer ein bisschen zum Flirt. Harmlos, aber sie konnte verstehen, dass Yve Hagen darauf so empfindlich reagiert hatte. Sie schielte zu Kira hinüber, die aufmerksam und interessiert aussah, aber zum Glück keineswegs beunruhigt wegen ihres vertraulichen Tonfalls mit Amelie.



Wieder an die Moderatorin gewandt, gab sie zu bedenken: »Für Nathalie müssen wir dann allerdings ein, zwei Sätze über meinen neuesten Film wechseln.«

Amelie winkte gelassen ab. »Das kriegen wir ganz nebenbei hin«, meinte sie unbekümmert. Dann huschte ein gewitztes Lächeln über ihr Gesicht. Vanessa war klar, dass sie gerade eine schlaue Idee hatte. Es war genauso offensichtlich, wie wenn Wickie der Wikinger sich mit dem Finger unter der Nase rieb, Vanessas Lieblingscomicfigur aus ihrer Kindheit. Selbst Giselle hatte Wickie gut gefunden, aus dem schlichten Grund, weil Vanessa ihn für ein Mädchen gehalten und sich mit ihm identifiziert hatte. Giselle hatte sich immer gegen eine herkömmliche geschlechterkonforme Erziehung für Vanessa gewehrt. Wobei das ja nicht viel gebracht hatte, dachte Vanessa sarkastisch, bei dem superfemininen Image, das sie heutzutage verkörperte. Keine Grauzonen für Vanessa Harris.

Amelie riss sie aus ihren Gedanken, die ihr nach Hollywood vorausgeeilt waren: »Und wie wäre es, wenn wir im zweiten Teil des Gesprächs – nachdem der Kino-Trailer gelaufen ist, ganz wie

Frau Colder es wünscht – Kira dazubitten?«, fragte sie ganz unschuldig. Ihre Augen blitzten vor Enthusiasmus.

»Was? Wieso mich?«, kam es von Kira wie aus der Pistole geschossen. Im selben Augenblick verkündete Vanessa begeistert: »Gute Idee.«

Amelie ignorierte Vanessa erst einmal, um auf Kiras Bedenken einzugehen. Sie schlug genau den richtigen Ton an, wie Vanessa fand: sehr sachlich, ohne Schnörkel und Firlefanz. »Weil ich mir sicher bin, dass es die Zuschauer brennend interessiert, wie es dazu kommt, dass Vanessa einen deutschen Film dreht«, erklärte sie. »Und da gehört unbedingt die junge Filmemacherin dazu, die das alles möglich gemacht hat.« Dann bezog sie auch Vanessa wieder mit ein. »Denn das ist doch der eigentliche Knaller hier! Ich wundere mich, dass sich noch kein anderes Presseorgan darüber hergemacht hat. ›Leuchtenladen‹ wird wieder ganz vorn dabei sein in der Berichterstattung über unseren Hollywoodstar aus Bayern. Mit exklusiven Informationen zum Film und den Dreharbeiten und, und, und.« Vanessa hatte den Eindruck, dass nicht mehr viel fehlte, und Amelie wäre vor Begeisterung in ihrem Sessel auf und ab gehüpft. Wahrscheinlich malte sie sich schon aus, wie das Thema sich in den sozialen Netzwerken wie ein Lauffeuer verbreiten und ›Leuchtenladen‹ mal wieder zur meistgesehenen Sendung online werden würde. Das war damals bei der Sendung mit ihrer Paris-Homestory auch der Fall gewesen und hatte Amelies Ruhm zementiert. 

»Was sagst du?« Amelie klimperte Kira Zustimmung heischend an. »Ich werde dich auch mit Samthandschuhen behandeln. Ehrenwort.«

Kira sah wenig begeistert aus, setzte aber auch nicht sofort zu heftigem Widerstand an. Vanessa war zuversichtlich, dass sie sich überzeugen lassen würde. »Komm schon, Kiri«, half sie noch ein wenig nach. »Das ist gut für den Film. Denk an den Werbeeffekt. Die Festivals und Filmverleiher werden sich um ›Blutsschwestern‹ reißen nach der Sendung.«

Kira sah sie mit einem merkwürdigen Ausdruck an. Erst nach einigen Sekunden wurde Vanessa klar, dass es nicht wegen ihres Überredungsversuches war, sondern weil ihr der Kosename herausgerutscht war. Sie hatte Kira noch nie ›Kiri‹ genannt. Zumindest nicht laut. In Gedanken schon öfter. Offensichtlich hatte sie ihre Emotionen immer weniger unter Kontrolle, je näher ihr Abschiedstermin rückte.

»Gut. Einverstanden«, sagte Kira schließlich mit einem großen Seufzer, der sich nicht wirklich glücklich anhörte. Und schob sofort einschränkend nach: »Ich habe aber keine *fancy* Klamotten dabei und werde mich auch garantiert nicht in irgendeinen Fummel stecken lassen. Entweder so, wie ich jetzt bin, oder gar nicht.«

Amelie nickte und sagte beschwichtigend: »Cool. Kein Problem für mich.« Dann musterte sie Kira noch einmal ausführlich. »Im Gegenteil. Ich finde, du siehst irgendwie so aus wie der Prototyp einer Künstlerin aus Kreuzberg.«

Vanessa grinste in sich hinein. Wie recht Amelie hatte. Aber bestimmt gab es in ganz Kreuzberg, ach was, in ganz Berlin nicht noch einmal so eine hübsche und phantastisch sexy Künstlerin wie Kira.

Von dieser kam leicht pikiert: »Ich wohne in Reinickendorf. Soll das ein Kompliment oder eine Beleidigung sein?« Dabei grinste sie Amelie frech ins Gesicht. Auch Vanessa musste grinsen. Sie war froh, dass Kira die Überrumpelung mit der Teilnahme an ›Leuchtenladen‹ nicht übelnahm.



»Kompliment natürlich«, ging Amelie im gleichen, scherzhaftleichten Ton darauf ein. »Ich steh auf euch Künstlertypen. Du hast meine Frau noch nicht gesehen. Die sieht aus wie eine androgyne Schriftstellerin aus dem Manhattan der 50er Jahre. Original.«

»Kann ich bestätigen«, klinkte sich Vanessa jetzt auch wieder ein. Einen kleinen Kommentar zu Yve Hagen konnte sie sich einfach nicht verkneifen. »Ganz in schwarz und so. Ich würde jedoch noch hinzufügen: eine Schriftstellerin mit Verbindungen zur Mafia. *Real tough, real dangerous.*« Sie rollte die Augen und tat so, als übertreibe sie maßlos. Aber eigentlich nahm sie Amelies Frau und Regisseurin haargenau so wahr.

Amelie grinste über die Beschreibung. »Das würde ihr gefallen.« An Kira gewandt fügte sie hinzu: »Du kannst dir nachher selbst ein Bild machen, Kira. Ihr werdet sie noch vor der Sendung sehen.«

Genau das hatte Vanessa befürchtet.

Kira schwitzte hinter den Kulissen Blut und Wasser. Wenn Amelie Brügge sie jetzt noch einmal gefragt hätte, die Antwort hätte definitiv ›Nein‹ gelautet. War sie denn wahnsinnig, sich mit Vanessa auf die Couch in ›Leuchtenladen‹ zu setzen, während Millionen Zuschauer live dabei waren? Sie war einfach nicht der Typ für so viel öffentliche Aufmerksamkeit. Noch nie gewesen. Ihre Hände zitterten unkontrollierbar. Das war zwar nichts Neues, aber vor den Fernsehkameras würde das mit Sicherheit nicht so gut kommen. Die Leute konnten ja nicht wissen, dass es ein Nebeneffekt ihrer Erkrankung war.

Immerhin, ein Gutes hatte dieses Intermezzo: Der allumfassende, bedrohliche Gedanke an ihre bevorstehende Trennung von Vanessa trat ein wenig in den Hintergrund. Die letzten Tage waren die Hölle gewesen. Im Grunde hatte sie jeden Moment kurz davor gestanden, in Tränen auszubrechen. Ihre Gefühle für ihre Kurzzeitgeliebte zu unterdrücken oder wenigstens versteckt zu halten, hatte immer weniger funktioniert. Es musste für Vanessa ganz klar sein, was mit ihr los war.

Sie hatte kein Wort dazu gesagt. Aber manchmal war es Kira so vorgekommen, als ob Vanessa womöglich ihre Gefühle ein kleines bisschen erwiderte. So wie ihr Blick hin und wieder auf ihr geruht hatte, wenn ihr nicht bewusst gewesen war, dass Kira es sah ... Aber wahrscheinlich war das nur Wunschdenken. Denn im Großen und Ganzen ließ Vanessa deutlich erkennen, dass sie in Gedanken schon wieder in Hollywood weilte und ihre Karriere vorantrieb. Der Besuch hier war das beste Beispiel. Hätte Vanessa an ihrer letzten gemeinsamen Zeit wirklich etwas gelegen, würden sie diese doch nicht bei einem Fernsehauftritt verbringen. Zugegeben, in Deutschlands beliebtester Kulturshow, bei einer netten Moderatorin – aber trotzdem. Oder steigerte sie sich da in etwas hinein?

Müßige Gedanken. Morgen um diese Zeit wäre das alles Schnee von gestern. Wieder stiegen Kira die Tränen hoch und ließen sich nur mühsam zurückhalten. Aber wie schon die letzten Tage gelang es ihr mit strikter Fokussierung auf das Hier und Jetzt. Sie beobachtete auf dem Kontrollmonitor in der Warteecke vor dem Studio, das eigentlich ein nur leicht umgebauter ehemaliger Laden war, wie Vanessa hemmungslos mit Amelie Brügge schäkerte. Die beiden saßen in der 50er-Jahre-Sofaecke, für die ›Leuchtenladen‹ bekannt war, und quasselten wie alte Freundinnen. Ein Kaffeetisch in Nierenform stand vor dem Sofa, und ein im Bezug exakt passender Sessel vervollständigte das Retro-Wohnzimmerensemble. Die Werkstatt des ehemaligen Lampengeschäfts bildete die Kulisse für die Sendung. Überall standen und lagen als Deko Lampen in verschiedenen Stadien der Funktionstüchtigkeit herum. Ein altes Holzregal stand hinter der Sitzecke an der Wand, vollgestopft mit Glühbirnen und Lampenteilen aller Art und ordentlich beschriftet auf kleinen Zetteln, die mit Reißzwecken an den einzelnen Fächern angebracht waren. ›40 Watt matt‹ und Ähnliches stand darauf – teilweise sogar in Sütterlin. Natürlich konnte Kira das auf dem kleinen Monitor nicht erkennen, doch sie hatte es in früheren Sendungen schon gesehen. Die Ausstattung von ›Leuchtenladen‹ war eines der Dinge, die im Internet endlos debattiert wurden, und hatte schon eine ganz eigene Fangemeinde.

In dieser legendären Ecke saß nun also Vanessa, ganz so, als sei sie jede Woche da und gehöre auch nirgendwo anders hin. Allerdings saß da nicht Nessie vom Starnberger See, sondern der Hollywoodstar Vanessa Harris. Jetzt war sie wieder die Diva. Diese Facette von Vanessa, das wurde Kira in diesem Moment bewusst, konnte sie immer weniger leiden. Je näher sie Vanessa gekommen war und je mehr sie von ihren anderen Seiten entdeckt hatte, desto stärker stieß sie dieses Image ab, das Vanessa hier wieder einmal der Öffentlichkeit präsentierte. Das war nicht die wirkliche Vanessa.



Zumindest hatte sie das bisher so gesehen. Jetzt sagte sie sich, dass sie damit wahrscheinlich vollkommen danebenlag. Vanessa wirkte so sehr in ihrem Element – es war schwer vorstellbar, dass sie nicht genau so sein wollte. Dass dies nicht die Seite von ihr war, die in Wahrheit dominierte.

*Finde dich damit ab, Kira. Was du da siehst, ist die Zukunft. Nur so wirst du Vanessa noch zu Gesicht bekommen. Wenn überhaupt.* Wieder ein Andrang von Tränen, der ihr ganz schwummrig werden ließ.

Der Aufnahmeleiter mit Headset machte ihr ein hektisches Zeichen und riss sie damit aus ihren Gedanken. Rasch fuhr sie sich mit der Hand über die Augen, um jede noch so kleine Spur einer eventuell doch entkommenen Träne zu beseitigen. Auf dem

Monitor flimmerte bereits der Trailer für Vanessa neuestes Hollywoodwerk. Aus dem Augenwinkel nahm Kira gerade noch explodierende Autos und ein Kuss-Szene zwischen Vanessa und ihrem männlichen Co-Star wahr, dann lief sie schon hinter dem Aufnahmeleiter her in die ehemalige Werkstatt, die Millionen Fans der Sendung als Kulisse für die Studiogespräche kannten. Sie selbst gehörte auch dazu und hatte auch durchaus schon davon geträumt, mal einen Platz im Publikum zu ergattern, das auf kleinen Höckerchen leger im Rest der Werkstatt und dem Laden, der ebenfalls noch genauso eingerichtet war wie anno dazumal, verteilt saß. Die Idee, hier eine Fernsehsendung zu machen, hatte sie immer genial gefunden. Die ungewöhnliche Kulisse verlieh der Sendung die passende, skurril-freche Note. Allerdings hätte sie nie gedacht, dass es sie mal ins Rampenlicht, auf die Couch verschlagen würde. Und jetzt wünschte sie sich überall anders hin als auf den Weg in die berühmte Sofaecke.

Vanessa sah ihr entgegen und lächelte ihr aufmunternd zu. Amelie neben ihr war mit ihren Notizkarten beschäftigt und schien sich die nächsten Fragen zurechtzulegen. Auch sie schenkte ihr ein kurzes Lächeln, als der Aufnahmeleiter sie auf ihren Platz dirigierte.



Dann hörte sie eine angenehm tiefe Frauenstimme aus einem Lautsprecher um Aufmerksamkeit bitten, und im nächsten Moment war der Trailer auch schon zu Ende. Hatten sowohl die Kameraleute als auch die Moderatorin die kurze Pause zum Durchatmen genutzt, waren jetzt alle hochkonzentriert. Die Kameras erwachten zum Leben: An der, die auf Amelie zeigte, leuchtete plötzlich ein rotes Lämpchen. Kira wusste, das hieß, dass deren Bild gerade live rausging.

Auf charmante Weise stellte Amelie Kira nun vor und bezog sie sofort in ihr Gespräch mit Vanessa ein. Mir nichts, dir nichts war Kira dabei, frei von der Leber weg von ›Blutsschwestern‹ zu erzählen, und konnte dabei sogar einigermaßen locker bleiben, obwohl sie immer wieder wahrnahm, dass ein rotes Lämpchen direkt auf sie gerichtet war. Amelie gelang es, sie so einzubinden, dass es sich wie eine entspannte Unterhaltung unter Freunden anfühlte und sie fast vergaß, wo sie war. Auch Vanessa bemühte sich sehr, es ihr so leicht wie möglich zu machen, trotz ihrer Divenrolle. Kira hatte ein wenig Bedenken gehabt, dass ihre Affäre sich in ihrer Interaktion niederschlagen, etwas davon spürbar mitschwingen könnte, aber Vanessa war ein echter Profi. Kein Mensch wäre auf die Idee gekommen, dass sie ein Verhältnis hatten. Kira konnte gar nicht anders, als sie zu behandeln wie eine wertgeschätzte und weltberühmte Kollegin, die sich für sie in die Niederungen des deutschen Independent-Films begeben hatte. Und sie gab ihrerseits die Rolle der kleinen, aufstrebenden Filmemacherin mit großen Ambitionen. Wie sie selbst fand, recht überzeugend.

»Vanessa«, richtete Amelie gerade wieder das Wort an die Schauspielerin, »werden wir dich auch wieder in der einen oder anderen Nacktszene bewundern dürfen?« Dabei warf sie Vanessa einen gespielt lüsternen Blick zu, den diese mit einem koketten Lachen quittierte. Das Publikum pfiff und klatschte vor Begeisterung. Genau darauf hatten sie gewartet.

Kira wäre an Vanessas Stelle völlig überrumpelt gewesen und hätte nicht gewusst, was sie auf eine derartige Frechheit hätte antworten sollen, aber Vanessa liebte solche Spiele vor laufender Kamera und einem Millionenpublikum sichtlich. »Amelie, du bist eine verheiratete Frau. Das hat dich gar nicht zu interessieren«, gab sie schlagfertig zurück, begleitet von einem sündhaften Augenaufschlag für Amelie.



»Ach, meine Frau weiß schon, dass ich die weibliche Schönheit rein wegen ihrer Ästhetik sehr zu schätzen weiß.« Amelie zwinkerte Vanessa zu und wandte sich dann an Kira. »Da ich aus der Diva hier nichts rauskriege, frage ich dich noch mal. Wie sexy ist dein Film?«

Kira erstarrte. Amelie hatte ihr doch versprochen, sie nicht zu triezen. Aber diese Frage war wirklich unmöglich. Für einen Moment überkam sie Panik. Ihr Hirn schien wie leergepustet, ihr wollte partout nichts einfallen, schon gar keine witzige Retourkutsche, wie Vanessa sie hingelegt hatte.

Doch es half nichts. Augen zu und durch.

»Sehr sexy.« Kira betonte jedes Wort.

Das Publikum pfiff wieder und lachte, während Amelie gespielt empört aufstöhnte. »Geht's ein bisschen detaillierter? Wir sind hier ganz wild darauf, mehr zu erfahren. Stimmt's, Leute?« Sie heizte das Publikum noch mehr an, und der Lärmpegel stieg.

Endlich gelang es Kira, die Kurve zu kriegen. »Ihr werdet eben alle den Film anschauen müssen, wenn er dann mal fertig ist. Und ich einen Filmverleih finde«, schlug sie erfolgreich den Bogen zu einem anderen Thema.

Danach war sie vom Haken. Der Rest des Gesprächs fühlte sich zwar endlos an, dauerte aber in Wahrheit nur noch wenige Minuten. Wenig später war auch die komplette Sendung vorbei. Bevor Kira überhaupt dazu kam, alle Eindrücke zu verarbeiten, saß sie schon zusammen mit Vanessa im mondänen Wohnzimmer von Yve Hagen, die gleich um die Ecke des ›Leuchtenladens‹ wohnte.

Wie sie vor der Sendung erfahren hatten, waren Amelie Brügge und Yve Hagen zwar verheiratet, hatten aber immer noch zwei Wohnungen – weil Yve in puncto Ordnungswahn noch an sich arbeite, wie es Amelie süffisant formuliert hatte. Die Regisseurin hatte Kira zuerst ein wenig eingeschüchtert. Vanessa hatte kein bisschen übertrieben: Unter dem Blick von Yve Hagens stechenden schwarzen Augen konnte es einem ganz anders werden. Aber sie war sehr interessiert und offen auf Kira zugegangen, und jetzt unterhielten sie sich schon eine ganze Weile angeregt über die deutsche Filmszene und die Unterschiede zwischen Yves dokumentarischer Arbeit und dem fiktionalen Erzählen, wie es Kira mit ihren Spielfilmen tat. Zwischendurch stand Yve immer wieder von dem schicken Ledersofa auf und füllte Getränke nach, ganz die vollendete Gastgeberin. Dass sie dabei Vanessa und Amelie diskret beobachtete, fiel nur auf, wenn man darauf achtete. Kira musste innerlich darüber lächeln. Die Regisseurin hatte überhaupt keinen Grund zur Eifersucht; Amelie hatte nur Augen für sie, das war selbst für eine Außenstehende wie sie selbst unübersehbar.

Nachdem sie ihre anfängliche Befangenheit überwunden hatte, fand Kira die herb-charmante Frau sehr sympathisch und ihre Ausstrahlung faszinierend. Sie konnte sich nur zu gut vorstellen, dass sie vor Amelie die Frauen reihenweise verführt hatte, wie es ihr nachgesagt wurde. Yve hatte definitiv das gewisse Etwas.

Mit Amelie hingegen wurde sie nicht wirklich warm, aber das lag vielleicht an ihrer eigenen Zurückhaltung. Auch wenn es nicht stimmte, dass sie mit Vanessa eine wilde Affäre gehabt hatte, wie es die Boulevardmedien seinerzeit bis zum Überfluss wiedergekäut hatten – ein Quäntchen Unsicherheit blieb, wenn sie Amelie mit Vanessa sah. Neben der Moderatorin fühlte sie sich unzulänglich, ja geradezu minderwertig. Eine Frau wie Amelie Brügge, bestens vertraut mit dem Leben im Scheinwerferlicht, würde viel besser zu Vanessa passen.

Nun, in Zukunft könnte Vanessa dann ja wieder angemessenere Affären eingehen. In ganz naher Zukunft. Im Grunde schon ab morgen.

Bei diesem Gedanken spürte Kira, wie die latenten Kopfschmerzen, die sie seit dem Stress mit ihrem Live-Auftritt in ›Leuchtenladen‹ schon begleiteten, sich zu einem unangenehmen Stechen verstärkten. Sie holte unauffällig eine Tablette aus der Hosentasche, die sie vorsorglich eingesteckt hatte. Irgendwie hatte sie es schon geahnt, dass heute ein potentieller Migränetag sein könnte. Unbeobachtet ließ sie die Tablette in ihrem Mund verschwinden und spülte sie mit einem Schluck Wasser hinunter. Die Tränen, die ihr dabei in die Augen gesprungen waren, rechnete sie der Kohlensäure im Mineralwasser zu.



Kira sah blass aus. Vanessa sah mit Sorge, dass der Stress des heutigen Tages nicht gut für sie gewesen war. Sie hatte genau mitbekommen, wie Kira heimlich eine Tablette genommen hatte. Und auch Yve schien etwas gemerkt zu haben, jedenfalls hatte sie danach immer wieder zwischen ihr und Kira hin und her geschaut, und Vanessa erkannte sogar Mitgefühl in ihrem Blick.

Sobald sich eine günstige Gelegenheit ergab, würde sie zum Aufbruch blasen und Kira zurück zu Eddy ins Hotel bringen. Sie hatte zwar auf eine leidenschaftliche letzte Nacht gehofft, aber wie es aussah, würde daraus nichts werden. Überhaupt war mit Kira bisher immer alles anders gekommen als gedacht oder geplant.

Der heutige Tag war nur das neueste Beispiel: Wer hätte damit gerechnet, dass Kira den harten Brocken Yve Hagen innerhalb einer halben Minute um den Finger wickeln würde? Eine Frau, die ihr selbst ausgesprochen distanziert begegnet war, mit all dem aufgestauten Misstrauen von Paris. Das hatte Vanessa in ihren Augen deutlich gesehen. Aber kaum hatte sich Kira mit ihr unterhalten, hatte Yve schon ganz zahm die Einladung ausgesprochen, den Abend in ihrer Wohnung fortzusetzen. Amelie war genauso verblüfft gewesen wie Vanessa selbst. Aber das war eben

Kiras Wirkung. Vanessa war sich sicher, dass Kira das noch nicht einmal realisierte. Sie würde einfach sagen, das habe sich so ergeben, und sie hätte gar nichts damit zu tun. Diese uneitle Bescheidenheit war es, die Vanessa am meisten an ihr liebte ... neben allem anderen.

Sie würde sie vermissen. Aber ihr war auch klar, dass solch eine integre Person wie Kira nicht in ihre Welt passen würde. Was das allerdings über ihr Leben aussagte, darüber wollte sie lieber nicht nachdenken.

Amelies Stimme durchbrach ihre traurigen Grübeleien: »Wirst du wieder zu mir in die Sendung kommen, wenn Kiras Film Kinostart hat?«

Das war nun ein Themenfeld, das Vanessa überhaupt nicht betreten wollte. »Ich weiß noch gar nicht, wo ich dann sein werde. Ob ich überhaupt in Europa bin«, versuchte sie kurz und knapp die Sachlage zu erklären und gleichzeitig weitere Nachfragen zu unterbinden. Aber sie hätte wissen müssen, dass das bei einer Vollblutjournalistin wie Amelie nur nach hinten losgehen konnte.

»Das wirst du dir doch nicht entgehen lassen?«, hakte diese auch prompt nach.



»Lass gut sein, Amelie.« Yve klopfte ihrer Frau besänftigend auf den Schenkel, zart, aber doch bestimmt. Ihre wachen Augen streiften Vanessa und Kira mit einem wissenden Blick. »Vanessa hat schließlich Verpflichtungen, die ihr von ihrer Agentin zugeteilt werden. Da kann sie doch noch gar nicht planen.«

Einen kurzen Moment war Vanessa unsicher, ob Yves Einwurf nicht doch einen unausgesprochenen Vorwurf oder Angriff gegen sie selbst enthielt, merkte aber gleich darauf, dass das nur ihr altes Misstrauen war. Yve lehnte entspannt im Sofa, den Blick nicht aggressiv auf sie, sondern abwartend auf Amelie gerichtet, ihre Hand locker auf Amelies Oberschenkel. Nicht in einer dumpf besitzergreifenden Geste, vielmehr schien sie ganz selbstverständlich und halb unbewusst den Körperkontakt zu ihrer Frau zu suchen. Weder diese zärtliche Geste noch das sensible Eingreifen in den Gesprächsverlauf hätte Vanessa von ihr erwartet. Yve erstaunte sie heute Abend wirklich.

»Okay, ich hör auf.« Amelie grinste zuerst Yve an, dann ihre Besucherinnen. »Aber falls du da sein solltest«, fügte sie an Vanessa gerichtet dann doch noch hinzu, »kommst du. Einverstanden? Und du natürlich auch, Kira.«

Amelie konnte ja nicht ahnen, was sie da sagte. Bisher waren Vanessa und Kira stillschweigend davon ausgegangen, sich nach dem morgigen Abschied nicht mehr wiederzusehen. Zumindest nicht so bald. Und Vanessa war immer klarer geworden, dass es für sie auch kaum anders ginge. Sie müsste sich Kira geradezu wegamputieren. Es fühlte sich wirklich so an, als würde sie morgen einen Teil von sich selbst verlieren.

»Mal sehen«, gab Kira Amelie vage zur Antwort, während Vanessa drauf und dran war, sich in ihrer Traurigkeit zu verlieren. Aus dem Augenwinkel nahm sie wahr, wie Amelie noch einmal nachsetzen wollte, Yve sie aber zurückhielt und Amelie schließlich nickte. Sie musste eingesehen haben, dass es gute Gründe gab, nicht weiterzubohren.



Auf Kiras Stirn war wieder diese tiefe Falte erschienen, die Vanessa inzwischen schon eindeutig ihren Migräneattacken zuschreiben konnte. Und schlagartig wurde ihr bewusst: Selbst wenn sie in Deutschland bliebe, gäbe es keine Zukunft für sie beide. Kira wollte es wegen ihrer Erkrankung nicht, und das musste sie respektieren. Und ganz realistisch betrachtet – wie lange konnte jemand mit einer solchen Diagnose leben? Fünf Jahre? Zehn? Sie hatte schlicht und einfach keine Ahnung. Im Grunde spielte es auch keine Rolle. Alles war geklärt.

Dennoch war sie heute Abend noch für Kiras Wohlergehen verantwortlich. Das hieße: zügig ins Bett und noch mehr Tabletten. Geschickt leitete Vanessa den Abschied von Yve und Amelie ein und hatte Kira innerhalb einer Viertelstunde in einem Taxi sitzen, das das Hyatt ansteuerte.

Der Direktor leitete sie persönlich über einen unauffälligen Hintereingang hinein und zu ihrer Suite. Kira sah inzwischen aus wie ein Häufchen Elend. Eddy begrüßte sie enthusiastisch und, wie es Vanessa zum wiederholten Mal schien, fast ein wenig besorgt. Die Mopsdame war zwischendurch von einem Hotelangestellten Gassi geführt und gefüttert worden. Immerhin ein Vorteil von Vanessas Starstatus und des locker sitzenden Geldes, dass sie hier so pompös mit Kira residieren konnte, Sonderwünsche inklusive. Und da die Suite zwei getrennte Schlafzimmer hatte, konnte niemand dumme Fragen stellen: So war es einfach am praktischsten für die Zusammenarbeit zwischen der Hollywoodschauspielerin und der Filmemacherin. Nichts weiter dabei. Kein Anlass, einen Skandal zu wittern. Zumal Kira auch gar nicht ihrem üblichen Beuteschema entsprach. Nicht einmal Nathalie mit ihren vielfältigen Spionagekanälen hatte bisher Verdacht geschöpft, so gut war es Vanessa gelungen, alles unter dem Deckel zu halten.

Jetzt forderte sie Kira pragmatisch auf: »Leg dich ins Bett. Ich hol dir noch eine Tablette und ein Wasser. Dann helfe ich dir beim Ausziehen.« Sie nahm Eddy auf den Arm, die offenbar von ihr jetzt eine Ganzkörperstreicheleinheit wollte, aber hinter Kira natürlich zurückstehen musste.

»Ich schaff das schon allein«, blaffte Kira auf dem Weg in das eine der beiden Schlafzimmer, in dem sie ihre Taschen abgestellt hatten, bevor sie zum ›Leuchtenladen‹ aufgebrochen waren. »Woher weißt du eigentlich, dass ich Kopfschmerzen habe?« Die Frage kam in einem versöhnlicheren Ton, aber Vanessa hörte trotzdem eine Spur Misstrauen heraus.



Sie atmete einmal tief durch. Erst dann antwortete sie Kiras gerade durch die Tür verschwindendem Rücken: »Für wie bescheuert und ichbezogen hältst du mich eigentlich? Das erkenne ich auf 500 Meter Entfernung, dass es dir nicht gutgeht.« Sie schluckte kräftig und folgte Kira dann, Eddy immer noch auf dem Arm. Die war ganz zufrieden, getragen zu werden, und versuchte immer wieder, ihr ein Küsschen auf die Wange zu verpassen. Vanessa schob den Mops etwas nach unten auf ihre Hüfte, um sich vor den überschwänglichen, wenn auch ziemlich nassen Zuneigungsbekundungen zu retten, und seufzte tief. Sie würde auch Eddy schrecklich vermissen.

Kira drehte sich jetzt doch zu ihr um und sah sie erstaunt an. »Bin ich so durchschaubar?«

Vanessa nickte. »Für mich inzwischen schon. Ob Yve und Amelie was bemerkt haben, weiß ich nicht.« Das Letzte war geflunkert, aber sie war sich sicher, dass alles andere Kira peinlich wäre. Sie setzte Eddy aufs Bett. Als Kira sich neben ihren Mops gelegt hatte, ging Vanessa ins Bad und holte aus Kiras Sachen die Migränetabletten, um dann eine kleine, teuer aussehende Flasche italienischen Mineralwassers aus der Minibar zu nehmen und Kira alles zu bringen.

Kira gab ein ganz leichtes Stöhnen von sich, als Vanessa den Raum wieder betrat. Sie lag mit einem Arm über dem Gesicht und noch immer vollständig angezogen auf dem Bett. Es brach Vanessa fast das Herz, sie schon wieder so zu sehen – und zu wissen, dass sie selbst mit Sicherheit ein Stück weit daran schuld war. Sie hätte Kira nicht überreden sollen, in ›Leuchtenladen‹ aufzutreten. Inzwischen wusste sie doch, dass Kira auf Stress oft mit Kopfschmerzen reagierte, dass das Gift für sie war.

»Komm«, sagte sie sanft, »setz dich noch mal auf und nimm noch eine Tablette.«

Zuerst kam keine Reaktion von Kira. Erst als sich Vanessa auf die Bettkante setzte, nahm sie den Arm vom Gesicht, öffnete die Augen und sah Vanessa mit einem beinahe anklagenden Ausdruck an. »Warum machst du das?«, fragte sie.

»Was denn?«, fragte Vanessa zurück, einigermaßen verständnislos.

»Hier die Fürsorgliche raushängen lassen.« Das klang unver-

hüllt vorwurfsvoll.

Vanessa ignorierte die unterschwellige Botschaft. »Ich kann es nicht ertragen, dich leiden zu sehen«, erklärte sie ruhig und hielt ihr die Tablette hin.

Kira rappelte sich auf, schluckte die Tablette wie ein Profi ohne Wasser hinunter und spülte erst dann nach. Nachdem Vanessa ihr die Flasche abgenommen hatte, ließ sie sich sofort wieder zurücksinken. Die Augen bereits geschlossen, sagte sie übellaunig: »Na, dann kannst du ja auch ins andere Schlafzimmer umziehen. Da musst du mich nicht sehen.«

»Willst du mich absichtlich missverstehen? Du weißt, wie ich das gemeint habe.« Vanessas Tonfall duldete keine Widerrede. »Komm noch mal hoch, ich helfe dir deinen Pyjama anzuziehen.«

»Lass mich doch in Ruhe.« Kira rollte sich auf die Seite, weg von Vanessa. »Ich schaff das alles allein«, maulte sie ins Kissen. »Ich hab das bisher immer allein geschafft. Ab morgen muss ich es eh wieder allein machen. Wieso also jetzt damit anfangen, *Nessie?*« Sie stieß den Kosenamen aus wie etwas Ekliges.

Kiras Ton, ihre ganze aggressive Haltung ließ Vanessa kurz den Atem stocken. Dann mahnte sie sich zur Ruhe. Kira hatte schlimme Schmerzen und war nicht in bester Verfassung, da kam manches vielleicht etwas rüde raus. Aus der leidenschaftlichen Nacht, die sie sich als ihren großen Abschied vorgestellt hatte, würde allerdings jetzt wohl nichts mehr werden. Doch sie hatte auch nicht vor, mit Kira zu streiten.

»Halt die Klappe. Hoch mit dir.« Sie strich Kira liebevoll über den Rücken und zupfte an ihrem Pulli.

»Ich kann nicht«, quengelte Kira unleidig.

Vanessa insistierte: »Komm, ich helf dir. Zusammen schaffen wir es.« Kira kam ihr gerade wie ein kleines krankes Kind vor.

Mühselig und mit schmerzverzerrtem Gesicht hievte sich Kira erneut in eine halb sitzende Position. Vanessa zog ihr den Pulli aus und das Tanktop, das sie darunter hatte. Einen BH hatte Kira noch nie getragen, seit sie sie kannte, aber das musste sie mit ihren wohlproportionierten kleinen Brüsten auch gar nicht. Vanessa zwang ihre Augen von dem verlockenden Anblick weg und half Kira in ihr Pyjamaoberteil. Es war dasselbe rot-blau gestreifte, das sie vor ein paar Wochen in der nächtlichen Gesindeküche bewundert hatte – bei ihrer ersten romantischen Begegnung. Ganz so, als schließe sich ein Kreis.



Kira von ihrer Hose zu befreien, war etwas schwieriger, aber auch das gelang ihr schließlich. Erneut musste sie sich mit aller Willenskraft verbieten, ihre Blicke an Kiras Nacktheit verweilen zu lassen. Fast war es ihr peinlich, wie stark sie auf Kira reagierte. Wie wenig sie ihre Libido selbst bei einer von der Migräne schachmatt gesetzten Kira unter Kontrolle hatte, wie sehr sie sie selbst in diesem Zustand begehrte. Obwohl sie doch gleichzeitig mit ihr mitlitt. Eine absurde, verwirrende Gefühlslage.

Vanessa zog sich selbst aus, ohne ihre Kleider wie sonst ordentlich zu verstauen. Sie schrubbte sich im Bad schnell die Make-up-Reste aus dem Gesicht, löschte alle Lichter in der Suite und legte sich in Slip und T-Shirt neben Kira. Sie wollte keine Minute der restlichen Zeit ohne sie sein. Selbst jetzt, da Kira kaum noch ansprechbar war und in ihrem Schmerz auch überhaupt nicht anschmiegsam.

»Schlaf dich gesund«, flüsterte sie ins Dunkel und kuschelte sich vorsichtig an Kiras Rücken.

»Wenn das ginge, wäre es ein medizinisches Wunder«, kam es unfreundlich zurück. Aber immerhin schob Kira sie nicht weg und entfernte sich auch nicht von ihr.

Vanessa seufzte und schloss die Augen. Was für eine letzte Nacht.

Kira hatte die ganze Nacht heimlich geweint. Sie hatte kein Auge zugetan, geplagt von der Migräne und dem überwältigenden Abschiedsschmerz. Mehr als einmal war sie sicher gewesen, dass sie es nicht aushalten würde, Vanessa jetzt gehen zu lassen. Ihre Liebe nicht leben zu können. Mehr als einmal hatte sie ihr verzweifeltes Schluchzen nicht unterdrücken können, während Vanessa neben ihr selig geschlafen hatte, und war jedes Mal vor Schreck erstarrt. Unter keinen Umständen wollte sie riskieren, dass Vanessa etwas von ihrer Seelenpein mitbekam.

Für Vanessa war offenbar alles ganz einfach und sonnenklar. Das zeigte Kira nur ein weiteres Mal, dass sie allein dastand mit ihren ausufernden Gefühlen. Nicht, dass sie unbedingt etwas hätte ändern wollen an der Tatsache, dass Vanessa in ihr bisheriges Leben zurückkehrte und sie in ihres. Es gab einfach keine andere Möglichkeit, keine Zukunft für sie beide. Aber zu sehen, dass Vanessa nicht das kleinste bisschen unter dieser Situation litt, machte ihren eigenen Schmerz nur noch schlimmer.



Deshalb jetzt am Morgen das von ihren Tränen feuchte Kopfkissen, deshalb die verquollenen Augen und die aufgesprungenen Lippen. Und der besorgte Blick in Eddys kugelrunden Mopsaugen.

Vanessa war bereits im Bad. Kira selbst wusste noch nicht, wie sie es schaffen sollte, sich aus dem Bett zu quälen. Geschweige denn heute nach Berlin zu fahren. Mit Migräne Auto zu fahren war nie empfehlenswert und nach einer durchheulten Nacht, mit fast noch übleren Kopfschmerzen als gestern Abend, eigentlich ganz unmöglich. Sie würde wohl hier in Köln in eine kleine Pension umziehen müssen und noch einen Tag ausharren, bis es ihr besserginge. Vielleicht könnte Lukas etwas für sie arrangieren. Sie konnte sich nicht vorstellen, wie sie das sonst hinbekommen sollte in ihrem Zustand. Auch wenn er sich dann garantiert fürchterliche Sorgen machen würde.

Was für ein beschissenes Ende ihrer Affäre. Wieder stiegen die Tränen auf und ließen sich auch nicht unterdrücken. Und natürlich musste Vanessa ausgerechnet diesen Moment wählen, um aus dem Badezimmer zu kommen.

»*Oh my God,* Kira. Was ist denn los? Geht es dir schlechter?« Vanessa kam zu ihr ans Bett gehetzt, in die göttliche Duftwolke ihrer exquisiten Kosmetika gehüllt. Sie war bereits wieder in ihr Vintage-Jeans-Reiseoutfit gekleidet. Kira wusste, dass sie bereits gepackt hatte und bald zum Flughafen aufbrechen musste.

Sie wischte unwirsch die Tränen weg und griff sich ein Taschentuch. »Alles bestens.«

Vanessa setzte sich mit einem tief besorgten Gesichtsausdruck zu ihr auf die Bettkante. »Aber du hast geweint. Sind die Schmerzen so schlimm?«

Sie begann ihr über die Wange zu streicheln, aber Kira ließ es nicht zu. Sie stieß Vanessas Hand weg. »Es ist nichts«, sagte sie resigniert. Was hatte es schon für einen Zweck, sich Vanessa jetzt anzuvertrauen? Sie würde sie nur noch mehr bemitleiden. Nicht nur ein Gehirntumor, nein, auch noch ein gebrochenes Herz. Was für eine armselige Erscheinung sie in Vanessas Augen sein musste. Das konnte und durfte sie nicht zulassen, dass Vanessa sie so sah, die jetzt einfach so unbeschadet davonfliegen und mit den Reichen und Schönen Hollywoods die nächsten Filme und Affären planen würde. Der Gedanke machte sie wütend, geradezu aggressiv.



»Ich habe für dich die Suite um eine Nacht verlängert«, sagte Vanessa. »Du kannst also liegen bleiben und erst dann fahren, wenn es dir bessergeht.«

Das war mehr Feinfühligkeit, als Kira erwartet hätte. Aber es machte sie nur umso ärgerlicher, obwohl sie gar nicht hätte sagen können, wieso. »Das ist doch nicht nötig. Was das kostet!«, blaffte sie unfreundlich. Und wollte sich doch eigentlich Vanessa an den Hals werfen.

Vanessa winkte ab. »Scheißegal. Ich lass dich nur ungern hier so zurück.« Ihre Stimme war ganz sanft. Versöhnlich. Teilnahmsvoll. All das, was bei Kira unweigerlich wieder die Tränen fließen ließ und was sie deshalb gerade überhaupt nicht gebrauchen konnte.

»Kein Drama bitte«, forderte sie von Vanessa mit beherrschter Stimme. »Ich bin das gewohnt. Das ist mein Leben, verstehst du? Sei froh, dass du das jetzt hinter dir lässt.« Diese abgebrühte Darstellung galt nicht nur Vanessa, sondern auch ihr selbst. Sonst würde sie noch eine Dummheit begehen. Zum Beispiel Vanessa anflehen zu bleiben, sie nicht zu verlassen.

Traurig sagte Vanessa: »Ich wünschte, alles wäre anders. Dass du gesund wärst.«

»Was wäre denn schon groß anders, wenn ich keinen Tumor hätte? Du würdest trotzdem nach Hollywood zurückkehren«, konterte Kira. Es kostete sie immer mehr Mühe, ihre abgeklärte Fassade aufrechtzuerhalten.

»Vielleicht wünschte ich auch, kein Hollywoodstar zu sein.« Vanessa sah sie mit betrübten Augen an, deren ungewöhnliche Farbe heute gedämpft und verwaschen wirkte.

»Fang jetzt nicht an, Unsinn zu reden«, gab Kira scharf zurück. »Das ist dein Lebensinhalt.« Wieder mischte sich eine Spur Wut in den Verlustschmerz. Das meinte Vanessa doch nicht ernst. Das sagte sie jetzt nur so daher, weil es in ihrer Welt zu einer gelungenen Abschiedsszene dazugehörte, ein bisschen Reue zu zeigen. Aber das war nun mal nicht ihre Welt. Sollte es auch gar nicht sein. Darauf konnte sie verzichten.



Sehr zögerlich gab Vanessa zu: »Ja, wahrscheinlich.«

»Was heißt da wahrscheinlich? Ganz sicher. Nathalie hat doch bestimmt schon alles durchgeplant. ›Blutsschwestern‹ war nur ein kleiner Seitensprung. Der nächste Film wartet mit Sicherheit schon. Und ich war für dich nur ein bequemes Techtelmechtel abseits der Boulevardpresse – und von Nathalies langem Arm.« Sie wusste, dass das gemein war. Aber Vanessas Getue ärgerte sie einfach zu sehr.

»Das ist nicht wahr«, protestierte diese heftig.

Aber Kira würde sich auf keine Diskussion einlassen. »Belassen wir es dabei.«

Vanessa schien jedoch nicht so schnell aufgeben zu wollen. Sie setzte noch einmal an: »Kira, ich …«

»Sag jetzt nichts, was du später bereuen wirst«, unterbrach Kira sie sofort. Sie wollte gar nicht hören, wie Vanessa diesen Satz beendet hätte. Das, was sie sich am meisten wünschte, hätte sie sowieso nicht gesagt. Eine Frau wie Vanessa Harris sagte nicht

›Ich liebe dich‹ zu ihren Affären. Und etwas anderes war sie nicht. »Geh«, fügte sie tonlos hinzu.

Wieder wollte Vanessa Einspruch erheben. »Aber ...«

Und wieder ließ Kira sie nicht ausreden. »Geh, Vanessa!«, beharrte sie. Ihre Stimme hörte sich sogar in ihren eigenen Ohren brutal an. Da war keinerlei Gefühl, nur Härte.

Vanessa erhob sich zögernd und beugte sich dann noch einmal zu Kira hinunter, als wolle sie sie zum Abschied küssen. Aber Kira wandte das Gesicht ab, so dass Vanessa nur ihre Wange erwischte. Dann neigte sie sich zu Eddy und streichelte sie. »Tschüs, Eddy. Pass gut auf dein Frauchen auf.«

Obwohl Kira mit dem Gesicht im Kissen lag, konnte sie spüren, dass Vanessa sie noch einen langen Moment anschaute. Schließlich hörte sie, wie Vanessa ihr Handgepäck aufnahm. Der Rest war schon vom Hotelpersonal an den Flughafen gebracht worden. Kurz darauf wurde die Tür der Suite leise geschlossen. Vanessa war gegangen.

Ein lauter Schluchzer entrang sich unkontrolliert ihrer Kehle, und die Tränen brachen in Sturzbächen aus ihr heraus, während sie einen lauten Schmerzensschrei ins Kissen stieß. Eddy fiepte ängstlich auf und begann ihr aufgeregt in den Haaren herumzuschnüffeln. Sie wollte gar nicht von ihr ablassen und bearbeitete sie immer hektischer, je länger Kira von Schluchzern geschüttelt wurde.



Für ihre Mopsdame drehte sie sich schließlich auf den Rücken. Sie tätschelte Eddy beruhigend. Ein ganz klein wenig beruhigte es auch sie selbst, das weiche Fell unter den Händen zu spüren.

»Sie hat uns verlassen, Eddy. Vanessa kommt nicht zurück«, erklärte sie Eddy. Es so unmissverständlich auszusprechen, ließ sie erneut aufschluchzen. Das war es nun also tatsächlich. Ihre Affäre mit einem Hollywoodstar endete wirklich und wahrhaftig mit einem gebrochenen Herzen. Wie schrecklich vorhersehbar und dumm. *Selbst schuld, Kira.*

# 4

Vanessa schnitt sich ein großes Stück von dem Steak ab, das ihre Haushälterin und Köchin für sie zubereitet hatte, bevor sie für heute gegangen war. Sie schob es sich langsam in den Mund und kaute genüsslich. Ihr erstes Stück Fleisch seit Wochen. Das Ende ihrer selbst auferlegten vegetarischen Phase.

Gierig schnitt sie den zweiten Bissen ab und schlang ihn hinunter. Der dritte schmeckte schon nicht mehr ganz so gut. Der Gedanke an die Person, für die sie den Fleischverzicht auf sich genommen hatte, ließ sich plötzlich nicht mehr auf Abstand halten. Wie um ihn mit Gewalt zu vertreiben, schaufelte sie das restliche Fleisch in einem enormen Tempo in sich hinein.

Es war ein kleines Steak gewesen, mehr ließ ihr strenger Essensplan ja ohnehin nicht zu. Aber trotzdem lag es ihr jetzt wie ein Stein im Magen. Missmutig schob sie das übriggebliebene Gemüse auf dem Teller hin und her. Gab es etwas Öderes, als allein zu essen? Zumal in so einem kalten, unpersönlichen Haus wie dem ihren hier?



Vanessa stand auf und ließ den Teller mit den Resten einfach stehen. Darum konnte sich Sungming morgen kümmern. Bei ihrer Mutter oder in ihrer Pariser Wohnung, in der nicht täglich eine Haushälterin kam, wäre ihr das nie in den Sinn gekommen. Aber hier wurde das geradezu von ihr erwartet. Zumindest konnte sie so ihr faules Verhalten rechtfertigen.

Der Gedanke, wie Kira das finden würde, tauchte plötzlich in ihrem Kopf auf und ließ sie innehalten. Sie kehrte zum Esstisch zurück, nahm ihren Teller und trug ihn in die Küche. Dort machte sie sich auf der Suche nach einer Tupperdose. Sie wusste gar nicht, ob sie so etwas überhaupt hatte. Richtig benutzt hatte sie diese überdimensionierte Küche noch nie. Nachdem sie endlich fündig geworden war, die Reste verstaut und ihren Teller in die Spülmaschine geräumt hatte, die sie damit zum allerersten Mal eigenhändig geöffnet hatte, ging sie zurück ins Wohnzimmer, wo neue Drehbücher auf ihre Durchsicht warteten.

Sie war jetzt seit einer Woche wieder in L. A., und Nathalie hatte ihr sofort mehrere in die Hand gedrückt. Sie wollte, dass Vanessa sofort wieder in ein neues Projekt einstieg und am besten schon am nächsten Tag mit den nächsten Dreharbeiten begann. Bisher hatte Vanessa sich die Skripts nur oberflächlich angeschaut. Da sie Nathalie jedoch heute Abend bei einem Empfang sehen würde, blieb ihr wohl nichts anderes übrig, als sich endlich zu überwinden und mit mehr Konzentration an die Sache heranzugehen. Sofern das überhaupt möglich war.

Sie schob die allseits gegenwärtigen und quälenden Gedanken beiseite, nahm den ersten Ordner vom Stapel und lehnte sich in das monströse Sofa zurück, das der Innenarchitekt für das weiträumige Wohnzimmer ausgesucht hatte. Es reihte sich in den Rest der Einrichtung perfekt ein: riesengroß, riesig schick – und äußerst unbequem. Purer Effekt, aber nicht für menschliche Nutzung geeignet. Gemütliches Lesen ging hier nicht. Sie seufzte, setzte sich wieder gerade hin und fing an zu blättern.

Schon beim ersten Blick auf die Synopsis und die Liste der Rollen im Skript wünschte sie fast, Kira hätte ihr nie vom Bechdel-Test erzählt. Automatisch wandte sie die Kriterien an, sie konnte gar nicht anders. Wo sie früher mehr aus dem Bauch heraus gesagt hätte, dass sie irgendwas störte, konnte sie dieses Bauchgefühl jetzt ganz klar benennen: Zweite Frauenrolle? Negativ. Das Drehbuch flog im hohen Bogen auf den gläsernen Couchtisch zurück. Aussortiert.



Sie nahm das nächste zur Hand. Darin gab es tatsächlich eine zweite weibliche Rolle. Aber bei ausführlicherer Lektüre zeigte sich schnell, dass das keine Frauenfigur war, mit der sie sich auch unterhielt. Nicht einen einzigen Satz. Zweites Kriterium: negativ. Der Ordner folgte dem ersten, und sie nahm das dritte Drehbuch auf. Schon vielversprechender. Es gab lange Dialoge zwischen dem für sie vorgesehenen Part und deren Mutter. Aber sie konnte gleich erkennen, dass es die ganze Zeit nur um ihren potentiellen Filmverlobten ging. Das dritte Kriterium war also nicht erfüllt: Gespräche zwischen zwei Frauen, die sich um etwas anderes drehten als einen Mann. Ein weiterer Griff ins Klo. Entnervt schnaubte sie auf und warf das Skript zu den beiden anderen.

Das war alles nur Schrott, was Nathalie ihr da vorgelegt hatte. Nach ›Blutsschwestern‹ hatte sie andere Ansprüche – höhere. Jetzt, da sie wusste, dass es auch andere Produktionen irgendwo da draußen gab, wollte sie nicht mehr so arbeiten wie zuvor, nicht wieder und wieder die nach immer gleichem Muster gestrickten Hollywood-Storys drehen. Sie hatte zu nichts mehr Lust. Und das mit gutem Grund, da hatte sie überhaupt keine Zweifel.

Aber was sie machen sollte, wie es weitergehen sollte mit ihrem Beruf, das wusste sie nicht. Seit ihrer Rückkehr war sie vollkommen aus dem Gleichgewicht. Sie war nicht mehr sie selbst. Und im Grunde wusste sie auch ganz genau, weshalb. Das hieß aber noch lange nicht, dass es auch eine Lösung gab.

Sie stand auf und schob die Schiebetür zur Terrasse auf. Ihr Pool glitzerte verlockend im Sonnenlicht – das Einzige an diesem Haus, das sie wirklich zu schätzen wusste. Rasch zog sie ihr T-Shirt und ihre Shorts aus, unter denen sie einen Bikini trug. Nicht einmal hier auf ihrem eigenen Grundstück traute sie sich, darauf zu verzichten. Die Paparazzi hatten Mittel und Wege, jene Fotos zu schießen, nach denen die Klatschpresse gierte, und hatten schon andere Stars in vermeintlich privaten Momenten nackt erwischt oder anderweitig kompromittiert.

Vanessa sprang vom Rand aus ins Wasser und begann kraulend ihre Bahnen zu ziehen. Zuerst rasten ihre Gedanken noch unablässig weiter und torpedierten sie förmlich mit lauter unerwünschten Bildern und Erinnerungen. Das Karussell wollte gar nicht aufhören, sich zu drehen. Aber je länger sie sich auspowerte, desto mehr überlagerten das Geräusch ihres Atems und das Gluckern des Wassers in ihren Ohren alles andere, bis sie irgendwann ihr Hirn gänzlich auszufüllen schienen.



Schließlich stieg sie erschöpft aus dem Wasser und ging ins Haus zurück, tropfnass, wie sie war. Es war ihr so was von egal. Als sie am Sofa vorbeikam, schüttelte sie sich sogar wie ein nasser Hund und beobachtete mit einer gewissen Befriedigung, wie ein Sprühregen auf das teure, aber verhasste Möbelstück niederging.

Sie ging unter die Dusche und betrat dann nackt ihr Ankleidezimmer, um nach einem geeigneten Outfit für den Abend zu suchen. Die Auswahl war immens, aber auch hier ging es ihr genau wie mit den Drehbüchern: Nichts sprach sie an. Die ganzen Fummel ließen sie vollkommen kalt.

Bis ihr das rote Gaultier-Kleid ihr ins Auge fiel. Sie hatte noch nicht daran gedacht, es in die Reinigung zu geben. Nichts hätte unwichtiger sein können in der letzten Zeit. Jetzt zog sie es heraus, einem spontanen Impuls folgend. Das hatte sie während ihrer Zeit mit Kira zweimal angehabt. Jeder noch so kleine Faden, der sie an Kira band, war neuerdings unendlich wertvoll.

Sie hob das Kleid vors Gesicht und versenkte ihre Nase darin, in der Hoffnung, einen Hauch von Kiras Duft zu erhaschen. Tief zog sie die Luft ein, konnte aber nichts Außergewöhnliches wahrnehmen. Außer dass sie niesen musste. Mehrmals und heftig.

Sie besah sich den Stoff des Kleides näher und entdeckte ein paar Haare darauf. Eines davon musste ihr in die Nase geraten sein. Es waren kurze, beige Haare, die an einem Ende schwarz waren.

Mopshaare! Das erkannte sie als Expertin in dieser Sache mittlerweile auf den ersten Blick. Genauer gesagt: Eddy-Haare. Die Erkenntnis durchfuhr sie wie ein Messer, das ihr tief in den Leib stach, ihre Eingeweide durchbohrte. Mit einem Mal spürte sie solche Sehnsucht nach dem kleinen Hund und seiner Besitzerin, dass sie fast ohnmächtig zu werden glaubte.

Sie drückte das Kleid gegen ihre nackte Brust und taumelte ins Schlafzimmer. Dort ließ sie sich mit dem Kleid im Arm aufs Bett fallen. Sie presste das Gesicht in den Stoff und merkte, wie ihr die Tränen kamen, das erste Mal seit dem Abschied. Bisher hatte der Damm, den sie in jenem Moment zur Abschottung gegen ihre Gefühle errichtet hatte, standgehalten. Gewissenhaft hatte sie ihn immer wieder erneuert, in jedem der tausend Momente, in denen es sie geradezu gedrängt hatte, sich bei Kira zu melden, und sie sich jedes Mal rigoros davon abgehalten hatte. Bis jetzt. Jetzt brach er mit lautem Getöse in sich zusammen. Vanessa konnte nur noch versuchen, sich an dem Kleid festzuhalten und nicht mitgerissen zu werden von den Fluten ihrer aufgestauten Gefühle.



Bei klirrender Kälte und strahlendem Sonnenschein draußen saß Kira nun schon die dritte Woche drinnen im Schnittstudio, bei zugezogenen Vorhängen. Das herrliche Wetter, von dem sie nichts hatte, verbesserte ihre Stimmung nicht gerade. Dass sie jeden Tag Vanessa in tausend Einstellungen sehen musste, hatte sie sowieso schon in ein seelisches Wrack verwandelt.

Ihre Cutterin Alba behandelte sie bereits wie ein rohes Ei, weil sie nicht einschätzen konnte, wann Kira wieder einen ihre Ausfälle haben würde. Entweder sie heulte ohne erkennbaren Grund los und brauchte dann zwanzig Minuten, bis sie sich wieder einigermaßen gefangen hatte. Oder sie war dermaßen gereizt, dass sie schon ausrastete, wenn Alba nebenher in eine Karotte biss. Es tat ihr ja selbst leid, aber sie konnte es einfach nicht verhindern. Die Halbspanierin war dazu übergegangen, sie jedes Mal verstohlen zu mustern, um ihre Stimmung einzuschätzen, bevor sie sie ansprach.

Die Tür öffnete sich hinter ihnen. Kira drehte sich in ihrem Schreibtischstuhl um und sah Lukas, der mit vorsichtigen Schritten in den abgedunkelten Schneideraum kam. Sie lächelte ihm zur Begrüßung zu. Auch Alba hatte den Kopf von ihren Computermonitoren ab- und ihm zugewandt. Sie sah über alle Maßen erleichtert aus, ihn zu sehen. Kira nahm sich vor, sich in Zukunft zusammenzureißen, um zu vermeiden, dass ihre Cutterin sie für komplett durchgeknallt hielt. Es durfte nicht passieren, dass der Film darunter litt – beziehungsweise das, was mal der Film werden sollte. Eigentlich kannten sie sich bereits von einem anderen Film, den sie für einen Fernsehsender zusammengeschnitten hatten, aber die Entscheidung für die erneute Zusammenarbeit bei ›Blutsschwestern‹ bereute Alba bestimmt schon. Ein Werbefilm wäre für sie mit Sicherheit sehr viel weniger nervenaufreibend gewesen, als hier Tag für Tag neben einer Regisseurin am Rande des Nervenzusammenbruchs zu sitzen und ständig mit dem nächsten Ausbruch rechnen zu müssen.

Auch Lukas hatte mehrere der schlimmeren Tränenergüsse mitbekommen. »Na, wie läuft es bei euch heute?«, fragte er jetzt betont freundlich und ließ sich auf das Sofa fallen, das an der Wand hinter dem Schnittrechner stand und freien Blick auf die zwei riesigen Monitore und diverse weitere Apparaturen bot, die auf einem langen Tisch angeordnet waren. Die Funktion all dieser Geräte erschloss sich Kira nicht vollständig, aber Hauptsache, Alba wusste damit umzugehen.

»Ich bin unerträglich, aber Alba hält sich tapfer«, erklärte sie und lächelte Alba entschuldigend an. Die zuckte nur mit der Schulter, grinste aber dabei hinter ihrer dicken Nerdbrille.

»Und der Film? Kommt ihr voran?«, stellte Lukas die Frage, die ihn wirklich interessierte. Seine Devise ›Zeit ist Geld‹ galt vor allem im Schnittstudio, das war auch Kira stets präsent. Sie hatten zwar mit dem befreundeten Schnittstudioinhaber einen günstigen Deal abgeschlossen und arbeiteten darüber hinaus sogar die Wochenenden durch, die ihnen nur zum halben Tagessatz berechnet wurden, weil da die Nachfrage nach Schnittplätzen verschwindend gering war. Aber dennoch würde jeder Tag Verzögerung ihr Budget erheblich belasten.

Kira nickte ihm beruhigend zu. »Das Material ist, wie wir es erwartet haben, phantastisch. Wirklich.« Da der Schnitt ganz allein in ihrer Verantwortung als Filmemacherin lag, hatte Lukas die Aufnahmen bisher noch kaum zu Gesicht bekommen. Als Koproduzent interessierte ihn eigentlich nur, dass der Zeitplan eingehalten wurde. Und dass der Film am Schluss vermarktbar war und keine Katastrophe dabei herauskam – aber er kannte Kira gut genug, um zu wissen, dass sie im Schnitt kein Chaos veranstaltete, nicht einmal in ihrer derzeitigen emotionalen Verfassung. Um ihm zu demonstrieren, dass er sich auch diesmal keine Sorgen machen musste, erläuterte Kira ihm, an welcher Stelle sie gerade arbeiteten und was sie bereits alles geschafft hatten. »Dadurch, dass wir in den Einstellungen mit Vanessa zum Teil nur ein oder zwei Takes machen mussten«, schloss sie ihre Ausführungen ab, »kommen wir sogar viel schneller voran als gedacht.«



Als sie Vanessas Namen nannte, fuhr ihr ein Stich ins Herz. Wie jedes Mal, wenn sie von ihr sprach. Und das tat sie ständig, um sich Alba verständlich zu machen, wenn es um die Auswahl von Einstellungen ging. Es nutzte sich keineswegs ab, es gab keinerlei Gewöhnungseffekt. Der musste doch in naher Zukunft mal eintreten, oder?

Lukas unterbrach ihre Grübeleien mit der hoffnungsvollen Frage: »Das heißt, du hast Zeit für eine kleine Mittagspause?«

»Geh ruhig«, schaltete sich Alba sofort ein. »Ich kann hier schon mal ein paar neue Ordner anlegen und mich mit den Tönen beschäftigen, während ich mein Brötchen esse.« Vermutlich würde sie drei Kreuze machen, sobald Kira das Zimmer verlassen hatte. Aber was sie sagte, ergab durchaus Sinn. Kira musste nicht bei allen Arbeitsschritten danebensitzen. Und wenn sie ihrer

Cutterin eine kleine, erholsame Atempause verschaffen konnte, umso besser.

»Sushi?«, fragte sie Lukas im Aufstehen.

Er stimmte wohlwollend zu: »Du weißt ja, solange ich was anderes bestellen kann – von mir aus.« Er wickelte sich seinen Schal um den Hals und zog seinen Wollmantel an. Kira nickte dankbar. Sie wusste genau, dass japanisches Essen nicht so ganz sein Ding war.

Wenig später bestellte Kira in dem kleinen asiatischen Imbisslokal um die Ecke die vegetarische Sushiplatte. Lukas hatte sich irgendein Nudelgericht ausgesucht und schien damit auch ganz zufrieden.

»Hast du was von ihr gehört?«, fragte er aus heiterem Himmel, nachdem sie sich an einem Zweiertisch am Fenster niedergelassen hatten.

Kira wusste sofort, wen er meinte. »Nein«, antwortete sie knapp, »und ich rechne auch nicht damit.« Was nicht ganz stimmte. Die ersten Tage hatte sie sehnlichst auf eine Nachricht gehofft, und sei sie noch so winzig. Wenigstens eine kurze Nachfrage, ob sie gut heimgekommen sei mit ihrer Migräne. Aber es herrschte absolute Funkstille von Vanessas Seite. Als habe sie für die Schauspielerin nie existiert. Und Kira verstand das Signal nur zu gut. Vanessa Harris war wieder voll und ganz in ihrem alten Leben zurück und wollte nichts mehr mit ihr zu schaffen haben. Also würde sie den Teufel tun, Vanessa mit einer Kontaktaufnahme zu belästigen. Sie würde nicht zur Stalkerin werden.



Lukas nickte nur und hakte nicht weiter nach. Er beäugte sie nur immer wieder ausführlich, während sie sich beide ihrem Essen widmeten. Dann plauderten sie noch ein wenig über Geschäftliches und machten sich schließlich gemütlich auf den Rückweg zum Schnittstudio.

Einigermaßen entspannt beobachtete Kira, wie ihr Atem in der winterlichen Luft vor ihrem Gesicht zu einer Wolke wurde. Die Kälte hatte etwas Reinigendes, Wohltuendes. Während sie zusammen die Straße überquerten, fiel ihr etwas ein. Sie hatte es bisher verdrängt, aber es ließ sich Lukas gegenüber nicht länger verschweigen oder aufschieben.

Ohne ihn anzuschauen, sagte sie: »Direkt im Anschluss an den Schnitt muss ich für ein paar Tage ins Krankenhaus.«

Er blieb so abrupt auf der Fahrbahn stehen, dass ihn ein vorbeifahrender Radfahrer nur knapp verfehlte. »Was? Wann? Wieso?«, fragte er bestürzt, während er Kira eilig auf den Gehweg folgte.

»Erst in ein paar Wochen, wie gesagt. Direkt nach Neujahr. Die Kopfschmerzen sind schlimmer geworden.« Kira bemühte sich, beiläufig zu klingen. Sie wollte dem Ganzen nicht so viel Bedeutung geben. Lukas würde sich auch so schon genug Sorgen machen. Aber Bescheid wissen musste er natürlich, weil er die Geschäfte rund um ›Blutsschwestern‹ weiterführen musste.

»Wieso sagst du erst jetzt was?«, fragte er, sichtlich fassungslos trotz ihres Versuchs, das Ganze herunterzuspielen. »Wissen deine Väter Bescheid?«

Seit ihrer Diagnose vor zwei Jahren wohnte Kira wieder zu Hause bei ihren Papis. Das hatte sie damals so entschieden, weil sie den Rückhalt gebraucht hatte, und auch noch keinen Tag bereut. Ihren zum Teil sehr chaotischen WG-Zeiten trauerte sie kein Stück nach. Sie konnte ihr Leben weiterhin eigenständig führen, und trotzdem war immer jemand für sie da. Besonders in Phasen wie jetzt konnte sie sich auf ihre Papis hundertprozentig verlassen. Egal, was im Krankenhaus passieren würde – sie würden an ihrer Seite sein, das war beruhigend.



»Uli und Stephan kommen mit mir mit«, gab sie Lukas Auskunft. »Und ich weiß es selbst erst seit einer Woche.« Da sie seinem Gesicht ansehen konnte, dass er es genauer wissen wollte, holte sie etwas weiter aus, während sie nebeneinander den vereisten Gehweg entlanggingen: »Nachdem ich aus Köln zurück war, musste ich zum Arzt. So schlimm war es noch nie gewesen mit den Schmerzen. Und so lange anhaltend. Ich muss deshalb ein paar Untersuchungen über mich ergehen lassen – und dann mal sehen, was dabei rauskommt.«

Lukas sah sie betroffen an und schlang dann den Arm um sie. »Ich bin für dich da«, versprach er.

Das brachte sie fast schon wieder zum Heulen. Was würde sie nur ohne die schwulen Männer in ihrem Leben machen? Gerührt schniefte sie: »Danke, Lukas. Das ist lieb.«

Im nächsten Moment machte Lukas den Rührungseffekt aber schon wieder zunichte, indem er fragte: »Wirst du es ihr sagen?«

»Auf keinen Fall«, schnappte Kira. Auch jetzt wusste sie sofort, wen er meinte. Es gab nur eine ›sie‹, die in Frage kam. »Und du auch nicht«, setzte sie hastig hinzu, mit fester Stimme, damit er nicht auf dumme Ideen kam. »Versprich es mir. Ich will ihr Mitleid nicht.«

Was sie von Vanessa wollte, war Liebe. Und die würde sie nie kriegen.

Wenige Stunden nach ihrem Kollaps war Vanessa zusammen mit Nathalie auf dem Empfang in einem der großen Studios erschienen. Auf den Pressefotos hinterher hatte man ihr von ihrem desolaten Zustand nichts angesehen, was sie wirklich erstaunte, weil sie sich immer noch gefühlt hatte wie durch den Wolf gedreht. Und seither hatte sich das auch nicht wesentlich gebessert. Sie weigerte sich zu arbeiten, ging nur zu den wichtigsten Anlässen, zu denen Nathalie sie praktisch mit vorgehaltenem Messer zwang, und verbrachte ansonsten fast ihre gesamte Zeit mit Sport. Das war das Einzige, was den Teufelskreis aus quälenden Erinnerungen und Sehnsucht zumindest zeitweise stoppen konnte. Eigentlich hätte sie L. A. am liebsten komplett den Rücken gekehrt, ein für alle Mal. Dass sie noch hier war, lag nur daran, dass Nathalie es mit Hinweis auf ›Blutsschwestern‹ einforderte. Nach ihrem Ausfall sei Vanessa ihr das schuldig.



Schon mehrfach hatte sie seit dem Zusammenbruch den Hörer in der Hand gehalten, um Kira anzurufen. Kira war ein ganz großer Teil dessen, was ihr fehlte, was sie brauchte, um glücklich zu sein – das wusste sie jetzt mit Sicherheit. Doch sie war jedes Mal zurückgeschreckt. Denn was könnte sie ihr schon sagen, nachdem Kira bei ihrem schrecklichen Abschied so entschlossen gewesen war? Was könnte sie ihr bieten, um sie von ihren Gefühlen zu überzeugen?

Wenn sie so weitermachte wie die letzten Wochen, würde es jedenfalls bald keine Karriere mehr geben, die einer Beziehung mit Kira im Weg stand. Nathalie war schon kurz vor dem Durchdrehen, weil Vanessa keines ihrer Angebote für Filmprojekte auch nur in Erwägung zog und noch nicht einmal Motivation erkennen ließ. Was ganz einfach daran lag, dass sie keine spürte, nicht einmal ansatzweise. Die große Leere, die sie vor dem Dreh von ›Blutsschwestern‹ empfunden hatte, war in vollem Umfang zurückgekehrt. Sie wusste jetzt noch viel weniger, wer die Frau hinter ihrer Fassade war. Das heißt: Sie hatte einige neue Erkenntnisse über sich gewonnen, mit denen sie aber überhaupt nicht umgehen konnte. Die wichtigste bestand darin, dass sie eine Frau war, die lieben konnte.

Das war äußerst schmerzhaft. Vor allem, wenn sie die ganze Angelegenheit mit allen Konsequenzen durchdachte. Selbst wenn sie ihre verfluchte Hollywood-Laufbahn sausen ließe, würde das nichts an Kiras Situation ändern. Selbst wenn Kira sich dazu bewegen ließ, ihren Verzicht auf eine Liebesbeziehung zu überdenken – könnte sie, Vanessa, wirklich mit einer Frau zusammen sein, die unheilbar krank war?

Ihre Mutter hielt sie ja offenbar für zu selbstsüchtig. Aber das alles war sowieso müßig, weil Kira ihre Haltung bestimmt nicht so einfach ändern würde. Oder hätte Vanessa eine Chance, sie zu überzeugen, wenn sie nur mehr insistierte?

Nach einer erschöpfenden Schwimmsession saß Vanessa gerade wieder einmal am Rand ihres Pools und hatte ihr Telefon in der Hand. Sie hatte ein Handtuch um die Schultern geschlungen, ließ die Beine ins Wasser hängen und war zum wiederholten Mal kurz davor, auf die Wähltasten zu drücken. Dann nahm sie stattdessen ihr Tablet zur Hand und suchte Flugverbindungen nach Berlin. Auch das hatte sie schon dutzende Male zuvor getan. Und wie jedes Mal legte sie es wieder zur Seite, ohne sich für einen Flug zu entscheiden. Sie konnte hier schließlich nicht weg. In ihrem Frust hätte sie das Tablet am liebsten im Pool versenkt.



Dann fragte sie sich ganz ketzerisch selbst, warum sie hier eigentlich nicht wegkonnte. Da sie sowieso nicht arbeitete, konnte sie genauso gut irgendwo anders auf der Welt nichts tun. Zum Beispiel in Berlin.

Wieder begannen ihre Gedanken sich im Kreis zu drehen. Da sie sich mit Schwimmen schon körperlich verausgabt hatte, beschloss sie, sich stattdessen durch ein Telefonat mit ihrer Mutter abzulenken. Sie hatte sich bisher nur per Mail bei ihr gemeldet, seit sie wieder in L. A. war. Aber das war nichts Außergewöhnliches. Sie redeten manchmal wochenlang nicht miteinander und dann wieder ganz intensiv alle paar Tage.

Giselle meldete sich grußlos: »Deiner Nummer entnehme ich, dass du immer noch in Los Angeles bist. Ich dachte, das Haus da löst bei dir Alpträume aus?« Ihr Ton war amüsiert, aber auch ein wenig provozierend. Und natürlich traf sie genau ins Schwarze. Vanessa fühlte sich sofort angegriffen. Da sie selbst gerade noch darüber nachgedacht hatte, warum sie überhaupt in L. A. ausharrte, war Giselles foppende Bemerkung ganz genau das, was sie nicht hören wollte.

»Mom«, zischte sie in Abwehrhaltung zurück, ebenfalls ohne einen Gruß, »ich muss ab und zu in Hollywood sein. Nathalie hat für mich wichtige Termine vereinbart.« Die Freundlichkeit war ihr gewaltig vergangen.

»Was denn? Cocktails schlürfen und dir von fetten Filmbossen in den Ausschnitt starren lassen, während die Grande Dame den nächsten Millionen-Coup an Land zieht?«, lachte Giselle durch die Leitung.

Am liebsten hätte Vanessa das Gespräch gleich wieder beendet. Dass ihre Mutter die ganze Zeit das aussprach, was sie selbst schon halb unbewusst gedacht hatte die letzten Wochen, war wirklich nervig. Da sie es nicht über sich brachte, einfach aufzulegen, andererseits aber auch nicht bereit war einzugestehen, dass Giselle recht haben könnte, reagierte sie schnippisch: »Sieh es doch, wie du willst. Seit ich bei dir war, bist du wirklich unausstehlich.«



Aber wie immer musste Giselle das letzte Wort behalten. »Ha!«, dröhnte es aus dem Hörer. »Liegt vielleicht daran, dass du Kira abserviert hast.« Sie machte eine Kunstpause und setzte dann hinzu, als von Vanessa nichts kam: »Aber was mische ich mich ein.«

Vanessa musste erst einmal tief durchatmen, um nicht wütend zurückzuschreien. Das hatte ihr gerade noch gefehlt, dass ihre Mutter in der offenen Wunde bohrte. »Giselle, lass es jetzt gut sein«, bat sie. »Das haben wir schon in Deutschland zur Genüge durchgesprochen. Es gibt nichts hinzuzufügen.« Ihre Stimme hörte sich resigniert an, selbst für ihre eigenen Ohren.

Vielleicht war genau das der Grund, warum Giselle noch hartnäckiger weitermachte: »Das ändert nichts an der Tatsache, dass du eine wirkliche, echte Frau einfach so hast gehen lassen – und dann als Nächstes wahrscheinlich wieder mit so einem gebotoxten Püppchen zu sehen sein wirst. Oder in der nächsten erfundenen Liaison mit einem Mann.« Sie bemühte sich um einen sachlichen Tonfall, das konnte Vanessa hören. Aber sie nahm auch deutlich wahr, dass ihre Mutter nicht ganz verheimlichen konnte, wie mies sie das alles fand.

Bemüht ruhig, aber doch mit unverhohlener Drohung sagte sie: »Ich leg jetzt gleich auf und melde mich erst wieder, wenn du über die Sache mit Kira hinweg bist und wieder normal mit mir redest.« Giselles Meinung in Ehren und auch ihr Bestreben, Vanessa den Spiegel vorzuhalten – aber das war immer noch *ihr* Leben. Ihre Entscheidungen. Dass sie gerade nicht so gut damit fertigwurde, stand auf einem ganz anderen Blatt und stand hier auch nicht zur Diskussion. Sie wusste selbst nicht genau, warum sie so unbedingt vermeiden wollte, dass Giselle etwas von ihren Zweifeln und inneren Kämpfen mitbekam. Irgendwie war es peinlich, es schien fast, als ob sie mit diesem Eingeständnis auch zugeben würde, dass sie ihr ganzes bisheriges Leben gehörig vermasselt hätte.

»Ja, ja, schon gut«, kam es versöhnlich aus dem Hörer. »Vielleicht bin ich auch nur so schlecht drauf, weil das Finanzamt hinter mir her ist.« Damit hisste Giselle die weiße Flagge.

Vanessa stand auf und fragte erstaunt: »Was wollen die denn von einer Künstlerin, die am Existenzminimum lebt?« Ihre Beine fühlten sich schwer an. Sie hatte es übertrieben mit den ganzen körperlichen Aktivitäten. Langsam ging sie um den Pool herum und ließ sich schließlich in einem Designer-Liegestuhl nieder, der nur wenig besser war als die Couch.



Ein tiefer Seufzer drang an ihr Ohr. »Ich hab seit ungefähr zehn Jahren keine Einkommensteuererklärung gemacht und soll jetzt alles nachreichen«, gab Giselle kleinlaut zu.

Vanessa konnte es kaum glauben. »Mom, wie konntest du das so schleifen lassen?«, fragte sie entgeistert. »Und wieso hat das Finanzamt nicht schon früher reagiert?«

»Das weiß ich doch nicht!«, brauste ihre Mutter auf. »Mach du mir nicht auch noch Vorwürfe. Ich kann so was eben nicht. Dafür bin ich zu chaotisch.«

Beschwichtigend lenkte Vanessa ein: »So schlimm kann es ja nicht sein.« Die Sache schien Giselle wirklich an die Nieren zu gehen. Sie hatte notorisch Geldprobleme, war aber meist zu stolz, um Hilfe zu bitten. Und normalerweise schaffte sie es auch immer, sich irgendwie durchzuwursteln. Mit der aktuellen Situation war sie jedoch offensichtlich überfordert.

»Hast du eine Ahnung«, konterte sie jetzt auch sofort. »Die verfolgen mich mit der Androhung von exorbitanten Nachzahlungen, wenn ich nicht belegen kann, was ich verdient habe.« Es klang fast verzweifelt.

Und es trieb Vanessa zu einem Angebot, das sie bisher nur sehr selten gemacht hatte. »Wenn du Geld brauchst, schicke ich dir was. Das ist absolut kein Problem.« Sie hatte ihrer Mutter nur ein einziges Mal Geld gegeben, als sie wusste, dass diese es dringend brauchte. In einem Umschlag, den sie in Giselles Haus geschickt platziert hatte. Giselle hatte sie wenig später angerufen, um ihr den Fund mitzuteilen, und Vanessa hatte so getan, als sei ihr das Ganze lästig. Danach hatten sie nie wieder darüber gesprochen.

»Das ist lieb, Vanessa, aber ich will dein Geld nicht«, kam es nun prompt zurück. »Ich regle das allein.«

Vanessa lehnte sich in ihrem Liegestuhl zurück, so bequem es eben ging, und richtete sich auf eine längere Diskussion ein. »Ich hab genug. Das bisschen Steuern kann ich mir gerade noch so leisten.« So schnell würde sie nicht aufgeben. Sie würde Giselle ja wohl einmal helfen dürfen. Wofür war das ganze Geld gut, das sie verdiente, wenn es nicht auch den Menschen nützte, die sie liebte?



»Ich will es nicht«, erklärte Giselle stur.

Vanessa schüttelte den Kopf. Warum musste ihre Mutter nur das diametrale Gegenteil zu ihrem Vater sein? Der rief mindestens einmal im Monat an und wollte Nachschub. Und zu ihm war sie wesentlich knausriger. »Sei doch nicht so störrisch«, beharrte sie. »Ich merke das noch nicht mal auf meinem Konto. Wie viel kann das schon sein? Ein paar zehntausend, genügt das?« Gleich nach diesem Gespräch würde sie bei ihrem Vermögensverwalter anrufen und den Geldtransfer anweisen.

»Ein letztes Mal, liebe Tochter«, drang Giselles Stimme sehr bestimmt an ihr Ohr, »ich will das Geld nicht.« Vanessa setzte schon zu weiterem Widerspruch an, aber da fuhr Giselle fort: »Da klebt Blut dran. Und zwar deines.«

Vanessa glaubte nicht richtig zu hören. Fassungslos setzte sie sich auf. »Das ist ja lächerlich. Wie meinst du denn das?«

In sachlichem, fast kühlem Ton erklärte Giselle: »Du verkaufst dich für dieses Geld. Mit Haut und Haar. Und du verkaufst Kira dafür. Behalt es, wenn dir das alles so wichtig ist. Ich will es nicht. Lieber geh ich in den Knast wegen Steuerhinterziehung.«

Vanessa holte tief Luft, um angemessen zu kontern. Aber sie war so schockiert, dass ihr auf die Schnelle nichts Passendes einfiel.

Da kam Giselle ihr auch schon zuvor: »Das ist mein letztes Wort dazu, und telefonieren mag ich auch nicht mehr. Tschüs, ich leg jetzt auf.« Es klickte im Hörer.

Vanessa merkte erst nach einer ganzen Weile, dass sie mit offenem Mund dasaß und das Telefon anstarrte. So hatte ihre Mutter sie noch nie abgekanzelt. Sie würde lieber ins Gefängnis gehen als ihr Geld anzunehmen – meinte sie das wirklich so? Ihre Schockstarre wich Wut, Wut auf Giselle und ihre ethischen Grundsätze. Jeder verkaufte sich schließlich irgendwie. Giselle war doch selbst keine Ausnahme, wenn sie ihre Kunstwerke feilbot.

Schließlich legte sie das Telefon beiseite. Auch die Wut war verflogen. Stattdessen überkam sie nun eine tiefe Traurigkeit. Vielleicht hatte ihre Mutter ein Stück weit recht. Aber wenn dem so war – was hatte das zu bedeuten? Was sagte das über ihr Leben aus? Unbewusst hatte Giselle genau das angesprochen, was Vanessa die letzten Wochen gequält hatte. Mit so unbarmherziger Direktheit, dass sie sich nicht länger davor verkriechen konnte.

Vanessa streifte das Handtuch von ihren Schultern, sprang in den Pool und begann wie eine Irre zu kraulen. Erschöpfung war das einzige Mittel, das jetzt noch half. Ihre Muskeln protestierten, aber ihre rasenden Gedanken trieben sie an. Ein Bild von Kira tauchte vor ihrem inneren Auge auf, wie sie sie anstrahlte mit ihrem umwerfenden Lächeln. Vanessa japste nach Luft und tauchte kurzerhand unter. Vielleicht ließ sich ihr Kopf mit seinen amoklaufenden Gehirnströmen von allem reinwaschen, wenn sie nur lange genug unter Wasser blieb.

»Kira, komm mal bitte.« Stephans Stimme hörte sich irgendwie merkwürdig an. Aber vielleicht lag das auch daran, dass Kira gerade in ihrem Zimmer im zweiten Stock war und er aus der Küche im Erdgeschoss rief. Sie war mit E-Mails und anderem Papierkram für ›Blutsschwestern‹ beschäftigt, unter anderem der

Einreichung für die Berlinale – *das* deutsche Filmfestival überhaupt. Wessen Filme dort liefen, der hatte es geschafft.

Lukas war es gelungen, eine extra späte Einreichung zu ermöglichen, obwohl die offiziellen Fristen längst vorbei waren. Das Festival war schließlich schon im Februar, und sie hatten bereits Mitte Dezember. Dabei waren sie noch nicht einmal fertig mit dem Film und konnten erst einen Rohschnitt als Sichtungskopie vorlegen. Kira vermutete, dass Vanessas Beteiligung am Film dieses Wunder bewirkt hatte.

Im nächsten Moment fiel ihr auf, dass es ihr heute bisher gelungen war, noch nicht an Vanessa zu denken. Und vor allem: noch keine einzige Träne zu vergießen. Ein echtes Novum. Vielleicht war sie ja auf dem Wege der Besserung, ihr Herz endlich im Begriff zu heilen. Oder zumindest eine Kruste über der tiefen Wunde zu bilden. Eine hässliche Narbe würde allemal zurückbleiben ... Hoffentlich würde es ihr dann bald auch körperlich endlich wieder bessergehen. Bei den ständigen Heulattacken war es kein Wunder, dass sie Dauerkopfschmerzen hatte. Das musste ja Stress pur sein für ihren armen Kopf mit seinem ungebetenen

Gast. Aber der bevorstehende Krankenhausaufenthalt würde in dieser Hinsicht Klarheit bringen – zumindest das. Jegliche weiteren Gedanken, was er sonst noch bringen könnte, ließ sie nicht zu.

»Sekunde«, brüllte sie zu Stephan hinunter und betrachtete dann wieder die Formulare, die sie für das Festival noch ausfüllen musste. Bisher hatte es noch keiner ihrer Filme auf die Berlinale geschafft, von einer Sonderbehandlung bei der Einreichung ganz zu schweigen. Na ja, Einreichung hieß noch nicht Teilnahme. Trotz Vanessa in der Hauptrolle blieb Kira skeptisch. Es wäre schon sehr unrealistisch, anzunehmen, dass auf einmal alles reibungslos laufen würde und ihr der große Durchbruch bevorstand. Genau wie mit ihren früheren Filmen würde sie wohl auch mit ›Blutsschwestern‹ erst einmal die kleineren Festivals abtingeln müssen. Aber das war kein Beinbruch, sie kannte es nicht anders, und es machte ja auch Spaß.

Nach kurzem Zögern schob sie die Unterlagen für die Berlinale zur Seite und stand von ihrem Schreibtisch auf. Da ohnehin nicht davon auszugehen war, dass es damit was wurde, konnte es auch noch ein bisschen länger warten.

»Was ist denn?«, fragte sie, als sie unten Stephans Reich betrat, seine heißgeliebte Küche. Er hatte sie mit viel Liebe eingerichtet und dekoriert. Das Ergebnis war in Kiras Augen fürchterlich kitschig: Überall standen, hingen und lagen Figürchen in Vogelform und anderer Dekomüll herum. Aber er stand halt auf so was. Auch er selbst hatte ein bisschen was von einem Paradiesvogel, wie üblich in eines seiner quietschbunten Hemden gekleidet – das heutige in einem Muster, das ein impressionistisches Gemälde vor Neid erblassen lassen würde. Ein ewiger Streitpunkt in der Beziehung zu Uli, der Stephan immer vorwarf, keinen Funken modisches Bewusstsein zu haben. Was Stephan natürlich maßlos kränkte, denn er fühlte sich mit seinen ausgefallenen Hemden doch gerade äußerst schick gekleidet. Der Qualität des Essens, das er für die Familie kochte, tat seine Vorliebe für Kitsch und Knallfarben jedoch glücklicherweise keinen Abbruch.

Mit einem etwas verstörten Blick antwortete er ihr jetzt: »Geh mal vorsichtig ans Fenster und wirf einen Blick raus.«

Kira, jetzt doch sehr neugierig, spähte durch Stephans Spitzenvorhänge und Kakteensammlung hindurch und sah eine Menschenansammlung auf der Straße stehen. Keine normale Menschenansammlung, sondern eine mit auffällig vielen Kameras.



»Kannst du dir das erklären?«, fragte Stephan, der neben sie getreten war und auch wieder auf die Straße schaute.

Kira schüttelte verblüfft den Kopf. »Was ist das denn? Stehen die vor unserem Haus?« Sie zählte mindestens zehn Personen, deren Interesse anscheinend tatsächlich ihrem Reihenhaus galt. Außerdem sahen sie so aus, als hätten sie sich trotz der winterlichen Witterung auf einen längeren Aufenthalt eingerichtet. Kira konnte den einen oder anderen Klappstuhl ausmachen. Jetzt erst bemerkte sie, dass die Straße außerdem vollkommen chaotisch zugeparkt war. So etwas kam eigentlich nie vor, nicht hier in Reinickendorf, in einer abgelegenen Nebenstraße. Das Haus ihrer Papis stand in einem ruhigen Wohnviertel. Hier gab es nichts, das so viel öffentlicher Aufmerksamkeit wert gewesen wäre. Jedenfalls hatte sie das geglaubt, bis sie diesen Trupp da auf der Straße gesehen hatte.

»Jetzt kommt einer und klingelt«, kommentierte Stephan aufgeregt, als sich ein Schnauzbartträger in einer Weste, auf der auffallend groß ›Presse‹ stand, aus dem Pulk löste und an die Haustür trat. »Sollen wir aufmachen?«

Kira wandte sich ihm zu. Seine Wangen waren gerötet und leuchteten richtig. Seine helle Haut reagierte immer schnell auf jegliche Gefühlsregung, was farblich einen unvorteilhaften Kontrast zu seinen roten Haaren und oft auch seinen Hemden ergab. Auch jetzt wieder, da das heutige Exemplar einen guten Teil Pink aufwies. Uli sagte ihm immer wieder, dass ihm Pink nicht stand, stieß aber jedes Mal auf taube Ohren.

Kira hatte einen Augenblick lang das Bedürfnis, ihn auf die farbliche Kakophonie anzusprechen, ließ es dann aber sein. Jetzt gab es ein dringenderes Problem. »Etwas unheimlich ist das ja schon«, antwortete sie skeptisch. »Hast du irgendwas angestellt? Die Kanzlerin überfahren oder so?« Mit dem Scherz versuchte sie in erster Linie ihre eigene Aufregung über das unerwartete Spektakel zu überspielen. Sie hatte eine komische Ahnung, die ihr im Bauch kribbelte, hoffte aber sehr, dass sie falsch lag.



Stephan schüttelte den Kopf, ohne auch nur zu grinsen. »Das wüsste ich.« Dann straffte er sich und verkündete, plötzlich ganz energisch: »Ich geh mal hin und frage, was die wollen.«

»Ich weiß nicht, ob das so eine gute Idee ist«, wandte Kira ein.

Aber er war schon auf dem Weg zur Tür. »Ich muss eh gleich zur Arbeit. Ich kann mich ja nicht hier verschanzen.«

Womit er recht hatte. Sie selbst würde sich auch demnächst auf den Weg zum Schnittstudio machen müssen. Es war purer Zufall, dass sie heute Vormittag zu Hause geblieben und dieser Truppe da draußen nicht schon längst in die Arme gelaufen war. Gut, dass Uli immer schon um fünf Uhr morgens losging und ihm dieser Trubel erspart geblieben war.

Kira konnte Stephan an der Haustür reden hören. Anscheinend wurde das Gespräch immer hitziger, denn seine Stimme wurde bei jeder Äußerung lauter. Schließlich hörte sie ihn irgendetwas schreien, das in einem lauten »Verpisst euch!« endete.

Sie konnte es kaum glauben. Stephan erhob nie die Stimme. Nie! Er war der sanfteste Mann, den Kira kannte.

Mit einem Knall flog die Tür zu, und Stephan kam zurück in die Küche gestürmt. Puterrot glühte sein Gesicht. Er knallte ein

Foto auf die Küchenablage. »Diese Dreckschweine«, schnaufte er.

Im ersten Moment konnte Kira ihn nur entsetzt anschauen. So kannte sie ihren Papi überhaupt nicht. Was hatte ihn nur zu solch einer heftigen Reaktion getrieben? Dann besann sie sich und schaute auf das Foto, das er mitgebracht hatte. Eine Ecke war angerissen, als habe er es jemandem aus der Hand gezerrt, der nicht loslassen wollte.

Zuerst konnte Kira mit dem Bild nicht viel anfangen. Erst nach eingehender Betrachtung wurde ihr klar, was sie da sah – dass sie selbst auf dem Foto zu sehen war. Sie hatte keine Vorstellung davon gehabt, wie sie in Vanessas Armen aussah, keine Vorstellung von ihnen beiden als Paar. Keine optische Vorstellung, genauer gesagt. Das Gefühl kannte sie nur zu gut und würde es wohl auch nie vergessen.

Ihr Herz klopfte bis zum Hals, und ihr Atem beschleunigte sich, als sie das Foto zu sich heranzog und gar nicht anders konnte, als in dem Anblick zu versinken. Sie und Vanessa in einem innigen Kuss. Ihre Arme waren um Vanessas Hals geschlungen, sie trug nur ein Tanktop, und Vanessas Hand lag direkt unter ihrer einen Brust. Das ließ sie sich besonders deutlich abzeichnen, aufgestellte Brustwarze und alles. Ihre Braids hatte sie auf dem Kopf aufgetürmt. Sie wirkte, als wolle sie mit Vanessa verschmelzen, wie Wachs in Vanessas Händen. So sah sie also aus, wenn Vanessa sie küsste?



Mit zittrigen Händen nahm sie das Foto auf und versuchte die Umgebung zu erkennen, die Situation zu identifizieren, in der es aufgenommen worden war. Vanessa drückte sie gegen irgendein Möbel, ihre Haare wie ein dunkler Samtvorhang um sie herum. Trotzdem war ihr Gesicht deutlich erkennbar. Sie trug den grauen Kapuzenpulli, den sie abends nach den Dreharbeiten meistens zum Ausspannen angezogen hatte. Aber wo hatten sie sich denn je so geküsst – in der Öffentlichkeit, so dass jemand sie dabei fotografisch erwischen konnte? Im Privaten hatten sie sich noch ganz anders geküsst … Ihr wurde schwindlig bei diesem Gedanken.

Dann fiel es ihr wieder ein. Das Fest zum Drehende. In der Gesindeküche. Das war der schöne alte Küchenschrank, gegen den

Vanessa sie da so lustvoll presste. Wer hatte sie da nur fotografiert?

Die Überwältigung durch den unerwarteten Anblick und die Erinnerungen, die er wachgerufen hatte, wich allmählich einer großen Enttäuschung. Es musste natürlich jemand aus dem Team sein, denn sonst war an jenem Abend niemand zugegen gewesen. Jemand aus der Crew, der den Hinweis auf ihre Beziehung an die Presse hatte durchsickern lassen und das Foto sicherlich gewinnbringend verkauft hatte. Das hätte sie niemandem zugetraut. Dass es jetzt doch so gekommen war, erschütterte sie – fast genauso sehr wie das Bild selbst. Dieser sichtbare, eindeutige Beweis für die Leidenschaft, die sie mit Vanessa für so kurze Zeit geteilt hatte.

Zum ersten Mal stellte sie fest, dass sie ein ausgesprochen schönes Paar bildeten. Sie passten gut zusammen. Das hätte sie nie für möglich gehalten, war sie doch gegen Vanessas Ausstrahlung und Schönheit eher unscheinbar. Doch auf dem Foto war nicht zu übersehen, dass sie voneinander mehr als angetan waren. Wenn sie da an die in der Presse lancierten Bilder von Vanessa mit irgendwelchen Männern dachte, mit denen sie angebliche Affären hatte – was für ein himmelweiter Unterschied. Von Leidenschaft oder gegenseitiger Anziehung war da nichts zu spüren. Falls das auch für andere Leute wahrnehmbar war, hatte Vanessa vermutlich ziemlichen Ärger an der Backe. Ihre Agentin war mit Sicherheit außer sich. Und die Pressemeute hier vor ihrer Tür ergab jetzt vollkommen Sinn.



Auf einmal vermisste sie Vanessa wieder mit einer Heftigkeit, die sie die letzten paar Wochen nicht mehr zugelassen hatte. Der Anblick des Fotos ließ alles wieder hochkommen: all die Sehnsucht und Liebe, die Verzweiflung darüber, dass es mit Vanessa keine Zukunft gab. Verzweiflung über ein verlorenes Leben.

Mit Tränen in den Augen hob sie den Kopf. Stephan hatte die ganze Zeit vor sich hin geschimpft über die Unverschämtheit der Medien und die Verletzung ihrer Privatsphäre. In ihrem Schock über das Foto hatte Kira es gar nicht mitbekommen. Jetzt, da sie ihn mit tränenumflortem Blick ansah, hörte er sofort auf mit seiner Tirade. Kira hatte ihren Papis bei ihrer Rückkehr alles erzählt und sich bei ihnen ausgeheult, so ausgiebig, dass sie sie beinahe gleich mit in die Verzweiflung getrieben hatte. Stephan wusste also Bescheid und merkte jetzt offenbar sofort, dass seine väterliche Brust gefragt war. Er breitete mit einem mitfühlenden Blick die Arme aus, und Kira warf sich hinein.

»Komm her, meine Kleine. Mein Mädchen.« Er strich ihr sanft und beruhigend über den Rücken, während sie in einen Weinkrampf ausbrach, der ihm das bunte Hemd durchnässte.

»Verfluchte Scheiße, warum wusste ich davon nichts?« Nathalie kam unangemeldet und unüberhörbar aufgebracht ins Haus gestürmt. Sungming, die Haushälterin, musste sie hereingelassen haben, ohne dass Vanessa es mitbekommen hatte.

Nathalie überraschte sie beim Yoga. Ausgerechnet in einem Moment, da sie endlich einmal Ruhe und Ausgeglichenheit gefunden hatte, nach gefühlt endlosen anderthalb Stunden. Widerwillig beendete sie ihren zwölften Sonnengruß und wandte sich ihrer Agentin zu. Die wedelte mit einer Zeitung wie verrückt hin und her, so dass Vanessa nicht sehen konnte, was sie daran so aufregte.

»Wovon sprichst du?«, fragte sie deshalb gelassen. Allzu dramatisch konnte es nicht sein. Nathalie tendierte dazu, zu übertreiben und aus allem ein Riesendrama zu machen. Das hatte Vanessa an ihr noch nie leiden können, dass wegen einer Kleinigkeit immer gleich die Welt unterging. 

»Das hier, verdammt noch mal!« Nathalie hörte mit dem Wedeln auf und hielt Vanessa das Titelblatt unter die Nase. »Deine Affäre mit der kleinen Filmemacherin.«

Vanessa nahm die Schlagzeile erst gar nicht wahr. Ihr Blick saugte sich an dem Foto fest, das sie mit Kira in einem sehr innigen Kuss zeigte. Erst dann las sie auch den Titel: »Vanessas neueste Eroberung. Süße deutsche Nachwuchsregisseurin der Verführerin erlegen.«

*Fuck!* Was für ein ausgemachter Müll! Dann der erste klare Gedanke: Kira. Die Presse würde sie auffressen.

»Ich muss sofort Kira anrufen, ob bei ihr alles in Ordnung ist«, erklärte sie, noch während sie den Artikel überflog. Jemand aus dem Filmteam hatte sie an die Presse verkauft, so viel war ihr auch beim flüchtigen Lesen klar. Der Text enthielt zu viel Insiderwissen vom Dreh, um einfach nur auf einem nach außen gedrungenen Foto zu basieren.

Nathalie entriss ihr unsanft die Zeitung. »Den Teufel wirst du tun! Du wirst dich von dieser Frau so weit es nur geht fernhalten.« Wie eine wild gewordene Hyäne stapfte sie in Vanessas Wohnzimmer auf und ab.

Doch Vanessa ließ sich nicht beirren. »Aber die Presse wird sie zerfleischen. Sie ist so was nicht gewohnt«, sagte sie sachlich, während sie schon zum Telefon griff. Kiras Handynummer wusste sie inzwischen auswendig, so oft hatte sie sie gewählt und wieder aufgelegt.

Sofort kam Nathalie angestürmt und riss ihr das Mobilteil aus der Hand. »Das ist mir scheißegal. Erst mal müssen wir hier das Schlimmste verhindern.« Sie pfefferte das Telefon aufs Sofa und baute sich vor Vanessa auf.

Die stellte sich dem Schlagabtausch wie ein erbostes Rhinozeros. »Und das ist *mir* scheißegal«, konterte sie. »Ich werde Kira nicht den Haien zum Fraß vorwerfen.«

Nathalie schien zu spüren, dass sie mit ihrem Zornesausbruch nichts erreichte. In beschwichtigendem Ton sagte sie: »Du hilfst ihr am besten, indem du von ihr ablenkst.«



»Was meinst du? Was hast du vor?« Vanessa fixierte sie misstrauisch mit zusammengekniffenen Augen. Ihre Agentin hatte mit Sicherheit schon wieder einen perfiden Plan in der Hinterhand.

»Ganz einfach. Zwei Fliegen mit einer Klappe. Du wirst hier mit einem passenden Herrn auftauchen, die Presse wird sich aufgeheizt daraufstürzen, und deine kleine Affäre in Deutschland wird sofort vergessen sein.«

Vanessa musste zähneknirschend zugeben, dass da was dran war. Auch wenn sie über Nathalies Strategie hätte kotzen können. Eine Pseudo-Hetero-Romanze war das Letzte, worauf sie gerade Lust hatte.

»Zumal sie eh nichts hermacht«, schob ihre Agentin hinterher, kombiniert mit einer abfälligen Geste in Richtung des Fotos von Kira und ihr.

Damit ging sie definitiv zu weit. Vanessa spürte die kalte Wut in sich aufsteigen. »Ich warne dich, Nathalie«, sagte sie gefährlich leise. »Treib es nicht auf die Spitze. Kira ist eine ganz und gar wunderbare Frau, der du und ich nicht das Wasser reichen können, was Integrität und Reife angeht.« Sie würde Nathalie Mores lehren, wenn es nötig war. Auf Kira ließ sie nichts kommen. Schon gar nicht in der jetzigen Situation. Kira hatte sich das alles nicht ausgesucht.

Aber Nathalie schmunzelte nur amüsiert. »Oha. Hat sich da jemand ein wenig verguckt in die ›süße Nachwuchsregisseurin‹?«

»Nenn sie nicht so, Herrgott noch mal«, fuhr Vanessa sie aufbrausend an. Sie gab sich keine Mühe mehr, ihre Emotionen zu verstecken. Sollte Nathalie doch von ihr denken, was sie wollte.

»Wie auch immer«, wiegelte diese ab, weiterhin völlig unbeeindruckt. Dann rückte sie mit ihrem Plan heraus: »Ich war sowieso schon mit Larry Bogan und seinem Manager in Verhandlungen. Ich werde Richard sofort anrufen. Wir werden das Ganze beschleunigen. Am besten wäre es, wenn man euch bereits heute Abend irgendwo zusammen sieht.«

»Wer zur Hölle ist denn Larry Bogan?«, fragte Vanessa perplex. Sie hatte sich einfach schon zu lange nicht mehr mit dem Klatsch und Tratsch in L. A. befasst.

Nathalie schnaufte entnervt auf. »Ehemaliges Boybandmitglied? Startet gerade eine Solokarriere? Klickt es jetzt?«

Aber Vanessa konnte nur den Kopf schütteln. Für Boybands hatte sie sich noch nie interessiert. 

»Jedenfalls stockschwul. Aber seine weiblichen Fans dürfen nicht enttäuscht werden, sonst ist das mit dem Soloerfolg womöglich ganz schnell wieder beendet«, schloss Nathalie ihr Erklärung ab.

Vanessa nickte steif. Gott, wie sie das alles anwiderte. Diese Versteckspiele, das Verbiegen für die Karriere, dieses falsche Gesicht, das sie alle hier für die Öffentlichkeit auflegten. Zumindest alle, die sie kannte. Vielleicht gab es auch ein paar von Kiras Schlag, aber denen war sie in Hollywood noch nicht begegnet. Wenn sie nicht selbst insgeheim bereits zu dem Schluss gekommen wäre, dass Nathalies Vorschlag tatsächlich die beste Lösung war, hätte sie ihr ins Gesicht gelacht. Aber für Kira war sie bereit, darauf einzugehen und mit Larry Soundso ein Techtelmechtel vorzuspielen.

Ruhig sagte sie: »Okay. Ruf ihn gleich an.«

Daraufhin sah Nathalie sie erst einmal erstaunt an – das erste Mal, dass sie sich irritiert zeigte. Offensichtlich hatte sie sich auf einen längeren Kampf eingestellt. Schon vor ›Blutsschwestern‹

hatte sich Vanessa zunehmend nur noch durch Androhungen und lange Zermürbungsarbeit von Nathalie dazu bringen lassen, sich auf irgendwelche falschen Dates mit Männern einzulassen. Der schnelle Sieg heute war umso bemerkenswerter.

Aber für Vanessa war diese Reaktion von Nathalie nur der Beweis, dass ihre Agentin sie wirklich nicht kannte – nicht mehr. Dass sie die inneren Veränderungen, die Vanessa in der letzten Zeit durchlebt hatte, überhaupt nicht mitbekommen hatte. Und natürlich konnte sie die Tiefe ihrer Gefühle für Kira nicht einmal ansatzweise erahnen, konnte nicht wissen, dass Vanessa für Kira durchs Feuer gegangen wäre.

Nathalie wäre jedoch nicht Nathalie gewesen, wenn sie sich nicht innerhalb einer Mikrosekunde von ihrer Überraschung erholt hätte und zur Tat geschritten wäre. Sie warf die Zeitung beiseite und zückte ihr Handy.

»Hallo, Richard, mein Lieber«, flötete sie in das Gerät. »Sei gegrüßt. Wie schön, deine wundervolle Bassstimme an mein Ohr dringen zu hören.«



Vanessa wurde übel von so viel Geschleime. Hastig hob sie die Zeitung vom Boden auf. Sie hatte noch gar keine Gelegenheit gehabt, sich das Foto richtig anzusehen.

»Hör mal, du kannst dir denken, dass unsere kleine Vereinbarung nach den heutigen Schlagzeilen dringend in Kraft treten muss. Hat Larry heute schon was vor?«, schrillte Nathalies Stimme durch das Haus.

Vanessa hörte dem Telefonat nur mit halbem Ohr zu. Sie war sich sicher, dass Nathalie wie immer bekommen würde, was sie wollte. Stattdessen konzentrierte sich auf das grobkörnige Foto. Kira sah so unglaublich sexy darauf aus. Irgendwie erschien es ihr wie eine Beschmutzung ihres intimen Moments, dass dieses Foto nun um die ganze Welt ging und jede Pappnase sie beim Küssen anschauen konnte. Aber gleichzeitig war es etwas ganz und gar Wertvolles für sie. Wie ein Beweis, dass ihre Liebe Wirklichkeit gewesen war. Sie hatte sonst nichts von Kira, nichts Greifbares.

Nathalies Anwesenheit drang wieder in ihr Bewusstsein, als die Agentin sich auf das ungemütliche Sofa fallen ließ. Sie würde schon sehen, was sie davon hatte. Vanessa hoffte, Kreuzschmerzen. Oder vielleicht sogar einen Hexenschuss.

»Ja, schon klar, ich schulde dir eine Kleinigkeit für dein Entgegenkommen. Um vier zum Shoppen? Ganz wunderbar. Lass uns noch ein schickes, aber intimes Abendessen anhängen, und ich könnte nicht glücklicher sein.« Nathalie lauschte kurz und verabschiedete sich dann.

»Perfekt«, strahlte sie Vanessa mit siegesgewisser Zufriedenheit entgegen. »Zieh dich sexy an. Du gehst auf eine Mission mit Larry Bogan. Und die lautet ›Ich rette meine Karriere‹. Ich will also viel verliebtes Getue und eine umwerfende Vanessa Harris sehen.«

Das Rhinozeros hatte sich schlafen gelegt, aber jetzt erwachte es in Vanessa wieder mit einem ärgerlichen Schnauben. »Ich warne dich noch ein letztes Mal. Überspann den Bogen nicht«, sagte sie kühl. »Ich weiß, was ich zu tun habe. Und ich mach das weder für dich noch für mich.« Sie warf Nathalie einen drohenden Blick zu und machte sich dann auf den Weg in ihr Ankleidezimmer.

Dort warf sie sich unter Nathalies Aufsicht in ein tief ausgeschnittenes Kleid, frisierte ihr Haar zur Perfektion und wählte ein paar Schuhe mit nicht zu viel Absatz aus. Boyband-Larry war nicht so groß, das würde sonst auf Fotos ungünstig aussehen, erklärte Nathalie. Nachdem ihre Agentin ihre Aufmachung huldvoll abgesegnet hatte, fuhr sie sie hinunter in die Stadt. Zu ihrem Pseudo-Date. Auf dem Weg setzte Nathalie noch rasch einen Tipp an die Presse ab, so dass Vanessa schon von einer Horde Paparazzi erwartet wurde, als sie aus dem Wagen stieg, um Larry zu begrüßen. Sie servierte ihnen Premium-Fotos von einer aufgetakelten Hollywood-Diva, die ihrem neuesten Lover stürmisch und leidenschaftlich um den Hals fiel. Zumindest fand sie selbst, dass sie eine Glanzleistung ablieferte. Und auch Larry entsprach genau dem, was Nathalie, Hollywood und der Rest der Welt sich an ihrer Seite zu wünschen schienen: extrem gutaussehend auf eine Art, die die Presse liebte.

Damit sollte es ihr gelingen, das in der öffentlichen Wahrnehmung weniger spektakuläre Bild von Kira und ihr in Vergessenheit geraten zu lassen. Nur für sie selbst blieb das Foto von ihnen beiden für immer das spektakulärste, das es jemals geben würde.

Über den Bildschirm flimmerte gerade der Showdown zwischen der Gutsherrin und dem Verlobten der Gutsverwalterin. Diese entschied sich in dieser Schlüsselszene des Films dafür, bei der von Vanessa verkörperten Gutsherrin zu bleiben, und damit für eine Existenz als Untote. Kira bastelte zusammen mit Alba schon den ganzen Nachmittag an dieser Szene. Der Aufwand lohnte sich, fand sie. Was sie bisher geschnitten hatten, hatte eine phantastische Intensität. Das lag natürlich auch daran, dass Vanessa brillierte. So manches Mal hatte ihr der Effekt, den die Schauspielerin erzielte, schon kalte Schauer über den Rücken laufen lassen. Sie vergaß sogar fast völlig, dass sie wegen ebendieser Frau litt wie ein Hund und nun auch noch von der Presse verfolgt wurde.

Auch heute Morgen hatte sie sich wieder über das Grundstück der Nachbarn hinausschleichen müssen, um der jagdlustigen Meute zu entgehen, und ihr graute davor, sie am Abend erneut austricksen zu müssen. Mehrmals war sie schon fast erwischt worden. Aber bisher hatte sie allem erfolgreich aus dem Weg gehen können, zumal Uli und Stephan sich wie die aufgebrachten Beschützer eines Jungtieres gebärdeten. Sie waren inzwischen beide schon sehr heftig mit besonders aufdringlichen Vertretern der Klatschpresse aneinandergerasselt. Erst gestern Abend war Stephan nahezu ausgeflippt, als ein Fotograf seinen Vorgarten zertrampelt hatte, was seine heißgeliebten Rosen im Winterschlaf vermutlich nicht unbeschadet überstanden hatten.



Der Filmschnitt näherte sich jetzt nach fünf Wochen so langsam dem Ende. Zum Glück hatte die Presse nicht auch noch in Erfahrung gebracht, wo ›Blutsschwestern‹ in der Postproduktion war. Auch wenn offenbar nichts unversucht geblieben war, um es herauszufinden. Lukas hatte ihr berichtet, dass man ihm ein Bestechungsgeld angeboten habe für diese Information. Der einzige Vorteil an dem ganzen Skandal um ihre Liaison mit Vanessa war, dass er den öffentlichen Hype um den Film anheizte. Einen Filmverleih zu finden, dürfte also tatsächlich kein Problem darstellen, und es war so gut wie sicher, dass ›Blutsschwestern‹ in die deutschen Kinos kommen würde. Was nicht von Anfang an selbstverständlich war. Kira und Lukas hatten ursprünglich am ehesten auf DVD-Verkauf und Online-Streaming gesetzt, aber Kino war natürlich der Königsweg.

Und jetzt stand Weihnachten vor der Tür und danach ihr Krankenhausaufenthalt. Es war also an der Zeit, fertig zu werden mit allem. Ihre Sachen in Ordnung zu bringen. Zu regeln, was noch geregelt werden musste für ihre Abwesenheit.

Sie hoffte nur, dass sie den Filmstart noch erleben würde. Auch wenn sie sich immer bemühte, optimistisch zu bleiben – die vermehrten Kopfschmerzen, die sie mittlerweile fast ständig quälten, und das heftiger werdende Zittern ihrer Hände machten ihr schlichtweg Angst. Wenn sie in dunklen Momenten ganz ehrlich mit sich selbst war, ging sie vom Schlimmsten aus. Versuchte sich an den Gedanken zu gewöhnen, dass im Krankenhaus eine wesentliche Verschlechterung diagnostiziert werden würde. Womöglich eine Änderung des Status ihres Tumors von gutartig zu bösartig. Ungebremstes Wachstum, so dass sie sich innerhalb kürzester Zeit in laufendes Gemüse verwandeln würde. So etwas in der Art.

»Schau mal, wie findest du das?«, riss ihre Cutterin sie aus ihren düsteren Gedanken. Seit Kira durch die Klatschpresse gezerrt wurde und Alba in diesem Zusammenhang alles erfahren hatte, war sie wesentlich verständnisvoller. Wer wollte schon intime Details seines Lebens in der ›Bild‹ lesen, hatte sie konstatiert.



»Ich habe das noch mal ein bisschen verlängert«, erläuterte sie, »weil ich fand, dass Vanessas Ausdruck so stark ist.« Sie begann die Stelle noch einmal abzuspielen, an der sie die letzte Stunde gearbeitet hatten.

Zuerst war der Verlobte zu sehen. Der Schauspieler war hochgelobt von einem Provinztheater gekommen und hatte sich als perfekte Ergänzung zu Ruth und Vanessa entpuppt. Er spielte den verzweifelten und deshalb gefährlich aggressiven Mann so beängstigend realistisch, dass man als Zuschauerin gar nicht anders konnte als um das Leben der Schlossherrin zu fürchten. Dann Vanessa, wie sie ihm die Stirn bot. Sie kam langsam auf die Kamera zu, bis ihr Gesicht in Großaufnahme zu sehen war. Das Licht spielte in ihren tiefen, grün-blauen Augen, in denen ein entschlossener und zugleich hingebungsvoller Ausdruck lag. Kira hätte endlos in diese Augen schauen können.

»Gut, sehr gut«, lobte sie. Die Verlängerung der Einstellung war perfekt. Auch wenn sie nicht völlig unvoreingenommen urteilen konnte und diese Augen ihren Puls gerade wieder einmal in die Höhe gejagt hatten.

Mit einem Klingelton meldete ihr Laptop den Eingang einer neuen Mail, und sie ließ Alba allein am Feintuning der letzten Einstellungen weiterarbeiten. Die Nachricht war von Lukas und mit »Sorry, willst du nicht wissen, aber vielleicht wichtig« überschrieben. Kira klickte sie an und hatte im nächsten Moment das Gefühl, plötzlich keinen Boden mehr unter sich zu haben und sich im freien Fall zu befinden.

Vanessa hatte offiziell einen neuen Geliebten. Irgendeinen Boyband-Sänger. Ein Link war auch in der Mail, der sie auf die Seite einer amerikanischen Boulevardzeitung führte. Mehr mechanisch als bewusst öffnete sie die Webseite, und Übelkeit stieg in ihr auf, als sie die frohe Botschaft las. Die umwerfend schöne Vanessa Harris sei in L. A. mit dem ebenso gutaussehenden wie charmanten Larry Bogan beim Shoppen und einem romantischen Candlelight-Dinner gesichtet worden. Insider berichteten, dass die beiden schon seit Vanessas Rückkehr aus Deutschland zusammen seien. Und wahnsinnig glücklich.



Kira schluckte krampfhaft. Ihr war natürlich klar, dass kein Wort davon stimmte. Dass es sich lediglich um eine Gegeninitiative handelte, die die unschönen Lesbengerüchte aus der Welt schaffen sollte – die Kira aus der Welt schaffen sollte. Nathalies Werk eben. Aber beruhigend war das nicht. Sie besah sich eines der vielen Fotos noch einmal genauer. Das war eindeutig Vanessa, die da gekonnt einen blonden Typen abknutschte und dabei möglichst viel Haut sehen ließ. Aber sie sah fremd aus, unsympathisch. Dieser Filmstar im knappen Kleidchen, der hier für die Kamera auf Turteltäubchen machte, war nicht ihre Vanessa.

Aber hatte es die überhaupt je gegeben? Vielleicht war sie nur eine Illusion gewesen. Nur eine Facette, eine von vielen Rollen, in die die Schauspielerin nach Belieben schlüpfen konnte, wie die Schlossherrin oder eben die verliebte Hetera auf dem neuesten Pressefoto. Damit war auch ihre Liebe eine Illusion. Sie konnte gar nicht in eine Person verliebt sein, die sie nicht wirklich kannte. Die angeblich so glückliche Zeit mit Vanessa war nichts als eine Lüge gewesen.

Der Schock verwandelte sich in eine Kälte, die ihr Herz mit einer Eisschicht zu überziehen schien.

Aber vielleicht war es nicht einmal so ungünstig, dass gerade jetzt das böse Erwachen kam. Sie konnte es sich gar nicht leisten, sich noch weiter in die Vanessa-Situation hineinzusteigern und ihre ganze emotionale Energie daran zu verschwenden. Sie hatte ganz andere Probleme. Gravierendere. Ihre Gesundheit. Ihr Leben, das womöglich in absehbarer Zeit zu Ende war.

Mit einem letzten Blick auf Vanessas Abgründe klappte Kira den Laptop zu und zwang sich, alles beiseitezuschieben und sich auf das Hier und Jetzt zu konzentrieren. Das gelang ihr auch den Rest des Arbeitstages im Schnittstudio ganz gut. Erst als sie am Abend in Reinickendorf ankam und von der Straßenecke aus sah, dass nur noch ein einziger Pressefuzzi vor ihrem Haus herumlümmelte, wurde ihr bewusst, dass Vanessa und sie längst Schnee von gestern waren.

Sie ging bei den Müllers durch die Garage, stieg über drei Gartenzäune und wurde schließlich von Uli an der Terrassentür in Empfang genommen. Er sah sie mit bangem Blick an, als rechne er jeden Moment mit einer neuen Heulattacke. Ihr biologischer Vater hatte viel Ähnlichkeit mit ihr, sowohl äußerlich als auch, was das Seelenleben anging. Er war nur einen halben Kopf größer als seine Tochter und im Gegensatz zu seinem zum Pummeligen neigenden Mann eher schmächtig, und genau wie Kira war er recht dünnhäutig. Jetzt gerade sah er so aus, als würde er in Tränen ausbrechen, sobald sie auch nur weinerlich das Gesicht verzog. Aber nach Weinen war es Kira seit heute Nachmittag komischerweise gar nicht mehr zumute. Sie war wie geläutert.



Uli fuhr sich in einer Geste der Unsicherheit durch seine kurzen grauen Stoppeln und fragte vorsichtig: »Weißt du schon das Neueste?«

Sie nickte. »Lukas hat es mir gemailt«, erklärte sie, während sie ihre dicke Winterjacke auszog und in den Flur ging, um sie an der Garderobe aufzuhängen.

Uli war ihr gefolgt. »Und?«, fragte er behutsam nach.

Kira zog ihre Wollmütze vom Kopf, und ihr Pferdeschwanz aus kleinen Zöpfchen purzelte heraus. »Nichts weiter«, sagte sie mit einem Schulterzucken. »Es ändert nichts. Außer, dass sich offensichtlich niemand mehr für mich interessiert. Und das ist doch schon mal ein Fortschritt. Du kannst jetzt wieder unbehelligt nach Hause kommen.« Sie ging in die Küche, um sich einen Tee zu kochen, Uli immer noch auf ihren Fersen.

Während sie ihre Teeutensilien zusammensuchte, bemerkte er nach kurzem Schweigen: »Du wirkst so abgeklärt.«

Abgeklärt? Ja, vielleicht konnte man den Zustand der totalen Ernüchterung, in dem sie sich seit der Erkenntnis heute Nachmittag befand, tatsächlich so nennen. »Kann schon sein«, meinte sie. »Wenn ich die nächsten Wochen hinter mir habe und dann überhaupt noch eine lebenswerte Zukunft vor mir, kann ich wieder über das alles nachdenken. Jetzt nicht.«

Plötzlich wollte sie keinen Tee mehr, nur noch ihre Ruhe. Von den Medikamenten, die sie täglich nehmen musste, wurde sie immer so müde. Auf den Magen schlugen sie auch. Sie wollte nur noch ins Bett. Und nichts mehr sehen, hören oder denken. Sie räumte die Teesachen wieder weg.

»Ich leg mich hin, Paps. Bin völlig erledigt.«

An Uli vorbei, der ihr besorgt hinterhersah, lief sie zur Treppe und hoch zu ihrem Zimmer. Es würde nicht einfach werden.

Aber sie würde Vanessa aus ihrem Kopf und ihrem Herzen verbannen.

Vanessa war zurück in Paris. Vor ein paar Tagen war sie angekommen, und allmählich spürte sie den beruhigenden Effekt, den der Ortswechsel auf sie hatte. Was eigentlich absurd war, weil sie in einem Viertel wohnte, in dem das Stadtleben pulsierte und die Straßen Tag und Nacht belebt waren. Aber hier war sie nicht pausenlos Nathalie und ihren Forderungen ausgesetzt.

Sie weigerte sich noch immer zu arbeiten. Nathalie hatte das mittlerweile als kreative Pause deklariert und zähneknirschend akzeptiert. Sie hatte zwar auch hier in Paris ein paar öffentlichkeitswirksame Auftritte für Vanessa organisiert, als Ausgleichsforderung sozusagen, aber trotzdem fühlte Vanessa sich hier wesentlich befreiter. Außerdem war ihre Pariser Wohnung ihr Zuhause. Das Monstrum von einem Haus in L. A. würde sie verkaufen – dazu hatte sie sich innerlich schon entschieden. Nathalie wusste nur noch nichts davon. Sie würde ausflippen. Die Fünf-Zimmer-Penthouse-Wohnung im Dachgeschoss eines Pariser Stadthauses bezeichnete sie immer abfällig als Studentenbude.

Gestern war Giselle angekommen, um mit Vanessa Weihnachten zu feiern. Es war das erste Mal, dass sie sie in Paris besuchen kam, dazu noch an Weihnachten. Das hatte sie bisher immer abgelehnt mit der Begründung, nirgends sei Weihnachten so schön wie in Bayern. Und ihr hatte die Wohnung auf Anhieb gefallen, über den Dächern von Paris hatte sie sich gleich wohlgefühlt. Das hatte Vanessa Hoffnung gegeben: Vielleicht würde sie sie auch noch davon überzeugen können, sich mit der Steuersache helfen zu lassen. Etwa indem sie ihr vorschwindelte, dass sie das Geld mit ›Blutsschwestern‹ verdient hatte und nicht mit ihren Hollywoodfilmen, die Giselle so ablehnte. Aber natürlich dürfte ihre Mutter nie herausbekommen, dass sie für Kira umsonst gearbeitet hatte, und das war schwierig. Eigentlich müsste sie dafür Kira kontaktieren und sie um Stillschweigen bitten, damit sie es nicht irgendwann in irgendeinem offiziellen Statement erwähnte, in einer Presseerklärung zum Beispiel oder einem Interview zum Film. Könnte sie das von Kira verlangen? Sollte sie es? Würde Kira das für Giselle machen – beziehungsweise für sie, Vanessa? Und die Frage aller Fragen: Wie würde Kira darauf reagieren, von ihr zu hören? All diese Überlegungen standen ihr im Weg wie eine unüberwindbare Mauer. Sie konnte sich einfach nicht dazu durchringen, Kira anzurufen.



Zum Weihnachtsessen waren sie in Vanessas Lieblingsrestaurant gewesen und fläzten nun vollgefressen zusammen in der Sofaecke ihres Wohnzimmers. Hier war die Einrichtung deutlich weniger schick und stylisch als in ihrem Haus in L. A., aber auch wesentlich gemütlicher. Die Sitzmöbel passten nicht zusammen – das Sofa ein Secondhand-Stück, das sie sich von der Gage für ihren ersten Film in Frankreich gekauft hatte, die Sessel zusammengewürfelt aus verschiedenen Kaufattacken. Natürlich hätte sie schon lange etwas Neues anschaffen können, aber es war schwer vorstellbar, dass das dann so bequem sein würde wie ihre alten Möbel.

Giselle gähnte ausgiebig und fing dann an, hinter ihrem Sessel herumzuwühlen. Vanessa sah sie fragend an. Sie hatten schon seit Jahren die Vereinbarung, sich zu Weihnachten nichts zu schenken. Deshalb war Vanessa erstaunt und etwas peinlich berührt, als ihre Mutter ein Paket hinter dem Sessel hervorzog, das sie dort versteckt haben musste, und mit einem schiefen Grinsen sagte: »Ich hab dir ausnahmsweise was zu Weihnachten mitgebracht, Nessie.«

»Aber Mom, das wollten wir doch nicht«, protestierte Vanessa. »Jetzt hab ich gar nichts für dich.«

»Werd nicht hysterisch. Ist nur was Selbstgemachtes. Hier.« Und damit überreichte Giselle ihr das in Zeitungspapier eingepackte, rechteckige Objekt, dessen Form nahelegte, dass es wohl ein Bilderrahmen war.

»Du hast mir schon lange keines deiner Werke mehr geschenkt«, stellte Vanessa fest. Sie fühlte eine unerwartete Rührung in sich aufsteigen. Zwischenzeitlich hatte sie das Gefühl gehabt, dass ihr Verhältnis zu ihrer Mutter momentan nicht das beste war und kurz vor dem großen Knall stand. Dass es stattdessen plötzlich ein Weihnachtsgeschenk gab, war eine unverhoffte Wendung.

»Das hier ist was ganz Besonderes.« Giselle nickte auffordernd in Richtung des Päckchens. Was wohl heißen sollte, Vanessa solle schon auspacken und nicht so viel herumschwafeln. Typisch Giselle.



»Ich bin gespannt.« Neugierig löste Vanessa die Wurstschnur, die um das Geschenk gewickelt war, und befreite es dann von mehreren Lagen altem Papier. Zum Vorschein kam tatsächlich ein Bilderrahmen. Als sie die Zeichnung darin zu Gesicht bekam, blieb ihr das Herz stehen. Dann brach sie in Tränen aus. Sie konnte es nicht unterdrücken. Der Anblick traf sie völlig unvorbereitet.

Ihre tränenverhangenen Augen klebten förmlich an Kiras Gesicht. Giselle hatte sie eingefangen, wie sie über irgendetwas leicht verärgert oder angewidert war und dabei die Nase krauszog. Der Ausdruck war so perfekt getroffen, dass es Vanessa fast unheimlich war. So hatte sie Kira oft gesehen und es jedes Mal ganz und gar liebreizend gefunden. Die Zeichnung rief all diese Erinnerungen mit schmerzhafter Klarheit in ihr wach.

»Nessie«, sagte ihre Mutter leise, stand von ihrem Sessel auf und setzte sich neben Vanessa aufs Sofa. Vorsichtig legte sie ihr den Arm um die Schulter. »Wenn ich gewusst hätte, dass dich das so aus der Bahn wirft, hätte ich es dir nicht geschenkt.«

Vanessa lehnte sich an sie und ließ sich in die Umarmung ziehen. Es war das erste Mal seit sehr, sehr langem, dass sie so viel

Körperkontakt mit ihrer Mutter hatte. Seit sie ihr Zuhause verlassen hatte und in die USA gegangen war, hatte es immer eine unsichtbare Barriere zwischen ihnen gegeben. Sie hatten sich eigentlich nie berührt, noch nicht einmal zur Begrüßung oder zum Abschied, nur immer ein kurzes Küsschen auf die Wange. Jetzt stellte Vanessa fest, dass diese Nähe ihr unglaublich gefehlt hatte.

»Schon gut«, schniefte sie. Bisher hatte sie das Thema Kira elegant umschifft. Jetzt wusste sie nicht, wie sie damit umgehen sollte, dass ihre Mutter es ihr so unentrinnbar aufgezwungen hatte. Was sollte sie nur sagen? Sie war noch nicht wirklich bereit, Giselle ihr Herz auszuschütten.

»Ich dachte eigentlich, dass dir das alles viel zu egal ist«, erklärte diese. »Eure Trennung ... Kiras Krankheit. Ich dachte, du lässt das ganz nonchalant hinter dir wie so vieles andere zuvor. Das sollte eine kleine Erinnerung sein an eine Frau, die dich sehr geliebt hat.«

Ihre Stimme war ganz ernst und verständnisvoll, ohne den Hauch eines Vorwurfs. Aber das machte die Aussage nur umso schmerzhafter. *Eine Frau, die dich sehr geliebt hat,* das war ein gut gezielter Stich mitten ins Herz. Wenn es nur so wäre. 

»Kira hat mich nicht geliebt, Mom«, murmelte Vanessa. »Das war mehr sexuell.« Sonst hätte es mit Sicherheit nicht so schlimm geendet in dem Hotel in Köln. So schlimm und so endgültig.

Mit ihrer üblichen Verve widersprach Giselle: »Ha! Das weiß ich aber besser.« Sie drückte Vanessa noch fester an sich.

»Wieso? Was weißt du?«, fragte Vanessa in das hennagefärbte, nach Patschuli duftende Haar ihrer Mutter hinein. Eine kleine, verzweifelte Hoffnung keimte in ihr auf, doch sie kämpfte sie nieder. Natürlich konnte Giselle nicht wirklich Kiras wahre Gefühle kennen. Aber irgendwie war es schön, sich von ihr trösten zu lassen.

Giselle legte sich den Finger an die Lippen: »Beichtgeheimnis. Nur so viel verrate ich: Sie liebt dich.« Dann drückte sie Vanessa tatsächlich einen Kuss aufs Haar. Als wäre sie wieder acht und hätte sich das Knie aufgeschlagen. Nichts, was ihre Mutter nicht mit ein paar Streicheleinheiten hätte lindern können ... Schön wäre es.

»Warum will sie dann nicht mit mir zusammen sein?«, fragte Vanessa mit einer verheulten Kleinmädchenstimme. »Warum höre ich nichts von ihr?«

»Hast du dich denn bemüht?«, brummte Giselle zurück und wiegte sie in ihren Armen hin und her.

Vanessa schüttelte unter Tränen den Kopf. »Was soll ich nur tun, Mom?«

Einen langen Moment antwortete Giselle nicht. Dann sagte sie nachdenklich: »Ich weiß es nicht, Nessie. Das musst du schon selbst rausfinden.«

Sie saßen an diesem Abend noch lange beieinander, und Vanessa öffnete schließlich sogar eine Flasche Wein, obwohl auch das wie Kaffee für Giselles Aura ganz schlecht war. Am nächsten Morgen merkte Vanessa ihrem Brummschädel an, dass es definitiv ein oder zwei Gläser zu viel gewesen waren. Auch ihre eigene Aura, was immer das sein sollte, war nicht die frischeste.

Es war schon relativ spät am Vormittag, Giselle war noch im Bad und Vanessa gerade damit beschäftigt, Kaffee zu kochen, als es an der Tür klingelte. Etwas unwirsch ging Vanessa an die Gegensprechanlage. Sie erwartete niemanden – schon gar nicht heute, am Weihnachtsfeiertag. Und ihre Laune sank noch mehr, als sie durch die Sprechanlage ausgerechnet Nathalies Stimme hörte. Es blieb ihr jedoch nichts anderes übrig, als aufzumachen.



Auf ihren absurd hohen Schuhen kam ihre Agentin wie selbstverständlich aus dem Aufzug in die Wohnung gestöckelt. Im Schlepptau hatte sie niemand anderen als Larry Bogan, der immerhin den Anstand hatte so auszusehen, als sei ihm die Situation furchtbar unangenehm.

»Vanessa, *chérie.* Sieh mal, wen ich dir bringe«, flötete Nathalie, so als präsentiere sie eine großartige Überraschung, über die sich Vanessa wahnsinnig freuen würde.

»Ich wusste gar nicht, dass du in Paris bist«, gab Vanessa kühl zurück. »Es passt gerade gar nicht. Meine Mutter ist zu Besuch.« Sie verzichtete darauf, die ungebetenen Gäste ins Wohnzimmer zu bitten, und blieb einfach in der Diele stehen.

Giselle wählte diesen Augenblick, um zu ihnen zu treten. Das knappe »Hallo«, das sie für Nathalie übrig hatte, hätte nicht frostiger ausfallen können.

Ohne eine Spur von Unsicherheit verkündete Nathalie: »Giselle hat bestimmt Verständnis, dass wir eine kleine, romantische Weihnachts-Lovestory in der Stadt der Liebe inszenieren.« Es war nicht einmal der Form halber als Frage formuliert. Sie hatte das so geplant, also würde es so umgesetzt werden.

Vanessa war sicher, dass ihr gleich der Kopf platzen würde vor Wut. Das schlug dem Fass den Boden aus. Was glaubte Nathalie eigentlich, wer sie war? Das Rhinozeros in ihr hob den Kopf und machte sich zum Angriff bereit.

»Komm mal mit«, knirschte sie zwischen zusammengebissenen Zähnen heraus, wirbelte auf dem Absatz herum und ließ ihre Mutter mit Larry zurück. Nathalie folgte ihr widerwillig in ihr Büro.

Kaum hatte sie die Tür zu dem kleinen Zimmer mit Aussicht auf die Pariser Dächer geschlossen, stellte Vanessa sich mit verschränkten Armen vor Nathalie hin und gab bekannt, was schon lange in ihr gereift war: »Nathalie, du bist gefeuert.«

Doch Nathalie lachte nur. Sie nahm sie nicht einmal ernst. »Das kannst du vergessen. Komm wieder runter.« Sie holte Luft, um weiterzureden, vermutlich über Larry und wie gut er für ihre Karriere war.



Aber Vanessa fuhr ihr in die Parade. »Noch mal zum Mitschreiben: du bist gefeuert«, erklärte sie mit fester Stimme und einer Entschlossenheit, die Nathalie stutzen ließ.

Die Agentin blinzelte, als sie zu begreifen schien, wie ernst Vanessa die Sache war. In eisigem Ton sagte sie: »Ich habe dich zu dem gemacht, was du heute bist. Du gehörst mir.«

»Tickst du noch ganz richtig?« Das Grollen kam aus Vanessas tiefstem Inneren. »Du hast an mir einen Haufen Geld verdient. Das muss reichen. Und wenn du davon sprichst, zu was du mich gemacht hast: eine absolut leere Hülle. Mehr nicht. Auf mich können alle ihre Wünsche projizieren, nur ich selbst nicht. Jetzt bin ich dran.«

Nathalies Augen hatten sich gefährlich verengt. Früher hätte sich Vanessa allein von diesem Blick einschüchtern lassen. Aber jetzt war es ihr vollkommen egal, wie Nathalie sie musterte.

»Da steckt doch deine Mutter dahinter«, mutmaßte die Agentin. »Die konnte mich noch nie leiden.« Jetzt versuchte sie es mit einer Kehrtwende: »Ich habe doch nur deine eigenen Interessen im Sinn, das weißt du doch. Ich schlage vor, wir rufen erst einmal zusammen Brian an.«

Aber Vanessa musste bei dem Vorschlag nur milde lächeln. »Nein, danke. Mein Vater hat nämlich nur *seine* Interessen im Sinn. Und die wären, mich als Melkkuh zu erhalten. Da seid ihr euch ganz einig.« Sie ließ sich auf ihren Schreibtischstuhl plumpsen und signalisierte Entspanntheit, die sie nicht wirklich empfand. Aber sie wusste, dass nichts Nathalie mehr entnervte als tiefenentspannte Menschen. Vermutlich weil sie selbst diesen Zustand nie erreichen konnte. Nathalie war mehr wie eine Hochspannungsleitung, ständig unter Strom. Bisher hatte Vanessa das immer beeindruckend gefunden, doch jetzt erschien es ihr nur ungesund – was sich auch in Nathalies abgezehrtem Äußeren zeigte. Wieso hatte sie das früher nie wahrgenommen?

Nathalie verlegte sich unterdessen aufs Flehen. »Ich bitte dich, Vanessa, komm zur Vernunft. Bisher sind wir immer gut ausgekommen. Wir sind doch ein *Winning Team.*« Sie tigerte auf der kleinen Fläche vor Vanessas antikem Schreibtisch auf und ab.

»Du kriegst mich nicht weichgekocht, was auch immer du dir einfallen lässt«, erklärte Vanessa ganz ruhig und sah unbewegt zu ihr auf.



Innerhalb von Millisekunden wechselte Nathalie wieder den Tonfall. »Na schön«, zischte sie. »Dann sehen wir uns vor Gericht wieder. So leicht lasse ich dich nicht aus deinem Vertrag.«

Vanessa ließ sich davon nicht ins Bockshorn jagen. Sie begann sich mit ihrem Stuhl hin und her zu drehen. Spielerisch, unbeeindruckt. Ganz beiläufig sagte sie: »Tststs, Nathalie, hältst du mich immer noch für die naive Achtzehnjährige, die du dir zurechtbiegen konntest? Du wirst natürlich nicht gegen mich klagen.« Ein strahlendes Lächeln begleitete diese Aussage.

Da blieb Nathalie endlich stehen und fixierte sie herausfordernd. »Und warum sollte ich das verdammt noch mal nicht tun? Nenn mir einen guten Grund.«

Vanessa stellte das Drehen des Stuhls ein und beugte sich vor, um ihrerseits einen scharfen Blick auf Nathalie zu richten. »Weil ich sonst deinen Ruf in der Branche ruinieren werde. Nach Strich und Faden. Ich werde ein Interview nach dem anderen geben, in dem ich dir die Schuld für alles geben werde. Wenn's sein muss, auch für Hurrikan Katrina.« In ihrer Stimme lag eine Drohung, die ihr bitterernst war.

Nathalie wirkte tatsächlich geschockt. Nach einer Schrecksekunde sagte sie: »Das hätte ich nie von dir erwartet.«

»Die Zeiten ändern sich«, war Vanessas lapidare Antwort.

Nachdenklich sah Nathalie sie an. »Fast empfinde ich so was wie Hochachtung vor deiner Skrupellosigkeit.«

Vanessa wusste, sie hatte gewonnen. Jetzt konnte sie es sich erlauben, großmütig ein Kompliment für die Verliererin auszusprechen: »Ich habe von der Besten gelernt.«

»Wohl wahr.« Unerwartet stieß Nathalie ein kleines Lachen aus. »Ich schicke dir den Auflösungsvertrag«, setzte sie noch hinzu, und das waren ihre letzten Worte an Vanessa. Sie schenkte ihr noch nicht einmal einen weiteren Blick zum Abschied. Vermutlich schmiedete sie schon neue Pläne, die Gott sei Dank Vanessa nicht mehr mit einbezogen. Vanessa hörte, wie sie eilig durch den Flur stöckelte und Larry anpfiff: »Komm.« Und dann war sie aus der Wohnung und aus Vanessas Leben verschwunden.

Kurz überkam sie ein Anflug von Wehmut. Schließlich hatte sie mit ihrer Agentin – ehemaligen Agentin, musste sie jetzt wohl sagen – seit ihrem achtzehnten Lebensjahr eng zusammengearbeitet. Früher hatte sie sie für eine Freundin gehalten. Für die Beste in Sachen Lebensberatung. Wie falsch sie gelegen hatte.



War Nathalie wirklich immer nur hinter dem Geld her gewesen? Hatte Vanessa ihr persönlich gar nichts bedeutet? Vielleicht würde sich das im Laufe der Zeit herausstellen. Vielleicht auch nicht. Ihr Herz hing nicht mehr daran.

Sie trat aus ihrem Büro, ging ins Wohnzimmer zu Giselle und antwortete auf deren fragenden Blick: »Ich habe Nathalie gefeuert.«

Ihre Mutter ließ einen markerschütternden Schrei los, der einer Furie zur Ehre gereicht hätte. »Ha!«, legte sie noch nach, dass die Wände wackelten. »Ade, du damische Mistpritschn, du Großkopferte.«

Damit war alles gesagt, was gesagt werden musste.

An Silvester würden sie es zusammen krachen lassen. Und dann fing ein neues Jahr, ein neues Leben an. Wie das aussehen sollte, wusste Vanessa noch nicht, aber das würde sich schon ergeben. Wenn es nach ihr ginge, wäre Kira da mittendrin.

»Du siehst spitzenmäßig aus, Kira!«

Kira stand vor dem Badezimmerspiegel und betrachtete sich wohlwollend. Ihre Papis gaben heute ein kleines, feierliches Abendessen aus Anlass ihrer glücklichen Rückkehr aus dem Krankenhaus, deshalb hatte sie sich herausgeputzt. Es gab zwar nur einen einzigen Gast außer der Kleinfamilie, und das war Lukas; aber Kira wollte es so. Sie hatte sich ausbedungen, dass nicht gleich ein ganzer Partysturm über sie hinwegfegte. Obwohl es ihr gut ging, sogar sehr gut – viel besser als die ganzen Wochen zuvor. Eigentlich viel besser als schon seit sehr langer Zeit. Das lag mit Sicherheit an dem Stent, der ihr minimalinvasiv mit einem Katheter eingesetzt worden war und durch den, so wie sie es verstand, der Druck auf ihr Gehirn gemindert wurde. Der Tumor war nicht weitergewachsen, hatte aber ungünstig einige Gefäße blockiert, so dass Gehirnwasser nicht optimal ablaufen konnte. Das war alles jetzt erst festgestellt worden. Immerhin wusste sie nun auch, dass sie nicht damit rechnen musste, dass das Ding weiterwuchs. Aber sie würde es immer behalten, so viel stand fest. Es wäre ihr vieles erspart geblieben, hätten die Ärzte all diese Erkenntnisse schon zwei Jahre früher gehabt.



Alles in allem, und allen Ängsten und Befürchtungen zum Trotz, war der Krankenhausaufenthalt jedenfalls das Beste gewesen, was ihr hatte passieren können. So gründlich war sie bisher noch nie durchgecheckt worden. Und da sie zuvor schon halb mit ihrem Leben abgeschlossen hatte, konnte sie nun einen Neubeginn feiern – fast, als ob sie noch einmal Geburtstag hätte. Uli und Stephan sahen das anscheinend auch so. Sie hatten sie mit Geschenken überhäuft und trugen sie auf Händen. Ähnlich wie damals, nach der Diagnose, als sie ihr Eddy geschenkt hatten. Nur war es dieses Mal nicht aus Mitleid und Sorge, sondern aus Freude. Viel besser also.

Eddy wich ihr seit ihrer Heimkehr aus dem Krankenhaus nicht von der Seite. Sogar aufs Klo ging sie mit ihr; Kiras bisherige Versuche, sie davon abzubringen, hatten jedes Mal mit lautem Geheul und Gescharre vor der Badezimmertür geendet. Jetzt hoffte sie, dass sich das mit der Zeit wieder legen würde. Und Lukas hatte ihr seit Weihnachten sämtliche Arbeit abgenommen und sich kein einziges Mal darüber beschwert.

Heute Abend war nun also ihre komplette ›Gang‹ versammelt, um ihre Auferstehung mit einem von Stephan zubereiteten Gourmetessen zu feiern. Aus diesem Grund war Kira am Nachmittag das erste Mal in der Stadt unterwegs gewesen. Sie hatte das Bedürfnis nach einer auch äußerlich sichtbaren Veränderung gehabt. Deshalb war sie zu einer Frisörin gegangen, die ihr Sonja empfohlen hatte, und hatte sich die Haare raspelkurz abschneiden lassen. Sie trug sie jetzt ganz natürlich, so, wie sie eben wuchsen: als Löckchen, die sich eng um ihren Kopf kringelten. Ihr Kopf brauchte Raum zum Atmen, hatte sie das Gefühl. Und auch ihr Arzt hatte ihr das als Tipp mit auf den Weg gegeben: Ihre alte Frisur war nicht gerade ideal gewesen bei Migräne, weil die Zöpfe zu schwer waren und das Flechten Spannung auf der Kopfhaut erzeugte. Ein Grund mehr für diesen Schritt. Außerdem hatte sie fast alle ihre Klamotten in Altkleidersäcke gestopft und sich neu eingedeckt. Sie hatte beschlossen, ganz neu anzufangen, neu zu leben, neu zu sein.

Jetzt betrachtete sie sich noch ein letztes Mal im Badezimmerspiegel. Von den anwesenden Herren hatte sie noch keiner mit ihrem neuen Look zu Gesicht bekommen. Mal sehen, wie sie reagieren würden. »Und?«, wandte sie sich an Eddy, die auf der Badematte hockte und sie zu begutachten schien.



Eddy legte den Kopf schief und schaute sie treuherzig an. Zumindest ihr schien Kiras neue Aufmachung zu gefallen. Oder vielleicht war es ihr auch einfach egal, wie ihr Frauchen aussah – Hauptsache, sie war wieder da.

Gemeinsam gingen sie die Treppe hinunter, und fast lautlos trat Kira durch die Wohnzimmertür.

»Huch, Kira! Ich hätte dich ohne Braids fast nicht erkannt«, sagte Lukas, der sie zuerst bemerkte. Daraufhin blickten auch Uli und Stephan sie an. Beide sahen so aus, als müssten sie die Veränderung erst noch verdauen.

»Meine Tochter ist eine gestandene Frau, ich bin alt«, war Ulis scherzhafter Kommentar, für den er sofort Stephans Ellenbogen in die Seite bekam. Stephan seinerseits versuchte die Sache zu retten: »Kleine, du siehst wirklich klasse aus, aber wieso hast du so triste Farben an? Wir wollen doch feiern, dass du so gut wie gesund bist.«

Kira rollte mit den Augen. Gab es nicht dieses landläufige Vorurteil, dass schwule Männer besonders sensibel waren und mit einem eingebauten Modeverständnis ausgestattet? Ihre drei Exemplare waren der perfekte Gegenbeweis dazu. »Bitte keine weiteren Kommentare zu meinem Äußeren. Ich bin mir nicht sicher, ob ich das schon verkraften kann«, scherzte sie. Aber insgeheim war sie doch ein wenig enttäuscht, keine positiveren Reaktionen zu ernten. Sie selbst fand nämlich, dass sie ziemlich gut aussah mit dem neuen Styling. Ganz gegen ihre bisherigen Gewohnheiten trug sie ein anthrazitfarbenes Hemd – im Achtziger-Look bis oben hin zugeknöpft – und eine dazu passende enge, schwarze Hose. Von ihrem punkigen Stil hatte sie sich bis auf weiteres verabschiedet. Die jüngere, ausgelassene Kira, die sich ursprünglich so angezogen hatte, eine vom Leben noch relativ unberührte Kira, die gab es bereits seit über zwei Jahren nicht mehr.

Uli umschiffte geschickt das kleine Schlagloch in der Konversation: »Dann lasst uns doch mal anstoßen. Ich habe einen sehr leckeren Fruchtcocktail gemixt. Ihr werdet begeistert sein.« Er begann geschäftig die bereitgestellten Cocktailgläser aus einem Krug zu füllen und händigte allen ein Glas aus.



»Auf dich, Kira. Auf deine Gesundheit«, brachte er den Trinkspruch aus, und sie stießen mit ihren orangefarbenen Cocktails an. Kira nahm einen Schluck und stellte erfreut fest, dass Uli keinen Alkohol hineingemischt hatte. Sie solle noch vorsichtig sein, hatte ihr Arzt geraten. Obwohl, wie er schmunzelnd hinzugefügt hatte, medizinisch nichts gegen einen moderaten Alkoholkonsum spreche. Vielleicht hätte sie ihn auch nach Cannabis fragen sollen …

*Weg mit dem Gedanken,* sagte sie sich energisch. Der führte nur zu Vanessa, und damit hatte sie abgeschlossen. Sie hatte genug gelitten.

»Wir haben noch was anderes zu feiern«, unterbrach Lukas zum Glück in diesem Moment das genießerische Schweigen. Und nach einer spannungssteigernden Pause ließ er die Bombe platzen: »Wir sind mit ›Blutsschwestern‹ auf die Berlinale eingeladen.«

Ihre Väter plapperten begeistert los, und auch Kiras erste Reaktion war unbändige Freude. Die aber sofort kalter Ernüchterung wich. Die Berlinale war ein sogenanntes A-Festival, auf dem sich durchaus auch Hollywoodstars die Klinke in die Hand gaben und die Gelegenheit nutzten, sich auf dem roten Teppich zu präsentieren. Mit Vorliebe dann, wenn einer ihrer Filme im Wettbewerb lief.

Würde Vanessa womöglich kommen?

»Was ist denn los? Freust du dich denn gar nicht?«, fragte Lukas halblaut in ihre Desaster-Analyse hinein.

Statt einer Antwort fragte sie zurück: »Hast du ihr das schon mitgeteilt?« Vielleicht konnte man die Tatsache Vanessa gegenüber ja einfach unter den Tisch fallen lassen. Das wäre zwar nicht gerade die feine englische Art, aber manchmal musste man zu drastischen Maßnahmen greifen.

»Nein, das überlasse ich dir«, erklärte Lukas mit herausfordernd hochgezogenen Augenbrauen.

Kira blies langsam die Luft aus. Das hätte sie sich denken können, dass er wie immer auf der korrekten Vorgehensweise beharren würde. Und die bestand natürlich darin, dass sie als Filmemacherin diese Information übermittelte. Zumal sie zu Vanessa eine persönliche Beziehung gehabt hatte. Warum mussten alle immer so verdammt edel und gut sein? Warum sich nicht einmal, nur ein einziges Mal wie ein Arschloch benehmen und den bequemen Weg gehen? Der da wäre, in diesem Fall Vanessa einfach erst hinterher davon zu berichten? Ein glamouröser Auftritt mehr oder weniger spielte für sie doch bestimmt überhaupt keine Rolle.

Dementsprechend insistierte Kira: »Ich kann und will das aber nicht machen. Warum können wir es nicht einfach für uns behalten?«

Doch Lukas blieb hart. »Es führt kein Weg dran vorbei. Du musst.«

Kira seufzte tief. Sah einen nach dem anderen an. Ihre Väter hielten sich wohlweislich heraus, obwohl sie natürlich genau wussten, worum und um wen es ging. Und Kira ihrerseits wusste, dass sie, wenn auch schweren Herzens, Lukas' Meinung teilten. Sie waren eben alle sehr moralisch veranlagt.

»Scheiße.« Mit einem Fluch knickte sie ein. Ausgerechnet jetzt, wo sie gerade ihr Leben und ihre Gefühle so gut im Griff hatte, wo alles so wunderbar hätte laufen können.

Anrufen würde sie jedenfalls auf keinen Fall. Sie würde eine E-Mail schreiben. Das musste genügen. Eine vollkommen kurz gehaltene, sachliche Informationsmail. Vielleicht fing dieses Biest einer Agentin sie ja ab und löschte sie. Oder verbot ihrem Schützling schlichtweg, nach Berlin zu gehen. Der Film war schließlich nicht gut für ihr Image. Das wäre eigentlich die beste Lösung. Wenn die Diva mit ihrem Alibi-Lover auftauchen würde, war sich Kira nicht sicher, ob sie ihr nicht an die Gurgel gehen würde.

*Es wird nicht so weit kommen,* sagte sie sich und nahm einen tiefen Zug von ihrem Cocktail. Jetzt wünschte sie doch, dass Alkohol drin wäre. Und zwar eine ganze Menge.

# 5

Es war so weit. Der große Tag war gekommen. Kira war schon seit heute Morgen furchtbar hibbelig und konnte keinen Moment stillsitzen, und ihr Herz schlug regelmäßig Purzelbäume. Eine Filmpremiere auf der Berlinale! Wer hätte gedacht, dass sie das mit ›Blutsschwestern‹ erleben würde.



Sie stand am Eingang zum noch geschlossenen Kinosaal. Der Zugang war abgesperrt, so dass sie mit Eddy noch ein paar ruhige Minuten hatte, bevor es losging. Ihre Mopsdame, die natürlich nicht fehlen durfte, war heute Abend besonders edel herausgeputzt: Zur Feier des Tages hatte Kira ihr eine grüne Perlenkette umgehängt. Damit sah Eddy aus wie ein Mitglied des englischen Adels. Ein etwas zerknautschtes Mitglied. Oder wie Winston Churchill in Drag. Fehlte nur noch die Zigarre.

»Hier, trink ein Glas Sekt.« Lukas hatte sich an der Absperrung vorbeigequetscht und drückte ihr jetzt das Besagte einfach in die Hand. Im nächsten Moment verschwand er wieder in der Menschenmenge, die sich im Foyer des Kinos bereits angesammelt hatte. Eigentlich sollte sie selbst das auch tun: sich unter die Premierengäste mischen und Smalltalk betreiben. Doch vor lauter Nervosität konnte sie sich nicht dazu durchringen.

Wenn es nach ihr gegangen wäre, hätte sie sich ja einen schöneren Ort für ihre größte Premiere gewünscht als diesen Multiplex-Wahnsinn. Aber das lief natürlich alles über die Berlinale-Organisation, da hatte sie nicht mitreden können. Dafür war hier ausreichend Platz. Wirklich jeder, den sie kannte, und zehnmal so viele Menschen, die sie nicht kannte, waren gekommen.

Von Vanessa hatte sie auf ihre Mail hin nichts mehr gehört. Na gut, sie hatte sie auch so spät wie irgend möglich abgeschickt. Sie ging davon aus, dass die Schauspielerin bereits verplant und mit anderen, wichtigeren Dingen beschäftigt war. Vielleicht den nächsten Film drehen, den Kira dann später unterirdisch finden würde ... Sie straffte sich. Besser nicht drüber nachdenken. Damit fuhr sie momentan am besten. Denn auch wenn sie es sich selbst nicht eingestehen wollte – Vanessa war noch immer eine große, offene, schmerzende Wunde in ihrem Fleisch.

Sie fokussierte ihre Gedanken auf die bevorstehende Premiere. ›Blutsschwestern‹ war nach ihrer bescheidenen und voreingenommenen Meinung phantastisch geworden – vor allem dank Vanessa. Ach, verdammt, schon landete sie doch wieder bei ihr. Der Film gehörte jedenfalls definitiv hierher. Diesen Erfolg hatten alle, die daran mitgearbeitet hatten, verdient. Und wenn Vanessa das egal war, dann war ihr wiederum Vanessa egal. So einfach war die Rechnung.



Kira nippte an ihrem Sekt und fühlte, wie das Prickeln eine angenehme Leichtigkeit in ihrem Kopf auslöste. Hoffentlich würde ihr das helfen, ihre Begrüßungsrede zu überstehen. Wie viele Leute passten noch mal in das Kino? 450? Das waren 900 Augen. Und wer weiß wie viele Scheinwerfer. Zu viel für ihre Nerven. Wie sie diesen Teil des Filmemachens hasste.

Sie zupfte nervös an ihrer Kleidung herum. Noch hatte sie sich nicht ganz an ihr neues Styling gewöhnt. Dabei fand sie sich heute Abend sogar ziemlich schick. Ihre dunkelgrauen Lederstiefel ergänzten ihre pluderige Bundfaltenhose und den Wollpulli im Seemannsstil hervorragend. Sie kam sich ein wenig vor wie eine Matrosin – ein gutes Gefühl, ein Gefühl von Freiheit. Als Matrosin stand ihr die Welt offen. Auch wenn Stephan vorhin gemeint hatte, dass sie sich vielleicht doch etwas repräsentativer anziehen sollte. Mehr à la Geschäftsfrau. Wichtig eben. Um ernst genommen zu werden. Sie hatte gekontert, dass man sich als Künstlerin so exaltiert anziehen dürfe wie man wollte, ja, das werde sogar erwartet – und damit war das Thema gegessen. Sie ließ ihn ja auch kommentarlos mit einem der hässlichsten Hemden, die sie jemals für möglich gehalten hätte, hier aufkreuzen und allen Leuten erzählen, dass sie seine Tochter war.

Sie würde jetzt einfach Lukas suchen und ihn noch einmal zu überreden versuchen, die Rede zu übernehmen. Aber gerade als sie sich umdrehte und ihr leeres Sektglas abstellte, um loszugehen und ihn ausfindig zu machen, ging ein Raunen durch die Menschenmenge. Welcher Promi beehrte denn da ihre Premiere?

Plötzlich wurde auch Eddy unruhig. Und ehe Kira sich versah, raste sie auf ihren Mopsbeinchen einfach unter der Absperrung hindurch und war auf und davon. Natürlich hatte Kira ihr keine Leine angelegt, weil das Halsband die Optik der Perlenkette ruiniert hätte, und normalerweise klebte Eddy ja auch an ihr wie eine Klette. Es gab eigentlich nur einen möglichen Grund, warum sie auf einmal losrannte.

Konnte es sein?



*Lass es bitte nicht so sein!*

Aber da tat sich auch schon wie von Zauberhand eine Schneise im dichten Gedränge auf, und sie sah, dass ihre schlimmste Befürchtung wahr geworden war. Eddy sprang gerade überglücklich hechelnd in Vanessas Arme und versuchte ihr begeistert Küsschen mitten ins Gesicht zu geben. Und Vanessa ... Ihr Anblick ließ für einen langen Moment alles andere verschwimmen und in den Hintergrund treten. Sie sah genauso aus, wie Kira sie in Erinnerung hatte – wie sie sie zuletzt gesehen hatte. Sie trug ihr Jeans-Reise-Outfit inklusive der John-Deere-Kappe. Nur die verspiegelte Fliegerbrille fehlte. Eine riesige Daunenjacke nahm ihr Lukas soeben ab.

Kiras Herz raste, obwohl sie es ihm strikt verbot. Aber es ließ sich von ihrem Verstand nichts sagen. Der war mit der Situation ohnehin überfordert, bombardierte sie mit ebenso unzusammenhängenden wie unwichtigen Fragen: Wie war Vanessa überhaupt unbehelligt hier hereingekommen? Warum war sie nicht über den roten Teppich flaniert, wie es einer Diva gebührte? Warum hatte sie kein Begleitpersonal dabei? Nathalie, den Alibi-Lover, irgendwen?

Am meisten aber verwirrte Kira, dass sie die Frau, die nur wenige Meter jenseits der Absperrung vor ihr stand, überhaupt nicht mit den Fotos zusammenbringen konnte, die erst neulich durch die Presse gegangen waren. Jene Frau war eine Fremde gewesen. Die Frau hier jedoch sah aus wie ihre Vanessa.

Noch nie hatte Kira so dringend zwei entgegengesetzte Dinge zugleich tun wollen: sich in Vanessas Arme werfen und weglaufen, so schnell und so weit wie möglich.

Aber es half nichts. Sie konnte sich schlecht auf ihrer eigenen Premiere davonstehlen, und der andere Wunsch verbot sich natürlich von selbst. Sie würde einfach neutral mit Vanessa umgehen. Das konnte sie. Das war gar nicht schwer.

In dem Moment schaute Vanessa zu ihr her. Die türkisfarbenen Augen fuhren ihr wie ein Blitz mitten ins Herz, bevor sie sich wappnen konnte. Aber sie sammelte sich rasch, während Vanessa die paar Schritte auf sie zukam und ganz nonchalant hinter die Absperrung glitt.

Die Menschenmenge folgte der Schauspielerin neugierig bis zum Absperrband, und Kira war sich bewusst, dass viele Blicke auf ihr ruhten. Auch der von Vanessa. Merkwürdig verletzlich und sehnsuchtsvoll war dieser Blick. Für einen kurzen Augenblick schmolz Kira dahin. Bis sie sich in Erinnerung rief, dass es Vanessas Beruf war, jeden gewünschten Gesichtsausdruck aufzusetzen und dabei absolut überzeugend zu wirken.



»Hallo, Vanessa«, brachte sie mit zugeschnürter Kehle hervor. Die vielen Menschen, die sich hinter ihnen drängten und denen Kira wie ein Hindernis auf dem Weg zum ersehnten Autogramm oder dem persönlichen Wort mit dem Star vorkommen musste, verunsicherten sie. Aber gleichzeitig waren sie auch eine Art Schutzschild vor zu viel unerwünschter Intimität.

»Kira«, sagte Vanessa nur und sah gerührt aus. *Gutes Mimik-Repertoire,* dachte Kira abfällig. Ihr Herz beharrte zwar darauf, dass der Ausdruck echt sein konnte, sein musste – aber diesen Gedanken durfte sie gar nicht erst aufkommen lassen. Sie antwortete nicht, sah Vanessa nur mit versteinertem Blick an.

Nach einer kleinen Pause fügte diese hinzu: »Mein Flug hatte Verspätung. Ich komme direkt vom Flughafen. Entschuldige.«

Kira wusste, dass sie sich in Hörweite vieler lauschender Ohren befanden, von denen sicherlich auch einige Presseleuten gehörten. Keine Szene zu machen, nichts Unüberlegtes zu sagen, war oberstes Gebot. »Du hättest nicht zu kommen brauchen«, erklärte sie Vanessa kühl. Aber sie konnte nicht verhindern, dass ihre Stimme ein wenig zitterte.

Verdammt. Sie hatte diese Frau abgöttisch geliebt, auch wenn sie es nie gewollt hatte. Und auch jetzt noch ließ es sich nicht leugnen, dass Vanessa vermutlich nur einmal mit dem Finger schnippen müsste, und sie wäre bereit, sich in ihre Arme zu stürzen wie Eddy. So erbärmlich. Sie nahm Vanessa eine protestierend strampelnde Eddy ab und klemmte sie sich unter den Arm. Verräterin.

Leise erwiderte Vanessa: »Die Premiere des Films hätte ich um nichts auf der Welt verpassen wollen.« Es klang ganz so, als ob sie es aus tiefstem Herzen meinte. Sie trat noch einen halben Schritt an Kira heran und streichelte der sich windenden Eddy beruhigend über den faltigen Kopf.

*Viel zu nah,* kreischte Kiras Annäherungssensor. Automatisch machte sie einen Schritt zurück. »Und was sagt deine Agentin dazu?«, platzte sie heraus, ehe ihr innerer Zensor einschreiten konnte. »Wird sie nicht versuchen, sämtliche Kopien zu sabotieren?«



Oh nein. Wie das wohl in den Medien dargestellt werden würde ... Besonders gut käme es bestimmt nicht rüber.

Vanessa hatte einen Moment lang fast verletzt ausgesehen. »Nathalie arbeitet nicht mehr für mich«, erklärte sie dann ganz sachlich.

Hatte Kira richtig gehört? Vanessa nicht länger in den Klauen dieser Hyäne? Wie war es nur dazu gekommen? Sie brauchte eine Weile, um diese Information zu verarbeiten. War dann der Alibi-Lover gar nicht auf Nathalies Mist gewachsen? Umso schlimmer, wenn Vanessa jetzt schon selbst solche Lügen fabrizierte.

Die Leute hinter der Absperrung wurden inzwischen zusehends unruhig, weil das Gespräch ins Stocken geraten war und sie ihre Chance witterten. Einige beugten sich weit über das Absperrband und riefen Vanessas Namen. Aber Vanessa ignorierte es. Trotz des Trubels schien sie ganz auf Kira konzentriert, als interessiere sie sich nur dafür, wie Kira auf ihre Eröffnung reagieren würde.

Aber was sollte sie schon sagen? ›Ich vermisse dich?‹ ›Ich habe dich so sehr geliebt?‹ ›Ich liebe dich immer noch?‹

Warum hätte sie sich diese Blöße geben sollen?

»Du siehst so verändert aus«, brach Vanessa schließlich das Schweigen zwischen ihnen beiden. Ihr Blick schien Kira förmlich aufzusaugen, ihre Haare, ihre Kleidung, ihr Gesicht.

»Na und?«, schnappte Kira. Was sich verändert oder nicht verändert hatte, ging Vanessa nichts an. Innerlich war sie sowieso nicht mehr dieselbe wie vor ihrer Affäre. Vorher war ihr Herz noch heil und ganz gewesen. Ihr Blick fiel auf das T-Shirt, das Vanessa unter ihrer Jeansjacke trug und das der Aufdruck *›J'adore Paris‹* zierte. Das ›o‹ von *›adore‹* war durch ein rotes Herz ersetzt. Ihres fühlte sich jetzt genauso an – rot, wund, blutend.

Unbeeindruckt von der Abfuhr sagte Vanessa: »Steht dir ausgesprochen gut. Du bist eine sehr schöne Frau, Kira.«

Hinter ihnen wurde aufgeregtes Getuschel laut. Vermutlich war einigen Leuten bei Vanessas Bemerkung das Foto von ihnen beiden, ihrem leidenschaftlichen Kuss eingefallen. Offenbar war es trotz der nachfolgenden, ›heißeren‹ Bilder mit einem passenderen Objekt nicht ganz in Vergessenheit geraten. Was dachte sich Vanessa nur dabei, dieses Getratsche wieder anzuheizen? 

»Wenn du mich verärgern wolltest, hast du das gerade geschafft«, kanzelte Kira sie in hartem Tonfall ab. »Und jetzt entschuldige mich, ich muss eine Rede halten. Falls wir uns nicht mehr sehen sollten – viel Spaß in Berlin.« Damit drehte sie sich auf dem Absatz um. Eddy bellte laut ihren Unmut heraus. Sie machte keinen Hehl daraus, dass sie lieber bei Vanessa geblieben wäre.

In einem versteckten Winkel ihres Herzens wünschte sich Kira, so ein einfaches Gemütsleben wie ein Hund zu haben. Dann hätte sie sich auch überglücklich an Vanessas Seite eingerichtet und nicht weiter über den Rest der Welt nachgedacht. Vanessa hatte sie gerade eine schöne Frau genannt ... Wieder wollte sich ihr rebellisches Herz selbständig machen, obwohl es doch gerade noch an seinen Verletzungen fast zugrunde gegangen wäre. Was für ein unvereinbarer Gegensatz. Die Regung ließ Kira eine Sekunde zögern.

Da sie aber nun einmal eine erwachsene Frau mit gesundem Menschenverstand war und kein Mops, gab sie sich einen kräftigen Ruck und überließ Vanessa ihren Fans. Was war es gegen diese höllische Berg-und-Tal-Fahrt, eine kleine Rede zu halten? Gar nichts. Das machte sie jetzt mit links.

Das war ganz und gar nicht so verlaufen, wie Vanessa sich das erhofft hatte. Aber offenbar war heute alles anders als erwartet. Wie immer, wenn es um Kira ging.

Kiras Rede war beeindruckend. War das wirklich die zurückhaltende Person, die sie damals auf dem Basler Flughafen kennengelernt hatte? An das veränderte Aussehen musste sie sich noch gewöhnen. Die wunderbaren Zöpfchen waren weg. Vanessa hatte jedes einzelne davon vergöttert. Aber die neue Frisur stand Kira auch phantastisch, sie betonte ihr Gesicht mehr und ließ sie gleichzeitig ernster, aber auch jünger wirken. Vanessa hatte gar nicht gewusst, dass Kira tatsächlich Locken hatte. Ganz wunderbare, schöne Locken. Auch davon würde sie jede einzelne lieben – wenn Kira ihr das gestatten würde. Kiras Kleidungsstil unterschied sich ebenfalls diametral von dem punkigen Look, den sie früher kultiviert hatte. War das nur heute Abend so, zur Filmpremiere, oder hatte Kira da ebenfalls einen harten Schnitt gemacht? Definitiv gewöhnungsbedürftig. So als ob sie Kira ein Stück weit gar nicht mehr kannte. Sie war fast noch attraktiver als vorher, falls das überhaupt möglich war. Die Veränderung war faszinierend und zugleich verunsichernd, vor allem in Kombination mit dem frostigen Empfang vorhin. Und mit dem professionellen Auftritt, den sie gerade hinlegte.

Jetzt begrüßte Kira Vanessa ganz offiziell und schaffte es dabei sogar, eine besondere Wärme in ihre Stimme zu legen. Vanessa erhob sich von ihrem Sitz in der ersten Reihe und ging zu Kira, die vor der Leinwand stand. Sie küsste sie links und rechts auf die Wange, wie es in der Filmbranche üblich war, und musste sich dann sehr zusammennehmen, um nicht in Schnappatmung zu verfallen. So herrlich roch Kira. Wie hatte sie das auch nur für eine Minute vergessen können? Diesen Duft und die verwirrenden, überwältigenden Empfindungen, die er in ihr auslöste … Sie reagierte auf niemanden sonst so wie auf die zierliche Filmemacherin.

Das Kinopublikum applaudierte ihr frenetisch. Aus dem Augenwinkel nahm sie wahr, dass sich Sonja, die seit dem Dreh zu ihrer absoluten Lieblings-Kamerafrau avanciert war, sogar dazu hinreißen ließ, ein Wolfsgeheul anzustimmen. Dann entzog sich Kira ihr flugs, um auch Ruth zu sich zu bitten, und absolvierte schließlich zügig und flüssig die Filmeinleitung. Wie ein Vollprofi – als der sie sich aber in dieser Sache gar nicht fühlte, wie Vanessa wusste. ›Leuchtenladen‹ war eine Qual für sie gewesen, daran erinnerte sie sich lebhaft. Wie brachte Kira es nur fertig, jetzt so cool und locker zu wirken?

Kurz darauf saß Vanessa wieder in ihrem Kinosessel, und der Vorspann zum Film lief. Sie sah sich unauffällig nach Kira um, doch die war nirgends zu entdecken. Der Sessel links neben ihrem war leer geblieben. Lukas saß zu ihrer Rechten und sah sie fragend an. Am liebsten wäre sie aufgestanden, um Kira zu suchen, aber das wäre jetzt und hier wohl unangemessen. Also blieb sie sitzen und vertröstete sich selbst auf später. Sie war es Kira schuldig, sich das Ergebnis ihrer gemeinsamen Arbeit gründlich anzusehen, aber abgesehen davon freute sie sich auch sehr auf den Film.



Die ganze Vorstellung über konnte sie kaum stillsitzen. Der Film war gut, sogar sehr gut. Ihre eigene Leistung konnte sich sehen lassen. Nathalie sollte das hier sehen, dachte Vanessa. Die alte Unke.

Die Sexszene mit Ruth löste im Saal kollektives Seufzen aus. Doch Vanessa ließ es völlig kalt, sie beide nackt im Licht- und Schattenspiel auf der Leinwand zu sehen. Wie Kira es geplant und Ruth immer wieder beruhigend erklärt hatte, war im Grunde auch mehr zu erahnen als zu sehen, was die Phantasie viel stärker anregte als jede pornographische Darstellung. Die Zuschauer waren wie gebannt. Vanessa selbst verlor sich weniger in den Bildern als vielmehr in den Erinnerungen, die sie auslösten. Der Dreh dieser Szene war der Start für das kleine Arrangement zwischen ihr und Kira gewesen. Am selben Abend war Kira zu ihr gekommen, hatte sich auf sie eingelassen – und sie selbst war Kira erlegen. Mit Haut und Haar, auf allen Ebenen. Zuerst sexuell und dann fast sofort auch emotional.

Als endlich der Abspann lief, beugte Vanessa sich zu Lukas hinüber und flüsterte ihm zu: »Kannst du mir helfen?«

»Bei was?«, flüsterte er zurück. Im spärlichen Licht, das der Abspann produzierte, sah sie seinen misstrauischen Blick.

»Ich muss sie allein sprechen«, antwortete sie eindringlich.

»Ich helfe dir bei vielem«, gab er ernst zurück, »aber nicht dabei, Kira wieder zu verletzen. Sie kann keine Spielchen mehr mit dir spielen, Vanessa.«

Solch finstere Entschlossenheit hatte sie bei dem Produzenten noch nie erlebt. Er spielte sich richtiggehend als Kiras Beschützer auf. Im Dunkeln betrachtete sie ihn mit neuem Respekt. Sie würde Überzeugungsarbeit leisten müssen.

Beschwörend wisperte sie: »Ich will nicht mit ihr spielen. Ich will mit ihr zusammen sein. Für immer.«

Er beäugte sie weiterhin skeptisch und schien ihr nicht recht glauben zu wollen. Wie auch? Sie konnte es ihm nicht verübeln. Schließlich war sie es, die sang- und klanglos aus Kiras Leben verschwunden war und danach nichts mehr von sich hatte hören lassen.

»Mit allem Drum und Dran?«, hakte er nach. »Mit allen Konsequenzen?« Es klang, als rechne er mit einer Verneinung. Auch das konnte sie ihm nicht verdenken. Sie hatte dieses Misstrauen verdient, wenn sie hier einfach reinschneite und davon ausging, dass alles nur auf sie gewartet hatte. Dass Kira nur auf sie gewartet hatte. Nachdem sie, Vanessa, sich die ganze Zeit nicht bei ihr gemeldet hatte. Das war dumm gewesen, das sah sie jetzt ein.



Als Giselle nach Silvester abgereist war, hatte sie wahre Seelenqualen gelitten. Giselle hatte sich mit dem Rat verabschiedet zu handeln – wie auch immer, aber auf alle Fälle schnell. Daraufhin hatte sich Vanessa tage- und wochenlang den Kopf darüber zermartert, wie sie Kira kontaktieren könnte, auf welchem Weg und mit welcher Botschaft. Aber sie hatte es einfach nicht geschafft. Es hing zu viel davon ab. Die Angst, das Falsche zu tun und es nie wiedergutmachen zu können, hatte sie regelrecht handlungsunfähig gemacht. Und dann war Kiras unpersönliche E-Mail gekommen, die alles nur noch verschlimmerte. Zwischen den Zeilen hatte ganz deutlich gestanden, dass es Kira lieber wäre, Vanessa käme gar nicht. Natürlich hatte sie sich für Kira gefreut. Doch gleichzeitig hatte die Mail sie noch tiefer in den Abgrund ihrer Gefühle gestoßen, und danach war noch weniger an eine Kontaktaufnahme zu denken gewesen. Heute Morgen hatte sie sich dann kurzentschlossen in einen Flieger gesetzt, sich verboten, darüber nachzudenken, was sie in Berlin erwarten würde, und war vollkommen unvorbereitet hier aufgeschlagen.

Und jetzt sah sie ein, dass sie würde kämpfen müssen. Wie eine Löwin, wenn es sein musste.

Sie visierte Lukas mit einem gekonnten Löwinnenblick an und legte all die Hoffnungen, die sie tief im Herzen hegte, in ihre Antwort: »Mit allem, was sie bereit ist mir zu geben.« Und nach einer winzigen Pause korrigierte sie sich: »Mit allem.«

Er musterte sie noch einen Augenblick. Dann gingen die Lichter im Saal an, und stürmischer Beifall brandete auf. Zusammen mit Ruth stand Vanessa auf und verbeugte sich noch einmal lächelnd in Richtung der Zuschauer, wieder und wieder, während der Applaus gar nicht enden wollte. Normalerweise genoss sie es, sich derart in der Begeisterung des Publikums zu sonnen. Es war eine verdiente Belohnung nach harter Arbeit und einer hervorragenden Leistung. Doch jetzt wünschte sie sich sehnlichst, es wäre schon vorbei.

Immer wieder glitten ihre Blicke im Saal umher. Sollte Kira etwa schon gegangen sein? Das konnte sie doch nicht machen, nicht an ihrem großen Tag. Es war doch bestimmt jetzt noch ein Gespräch hier im Kino vorgesehen, und nach der Vorstellung gab es noch den Empfang im Vorraum des Kinos. Das war doch alles Pflicht für die Filmemacherin. Vanessa wusste zwar, dass Kira auf Smalltalk und Schmeicheleien keinen Wert legte, aber das hier war schließlich die Berlinale. Hier wurden wichtige Kontakte geknüpft, neue Ideen diskutiert, Projekte an den Start gebracht. Eine einzige Zukunftswerkstatt.



Aber jemandem, der dachte, keine Zukunft zu haben, war das vielleicht vollkommen egal? Da konnte es tatsächlich wichtiger sein, einer Person aus dem Weg zu gehen, die man nicht sehen wollte. Aber warum eigentlich nicht? Weil diese Person einen verletzt hatte? Sie hatten sich doch damals beide für die einvernehmliche Trennung entschieden. Oder ... Vanessa wagte kaum, diese Möglichkeit weiterzudenken: oder weil sich Kira von ihr doch mehr erwartet hatte? Sie konnte sie doch nicht wirklich plötzlich hassen. Sie hatten sich schließlich immer ausgezeichnet verstanden. Von Anfang an. Auch schon vor ihrer Affäre.

Vanessa merkte, wie Panik von ihr Besitz ergreifen wollte. Es fiel ihr immer schwerer, den weiterhin anhaltenden Applaus huldvoll entgegenzunehmen. Sie warf Lukas einen flehenden Blick zu.

Als das Klatschen endlich abebbte, zeigte er Erbarmen. Er bedeutete ihr, ihm zu folgen, und geleitete sie am Ellenbogen in Richtung der Seitentür des Kinosaals – ganz selbstverständlich und mit vollendeter Galanterie, so als sei das seine Aufgabe und er bringe sie jetzt zu ihrem nächsten wichtigen Termin. Einer Pressekonferenz, einem Fernsehinterview, was auch immer. In Wahrheit war es die Liebe ihres Lebens, die auf der Flucht vor ihr war und die es einzufangen galt.

Lukas ließ ihr an der Tür den Vortritt. Sobald sie im leeren Foyer standen, legte er den Gentleman so schnell wieder ab, wie er ihn hervorgezaubert hatte. »Wenn du mich angelogen hast, wirst du das bereuen. Ich schwöre es, Vanessa«, drohte er.

Sie glaubte ihm jedes Wort. Aber mit gleichem Nachdruck und ohne jedes Zögern hielt sie dagegen: »Mir war noch nie etwas so ernst.«



Lukas starrte sie noch einen Moment lang prüfend an und seufzte dann etwas genervt auf, als stehe er nicht wirklich hinter seiner Entscheidung, könne aber auch nicht anders. »Na schön«, sagte er resigniert. »Komm mit. Ich zeige dir, wo sie sich versteckt hat.«

Sie folgte ihm zum hinteren Ende des Vorraums. Dort öffnete er eine Tür, die so unauffällig in die mit Teppich bezogene Wand eingelassen war, dass man sie nur wahrnahm, wenn man wusste, dass sie da war. Sie führte in einen kleinen Raum, der eindeutig technischen Zwecken diente. Eine Wendeltreppe führte nach oben. Lukas stieg hinauf, Vanessa dicht hinter ihm. Oben angekommen öffnete er eine weitere Tür, und Vanessa fand sich im Vorführraum wieder.

Sie bemühte sich, die Situation mit einem Blick zu erfassen, was nicht ganz einfach war, da die Eindrücke sie überfluteten. Eddy, die zu ihr gerannt kam und an ihr hochsprang. Die Projektoren, von denen einer noch immer vor sich hin ratterte. Die Glasscheiben dahinter, durch die man den Kinosaal überblicken konnte, aus dem das Publikum gerade hinausströmte. Der Vorführer, mit einer glänzenden Vollglatze, der sich mit fragendem

Blick umwandte. Und das Allerwichtigste: Kira. Sie stand an der Scheibe und schaute nach unten in den Saal, drehte sich aber um, als sie merkte, dass es sich bei den Eintretenden offenbar nicht um Besuch für den Vorführer handelte. Als ihr Blick auf Vanessa fiel, zeigte sich sofort eine steile Falte auf ihrer Stirn, und ihre Nase zog sich kraus. Ganz ähnlich wie auf Giselles Zeichnung, die Vanessa inzwischen in ihrem Schlafzimmer hängen hatte. Diesen Ausdruck studierte sie jeden Tag, kannte ihn auswendig. Ihn jetzt auf sich gerichtet zu sehen, ließ ihre Entschlossenheit allerdings ein wenig bröckeln – ein Gefühl, das sie in ihrem Leben noch nicht oft gehabt hatte.

Sie beugte sich hinunter und tätschelte Eddy. Ob zu Eddys Beruhigung oder ihrer eigenen, wusste sie nicht genau. Wahrscheinlich beides.

»Was soll das, Lukas?«, fragte Kira scharf und ignorierte Vanessa fast vollständig. Eddy schien zu merken, dass ihr Frauchen aufgebracht war, tapste zu ihr zurück und setzte sich neben sie. Ihre aufmerksamen Augen gingen zwischen Kira, Vanessa und Lukas hin und her.

»Hör ihr doch verdammt noch mal einmal zu«, fauchte der Produzent Kira an. »Dann kannst du ihr immer noch einen Tritt in den Hintern geben. Aber vielleicht auch nicht. Also nerv mich nicht.«

Eddy bellte kurz. Sie schätzte den ärgerlichen Ton offenbar nicht. Und auch Vanessa sah Lukas verblüfft an. Was war denn mit ihm los? Lesbische Liebesdramen schienen nicht sein Ding zu sein, aber wären schwule denn so viel besser? Vielleicht wäre er ja auch lieber selbst in eines verwickelt gewesen. Jedenfalls war Vanessa nach der ersten Überraschung dankbar für seinen Ausbruch. Wer weiß, ob Kira ihr sonst überhaupt die Gelegenheit zur Aussprache gegeben hätte. Jetzt galt es, jede Sekunde sinnvoll zu nutzen. Keine Zeit zu verlieren, nicht um den heißen Brei zu reden.

Lukas machte dem Vorführer ein Zeichen, und die beiden verschwanden die Wendeltreppe hinunter und ließen Kira mit Vanessa allein.

Ohne einen Augenblick zu zögern, sagte Vanessa: »Ich liebe dich.«

Was auch immer sie erwartet oder erhofft hatte – wieder einmal fiel Kiras Reaktion völlig anders aus. »Na, wunderbar«, sagte sie mit einem ironischen Lachen. »Das ist doch mal eine Aussage.«

Der bittere Ton war neu. Als sie sich kennengelernt hatten, war Kira nie sarkastisch gewesen. Woher kam das? War etwa sie daran schuld?

Während Vanessa noch völlig verdattert nach einer Erwiderung suchte, machte Kira schon im gleichen Stil weiter: »Und jetzt? Was erwartest du? Geben wir eine Pressekonferenz mit dieser Neuigkeit? Was wird dein Alibi-Lover davon halten?«

Vanessa konnte sie nur schockiert anstarren. Sie hatte nicht damit gerechnet, dass Kira ihr gleich in die Arme fallen würde, aber eine derart beißende Abfuhr hätte sie nie erwartet. Alle ihre Argumente, die sie im Kopf gewälzt hatte, wann immer sie sich diese Aussprache versucht hatte auszumalen, flogen davon wie ein aufgestörter Schwarm Vögel. Einen Moment war sie einfach sprachlos. Dann fiel ihr etwas ein, etwas, das vielleicht der rettende Strohhalm sein könnte: »Giselle hat gesagt, dass du mich auch liebst.«



Das war ihr letzter, ihr einziger Trumpf. Wenn das nicht stimmte, war alles vergeblich. Sie konnte schließlich Kira nicht zwingen, sie zu lieben.

Sie schloss kurz die Augen. Versuchte sich gedanklich darauf vorzubereiten, dass alles doch nur einseitig war.

Aber offenbar hatte sie Kira den Wind aus den Segeln genommen, denn es kam keine scharfe Entgegnung. Als Vanessa es wagte, die Augen wieder zu öffnen, konnte sie förmlich sehen, wie der Ärger bei Kira entwich wie die Luft aus einem Ballon. Als sie wieder sprach, hörte sie sich resigniert an, fast geknickt.

»Ich habe gedacht, dass ich die Frau liebe, mit der ich eine wunderschöne Zeit verbracht habe. Aber das war nur eine Traumfigur. Nicht die echte Vanessa Harris.« In den Worten lag eine Endgültigkeit, die Vanessa fast das Blut in den Adern gefrieren ließ.

Wieder sagte sie das Erste, das in ihrem konfusen Gehirn an die Oberfläche trieb, ein spontaner, verzweifelter Impuls: »Vogelhuber.«

»Was?«, fragte Kira, wieder mit dieser charmanten Falte auf der Stirn. Dieses Mal hatte Vanessa es offensichtlich geschafft, sie tatsächlich aus der Bahn zu werfen. Immerhin. Das war doch schon mal ein Anfang.

»Ich nenn mich jetzt wieder Vogelhuber«, erklärte sie, obwohl ihr der Einfall gerade erst gekommen war. »Das ist Giselles Nachname. So hieß ich, bevor ich nach L. A. gegangen bin.«

»Bist du verrückt geworden?«, platzte Kira heraus. »Du kannst dich doch auf dem Höhepunkt deiner Laufbahn nicht umbenennen. Das ist beruflicher Selbstmord.« Wie unbewusst trat sie beim Sprechen einige Schritte näher, Eddy immer im Schlepptau.

Dadurch ermutigt, nutzte auch Vanessa die Gelegenheit, weiter in den Raum zu treten. Der Abstand zwischen ihnen hatte sie schon die ganze Zeit nur noch mehr verunsichert. Jetzt gab die größere körperliche Nähe ihr wieder ein wenig Auftrieb. Auch dass Kira ihre Emotionslosigkeit aufgegeben hatte, nährte ihre Hoffnung. Immerhin hatte Kira zugegeben, sie tatsächlich geliebt zu haben. Wenn auch in der Vergangenheitsform und so formuliert, als sei es ein Fehler gewesen. Aber das war eine Grundlage, ein Ausgangspunkt. Vanessa musste sie nur noch vom Gegenteil überzeugen.

»Das ist mir egal«, verteidigte sie ihre verrückte Idee. »Wenn du Vanessa Harris nicht lieben kannst, dann vielleicht Vanessa Vogelhuber. Es ist einen Versuch wert.« Und da Kira diesmal nicht sofort zurückschoss, sondern sie nur skeptisch ansah, setzte sie den Hebel gleich am nächsten Thema an: »Und falls du wieder mit deinem Tumor anfangen solltest – das ist mir auch egal. Ich will jeden Tag deines Lebens mit dir zusammen sein. So lange, wie das eben sein sollte, und in welchem Gesundheitszustand auch immer.« Denn das hatte sie in den letzten Wochen und Monaten ganz klar erkannt: Sie war dämlich gewesen zu denken, dass sie das nicht könnte. In Wahrheit war es genau umgekehrt. Sie konnte nicht ohne Kira leben. Die Krankheit war nebensächlich – oder genauer gesagt, sie band sie nur noch enger an Kira, weil sie zum ersten Mal in ihrem Leben den Wunsch hatte, ihr zu helfen und für sie da zu sein. Und vielleicht könnte sie durch ihr Geld und ihre Beziehungen tatsächlich etwas bewirken, etwa weitere Behandlungen durch Spezialisten. Wenn Kira es zuließe. Aber bestimmt war noch nicht das letzte Wort gesprochen bezüglich dieses alles beherrschenden Tumors.

Kira sah jetzt allerdings wieder irritiert aus. »Lukas hat dir nichts gesagt?«

»Was gesagt?«, fragte Vanessa zurück, aus dem Konzept gebracht. Was für ein bizarres Gespräch das war.

Einen Moment lang schaute Kira sie nachdenklich an, als müsse sie überlegen, wie viel sie preisgeben sollte. Schließlich sagte sie: »Ich war im Krankenhaus. Es ging mir schlechter, nachdem du gegangen warst.«

Vanessa stockte der Atem. Das war ein Schock. Aber was bedeutete das? Wie ging es Kira jetzt? Gab es überhaupt noch Hoffnung? Und warum zum Teufel erfuhr sie das erst jetzt?

*Weil du ein egoistisches Arschloch bist, das in L. A. herumsaß und Nathalies Spiele gespielt hat. Während die Frau, die du angeblich liebst, krank war.*

»Warum hast du mich nicht angerufen?«, brachte sie mühsam heraus – und fühlte sich gleich darauf erst richtig mies. Was für eine dämliche Frage.

»Warum hätte ich das denn tun sollen?«, fragte Kira traurig zurück. »Du warst zurückgekehrt in dein altes Leben. Da hätte eine sterbende Exgeliebte keinen Platz gehabt.«



Es dauerte eine halbe Sekunde, bis diese Aussage einschlug wie ein Komet. Vanessa wurde eiskalt. Angst überflutete sie.

»Was soll das heißen?«, flüsterte sie, ohne zu wissen, was sie da eigentlich sagte. »Stirbst du? Sag es mir, Kiri.« Der Boden unter ihr schien zu schwanken, ihr wurde ganz schwummrig. Sie merkte kaum, wie sie den letzten Schritt tat, der sie noch von Kira trennte, und sie bei den Schultern fasste. Eddy, die bisher friedlich zwischen ihnen gesessen hatte, stand alarmiert auf, aber auch das bekam Vanessa nicht mit.

Sie durfte Kira nicht jetzt schon verlieren. Hatte sie womöglich die letzten Wochen komplett verschwendet, die sie stattdessen mit ihr hätte verbringen können? Um Gottes willen, wie viel Zeit hatte sie noch?

Die Verwendung des Kosenamens umschmeichelte Kira wie ein lauer Sommerregen. Dann erst wurde ihr klar, dass sie ihre Bemerkung vielleicht ein wenig missverständlich formuliert hatte. Der panische Ausdruck in Vanessas Gesicht sprach eine deutliche Sprache. Sie war kreidebleich geworden.

Das war nicht gespielt, wurde Kira in diesem Moment klar. Vanessas Gefühle für sie waren echt. Die Erkenntnis durchfuhr sie wie ein Stromschlag. Auch die sich in ihre Schultern krampfenden Finger waren ein schmerzhaftes Indiz.

Ihr wurde schwindlig, sie schwankte ganz leicht. Kämpfte darum, einen klaren Gedanken zu fassen. Was sollte sie nun mit diesem Wissen anfangen? Was sollte sie sagen? Tun?

Sie wollte von Vanessa geliebt werden. Wollte einfach sagen: »Ich dich auch.« Aber sie hielt sich zurück. Dafür war es zu früh – falls überhaupt jemals die richtige Zeit kommen würde. Zu vieles stand noch zwischen ihnen.

Erst mit Verspätung fiel ihr auf, dass sie Vanessas Frage noch gar nicht beantwortet hatte und diese sie immer noch anstarrte wie einen Geist. Zuallererst galt es also, ihr völlig aufgelöstes Gegenüber zu beruhigen. »Nein, ich sterbe nicht«, sagte sie deshalb. »Im Gegenteil. Ich lebe wieder.«

Vanessa ließ die Arme sinken. Die Farbe kehrte in ihre Wangen zurück, sie sah erleichtert aus, traute sich aber anscheinend nicht, weiter nachzufragen. Deshalb fuhr Kira freiwillig fort: »Die Ärzte haben mir einen Stent verpasst, sich vergewissert, dass da wirklich nichts wächst in meinem Kopf, und mir ein langes Leben vorhergesagt. Ganz wie Giselle.« 

Vanessa lächelte strahlend. »Das sind großartige Neuigkeiten.« Sie atmete tief durch und hob eine Hand, wie um Kira über die Wange zu streicheln, so wie sie es in ihrer gemeinsamen Zeit manchmal getan hatte. Doch mitten in der Bewegung hielt sie inne. »Moment ... Wann hat dir Giselle ein langes Leben vorhergesagt?«

Richtig, fiel Kira ein, sie hatte das nie erzählt. Am Schluss war einfach keine Gelegenheit mehr gewesen. Verschmitzt erklärte sie: »Als sie mich zum Töpfern gezwungen, mich skizziert und mir aus der Hand gelesen hat. An dem Tag, als du in München warst.«

Sie konnte sich schon denken, wie Vanessa das fand. Und tatsächlich, sie stöhnte auf. Fast hätte Kira laut gelacht. Giselle war wirklich eine Nummer. Sie hätte ja damals selbst am liebsten die Flucht ergriffen, aber jetzt im Nachhinein musste sie nur noch darüber schmunzeln.

»Sie hat mir auch mehrere Kinder mit dir vorhergesagt«, legte sie nach, nur um Vanessa noch ein ganz kleines bisschen mehr zu quälen.

Die fuhr sich verzweifelt mit der Hand über die Stirn. »Ich glaub es nicht«, sagte sie entnervt und schien erst dann zu merken, dass Kira sie nur aufzog. Auch auf ihrem Gesicht zeigte sich ein Schmunzeln, als sie meinte: »Wahrscheinlich hat Giselle sämtliche Chancen, die ich jemals bei dir gehabt habe, zunichtegemacht.«

Oha. Das war ja schon fast ein Flirten. Aber damit gelang es Vanessa, auch die letzte Barriere zwischen ihnen einzureißen. Mit einem Mal fiel all die Schwere von Kira ab, und die Leichtigkeit kehrte zurück, die sie von Anfang an mit Vanessa so genossen hatte.

»Das würde ich so nicht sagen«, erwiderte sie kokett. Es klang locker und witzig, aber sie war sich dessen bewusst, wie fundamental diese Äußerung war. Und sie meinte es auch so. Sie würde Vanessa eine Chance geben. Ihnen beiden eine Chance geben. An der Hintertür ihres Verstandes kratzten zwar immer noch ein leiser Zweifel und die Frage, ob das wirklich so klug war. Aber wenn sie in Vanessas Gesicht sah, auf dem sich ein Strahlen ausbreitete, als auch sie die Tragweite von Kiras Zugeständnis verstanden hatte – ja, dann war dieses störende kleine Gefühl völlig unwichtig.



Voller Hoffnung fragte Vanessa: »Nein? Heißt das ja?«

»Ja zu was?«, fragte Kira mit einem letzten Quäntchen Zurückhaltung. Der Zweifel war doch noch einmal lauter geworden: Wollte sie wirklich die heimliche Geliebte eines internationalen Stars werden? Eigentlich nicht.

Aber sie wollte mit Vanessa zusammen sein.

Da musste sich doch ein Kompromiss finden lassen …

»Dazu, mit mir zusammen zu sein«, sprach Vanessa ihre Gedanken aus.

Trotzdem – Kira musste noch weiter nachfragen. Sie wäre bereit, sich auf vieles einzulassen, um bei Vanessa zu sein, das wusste sie jetzt. Aber eben nicht auf alles. »Keine Alibi-Lover nebenbei?«, hakte sie nach und merkte selbst, wie sich auf ihrer Stirn steile Falten bildeten. Das war ihre Grenze. Definitiv. Das würde sie nicht mitmachen.

Vanessa sah sie einen Moment nur an, ohne zu antworten. Kiras Herz sank. Das war also die Krux. Sie müsste Vanessa zu deren Bedingungen nehmen. Müsste das verfluchte Spiel weiter mitspielen, selbst jetzt noch, da Nathalie von der Bildfläche verschwunden war.

Da trat plötzlich ein entschlossener Ausdruck auf Vanessas Gesicht. Und sie sagte das Allerletzte, was Kira erwartet hätte: »Ich werde mich sofort outen. Hier und jetzt.«

Damit stürmte sie auch schon die Wendeltreppe hinunter, noch ehe sich Kira von ihrer Überrumpelung erholt und richtig erfasst hatte, was Vanessa meinte. Alarmiert heftete sie sich an ihre Fersen, und Eddy bildete das Schlusslicht dieses Eilzuges. Was würde jetzt kommen? Was hatte Vanessa vor?

Aufhalten lassen würde sie sich jedenfalls offensichtlich nicht. Wie eine Besessene stürmte sie zurück in den großen Vorraum, wo die Premierengäste jetzt bei Sekt zusammenstanden und sich angeregt unterhielten. Ihre Ankunft blieb nicht unbemerkt. Immer mehr Augen wandten sich ihnen zu, wie sie durch die Menge eilten, Vanessa vorneweg.

Schließlich blieb Vanessa abrupt mitten im Raum stehen und pfiff durch die Finger. Im Nu konzentrierte sich die Aufmerksamkeit des gesamten Raumes auf sie. Die anwesende Presse kämpfte sich in Position für die besten Bilder. Zwei Fernsehkameras waren auch darunter, stellte Kira fest.



Sie stöhnte innerlich auf, blieb mit einigem Abstand zu Vanessa stehen und nahm Eddy auf den Arm, damit die Mopsdame in dem Tohuwabohu, das sich hier gerade entfaltete, nicht verloren ging oder getreten wurde. Dann schaute sie wieder zu Vanessa. Sie konnte sich nicht vorstellen, dass die ihre Ankündigung wirklich wahrmachen würde. Das wäre der Todesstoß für ihre Karriere. War sie komplett übergeschnappt? Das hatte sie doch gar nicht von ihr verlangt.

»Ich habe eine wichtige Mitteilung zu machen«, erhob Vanessa ihre Stimme, und die Gespräche um sie herum verstummten mit einem Schlag. »Die Presse bitte ich genau zuzuhören, damit es zu keinen Falschmeldungen kommt.« Sie zwinkerte den versammelten Medienvertretern zu und nahm damit ihren Worten jegliche Schärfe.

Der ganze Saal hing an ihren Lippen. Man hätte eine Stecknadel fallen hören können. Dann holte Vanessa tief Luft.

»Ich bin lesbisch«, sagte sie ganz schlicht. »Wie hat das der ehemalige Bürgermeister hier so schön gesagt: Und das ist auch gut so.« Ehe die Leute sie mit Fragen bestürmen konnten, hob sie die Hand, lächelte und fuhr fort: »Wer sich jetzt fragt, woher diese plötzliche Erkenntnis kommt, muss sich nicht weiter wundern. Denn das ist nichts Neues. Die ganzen Männergeschichten waren ein Publicity-Stunt.«

Sie machte eine Pause, und im Saal brach aufgeregtes Summen und Rufen aus. Ein Blitzlichtgewitter fegte los, das Kira blendete, obwohl sich die vielen grellen Lichter noch nicht einmal auf sie richteten. Vanessa hingegen stand völlig gelassen da und ließ es mit einem amüsierten Lächeln über sich ergehen, Vollprofi, der sie war. Dann hob sie erneut die Hand, und mit einem Schlag hörte der Trubel auf. Alle waren gespannt, wie es weiterging, warteten auf den nächsten Hammer.

Und den lieferte Vanessa ihnen tatsächlich. »Wer sich weiter wundert, warum ich ausgerechnet jetzt mit allem herausrücke,

braucht nur einer gewissen Filmemacherin zu danken. Kira Rosenborn, deren Werk wir heute Abend hier feiern. Sie ist die Liebe meines Lebens.« Und damit drehte sie sich zu Kira um und schenkte ihr ein wunderschönes, von Herzen kommendes Lächeln.

Kira wäre am liebsten augenblicklich im Boden versunken, denn natürlich richteten sich nun alle Augen auf sie. Der Sinn von Vanessas Worten drang gar nicht richtig zu ihr durch. *Gott, warum müssen Schauspielerinnen immer so entsetzlich übertreiben?*, schoss es ihr durch den Kopf. Hätte man das nicht ganz dezent mit einer kleinen Pressemeldung regeln können? Auf was ließ sie sich da nur ein?

Doch sie hatte keine Chance, das Ganze zu verarbeiten, denn sofort brach das totale Chaos los. Wie durch einen Nebel sah sie, dass diverse Presseleute sich zu ihr durchkämpften, um Bilder machen zu können. Ihre Papis kamen aus dem Gedränge gespurtet und umarmten sie. Sie wusste überhaupt nicht, wie ihr geschah, ob sie lachen oder weinen sollte, und entschied sich schließlich für Ersteres. Fremde drängten sich um sie herum mit Freunden, jeder wollte ihr gratulieren, mit dem Ergebnis, dass sie fast zerquetscht wurde. Geistesgegenwärtig übergab sie Eddy in einem geschickten Moment an Lukas. Der würde sie aus dem Schlimmsten heraushalten.

Dann schob sich Vanessa durch die Menschenmenge, und die Leute wichen ein wenig zurück, so dass Kira wieder freier atmen konnte. Bei Vanessas Anblick schien die Welt stehenzubleiben. Das Chaos, das Stimmengewirr um sie herum verschwand in den Hintergrund. Sie sahen sich an. Im ersten Moment konnte Kira nicht einmal lächeln, so gefangen war sie von dem intensiven Strahlen in Vanessas Augen, das ihr durch und durch ging. Erst dann wurde ihr so richtig klar, was Vanessa gerade getan hatte. Dass sie aller Welt gesagt hatte, dass Kira die Liebe ihres Lebens sei.

Wow.

Kira spürte, wie ihr Herz rasend schnell bis zum Hals klopfte und ein Lachen in ihr hochstieg, das schließlich fast hysterisch aus ihr herausbrach. Vanessa lachte mit. Dann trat sie ganz nah an sie heran. Kira wandte sich ihr zu, in Erwartung eines Kusses …

Doch Vanessa flüsterte ihr lediglich ins Ohr: »Lass uns hier verschwinden.«



Auch das ließ Kira Gänsehautschauer über den Rücken rieseln. Dann wurde ihr bewusst, wo sie gerade standen. Sie hörte wieder die aufgeregten Stimmen und stellte fest, dass ihre Papis, Lukas und einige aus ihrer Filmcrew um sie herum einen Kreis gebildet hatten und sich bemühten, sie abzuschirmen. Allerdings schienen sie ziemlich überfordert damit. Stephan machte schon wieder den Eindruck, als ob er dem aufdringlichen Kamerateam gegenüber, das ihn zur Seite schieben wollte, demnächst handgreiflich werden würde. Eddy in Lukas' Armen schien die Vertreter der Presse nicht viel sympathischer zu finden, denn sie ließ sich dazu herab, wie ein Pitbull mit tiefer Stimme zu knurren. Wenn das ganze Theater nicht so lästig und anstrengend gewesen wäre, hätte Kira darüber lachen müssen.

»Besser wär's«, meinte sie und zwinkerte Vanessa zu. »Kommst du mit zu mir?« Woher hatte sie nur diese neue Koketterie?

»Da, wo du hingehst, geh auch ich hin«, erklärte Vanessa mit hingebungsvollem Augenaufschlag und grinste.

Kira verdrehte spielerisch die Augen. »Also, auf ins Reihenhaus nach Reinickendorf. Uli und Stephan freuen sich immer über Besuch. Und über diesen, schätze ich, ganz besonders.« Sie nahm Vanessas Hand und zog sie mit sich. Mit viel Gedrängel und Geschrei schafften sie es bis zum Serviceeingang des Kinos, und ihre Heerscharen verhinderten, dass ihnen die aufgeregte Menge durch die Tür folgte. Eddy blieb bei Lukas zurück. Uli und Stephan würden schon dafür sorgen, dass sie heil daheim ankam.

Als die Tür sich hinter ihnen schloss, klingelte die plötzliche Stille in Kiras Ohren. Rasch setzte sie sich in dem spärlich beleuchteten Gang in Bewegung, um den Vorsprung auszunutzen, den sie sich gerade erarbeitet hatten. Mit etwas Glück konnten sie durch einen Hinterausgang entwischen und schnell in ein Taxi springen. Doch da blieb Vanessa plötzlich stehen und ging keinen Schritt weiter. Kira drehte sich fragend zu ihr um.

»Warte«, sagte Vanessa mit einem leicht schockierten Ausdruck im Gesicht. »Du wohnst bei deinen Vätern?«

Kira nickte. War das ein Problem? Tatsächlich hatte sie Vanessa das nie erzählt. Fand Vanessa das kindisch? War ihr das nicht gut genug? Giselle wohnte doch auch nicht gerade in einer Villa … Sie hatten nie ausdrücklich darüber gesprochen, aber Kira hatte bisher eigentlich angenommen, dass Vanessa ganz und gar unkompliziert und anspruchslos war. Schließlich hatte sie selbst erlebt, wie problemlos sich die Schauspielerin in das Gesindehaus eingefügt hatte und mit Giselles Messie-Tendenzen umgegangen war. Aber vielleicht war das blauäugig gewesen. Sie wusste ja gar nicht, wie Vanessa normalerweise lebte, was sie erwartete.

Vanessa schien zu merken, dass in Kiras Kopf gerade ein ganz eigener Film ablief. Sie errötete leicht und fragte mit ungewohnter Schüchternheit: »Wie sollen wir da – du weißt schon? Du … du machst immer, dass ich so laut bin.«

Kira lachte sie verzückt an. Bisher hatte Vanessa ganz nüchtern über Sexualität gesprochen, so als handele es sich bloß um irgendeine körperliche Funktion. Dass sie jetzt einen verletzlichen Moment offenbarte, war anbetungswürdig. Auch wenn es der vollkommen falsche Zeitpunkt war, um solche Bedenken zu entwickeln. Mit einem verständnisvollen Lächeln beschwichtigte Kira sie: »Vanessa, wir haben bei Giselle im Haus fast nichts anderes gemacht. Und die Wände dort sind papierdünn.«

»Können wir nicht einfach ins Adlon gehen?«, schlug Vanessa mit einem hoffnungsvollen Blick vor.

»Quatsch«, konstatierte Kira mit Bestimmtheit. »Du hast gerade deine Karriere gegen die Wand gefahren. Du musst jetzt sparen. Wer weiß, ob du jemals wieder einen Cent verdienen wirst.«

Vanessa lachte schallend. »Das ist absurd. Aber gut, fahren wir eben nach Reinickendorf, und ich schreie ins Kissen. Nichts weiter dabei.«

»Nichts weiter dabei«, bestätigte Kira grinsend und zog sie mit verdoppelter Dringlichkeit zum Hinterausgang. Vanessa, die ins Kissen schrie – das war ein motivierender Gedanke.

Vanessa fühlte sich ein wenig befangen in der fremden Umgebung von Kiras Zimmer. Den Rest des Reihenhäuschens hatte sie gar nicht so richtig wahrgenommen. Eine stinknormale Wohngegend, war ihr flüchtiger Eindruck gewesen, als sie aus dem Taxi gestiegen waren. Ein stinknormales deutsches Reihenhaus mit Vorgarten, Hecke und Vorhängen an den Fenstern. Sie waren gleich die Treppe nach oben gegangen, vorbei an scheußlichen Blumenbildern an den Wänden. Kiras Zimmer lag unter dem Dach und war vermutlich der ausgebaute Dachboden. Viel Platz war nicht, aber es war immerhin durch ein Stockwerk vom Rest des Hauses getrennt. Von der Einrichtung des ehemaligen Jugendzimmers, das es einmal für Kira gewesen sein musste, war nichts übriggeblieben. Jetzt spiegelte es ganz die erwachsene Frau wider, die Vanessa kannte: eine geregelt wirkende kreative Unordnung, aber kein heilloses Chaos wie bei Giselle. Ein großes Bett mit Metallgestell dominierte das Zimmer, ansonsten gab es einen kleinen Schreibtisch und ein überdimensioniertes Regal, das sowohl Kleider als auch Bücher und anderen Kram enthielt. 

Sie nahm alles in Augenschein und wusste nicht so recht, wohin mit sich. Solche Unsicherheiten waren ihr normalerweise fremd. Aber sie hatte auch noch nie eine Frau in aller Öffentlichkeit als die Liebe ihres Lebens tituliert, um anschließend mit ihr nach Hause zu gehen. Noch nie. Nicht einmal, wenn man den Teil mit dem Bekenntnis außer Acht ließ. Ihre Affären hatte sie eigentlich immer mit zu sich genommen oder in ein von ihr angemietetes Hotelzimmer. Alles andere wäre zu gefährlich gewesen, selbst ganz früher, zu ihren Anfangszeiten in Hollywood. Außerdem hatte Nathalie auch stets mit Adleraugen darüber gewacht, was sie so tat. Von ihr hatte sie die ganzen Vorsichtsmaßnahmen gelernt, und dafür war sie durchaus dankbar. Schließlich war sie erst achtzehn gewesen, als sie vollkommen naiv in den Hexenkessel Hollywood hineingeraten war. Und später hatte sie es sehr zu schätzen gewusst, dass es von ihr keine heimlich gedrehten Videos gab, wie sie so manch anderer Star schon am Hals gehabt hatte, keine Erpressungsversuche oder im Internet kursierende Clips von intimen Momenten. Allein die Vorstellung hatte gereicht, um sie von Dummheiten abzuhalten. Sie war immer Nathalies braver Schützling gewesen. Bis Kira aufgetaucht war. Ein Blick auf ihr Drehbuch, und Vanessa war hin und weg gewesen – zuerst mit dem Verstand und dann, als sie Kira persönlich getroffen hatte, auch mit dem Herzen. Sie hatte zwar eine schrecklich lange Zeit gebraucht, um das zu kapieren, aber besser spät als nie. Nur war das hier eben komplettes Neuland für sie. Hier mit Kira in Kiras Zimmer im Reihenhaus.



Aber dann nahm Kira ihr die Daunenjacke ab, warf sie zu ihrer eigenen Jacke in die Ecke und trat ganz dicht an sie heran. Plötzlich war alles andere nebensächlich. Dies hier war das beste aller Reihenhäuser, weil es Kira beherbergte. Und es war egal, wie unerfahren sie in richtigen Herzensangelegenheiten war. Sie wollte nur mit ihr zusammen sein. Auf allen Ebenen. Am liebsten aber so nah wie irgend möglich.

Vanessa ließ beide Daumen über Kiras Wangenknochen gleiten und sah ihr in die Augen. Was sie dort sah, war ein neuer Weg, ein neues Leben. Keines, das Nathalie oder irgendwer sonst für sie geplant hatte, sondern eines, das ihr allein gehörte – ihr und Kira. Sie sah ihre Zukunft in Kiras Augen. Ohne zu zögern, schlug sie diesen Weg ein.

Sie lehnte sich vor, bis ihre Lippen Kiras sanft berührten. Wie lang war das jetzt her, seit sie sie zuletzt geküsst hatte? Es kam ihr vor wie eine Ewigkeit. Sie fühlte, wie dieser erste zarte Kontakt Hitze durch ihre Adern strömen und in ihre Muskeln fließen ließ, die den Schatten der Trennung und der Vergangenheit wegbrannte. Und auch die Unsicherheit. Stattdessen durchfuhr sie ein leuchtender Strahl der Hoffnung, zeitgleich mit Kiras eindringender Zunge. In diesem Moment wusste sie mit vollkommener Klarheit, was es hieß, jemanden in sein Herz zu lassen. Kira hatte den Premiumplatz errungen. Erste Reihe Mitte. Es gab keinen besseren.

Sie erlaubte sich, noch mehr loszulassen, und es fühlte sich an wie das erste Mal. Und in gewisser Weise war es das auch. Sie hatte Kira zwar schon viele Male geküsst, aber noch nie in dem Bewusstsein, dass es Liebe war, was sie verband. Dass sie ihr Leben mit Kira verbringen wollte. Jetzt begab sie sich auf eine Reise in diesen Kuss hinein, in diese so vertrauten und doch völlig neuen Gefühle. Fast hätte sie vor Rührung geweint, als der Kuss langsam ausklang und sie Kira wieder tief in die lachenden Augen sah.

»Kira«, flüsterte sie.

»Geht es dir gut?«, fragte ihre Geliebte. »Wir können auch noch warten.« Doch dabei sah sie so aus, als müsse sie sich auf die Zunge beißen, um das Angebot nicht gleich wieder zurückzunehmen.

Vanessa musste schmunzeln. Um sämtliche Bedenken auszuräumen, entgegnete sie mit einem lüsternen kleinen Zwinkern: »Mir geht es hervorragend. Und auf was willst du warten?«



Statt einer Antwort strich Kira nun ihrerseits Vanessa über die Wangen, lächelte vielversprechend und schob sie zärtlich, aber entschlossen in Richtung Bett. Vanessa ließ sich daraufsinken und zog Kira mit sich. Manche Sachen änderten sich nicht so schnell, dachte sie. Noch immer war Kira im Schlafzimmer eine Frau der Tat. Sie presste sich an Vanessa und gab ihr ohne Worte zu verstehen, dass sie nicht allzu lange würde warten müssen, bis gewisse Pläne in die Tat umgesetzt würden.

Vanessa schlang die Arme um sie, und Kira küsste sie erneut. Sie vergrub ihre Hände in Vanessas Haaren, ließ sie wandern, zeichnete ihr Schlüsselbein nach.

Ungeduldig rollte Vanessa sie beide herum und sah auf Kira herunter. Ihrer beider Atem hatte sich hörbar beschleunigt, im gleichen Maß wie Vanessas Herzschlag und das Pulsieren zwischen ihren Beinen. Dieses Mal war sie es, die den Kuss einleitete – ein Wechselspiel zwischen ihnen beiden, das sie ewig hätte weiterspielen können. Schnell wurden ihre Küsse tiefer, leidenschaftlicher. Kira stöhnte unter ihr und verlangte nach mehr. Vanessa spürte ihre Hände unter ihrem Shirt, wie ihre Finger imaginäre Linien auf ihren Rücken zeichneten.

Einen Augenblick hielt sie inne. Sie hatten ja schon oft Sex gehabt – aber nicht so. Das hier fühlte sich ganz anders an. Kira war anders.

Vanessa löste ihren Mund von Kiras, ließ ihre Lippen stattdessen an deren Ohr spielen und biss ihr leicht in den Hals. Kira sog scharf die Luft ein und drängte sich gegen sie. Kein Blatt hätte mehr zwischen ihre Körper gepasst. Vanessa war sich sicher, entweder in Ohnmacht fallen oder explodieren zu müssen, es schien keine andere Art zu geben, mit diesen überwältigenden Empfindungen umzugehen. Vielleicht auch beides gleichzeitig.

Kira ergriff den Bund ihres Shirts, zog es ihr über den Kopf und warf es auf den Boden vor dem Bett. Ihr Grinsen war geradezu teuflisch. Vanessa wusste, dass ihr eine höllisch gute Nacht bevorstand. Eilig machte sie sich ihrerseits an Kiras Kleidung zu schaffen und befreite sie zügig von ihrem Seemannspullover, ihrer Hose und ihrem flauschigen Unterhemd. Wie immer trug Kira keinen BH. Vanessa betrachtete sie mit angehaltenem Atem, wie sie vor ihr lag, nur noch in einem schwarzen, glänzenden Höschen. Einen Moment lang konnte sie nur ehrfürchtig starren. Dieses wunderbare Wesen wollte mit ihr zusammen sein. Es war schöner, traumhafter als die Erfüllung all ihrer Träume. Fast zu schön, um wahr zu sein. Aber glücklicherweise nur fast.



Sie fuhr mit den Fingern von Kiras Hals zwischen ihren Brüsten hindurch bis zu ihrem Bauch. Kira hob sich ihrer Berührung entgegen, wand sich unter ihr. So hatte sie noch nie auf sie reagiert. So offen, so begehrlich, mit so viel Gefühl in den Augen. Der Sex war immer toll und wild gewesen, aber das hier hob alles auf eine höhere Ebene.

»Du bist mehr als schön«, flüsterte Vanessa. Sie glitt mit einem Bein über Kiras Hüfte und ließ sich auf Kiras Becken nieder, so dass sich ihre Mitten berührten. Die Hitze, die sie dort spürte, sowohl Kiras wie auch ihre eigene, umnebelte Vanessa kurz die Sinne. Dann beugte sie sich hinab und begann eine von Kiras Brustwarzen mit der Zunge spielerisch zu umkreisen. Kira stöhnte auf, wühlte ihre Hände wieder in Vanessas Haare und zog ihren Kopf näher an ihre Brust. Vanessa kam der stummen Aufforderung nur allzu bereitwillig nach. Behutsam nahm sie die Brustwarze ganz in den Mund, saugte und zog sanft daran. Sie liebte es, wie sich Kira unter ihr bewegte, wie sich ihre Brustwarze in ihrem Mund anfühlte, wie frei ihre Geliebte ihre Erregung zum Ausdruck brachte. Erst jetzt wurde ihr klar, wie viel Kira bisher zurückgehalten hatte. Eine Welle der Feuchtigkeit breitete sich zwischen ihren Beinen aus. Sie hätte früher nie geglaubt, dass ihr Zusammensein noch intensiver, noch überwältigender sein könnte, aber jetzt, da es keine Hemmungen und keine Einschränkungen mehr gab, war es das tatsächlich. Und das lag an Kira, an ihrer wunderbaren Geliebten, die sich ihr vollständig öffnete und ihr nichts mehr vorenthielt. Vanessa wollte jeden Quadratmillimeter von ihr berühren, küssen und sich dafür alle Zeit der Welt nehmen. Oder den Rest ihres Lebens.

Sie fing mit Kiras Gesicht und Ohren an, erkundete dann ausführlich ihren Hals. Kira ließ ihre Hüften kreisen, zuerst sanft, dann immer kraftvoller und fordernder. Vanessa folgte den Bewegungen, während sie Kiras rechten Arm nahm und ihn mit Küssen überzog.



»Du bist exquisit«, murmelte sie, an Kiras Fingerspitzen angelangt. Sie nahm den Zeigefinger in den Mund und ließ ihre Geliebte nicht aus den Augen, während sie herausfordernd daran saugte. Das Aufblitzen in Kiras Blick signalisierte ihr, dass ihre Strategie Wirkung zeigte. Sie ließ Kiras Finger mit einem hörbaren *Plopp* aus ihrem Mund gleiten, und Kira presste die Hand an ihre Wange. Ihre Körper hatten inzwischen einen gemeinsamen Rhythmus gefunden, der sich allmählich beschleunigte. Kiras andere Hand wanderte zu Vanessas Kreuzbein und erkundete den Bund ihres Slips. Dann gelang es ihr, sich so zu positionieren, dass sie Vanessas BH beiseiteschieben und eine Brustwarze mit den Lippen umschließen konnte.

Vanessa hätte fast aufgeschrien. Die Liebkosung löste einen wahren Gewittersturm in ihr aus, der Blitze in ihre Klit einschlagen ließ.

»Vanessa«, flüsterte Kira, und ihr heißer Atem an Vanessas Brust verstärkte das Tosen nur noch. »Ich muss dich ganz fühlen.«

Vanessa stützte sich ab, so dass Kira sie vollends von ihrer restlichen Kleidung befreien konnte. Als Kira sich dann ihres eigenen

Höschens entledigte, musste Vanessa sich auf die Unterlippe beißen, so ergriffen war sie von Kiras natürlicher Schönheit und Anmut. Es war fast unwirklich, dass sie jetzt mit ihr hier war – nach allem, was ihnen beiden anfangs im Weg gestanden hatte.

Kira nutzte Vanessas kurzen Moment der Überwältigung, um sie beide wieder herumzurollen, so dass sie nun rittlings auf Vanessa saß. Die hätte nicht sagen können, was sich besser anfühlte. Beides hatte seinen Reiz, beides eröffnete wunderbare Möglichkeiten, einander zu entdecken und zu stimulieren. *Oh ja …* Sie ließ ihre Hand zwischen Kiras so praktisch gespreizte Beine gleiten und spürte mit den Fingerspitzen der Nässe nach. Kira stöhnte und schien ganz vergessen zu haben, dass sie ja ruhig sein sollten.

Langsam zog Vanessa ihre Hand zurück, und unter Kiras aufmerksamem Blick nahm sie die Finger in den Mund und kostete. Dabei lächelte sie anzüglich zu Kira hinauf, die sie mit angehaltenem Atem beobachtete. Ihr begehrlicher Ausdruck löste ein tiefes Ziehen in Vanessas Bauch aus, das fast schon einem Schmerz glich.



Dann küsste Kira sie, und Vanessa zog sie zu sich herab. Ihre Beine verkreuzten sich miteinander, während die Heftigkeit ihrer Bewegungen sich ins Rasende steigerte. Vanessa war noch nie in ihrem Leben so nass gewesen, so im Einklang mit einer anderen Frau. Ihr Herz hüpfte wie verrückt, das Blut rauschte in ihren Ohren, und nichts außer Kira zählte auf der Welt.

Kira biss sie in die Schulter. Dadurch angefeuert schob Vanessa ihre Finger zwischen sie beide, und als Kira ein wenig Platz machte, drang sie in sie ein. Sie stöhnten beide gleichzeitig auf, als Vanessas Finger Kiras engen Tunnel ausfüllten.

»Das fühlt sich so gut an«, keuchte Kira. »Was machst du nur mit mir?«

»Ich werde noch viel mehr machen«, hauchte Vanessa, während sie sanft und gleitend in Kira hineinstieß. Ihre andere Hand hatte Kiras Klit gefunden. Auch ihr Atmen wurde immer mehr zum Keuchen.

»Du bist so verdammt sexy«, sagte sie heiser und biss zur Bestätigung leicht in Kiras Unterlippe. »Das erste Mal, als ich dich sah, konnte ich mich nicht sattsehen. Es war sofort um mich geschehen.«

Als Antwort stöhnte Kira nur erneut, und Vanessa spürte, wie sie sich richtiggehend um ihre Finger wickelte, sie noch tiefer in sich aufnahm. Sie hatte das Gefühl, Trommeln schlügen mit einem unwiderstehlichen Rhythmus in ihrem Inneren und lockten sie zu einem Abgrund, in den sie sehenden Auges hinunterstürzen würde.

»Und du merkst noch nicht einmal, wie außergewöhnlich du bist«, fügte Vanessa hinzu, unterbrochen von kurzen Atemstößen. »Wie schön du bist. Von innen und außen.«

Kira sah sie nur verwundert an, hatte aber offenbar nichts gegen Vanessas Monolog einzuwenden, solange sie nur weitermachte. Vanessa verstärkte die Stöße ihrer Hand ein ganz klein wenig, im Einklang mit den sich steigernden Bewegungen von Kiras Hüften. Sie musste selbst aufstöhnen, als ihre Mitte gegen ihre eigene Hand stieß und machtvolle, köstliche Erregungswellen sie durchliefen. »Oh Gott ... oh Gott! Ich glaube, sie sollten den nächsten Hurrikan nach dir benennen. Du reißt mich davon.«

Kira lachte darüber kurz auf. Dann wisperte sie zärtlich: »Halt jetzt mal die Klappe, Nessie.« 

Vanessa musste über ihr eigenes Bedürfnis zu wortreichen Bekenntnissen lächeln. So hatte sie sich selbst noch nie erlebt. Aber nun verschloss Kira ihr die Lippen mit einem Kuss und lockte ihre Zunge in ihren eigenen Mund, um hart daran zu saugen, bevor sie sie wieder losließ.

Vanessas Verstand schaltete sich ab. Die Trommeln schlugen wilder. Sie stieß ganz tief in Kira hinein. Nahm noch einen Finger mehr. Noch tiefer, noch schneller. Ihre andere Hand wirbelte auf Kiras Klitoris. Kira folgte jedem ihrer harten Stöße.

»Ich komme gleich«, keuchte sie schließlich in einem dringlichen Ton und sah Vanessa in die Augen. Ihr Blick hätte fast gereicht, sie in den Abgrund zu stürzen.

»Ich spüre es«, stöhnte Vanessa. »Ich auch.« Sie versuchte zurückzuhalten, so lange sie konnte. Sie wollte mit Kira zusammen kommen. Mit ihr zusammen fliegen. Bald. Sie spürte nur noch ihre Verbindung und das Pochen ihres Blutes, wie es heiß durch ihre Adern strömte.

»Komm. Komm für mich, Kiri«, keuchte sie atemlos und fühlte, wie ihre Geliebte genau das tat. Und da ließ sie selbst los.

Sie hörte ein tiefes, grollendes Geräusch, als sie kam. Hörte, wie Kira in Ekstase ihren Namen schrie, wie sie noch nie mit ihr im Bett geschrien hatte. Irgendwann wurde ihr bewusst, dass das Knurren von ihr selbst kam. Gemeinsam waren sie dem Sturm, den sie erzeugt hatten, ausgeliefert, ließen sich davonreißen, ritten auf Blitzen durch ihn hindurch.

Dann brach Kira kraftlos auf ihr zusammen. Auch Vanessa fühlte sich zu keiner Regung mehr fähig, konnte nicht klar denken, hatte das Gefühl, erst wieder zu sich kommen zu müssen. Ihre Muskeln flatterten. Sie nahm Kira in die Arme, während noch immer elektrische Ströme durch sie hindurchliefen. Mit den ausklingenden Schauern ließen sie sich noch ein wenig treiben, rieben sich sanft aneinander, und fast war Vanessa drauf und dran, eine Wiederholung einzuleiten. Das Gefühl wieder zu steigern, noch mehr zu verlangen, mehr zu geben. Aber dann gab sie der Erschöpfung nach, streichelte Kira nur zärtlich und genoss den Augenblick, so wie er war. Sie hatten alle Zeit der Welt. Alle Zeit für mehr Sex, für mehr von allem. Und was sie bisher von Kira noch nicht ausreichend bekommen hatte, waren Zärtlichkeiten. Einfach beieinander sein, sich fallen lassen, ohne jede Zurückhaltung oder Abwägungen. Nur sie beide mit dem Wissen, dass sie eine Zukunft hatten.



Genüsslich küsste sie Kira auf ihren wunderbaren Mund und überließ sich ganz ihren Gefühlen für diese phantastische Frau, die sie für sich gewonnen hatte. Eine Frau, die noch vor kurzem gedacht hatte, von einer Krankheit beherrscht zu werden, die ihr keine Optionen gewährte. Vanessa wollte dringend mehr dazu in Erfahrung bringen. Was es mit dem Krankenhausaufenthalt auf sich hatte und mit diesem Stent, der ihr eingesetzt worden war. Und vor allem, wie es zu dieser überraschenden neuen Diagnose gekommen war. Sie wollte alles wissen, was mit Kira und ihrer Gesundheit zu tun hatte. Das Wort ›Krankheit‹ wollte sie gar nicht mehr in einem Atemzug mit dem Namen ihrer Geliebten denken.

Sie war angekommen. Bei Kira. Aber auch bei sich selbst. Und seit langem hatte sie endlich einmal das Gefühl zu wissen, wer diese Vanessa Harris eigentlich war, die sich so lange hinter ihrer Hollywood-Maske verborgen hatte.

Sie presste Kira ganz eng an sich. Die lachte nur leise und schien zu ahnen, was in Vanessa vor sich ging. Dass sie sie festhalten wollte und nie wieder loslassen.

Die Nacht war unglaublich gewesen. Das pure Leben. Schon in dem Moment, als sie am nächsten Morgen erwachte, strotzte Kira vor überbordender Energie. Und als sie den Kopf ein wenig zur Seite wandte und die friedlich schlafende Vanessa betrachtete, ging ihr vor Liebe das Herz über.

Vanessa war alles, was sie sich erhofft hatte – und mehr. Sie hatten zwar nicht viel geredet, aber nach der langen Trennung und Vanessas Bekenntnis zu ihr schwebten sie auf einem gemeinsamen Hoch, das mindestens so berauschend war wie damals die Joints, die sie zusammen geraucht hatten. Kiras Ansicht nach war das Wesentliche geklärt, das, was sie unbedingt hatte wissen müssen, um sich für Vanessa zu entscheiden. Alles andere hatte Zeit. Sie war sich sicher, dass sich alles, was vielleicht noch an Fragezeichen zwischen ihnen stand, irgendwie lösen ließ. Wie sich ihre Beziehung ganz konkret gestalten ließe, konnte sie sich zwar noch nicht richtig vorstellen, aber in ihrem durch und durch erfüllten Zustand war sie absolut zuversichtlich, dass sie einen Weg finden würden.



Vanessa neben ihr schlug die Augen auf. Sonst war sie nie so früh wach gewesen wie Kira. Mit einem glücklichen Strahlen sah Kira sie an, schmiegte sich an sie und knabberte an ihrem Hals.

Vanessa kicherte, offenbar in Erinnerung an ihre wilden Stunden gestern Abend: »Du bist ja nicht gerade die Leiseste.« Dann begann sie Kira mit zärtlichen Küssen zu überziehen.

Kira war klar, dass diese Erkenntnis neu für Vanessa war. Auch ihr selbst war erst bewusst geworden, wie sehr sie sich während ihrer gemeinsamen Wochen zuvor zurückgehalten hatte, als sie gestern Vanessas Namen in die Nacht geschrien und dabei alles andere vergessen hatte. Sie hatte sich stets unter Kontrolle gehabt. Keine ungehemmte Lautäußerung, kein explosiver Orgasmus. Letzte Nacht jedoch hatte sie das erste Mal Vanessa ihre andere Seite gezeigt. Ihre ungezügelte, hingebungsvolle, verletzliche Seite.

»Wir müssen so langsam aufstehen«, versuchte sie Vanessas süße Zuwendung zu unterbrechen. »Sonntags macht Stephan immer ein großes Frühstück ... und wenn Uli vom Laufen kommt, setzen wir uns immer zusammen hin und zelebrieren das. Heute gibt es bestimmt besondere Leckereien. Dir zu Ehren.« Doch sie merkte selbst, dass sie nicht besonders überzeugend klang. Vanessas Zärtlichkeiten war nur schwer zu widerstehen.

Vanessa hob den Kopf aus Kiras Halsbeuge und schaute sie herausfordernd an. »Ich hätte jetzt gern noch eine andere Leckerei vorneweg.«

»Was denn?«, fragte Kira gespielt unschuldig.

»Dich. Kannst du schnell und leise sein?« Noch während sie sprach, ließ Vanessa schon eine Hand zwischen ihre Beine gleiten und teilte ihre Lippen.

Kira war geradezu erschreckend bereit für sie, trotz der gestrigen Nacht und ihrer umfassenden Befriedigung. Ihre Nässe wartete nur auf Vanessas Finger, die ihr jetzt schon wieder unglaubliche Reaktionen entlockten. Vermutlich würde sie schneller sein, als Vanessa für möglich hielte. Und das mit dem Leisesein würde sie nicht garantieren können. Schon stöhnte sie auf, als Vanessa in sie drang. Eine Hand legte sich auf ihren Mund, und sie vergaß die restliche Welt um sich völlig.



Vanessa ließ sich an dem Tisch im großen Wohn- und Esszimmer nieder, der bereits verschwenderisch gedeckt war. Und entsetzlich kitschig dekoriert. Kleine, bunte Figürchen, Plastikflatterbänder in allen Farben, Kerzen in verschiedenen Formen. Eine war wie ein junger griechischer Gott gestaltet, aber nicht besonders gut und außerdem in einer blauweißen, schlierigen Farbe, die irgendwie kränklich aussah.

Kira, die ihren Blicken gefolgt war, grinste sie über den Tisch hinweg an. Sie waren mit etwas Verzug nach unten gekommen. Vanessa spürte einen Anflug von Befangenheit angesichts dessen, was sie mit der Tochter des Hauses getan hatte, um diese Verspätung zu verursachen.

»Kaffee?«, fragte Stephan höflich.

»Gern«, nickte sie und wusste nicht so recht, was sie sonst noch sagen oder tun sollte. Sie sah zu, wie der Kaffee in eine Porzellantasse mit Blumenmuster und Goldrand plätscherte.

Kiras leiblicher Vater Uli nahm umständlich einen Schluck von seinem Kaffee und räusperte sich laut. Kira sah ihm wirklich sehr ähnlich, fiel Vanessa jetzt auf. Beide waren sie eher zierlich und hatten diese lebhaften Augen.

Er stellte seine Tasse mit lautem Klirren wieder auf die Untertasse, dann fasste er sich ein Herz und sprach aus, was ihm offenbar schon seit einiger Zeit auf der Zunge gelegen hatte: »Wir haben übrigens beide Ohropax drin gehabt heute Nacht. Falls es dahingehend irgendwelche Fragen geben sollte.« Er räusperte sich wieder.

Vanessa wäre am liebsten im Erdboden versunken. Kira dagegen kicherte frech und anscheinend kein bisschen verlegen.

»Mehr sage ich dazu nicht. Das ist die Grenze meiner väterlichen Toleranz«, schloss Uli das Thema ab.

Sein Mann legte ihm die Hand auf die Schulter, wie um ihn für diese kleine Ansprache zu loben. »Saft, Vanessa?«, brachte er dann das Gespräch in unverfänglichere Bahnen. »Habe ich selbst gemacht, ganz frisch. Rote Beete, Apfel, Karotte.«

Sie nickte ihm dankbar zu, wobei die Dankbarkeit mehr dem Themenwechsel als dem Angebot galt. Das klang gesund, aber ziemlich grauenvoll. Doch da stellte Stephan schon ein großes Glas von dem dunkelroten Getränk vor sie hin. Kira lehnte ab, was ihr zu denken gab.



Uli räusperte sich schon wieder. Er schien noch etwas auf dem Herzen zu haben. Mit strengem Blick, der wohl seiner Rolle als Familienoberhaupt gerecht werden sollte, wandte er sich an Vanessa: »Was sind deine Absichten in Bezug auf meine Tochter? Du hast dich zwar gestern in aller Öffentlichkeit zu ihr bekannt – wofür du meinen ganzen Respekt hast. Aber was heißt das für dich?«

»Uli, bitte«, mahnte Kira, jetzt hörbar genervt. »Findest du nicht, das geht zu weit? Das müssen Vanessa und ich klären. Unter uns und zu zweit. Ich bin keine siebzehn mehr. Und früher hast du auch keine meiner Freundinnen einer besonderen väterlichen Inspektion unterzogen.«

»Das waren auch keine Frauen mit Geld wie Heu, einem gewissen Ruf und einem Filmstarleben in Hollywood«, erklärte er und maß Vanessa dabei mit einem durchdringenden Blick.

Noch eine Spur ärgerlicher erklärte Kira: »Ich bin eine erwachsene Frau und fälle meine Entscheidungen ohne dich.«

»Uli, lass sie doch bitte«, schaltete sich nun auch Stephan ein. Die beiden hatten, wie es Vanessa vorkam, eine ziemlich stereotype Rollenaufteilung. Uli gab den Familienvater, Stephan die zartbesaitete Hausfrau, nur eben in schwul.

»Wieso fällst du mir jetzt in den Rücken?«, fuhr Uli ihn an. »Du machst dir doch die gleichen Sorgen wie ich.«

Worauf Kira empört auffuhr: »Wieso macht ihr euch Sorgen? Das wird ja immer schöner. Vanessa ist doch kein Monster.«

»Das haben wir doch gar nicht gesagt, Schatzi«, beschwichtigte Stephan.

Was für ein Chaos. Und das, noch bevor Vanessa einen einzigen Schluck Kaffee hatte trinken können. Mit lauter Stimme verschaffte sie sich Gehör: »Entschuldigung. Wenn ich auch mal was sagen dürfte?« Es war nicht wirklich höflich, aber jede andere Tonlage wäre in der lautstarken Debatte völlig untergegangen.

Kira warf ihr einen zerknirschten Blick zu. »Willkommen in der Familie. Jetzt kriegst du gleich mit, wie es hier zugeht. Es tut mir leid.« Auch Stephan sah ein wenig schuldbewusst aus, und Uli schwankte sichtlich zwischen gerechter Empörung und schlechtem Gewissen.



»Ach was. Das ist doch verständlich«, wiegelte Vanessa ab. »Ich komme hier reingeschneit und stelle alles auf den Kopf. Da haben deine Väter eben Bedenken. Vor allem ...« Sie schluckte. Das Eingeständnis fiel ihr schwer, aber es musste raus: »Vor allem, nachdem ich in deiner schweren Zeit nicht für dich da gewesen bin.« Deshalb konnte sie auf Kiras Vater auch überhaupt nicht sauer sein.

»Das interessiert mich jetzt aber«, kam es prompt von Uli.

Kira warf ihm einen bitterbösen Blick zu. »Konntest du ja gar nicht«, verteidigte sie Vanessa. »Du hast nichts davon gewusst.«

Vanessa ergänzte sofort: »Und der Gedanke reißt mir das Herz raus. Dass ich mehr mit mir und meinem Karriere-Scheiß beschäftigt war und nicht sofort erkannt habe, dass mein Platz an deiner Seite ist.«

»Aha«, warf Uli ein, noch immer in skeptischem Ton. Aber Vanessa war noch nicht fertig und ließ sich auch nicht beirren.

»Das wird nie wieder vorkommen«, schwor sie. »Solange ich lebe. Das verspreche ich dir bei allem, was mir heilig ist.« Ihr Blick ließ Kira dabei nicht los. Hoffentlich verstand Kira, wie ernst sie das meinte und wie wichtig es ihr war.

»Oh Gott, ist das romantisch«, hörte sie Stephan seinem Gatten zuflüstern.

Kira jedoch sagte leise: »Versprich nichts, was du nicht halten kannst.«

Wie bitte? Vanessa konnte es nicht fassen. Wie konnte Kira das sagen nach ihrer gemeinsamen Nacht und nach allem, was gestern passiert war? Aber dann zwang sie sich, unvoreingenommen zu sein. Sie schaute Kira tief in die Augen und sah darin einen Reflex der tiefen Schmerzen, die Kira während ihrer Trennung gelitten haben musste. Und einen Rest Unsicherheit, die sie offensichtlich noch nicht gänzlich hatte ausmerzen können. Über den Tisch hinweg griff sie nach Kiras Hand.

»Es ist mir so ernst, wie mir noch nie irgendetwas ernst war«, erklärte sie, jedes Wort einzeln betonend.

Uli und Stephan waren verstummt. Fast schienen sie beide den Atem anzuhalten, während sie wie zwei Luchse das Geschehen zwischen Frühstückseiern und Marmelade verfolgten.



Und weil sie all ihre ernsten Versprechungen nun losgeworden war und jede Wiederholung ihnen nur die Glaubwürdigkeit genommen hätte, zwinkerte Vanessa Kira zu, die für ihren Geschmack viel zu trübsinnig dreinschaute. »Und denk an Giselles Weissagung«, erinnerte sie ihre Geliebte. »Soweit ich weiß, lag sie noch nie daneben.«

Kira musste lachen. Der schwere Moment war verflogen. Frech gab sie zurück: »Die Kinder kriegst aber du.«

»Was für Kinder?«, platzte Stephan heraus. Eine Sekunde später verzog er schmerzlich das Gesicht. Vanessa ahnte, dass Uli ihn unter dem Tisch gegen das Schienbein getreten hatte. Sie grinste zufrieden. Alles zu seiner Zeit.

Die Preisverleihung zog sich endlos hin. Immerhin hatten sie gute Plätze. Das lag mit Sicherheit an Vanessas Starstatus und dem Hype, der in Berlin gerade um sie gemacht wurde – wieder einmal.

›Blutsschwestern‹ war für einen Preis als bester Newcomer-Film nominiert gewesen, hatte aber nicht gewonnen. Kira war enttäuscht gewesen, aber nur kurz. Dann hatte ihr gesunder Realismus eingesetzt: Allein die Nominierung hätte sie damals, als sie das Drehbuch geschrieben hatte, nie für möglich gehalten. Nichts von dem, was danach passiert war, hätte sie für möglich gehalten.

Schon gar nicht, dass Vanessa hier neben ihr saß und in aller Öffentlichkeit ihr heiß und innig geliebtes Jeans-Outfit trug. Inklusive der John-Deere-Kappe. Der Rest der versammelten Stars trug Abendgarderobe, wie bei solchen Anlässen eher üblich, und Vanessa fiel schon allein deshalb auf wie ein bunter Hund – einmal ganz davon abgesehen, dass sie eine der wenigen Schauspielerinnen von internationalem Rang und Namen war. Kira war sich sicher, dass spätestens morgen oder vielleicht sogar schon heute Abend, wenn die ersten Bilder von Vanessa kursierten, die Firma John Deere einen Run auf ihre Baseballkappen verzeichnen würde. In ein paar Tagen würde halb Berlin mit so einem Ding rumlaufen. Sie betrachtete Vanessa versonnen von der Seite und fragte sich, wie diese das wohl finden würde. Würde sie sich in dieser Huldigung sonnen? Sie selbst würde das ja kolossal aufregen. Aber wenn sie an das Spektakel in Altbürg mit Bürgermeister und Blaskapelle dachte, über das Vanessa sich richtig gefreut hatte … Es gab noch viel über ihre Geliebte zu lernen.



Zum ersten Mal fand sie, dass sie als Paar gut zusammenpassten. Das Gefühl der Unangemessenheit, das sie noch vor ein paar Wochen empfunden hatte, war vollkommen verschwunden. Auch wenn sie selbst vielleicht rein objektiv betrachtet nicht so schön wie Vanessa war, zumindest nicht nach gängigen Maßstäben – sie war trotzdem der passende Deckel für ihren Topf. Vanessa gehörte zu ihr. Das hatte sie ihr ausreichend eingeimpft, und Kira hatte verstanden.

Während ihr all diese Dinge durch den Kopf gingen, liefen vorn auf der Bühne schon wieder Ausschnitte der Filme, die in irgendeiner Kategorie nominiert waren. Sie hatte ganz den Anschluss verpasst, war darüber aber auch nicht weiter beunruhigt. Das Wesentliche, den Silbernen Bären für den besten Film, würde sie schon aufschnappen. Und natürlich die Auszeichnungen für die besten Darsteller. Ansonsten ließ sie der ganze Zirkus relativ kalt. Zumal die Moderation auch nicht gerade der Renner war: Irgendein junger Typ, der aus dem Internet bekannt war, versuchte besonders witzig und frech zu sein, was ihm bisher nicht wirklich gelang. Vanessa war definitiv wesentlich spannender als alles andere, was es sonst bisher zu sehen und zu hören gab.

Da diese offenbar derselben Meinung war, was den Unterhaltungswert der Veranstaltung anging, hatten sie sich ein wenig Zeit damit vertrieben, flüsternd Zukunftspläne zu schmieden. Sie wollten ganz neu anfangen mit ihrer Beziehung, als Partnerinnen fürs Leben – das hatten sie einander schon versichert. Dann hatte sie Lukas aus der Reihe hinter ihnen mit einem rügenden Zischen zum Schweigen gebracht. Aber jetzt war Vanessa wohl wieder etwas eingefallen, denn sie beugte sich zu Kira herüber und flüsterte ihr zu: »Du könntest erst mal eine Weile mit mir nach Paris kommen.«

»Okay. Und was werden wir da machen?«, wisperte Kira zurück und fing einen Hauch von Vanessas wunderbarem Duft auf, als sie sich ihrerseits zu ihr lehnte. Unverschämt sinnlich, dieser Duft. Das lenkte sie immer ein bisschen ab, weil es ihre Gedanken automatisch in eine ganz bestimmte Richtung driften ließ.



Vanessa raunte: »Ich will dir mein Paris zeigen. Vor allem meine Wohnung dort. Du weißt ja noch gar nicht, wie ich lebe.« Das Grünblau ihrer Augen schimmerte vielversprechend. Kira hätte endlos hineinstarren können.

»Darauf bin ich wirklich gespannt. Ich rechne mit dem Schlimmsten«, scherzte sie.

»Hey.« Vanessa stieß ihr spielerisch den Ellbogen in die Rippen.

Kira überlegte, ob sie die nächste Frage, die ihr im Kopf herumspukte, wirklich stellen sollte. Dann entschied sie, es zu riskieren: »Werden wir danach zusammenziehen?« Spätestens nach dem Frühstück am Sonntag wusste sie, dass sie wieder eine eigene Wohnung brauchte. Sie liebte ihre Papis, aber solche Szenen würde sie auf Dauer einfach nicht aushalten. Warum also nicht gleich klären, wie Vanessa das sah. Dass sie damit jedes Lesbenklischee erfüllen würden – von wegen Nestbau schon nach kurzer Beziehung –, war ihr einerlei. Wenn Vanessa zustimmte, würde sie den Sprung ins kalte Wasser wagen.

»Ich bin davon ausgegangen«, wisperte Vanessa, was Kiras Herz einen Sprung machen ließ. Und Vanessa hatte offenbar schon einen Schritt weiter gedacht: »Ich könnte eine Wohnung in Berlin kaufen.«

Aber natürlich in Dimensionen, die mit ihrem Geldbeutel korrespondierten, dachte Kira. Das wäre auch etwas, was sie noch klären mussten: Sie wollte nicht von Vanessas Geld leben. »Wir könnten auch einfach mieten«, flüsterte sie vorsichtig zurück.

»Ja, oder mieten«, gab Vanessa sofort nach, um dann aber sofort mit dem nächsten No-Go aufzuwarten: »Prenzlauer Berg soll toll sein als Stadtviertel.«

Kira protestierte sofort. »Das geht gar nicht. *›Pregnant Hill‹* ist doch total gentrifiziert. Da gehen nur noch Touristen hin und Leute mit zu viel Geld.« Bestimmt hatte Vanessa diesen Vorschlag nur aus Unwissenheit gemacht. Im Zweifel für die Angeklagte.

»Hast du was im Sinn? Reinickendorf? Ein Reihenhaus neben deinen Papis?«, foppte Vanessa zurück. Sie kicherten gemeinsam los.



Wieder kam ein mahnendes »Schsch!« von Lukas, der jetzt sogar gegen Kiras Rückenlehne trat, um sie zur Räson zu bringen.

Doch Kira wollte unbedingt noch eine ernst gemeinte Anregung ins Spiel bringen: »Wie wäre es mit Neukölln? Da liegt noch echte Berliner Hundekacke auf den Straßen.«

Vanessa setzte zu einer Erwiderung an, aber in diesem Augenblick dröhnte laut ihr Name durch den ganzen Saal, untermalt von einem Tusch. Kira zuckte zusammen.

»Haben wir was verpasst?«, fragte Vanessa, ebenfalls sichtlich irritiert. Sie hatten wirklich beide überhaupt nicht zugehört.

Lukas beugte sich zu ihnen nach vorn und erklärte aufgeregt: »Vanessa, du hast gewonnen!«

Sie sahen beide zur Bühne. Die Kategorie ›Beste Darstellerin‹ war an der Reihe. Auf die zentrale Leinwand war riesig groß ein Standbild von Vanessa in ›Blutsschwestern‹ projiziert. Daneben ein live eingespieltes Kamerabild von Vanessa, wie sie in Jeans-Outfit und Baseballkappe im Publikum saß und sich ungläubig umschaute, und Kira neben ihr, die sie anstarrte. Der unfähige Moderator stand in erwartungsvoller Haltung parat, denn natürlich wurde wie bei allen vorangegangenen Gewinnern erwartet, dass Vanessa auf die Bühne kam.

Kira riss sich von dem Bild los. Wie es schien, hatte sie sich schneller wieder gefangen. Jetzt galt es, die perplexe Vanessa zur Aktion zu animieren.

»Nessie«, sagte sie, »du musst da rauf und eine Rede halten.« Und erst in diesem Augenblick wurde ihr selbst klar, was das bedeutete. Unbändige Freude sprudelte in ihr empor. Ohne darüber nachzudenken, was sie tat, einem puren Instinkt folgend, umarmte sie Vanessa und drückte ihr einen Kuss auf den Mund, der ihr ganzes Glück und ihren Stolz auf Vanessas Erfolg ausdrücken sollte. Der ihr allerdings selbst fast Hören und Sehen vergehen ließ. Erst als ein allgemeines Raunen durch den Saal ging, fiel ihr wieder ein, dass sie beide gerade in Großaufnahme für alle im Saal zu sehen waren.

Aber Vanessa schien das genauso egal zu sein wie ihr. Was wollte sie mehr?

Noch ganz benommen von Kiras Kuss, erhob sich Vanessa und drehte sich zum Publikum. Sie winkte kurz, und der Applaus, der seit ihrer Namensnennung schon anhielt, wurde noch lauter. Der Kuss schien ein Übriges dazu getan zu haben, die allgemeine Begeisterung anzuheizen. So ein kleiner, saftiger Skandal sorgte doch immer für Stimmung. Nathalie hätte sich die Haare gerauft, wenn sie noch etwas zu sagen gehabt hätte. Bei diesem Gedanken musste Vanessa grinsen.



Sie zwinkerte Kira noch einmal zu und machte sich dann auf den Weg zur Bühne, sich deutlich der Tatsache bewusst, dass alle Augen auf sie gerichtet waren. Wie sie das genoss: diesen Moment, der den aufwühlenden Weg der letzten Monate mit all seinen Mühen und Krisen belohnte. Dafür hatte sie gekämpft. Um diese Anerkennung für ihre Arbeit. Um als Schauspielerin ernst genommen, nicht mehr nur als eines von vielen schönen Gesichtern aus Hollywood wahrgenommen zu werden. Mit ›Blutsschwestern‹ hatte sie das erreicht – dank Kira. Wobei ihr Outing vermutlich auch beträchtlich dazu beitragen würde, dass sie die Rollen, die ihr früher nachgeschmissen worden waren, nicht mehr angeboten bekäme. Und sie weinte ihnen keine Träne nach.

Der Moderator stand erwartungsvoll da mit dem Bären in der Hand. Aus den Reihen, an denen sie vorbeiging, streckten sich ihr gratulierende Hände entgegen, und immer noch wurde frenetisch geklatscht. Im Kopf sortierte sie bereits Sätze für ihre Dankesrede. Sie wollte eine witzige kleine Ansprache halten, nichts Erwartbares wie »Ich danke allen, die diesen Erfolg ermöglicht haben« oder ähnliche Standardfloskeln. Aber natürlich würde sie das ganze Team von ›Blutsschwestern‹ erwähnen, das war Ehrensache. Und Kira ganz besonders. Hätte sie nicht den Mut gehabt, ihr ganz naiv und unbedarft eine Mail zu schreiben mit ihrem außergewöhnlichen Vorschlag, ihr Leben wäre jetzt ein vollkommen anderes. Sie war zwar sicher, dass sie irgendwann auch so dorthin gekommen wäre, wo sie jetzt war, aber wesentlich langsamer. Und wer weiß, wie lange es gedauert hätte, bis sie Kira getroffen hätte ... Denn sie zweifelte nicht daran, dass sie ihr irgendwann begegnet wäre, egal wie ihr Leben verlaufen wäre. Das stand in ihren Sternen, ihrer beider Sterne. Es war ihr Schicksal. Kira war ihr vom Universum zugedacht. Davon war Vanessa überzeugt. Und sie war ihr nicht auf dem Silbertablett serviert worden, sondern mit einer ganzen Menge an Hindernissen, die sie hatte überwinden müssen. Sie hatte sich Kira erst verdienen müssen. Das hatte sie nun geschafft. Endlich.



Dann stand sie auf der Bühne und hielt ihn in den Händen – den Silbernen Bären. Die kleine Figur war erstaunlich hässlich. Giselle hätte definitiv etwas Schöneres gestaltet, wenn man sie gefragt hätte. Aber das hier war fast so gut wie der Oscar, weshalb sie ihre ästhetischen Bedenken beiseiteschob. Das Ding bekäme auf jeden Fall einen Ehrenplatz in ihrer gemeinsamen Wohnung, die sie in naher Zukunft beziehen würden. In irgendeinem nicht allzu schicken Berliner Bezirk. Ihr war es egal, wo, Hauptsache, Kira war mit von der Partie.

Sie verbeugte sich angemessen dankbar ins Publikum und hielt den Preis strahlend über ihren Kopf. Gleich würde sie ihre Rede halten, aber erst ließ sie sich noch einen Moment feiern. Sie suchte unter den Zuschauern den Blick der Person, die ihr alles bedeutete, mit der sie diesen Moment teilen wollte, und eine Welle der Euphorie erfasste sie, als sie sie fand. Diese Augen, die meistens ein Lachen für sie zeigten. Diese ehrlichen Augen, die sie seit ihrer ersten Begegnung gefangengenommen hatten. Und die jetzt vor Glück nur so leuchteten.

Vanessa ließ sich in diese lachenden Augen hineinfallen und vergaß für einen winzigen Moment die Auszeichnung, die Rede, den Lärm und die vielen Menschen. Denn all das spielte im Grunde keine Rolle. Ihr wirklicher Preis saß in Reihe fünf und strahlte sie an. Alles war perfekt.

# Epilog

Eddy hob den Kopf und lauschte den Geräuschen aus dem Schlafzimmer. Ihre Mopsfalten zogen sich kraus, sie spitzte die Ohren – obwohl sie das gar nicht richtig konnte, so weich und flauschig, wie sie herunterhingen – und legte den Kopf schief, um besser einordnen zu können, was sie da hörte. Dann seufzte sie einmal schicksalsergeben auf und legte den Kopf wieder auf die Pfoten. Sie taten es schon wieder. Sie durfte ja nicht dabei sein, wenn ihre zwei menschlichen Rudelmitglieder dieses gewisse Spiel spielten, deshalb hatte sie nur Vermutungen, wie es ablief. Aber sie war ja schließlich kein Welpe mehr, sondern ein Mops von Welt und viel herumgekommen. Sie konnte schon ahnen, was die beiden Menschenfrauen da machten, was immer solch lautes Gejaule verursachte. Da konnte kein vernünftiger Mops ein Auge zutun. Manchmal vergaßen sie darüber sogar Eddys Frühstück oder ihr Abendessen oder einen ihrer Zwischensnacks – oder mit ihr hinauszugehen, und dann musste sie es sich stundenlang verkneifen. Ein paarmal hatte sie schon an der Tür gescharrt, wenn es ihr einfach zu lange dauerte und sie sich einsam fühlte. Ihre Chefin war dann gleich angestürmt gekommen und war ganz schuldbewusst gewesen. Und sie hatte jedes Mal von Kopf bis Fuß nach der Schönen gerochen. Noch mehr als sonst. Nicht, dass Eddy etwas dagegen gehabt hätte. Sie mochte den Geruch der Schönen auch sehr gern. Nach ihrer Chefin war die Schöne ihr liebster Mensch. Und sie roch wirklich ganz besonders gut für einen Menschen.



Es störte sie nur, dass sie immer so viel ohne sie machen wollten. So wie jetzt. Ein besonders lauter Schrei riss sie aus ihren Mopsgedanken, und wieder seufzte sie. Sie hatte schon einiges mitgemacht, seit ihr Rudel sich erweitert hatte. Gut, dass sie ein Mops war und kein anderer Hund. Sie hatte wenigstens die nötigen Nerven für all die Aufregung.

Diese neue Stadt, in der sie jetzt waren, war auch nicht wirklich das Gelbe vom Ei. Obwohl sie eigentlich zufrieden war, dort zu sein, wo ihre Chefin war. Aber das hätte ja auch irgendwo sein können, wo es schön war. Diese Stadt war nicht schön. Möpse kannten sich mit so was aus und Eddy besonders. Die Leute hier sprachen komisch. Eddy verstand nicht immer, was sie von ihr wollten. Sie musste sich auf ihre Instinkte verlassen, um zu erahnen, ob ihr Rudel in Gefahr war, weil sie eines dieser leckeren Hörnchen gemopst hatte, die Croissant hießen. Immerhin, bisher war alles glattgegangen.

Der Mann, der in der Wohnung nebenan wohnte, war trotz seiner merkwürdigen Sprache nett. Er gab ihr immer Wurst zu essen. Das seltsame Wort, das er dafür benutzte, kannte sie inzwischen: *Andouille.* Köstlich! Nur mit ihren Lieblingsfleischstücken. Eine Wurst ganz aus Innereien gab es da nicht, wo ihr Zuhause war. Aber die Chefin verzog immer die Nase so komisch, wenn Eddy genüsslich ihre Wurst verspeiste. Sie wusste, was das hieß. Die Chefin war über irgendwas nicht erfreut. Wahrscheinlich wollte sie die Wurst selbst essen. Aber da war Eddy ausnahmsweise egoistisch. Davon gab sie nichts ab. Nicht einmal der Chefin.

Ein anderer Mann war schon zweimal da gewesen, der war auch nett. Er war klein und kam aus dem Süden, das roch Eddy. Sonne, Olivenöl, Knoblauch, Serrano-Schinken – eine leckere Mischung. Die Menschen rasteten überall aus, wenn sie ihn sahen. Fast so wie bei der Schönen. Er war irgendwie berühmt für etwas, das sich Film nannte. Das Wort kannte sie inzwischen, weil es so oft vorkam. Film gehörte zum Leben der Schönen und auch zur Chefin. Eddy wusste aber nicht so recht, was das sein sollte. Auf jeden Fall nicht essbar. Nicht so wie Wurst oder Serrano-Schinken. Auch nicht spannend und interessant wie Gassigehen.

Weil ihr der kleine Mann wegen des Schinkengeruchs sympathisch war, hatte sie ihn aufgefordert, mit ihr zu spielen. Sie hatte ihre Vorderbeine lang vor sich ausgestreckt, mit dem Brustkorb fast den Boden berührt, die Hinterbeine aufgerichtet und mit ihrem Mopsringelschwanz so wild gewedelt wie irgend möglich. Sie hatte sogar gebellt. Aber der kleine Mann hatte nicht verstanden, dass er ihren Ball hätte werfen sollen. Das hatte dann die Schöne gemacht. Auf sie war einfach Verlass. Vielleicht brachte er ja nächstes Mal einen Schinken für sie mit. Sie hatte ihm zum Abschied auffordernd die Hand geleckt, und er hatte verstehend gelacht.

Jetzt kam die Schöne aus dem Schlafzimmer gestürmt und sah vollkommen verwildert aus. Ihr Kopffell hing unordentlich herunter. Und die Chefin kam genauso struppig hinterher. Beide mussten noch die Lappen ordnen, die Menschen anstelle eines Körperfells trugen. Ein komisches Prinzip. Bei ihr war das viel praktischer und viel weniger Arbeit. Sie schüttelte sich einmal, und dann war sie wieder wie aus dem Ei gepellt. Zur Not noch an ein, zwei intimen Stellen drübergeleckt, und fertig.

Es klingelte, und die beiden Menschen gerieten noch mehr in Aufregung. Eddy sprang auf und stellte sich erwartungsvoll neben die Eingangstür. Vielleicht war es der kleine Mann mit ihrem Schinken.

Aber als sie sah, wer da aus dem Lift stieg, rollte sie unwillkürlich ihren Ringelschwanz ab und ließ ihn zwischen ihre Beine hängen. Es war die Rote, die sie alle Giselle nannten und die immer so laut war. Eddy würde sie im Auge behalten müssen. Sie traute ihr nicht. Sie hatte sie schon oft gewarnt, aber die Rote dachte, sie könnte sich alles erlauben.

Die Schöne hatte ein bekritzeltes Stück Papier von ihr in einem Bilderrahmen. Daneben einen Fetzen Zeitungspapier, auch gerahmt. Und einen metallenen Gegenstand, der in der Silhouette wie ein Bär aussah. Zumindest hatte sie im Zoo mal einen gesehen und gerochen, und der sah so aus, wenn er sich auf seine Hinterbeine stellte. Diese ganzen Sachen rochen komisch, und man konnte sie nicht essen. Eddy verstand die Aufregung darum nicht. Ihre Chefin hatte geweint, als sie die beiden Papierdinger das erste Mal gesehen hatte. Das war bei ihrer Ankunft gewesen, direkt nachdem sie die Behausung der Schönen hier vor zwei Monden betreten hatten. Eddy hatte sie fragend angestupst, aber sie hatte erst mit dem Weinen aufgehört, als die Schöne ihr mit der Zunge Gesicht und Mund abschleckte. Das hätte Eddy auch gekonnt, also ehrlich.

Dann klingelte es noch einmal. Was war denn heute los? So viel Kommen und Gehen gab es doch sonst nicht. Vorsorglich fing Eddy an zu bellen und bellte so lange weiter, bis die Tür aufging und die drei Männchen ihres Rudels hereinkamen. Der eine davon war der Vater der Chefin, das wusste sie, weil sie es riechen konnte. Aber im Grunde war ihr das egal. Sie mochte alle drei.

Die Chefin rief: »Lukas, was hast du mit deinen Haaren gemacht?«

Und der Große antwortete: »Ich habe mich von dir inspirieren lassen.«

Und die Chefin fragte: »Sag bloß, du hast dich verliebt?«

Daraufhin änderte sich die Gesichtsfarbe des Großen unvorteilhaft zu einer Färbung, die den Haaren der Roten glich.

Ergab das einen Sinn? Eddy fand es lächerlich. Sie schnaubte einmal und wandte sich dann dem Pummel zu, um ein Leckerli von ihm zu ergattern. Er hatte immer welche dabei. Wenn sie sich an seinen Beinen hochreckte und ihn anblinzelte, wurde er meistens weich.

Sie fand es wunderbar, dass alle beisammen waren. Je vollständiger das erweiterte Rudel, umso besser. Und jetzt war es komplett. Auf die Rote hätte sie verzichten können, aber offenbar gehörte sie dazu, weil sie die Mutter der Schönen war. Eddy würde die Zähne zusammenbeißen und es ertragen. Was nicht hieß, dass sie ihr ihre Position streitig machen durfte. Wehe!

Der Pummel fing an, wie ein tollwütiger Rehpinscher in der Küche herumzuwuseln, und benahm sich, als sei er der Chef. Er bellte alle an, und sie wurden ganz fügsam. Sogar die Rote folgte seinen Anweisungen. Es roch immer besser, je länger das Ganze ging, und Eddy fing schon an zu sabbern. Ausnahmsweise blieb der Pummel diesmal hart und ließ für sie nichts runterfallen.



Schließlich rief die Chefin alle zusammen, und sie setzten sich rund um den großen Tisch. Eddy durfte auf dem Schoß der Schönen sitzen. Die Chefin hatte zwar daraufhin wieder die Nase so komisch krausgezogen, aber die Schöne hatte ihr nur zugeblinzelt, wie Eddy es mit dem Pummel machte, wenn sie ein Leckerli wollte.

Das Essen auf dem Tisch sandte verlockende Düfte in ihre Nase. Ihre Chefin streichelte Eddy an der Brust, wo sie es besonders liebte. Wunderbar. Aber es hätte noch schöner sein können, wenn sie nicht immer unterbrochen und stattdessen der Schönen über den Schenkel gestreichelt hätte. Offensichtlich mochte die das auch ganz besonders gern. Abwechselnd schauten sie beide verträumt zur Chefin. Sie war einfach die Beste.

Als ihr dann die Rote als Friedensangebot ein Stück Fleisch hinhielt, das extrem lecker roch, da wusste Eddy, dass sie ihr zeigen wollte, dass sie Eddy endlich als höherrangig akzeptiert hatte. Gnädig nahm sie das Angebot an und erfasste das Fleisch ganz vorsichtig mit den vorderen Zähnen. Dann verschlang sie es mit einem Happs. Die Chefin rief zwar empört: »Giselle!«, aber für Eddy war die Welt endgültig in bester Ordnung. So musste ein Mopsleben sein und nicht anders. Und jetzt her mit noch mehr Leckereien!

ENDE

# Weitere Titel
## bei édition el!es

### Toni Lucas: Der Begierde Preis

Roman

Die schillernde Lokalprominente Clarissa von Eckberg ist ermordet worden, und Kriminalhauptkommissarin Juliane Franke findet sich gleich zu Beginn der Ermittlungen in einem bizarren Milieu wieder: Clarissa von Eckberg war eine Frau mit vielen Geliebten und Geldnöten, die zusammen mit ihrer Lebenspartnerin Lebenskunstseminare und Wellnesskurse abgehalten hat, in denen reichlich Champagner floss und die Massagen schnell intim wurden. Die Verdächtigen stapeln sich, die Lokalpresse fordert schnelle Ergebnisse, und die attraktive Leiterin des Kriminallabors möchte auch ab und zu verwöhnt werden . . .

### Hanna Berghoff: Nur bis ans Ende der Nacht

Kurzroman

Christiane hat sich damit abgefunden, dass das ihr Leben ist: Langweilige Büroarbeit von morgens bis abends und keine Freizeit mehr, keine Vergnügungen, nichts, was Spaß macht. Da trifft sie plötzlich eine alte Freundin, die sie mit Katja, der attraktiven Betreiberin einer Frauencomputerschule, bekannt macht – und alles ändert sich.

### Ruth Gogoll: L wie Liebe (Staffel 6)

Roman

Weiter geht es mit neuen Gesichtern im Sappho: Zunächst bringt die hippe Fotografin Bliss einige Frauen durcheinander, dann finden sich Melly, Rick und Silvia plötzlich in einer Rolle wieder, die ihnen bisher unbekannt war. Die junge Myrna möchte gern ihre allererste Liebesnacht erleben und weiß auch schon, mit wem, aber weiß ihre Angebetete das auch? Und auch Schauspielerin Saskia lernt eine Frau kennen, die ihr gefallen könnte, doch die ist anscheinend noch nicht so ganz bereit dafür, während Julia um ihre Ehe mit Sam kämpft, die von Bliss bedroht wird . . .

## Rebecca Berg: Aus Zufall wurde Liebe

Kurzroman

Nach einer Autopanne verirrt sich Lisa in eine Rockkneipe und lernt die Motorradbraut Joe kennen. Eine lockere Beziehung entsteht, doch während sich Lisa verliebt hat, bleibt Joe cool und trifft sich wieder mit ihrer Ex. Lisa erträgt das nicht und flüchtet nach Sardinien. Für wen wird sich Joe jetzt entscheiden?

## Diana S. Wirtz: Träume und Traumfrauen

Roman

Maddy, ein wenig schüchtern und naiv, lebt mit ihrer besten Freundin Jeannie und der Fotografin Carla in einer WG. Sie arbeitet für ein Glamourmagazin und verliebt sich prompt in die viel ältere Assistentin des Chefredakteurs. Es folgt eine kurze Affäre, doch Vanessa kann Maddys Gefühle nicht erwidern. Aber auch Carla beginnt, Interesse an Vanessa zu zeigen, und Jeannie lernt eine Polizistin kennen . . . So kommen und gehen die Traumfrauen, doch welche genau bleibt für immer?

## Haidee Sirtakis: Vertrauen ist ein zerbrechliches Geschenk

Roman

Ihr altes Leben hinter sich lassend versucht Chiara in Basel einen Neuanfang. Sie lernt die Kunstmalerin Regina kennen, die sich nach bitteren Erfahrungen in ihrer Villa einigelt. Nach anfänglichen Schwierigkeiten fühlt sich Regina zu Chiara hingezogen, doch das unbeschwerte Zusammensein währt nur kurz – alte Erinnerungen plagen Regina, sie zieht sich zurück. Kann Chiara die nötige Geduld aufbringen, um die Mauer, die Regina um ihr Herz gebaut hat, niederzureißen?

## K. T. Talbot: Befreite Gefühle

Roman

Gefangen in einem Schneesturm kann Karen ihre überwältigenden Gefühle für Hockeyspielerin Jessie kaum mehr im Zaum halten. Jessie kam in die Stadt, um sich ein neues Leben aufzubauen, weit weg vom Schmerz vergangener Beziehungen. Doch als sie Karen trifft, flammen die Gefühle wieder auf, die sie eigentlich verstecken wollte. Eine ganze Nacht allein mit Karen ist das letzte, was sie jetzt brauchen kann, deshalb wagt sie sich in den Sturm, um nach Hause zu kommen. Doch zu

Karens Überraschung steht sie recht bald wieder vor der Tür – werden sich beider Gefühle jetzt befreien können?

## Julia Schöning: Atemlos

Erotische Geschichten

Alle Kurzgeschichten von Julia Schöning in einem Band – mit bislang unveröffentlichten Geschichten
Julia Schöning ist eine so produktive Autorin, dass sie die Leserinnen nicht nur immer wieder mit neuen Romanen beglückt, sondern auch mit Kurzgeschichten. Mit frischem Elan hat sie sich hingesetzt und eine Menge neue Geschichten geschrieben, die wir nicht nur auf unserer Webseite, sondern in einem Buch würdigen wollen.
Ein paar der alten Geschichten sind auch dabei, denn wir wollten gern eine vollständige Sammlung der Geschichten herausgeben.
Erotisch, leidenschaftlich, liebevoll und oft voller Überraschungen – für das kleine Lesevergnügen zwischendurch.

## Lo Jakob: Schöner Fernsehen

Roman

Aus dem Blauen heraus wird die junge Journalistin Amelie Brügge für die neue Fernsehsendung »Leuchtenladen« engagiert. Regie führt die renommierte Fernsehmacherin und Frauenverführerin Yve Hagen, und die erste Begegnung verläuft nicht gerade reibungslos. Was vielleicht daran liegt, dass sie vor einiger Zeit bereits ein heißes Stelldichein hatten. Doch dann versucht es der Abteilungsleiter Hansi Grupp mit einer Erpressung, um seine Erzfeindin Yve loszuwerden – was die beiden einander näherbringt. Wenn da nicht noch ein düsteres Geheimnis wäre, das Yve mit sich herumschleppt und eine gemeinsame Zukunft zu verhindern scheint . . .

## Jule Richter: GrenzLust

Roman

Eine besondere Begegnung im Hausflur, und zwei Frauen geraten in einen Strudel aus unbekannten Gefühlen, Leidenschaft, Ängsten und Lust: Die zurückhaltende Ella ist gerade in Monas Haus eingezogen, Mona lebte ihre Neigungen zur dominanten Erotik bislang in flüchtigen Affären aus, doch mit Ella wird alles anders. Sie erfahren ihre Grenzen – sexuell und emotional –, lernen sich selbst neu kennen und entdecken Seiten an sich, die sie nie erahnt hatten. Aus der zunächst rein sexuellen Leidenschaft entwickeln sich Gefühle, mit denen beide

Frauen nicht gerechnet haben. Es beginnt eine Gratwanderung zwischen Lust und Liebe und der Frage, wie Grenzerfahrungen und eine liebevolle Beziehung zueinander finden können . . .

## Lucy van Tessel: Verkettet

Roman

Yoga kann auch verbinden: Physiotherapeutin Judy gibt nebenbei Kurse und verliebt sich in die Goldschmiedin Levke. Es könnte eine glückliche Beziehung werden, wenn sich Levke nicht plötzlich um ihre Ex Vivica kümmern müsste, die sich das Bein gebrochen hat. Aus dem »Kümmern« wird intensive Pflege, und Judy denkt bereits über einen Schlussstrich nach, da taucht Vivica als Patientin in ihrer Praxis auf – und entpuppt sich als äußerst attraktiv und liebenswert. Judy ist hin- und hergerissen, da wird die Verwirrung komplett, denn Vivica versucht sich Judy anzunähern – auf einmal sind alle drei irgendwie miteinander »verkettet«, denn ein Goldhalsband bringt unerwartete Geheimnisse ans Licht . . .

## Jenny Green: Dazwischen das Meer

Roman

Für ein Reisemagazin fliegt Theresa Petersen nach Neuseeland, wo sie die Touristenführerin Amiri kennenlernt. Schnell entwickeln sich starke Gefühle füreinander, die auf keinen fruchtbaren Boden fallen: Amiri ist bereits vergeben, und zu Hause wartet Maren auf Theresa. Nach ihrer Rückkehr beschließt Theresa, sich ganz Maren zu widmen, obwohl ihr Herz noch immer an Amiri hängt, denn sie hat Maren viel zu verdanken. Doch dann steht plötzlich Amiri in Theresas Café und gesteht ihr ihre Liebe – für wen soll Theresa sich denn jetzt entscheiden?

## Toni Lucas: Kirschensommer

Kurzroman

Luise fällt beim Kirschenpflücken vom Baum. Als sie das Bewusstsein wiedererlangt, schaut sie in die dunklen Augen einer Unbekannten. Sie verschwindet jedoch, bevor Luise sie auch nur nach ihrem Namen fragen kann. Eher zufällig trifft sie ihre Retterin Nina, eine Kinderärztin, wieder, und sie entdecken ihre Gefühle füreinander. Nach Ninas Aufenthalt im Kongo bei Ärzte ohne Grenzen, der nur drei Wochen dauern sollte, kehrt sie jedoch nicht zurück und meldet sich auch nicht mehr . . .

## Alexandra Liebert: Familiengeheimnisse

Roman

Als Svenja ihre Nichte Annika vom Kindergarten abholt, lernt sie Maren und deren Tochter Lena kennen. Annika und Lena sind beste Freundinnen, und so verbringen die beiden Frauen immer wieder und immer häufiger Zeit miteinander. Svenja verliebt sich in Maren und outet sich, aber Maren hält sich bedeckt. Langsam kommen sie sich näher, doch Marens Verhalten gibt Svenja immer wieder Rätsel auf. Mal scheint es, als würde Maren auch Gefühle für Svenja entwickeln, doch dann stößt Maren sie unvermittelt zurück – was Svenjas Geduld auf eine harte Probe stellt . . .

## Ina Sembt: Füreinander bestimmt

Roman

Nach der Diagnose einer Krankheit, die die weitere Ausübung ihres Berufes verhindert, zieht sich Kriegsberichterstatterin Kristin Kamrath in ein österreichisches Dorf in den Voralpen zurück. Dort lernt sie die verheiratete Dorfärztin Ute Würzburger kennen, und beide entdecken viele Gemeinsamkeiten. Vorsichtig versucht Kristin sich Ute zu nähern, doch die blockt rigoros ab. Sie ist schließlich überhaupt nicht lesbisch . . . hatte sie bislang jedenfalls immer angenommen . . . Aber Kristin lässt nicht locker, denn sie spürt es deutlich: Sie beide sind füreinander bestimmt.

## Jenny Green: In den Gassen der Stadt

Roman

Astrid ist von langer Krankheit genesen, aber sie hat das Wichtigste verloren: ihre große Liebe Lotta, die Astrids Zurückweisung nicht mehr ertragen konnte. Zuvor waren sie lange Jahre ein glückliches Paar, bis Astrid krank wurde und Lotta in ihrer Verzweiflung immer wieder von sich stieß. Astrid braucht einige Zeit, bis sie erkennt, dass nicht Lotta die Schuldige ist, aber sie kann sich noch nicht wieder auf Nähe einlassen. Dadurch fühlt Lotta sich erneut zurückgestoßen, und eine gemeinsame Zukunft scheint in weite Ferne gerückt. Nach einigen turbulenten Ereignissen und Umwegen über Stockholm und Italien zeigt sich jedoch ein Silberstreif am Horizont . . .

## Lo Jakob: Vorübergehende Unzurechnungsfähigkeit

Roman

Als sich Elf und Hanna zum ersten Mal auf einer Party begegnen, ist es Antipathie auf den ersten Blick. Dass sie sich dann auch noch gemeinsam auf einem Sofa in einer dunklen Ecke wiederfinden, schockiert sie zutiefst. Sie wollen sich unter keinen Umständen wiedersehen.
Doch Elfs Bruder landet mit gebrochenem Bein in dem Krankenhaus, in dem die Ärztin Hanna ihr Praktikum macht. Die zwangsweisen Begegnungen tauen das Eis zwischen ihnen, sie kommen sich näher . . . und näher . . . bis ein fatales Missverständnis Hanna jeden Kontakt abbrechen lässt. Elf konzentriert sich verzweifelt auf ihre Karriere als Pianistin, doch sie kann Hanna nicht vergessen . . .

## Toni Lucas: Paradies ist, wo ich liebe

Roman

An der wildromantischen Küste Cornwalls lernen Franziska und Josephine sich unter schicksalsträchtigen Umständen kennen. Franziska lässt sich auf eine Affäre mit Josephine ein, obwohl diese von Anfang an unter einem schlechten Stern steht. Als Franziska erkennt, dass sie keine Zukunft miteinander haben, kehrt sie mit gebrochenem Herzen nach Deutschland zurück und versucht dort an ihr altes Leben anzuknüpfen. Doch wenn das Schicksal beschlossen hat, dass zwei Menschen zusammengehören, versucht es alles, sie auch zusammenzubringen . . .

## Julia Schöning: Im Sturm der Gefühle

Roman

Nachdem Carla Tornow herausfindet, dass ihre Lebensgefährtin sie betrügt, flieht sie bitter enttäuscht auf die Insel Juist, wo sie sich in einer Pension einmietet. Die junge Betreiberin der Pension, Lena Peters, verliebt sich Hals über Kopf in Carla, und auch in Carla keimen zarte Gefühle, gegen die sie sich jedoch zunächst noch wehrt. Mit der Ankündigung einer Sturmflut brechen sich schließlich auch die Gefühle Bahn, Carla und Lena verbringen eine heiße Nacht miteinander . . .
Ende gut, alles gut? Nicht für Carla, denn auch Lena hat unangenehme Überraschungen parat, so dass sich Carla schließlich in einem wahren Sturm der Gefühle wiederfindet . . .

## Ina Sembt: Zwischen Herz und Verstand

Roman

Nach 25 Jahren treffen Solveig und Eva sich auf einem Kongress wieder, und sofort flammen alte Gefühle auf. Doch während Solveig offen lesbisch lebt, hat sich Eva bislang nie dazu bekannt. Und so soll es auch bleiben, womit sich Solveig nicht abfinden kann. Einerseits möchte sie nicht mit einer Schranklesbe zusammen sein, andererseits liebt sie Eva . . . und weil die beiden Frauen es nicht auf die Reihe kriegen, kommt Evas Sohn zu Hilfe und schmiedet einen Plan . . .

## Laura Michaelis: Wind, Sand und Freiheit

Roman

Danielas Beziehung zu Isa bröckelt, als sie allein Urlaub an der Nordsee macht. Dort lernt sie die lebenslustige Kay kennen, beide verlieben sich – doch vom Alkohol benebelt schläft Kay mit einer anderen, was Daniela tief verletzt. Als Isa sie auch noch mit einem Mann betrügt, bricht für Daniela eine Welt zusammen. Nur Kay könnte sie jetzt noch retten . . .

## Catherine Fox: 39 Stunden

Handyroman

Konzernchefin Sina König führt arrogant, hochnäsig und rücksichtlos die Firma. Ein graues Mäuschen wie die neue Sekretärin Lilly Neumeier hat es da nicht leicht. Doch dann geschieht das Unvorstellbare: An einem Wochenende bleiben beide zusammen im Fahrstuhl stecken. Notruf und Handy funktionieren nicht, und so müssen sie bis Montag ausharren – was nicht ohne Folgen bleibt . . .

## Terry Waiden: Und zweitens, als du denkst

Roman

Elin lebt für ihren Handwerksbetrieb, Lara lebt für ihre Tochter. Eine Beziehung scheint unmöglich, da sie beide auf nichts verzichten wollen. Doch als Laras Tochter der Liebeskummer plagt, fühlt sich auch Elin verpflichtet, dem Teenager beizustehen – was zu immer häufigeren Begegnungen führt, die ihre Spuren bei Lara und Elin hinterlassen . . .

## Lucy van Tessel: Die Bücherfee

Roman

Greta besitzt nicht nur eine Buchhandlung, sondern auch ein gutes Gespür dafür, welche Bücher Ariane mag. Die fühlt sich bei Greta so geborgen, dass es zum Sex und zu so etwas wie einer Beziehung kommt. Doch Geschäftliches und Privates zu trennen ist nicht leicht, so dass die Beziehung zu zerbrechen droht. Wenn sich allerdings beide endlich eingestehen würden, was sie wirklich füreinander empfinden, könnte das Happy End in greifbare Nähe rücken . . .

## Toni Lucas: Auszeit

Roman

Als die Punkerin Lucinde in Isabellas bürgerliche Welt platzt, stellt sie mit ihrer Vorliebe für Kunstaustellungen, Joints, Sex und Spaß das Leben und die langjährige Beziehung der Speditionskauffrau auf den Kopf. Isabella stürzt sich in eine Affäre, die sie mehr als nur den Job kosten wird – und am Ende stellt sich die Frage, ob Lucinde für eine dauerhafte Beziehung geeignet ist, oder ob sich die wahre Liebe nicht doch woanders verbirgt . . .

## Claudia Lütje: Ich warte auf dich

Handyroman

Eigentlich repariert Andie nur Sandras Auto, doch völlig ungeplant landet Sandra an ihrem eigenen Hochzeitstag mit Andie im Bett. Andie gesteht Sandra ihre Liebe, Sandra jedoch will an ihrer Ehe mit Petra festhalten. Aber Andie gibt nicht auf, und Sandras altes Auto braucht irgendwann wieder eine Mechanikerin . . .

## Ruth Gogoll: L wie Liebe (Staffel 5)

Roman

Nachdem in Staffel 4 Anita mit Tonia glücklich geworden ist, wird es Zeit, dass auch die anderen glücklich werden. Doch das ist manchmal gar nicht so einfach, wenn Frauen sich selbst im Wege stehen. Glück lässt sich nicht erzwingen, auch wenn die große Liebe vielleicht schon lange an der Ecke wartet. Frau muss sie immer noch einfangen (und darf nicht vor ihr weglaufen).
Doch obwohl noch das eine oder andere Missverständnis geklärt werden muss, die eine oder andere ein wenig in Richtung Glück geschubst

werden und Paare zu sich selbst finden müssen: Hier kommt das Happy End, das bei el!es garantiert ist.

## Terry Waiden: Ravens Schicksal

H a n d y r o m a n

Obwohl Adriana ihrer Magie beraubt im Kerker des Schlosses eingesperrt ist, sammeln die bösen Mächte des Nordens Ihre Kräfte und formieren sich zu einer Armee des Schreckens, die unaufhaltsam herannaht, um Adriana zu befreien. Nur Raven könnte sie aufhalten, doch ihre Ausbildung hat erst begonnen. Ihre Mutter ist eine ausgebildete Do-Lla, aber nach der langen Gefangenschaft, aus der Raven sie befreit hat, sehr schwach. Wird es ihnen gelingen, das unaufhaltsam herannahende Böse zu besiegen?

## Claudia Lütje: Unter dem Marulabaum

R o m a n

In einem Reservat in Südafrika leitet Lisa Adler eine kleine Farm mit Gästelodge. Ihre Welt aus Tieren und Natur wird von leidenschaftlichen Gefühlen durcheinandergewirbelt, als Angela Wagner für ein paar Tage ihr Gast ist. Sie kommen sich näher, doch richtig funkt es, als Angela gepflegt werden muss, weil sie bei einem Reitausflug vom Pferd abgeworfen wurde.
Die Entscheidung, bei Lisa in Südafrika zu bleiben, hat Angela schnell gefällt, doch kann sie ihr Leben in Deutschland einfach aufgeben? Und ist das Leben auf der Farm im Alltag wirklich so romantisch, wie es im Urlaub scheint?

## Mirjam Hoff: Einhundert Absagen

H a n d y r o m a n

Die übermächtige Angst, sich eine Absage zu holen, hält Franzi stets davon ab, auf Frauensuche zu gehen. Eines Tages können ihre Freundinnen das nicht mehr mitansehen und entwerfen einen Plan: Als Therapie soll sich Franz einhundert Absagen holen, um ihre Angst zu besiegen. Doch in der Praxis muss die Richtige gar nicht erst gefragt werden . . .